購物狂與寶寶

Shopaholic & Baby

蘇菲・金索拉
Sophie Kinsella 。著
羅雅萱。譯

shopaholic
購物狂 05

蘇菲・金索拉寫給臺灣書迷的一段話：

Hello!

I am so delighted to introduce this special edition of 'Confessions of a Shopaholic! Becky Bloomwood is a character very dear to my heart and I hope you enjoy her shopping adventures.

Happy reading — and happy shopping!

Sophie Kinsella

讓我們懷孕去！

熟女作家　江映瑤

「購物狂」是什麼呢？不就該是一群膚淺、浪費、盲從的心靈空虛者嗎？當我抱著準備批判的心情開始閱讀這本書，卻很快地捧腹大笑，對「購物狂」這三個字完全改觀。在蘇菲・金索拉筆下的「購物狂」，竟是如此可愛又令人認同的角色，簡直就是「奢侈無罪，購物有理」！毫不費功夫地，她就說服了讀者也想要買回她所買的那些東西呢！

沒當過媽咪的我，這才明白原來懷孕之後還有這麼多好玩的瑣事，可以將自己打扮成最時髦性感的孕婦，可以去挑選自己的接生醫師（並且在寶寶未出世前，就幫他打下人際關係的基礎，將來可以端杯雞尾酒在 party 上跟名人權貴的後代說：「嗨！原來我們是同一個醫師接生的呢！」），也可以藉著寶寶和親愛的老公更同心更緊密，還必須選購浴盆、洗澡椅、浴網、擠奶器、溫奶瓶器、提籃、嬰兒推車、尿布、嬰兒服裝、甚至換棟適合小孩生活的房子……等等等等，當然還得學會三分鐘快速化妝術、以及如何親手烹調嬰兒食品，並且學會跳舞以防小孩長大後覺得父母很遜。天哪！原來為了迎接新生命的來臨，為人父母者竟是如此大費周章，有這麼多的新課程必須學習，還得努力為自己和寶寶的新人生做出種種調適；

相對地也安慰心神不寧的孕媽咪們：懷孕也可以有這麼多好處哪！

作者無疑試圖在一種幽默風趣的風格底下，教導讀者有關於成為準媽咪的全方位事項，而且很巧妙地介紹了嬰婦用品的頂級名牌，或者反過來說，告訴大家各精品名牌推出了哪些嬰婦用品，如此一來不只推動了精品界爭相搶進嬰婦用品領域，以免落在時尚隊伍之後，同時也提昇了孕婦及嬰兒的地位，提醒大眾重視神聖而勞苦功高的新生命及孕育者。

這樣的文風，不禁令我想起自己曾寫過的「該穿什麼去看牙醫」等「物質熟女」系列文章，也和本書作者發出了激賞的會心一笑；不過倒是完全折服於作者的功力，承認自己是小巫見大巫呢！作者書中所塑造的靈魂人物麗貝卡，雖然稍微誇張了女人普遍存在的歇斯底里（其實是心思纖銳）、疑神疑鬼（其實是重視婚姻）、撒嬌耍賴（其實是動機善良）以及自制力薄弱（其實是設想周到）等特質，但又像陶晶瑩所詮釋的「安室愛美惠」短劇主角般地令人不忍苛責，而且女人們不免深表贊同，默默承認那正是自己內心的翻版。《購物狂與寶寶》就是這樣一本道盡女人心事，也指導女人不少「新事」的書，十分好看、有趣，推薦每個購物狂和非購物狂都該到書店選購幾本才行（多出的送人，或放在床頭、廁所、推車裡……）。

Shopping，果然讓懷孕更加美妙！

東森電視主播／主持人　黃文華

《購物狂》這系列的書，一直以來深受都會女性朋友，甚至不少男性朋友所喜愛，故事女主角麗貝卡，有過記者的身分，超愛購物，還當了媽媽，這讓身為「小小購物狂」，做過記者，也當了媽媽的我，特別覺得感興趣，光是第一眼看到這本書的書名——《購物狂與寶寶》，就引起我很大的好奇心。

故事主軸為女主角麗貝卡，為了迎接即將出生的寶寶做了很多準備，其中發生的故事，她心理層面的變化，都有很生動的描寫，更重要的是，血拼有更合理的藉口了……哈哈！身為「小小購物狂」的我一拿到這本書，翻開前幾頁，就覺得怎麼會這麼熟悉，連我老公看了，也每每發出會心一笑呢！像是幫寶寶買衣服，麗貝卡滿腦子名牌，還不知道寶寶是男是女，但是因為抵擋不住誘惑，竟然還是買了。關於這一點，我真的能夠理解，迎接第一個寶寶誕生，當然會很疼愛，有個可愛的孩子，也是父母親的驕傲啊，依照「購物狂」的本性，「買」是一定要的啦。

再說到幫寶寶買推車好了，面對各種商品，新手爸媽一定不知所措，而書中的爸爸盧克，想要一臺像跑車的推車，麗貝卡則偏愛時尚感推車，到底該聽誰的，要買那一臺推車，小倆口又是討論了半天，還僵持不下……賓果！書中的描寫，又再次反映了懷孕時，男女大不同的心情，關於買推車這件事，我跟我老公也正是麗貝卡和盧克的翻版呢！

從知道懷孕的那一刻起，血拼，似乎也有了更充分的理由：因為「一切不都是為了孩子嗎」！各種幼兒百貨專櫃，大小賣場，逛了一遍再一遍都不會嫌累，看著各種小朋友的用品，天啊，都覺得超可愛，就是想要給自己的寶寶所有最好的東西……當然挑一個好的婦產科醫師，讓寶寶能健健康康生下來也是很重要囉！妙的是，女主角麗貝卡除了挑個醫術高明的醫師，竟然還要挑個「時尚」的名醫，想要依照許多好萊塢女星的生產方式，來迎接肚子裡的新生命，好不容易用各種方法，終於擠進了女明星們最愛的名醫「全人生產中心」，只不過萬萬沒有想到，醫師竟然是老公盧克的前女友。前女友的突然出現，還要幫她接生，加上孕媽咪又容易想東想西，接下來麗貝卡懷孕的日子，在擔心懷疑的情緒中度過，心裡恐怕不太好受了……

對了，別以為麗貝卡只想著花錢，卻忘了理財哦，她也是很努力的買基金，做投資，想為小孩存一筆教育經費，雖然她理財的方式有一點「離譜」，但是用心的程度還是值得鼓勵，到底她投資方法有多離譜？看了書中的描述就可以知道了，保證讓讀者捧腹大笑！

雖然故事發生的地點是在英國，但是精品全球化的時代，書中提到很多的名牌童裝、嬰

兒精品，在臺灣也都可以買得到，我覺得關於這一點，對購物狂媽咪來說真是太棒了，這本書也似乎成了嬰兒精品的指南！（像我就為寶寶買了Ralph Lauren童裝、小豬鞋，還有…

…算了，還是別說，免得被老公知道。）

總之，麗貝卡真的是一個很妙的人，維持過去購物狂系列當中一貫的個性，天真浪漫，真情流露，一針見血道出許多購物狂的行為模式，即使當了媽媽，也還是一樣可愛。

過去，看過購物狂系列的讀者，這本最新的《購物狂寶寶》，保證令你再次難忘。沒看過的人，看完之後，也一定會想把一系列的書買回來看。如果你跟我一樣是個新手媽咪，更會覺得麗貝卡超強的購買力，讓人真是羨慕！精彩生動的故事內容，令人回味無窮，千萬不能錯過哦！

購物狂當媽媽，也要做自己

中時電子報執行主編　胡綺恩

購物狂的基因是不會輕易被改變的！不知道這是不是暢銷作家蘇菲‧金索拉的《購物狂》系列小說要告訴讀者的，作者在書中創造了一個熱愛血拼卻魅力不凡的角色——麗貝卡，這位整天發夢、一想到逛街眼睛就發光的女人，不管是上班或下班、心情好或不好、失業或瀕臨破產、離鄉背井也一樣。甚至即將為人妻為人母，她永遠是風雨無阻衝出逆境的買到底，彷彿潛藏在她體內的血拼基因有著磐石般堅定的意志力，只要可以買東西世界就能精神抖擻的運轉起來，任何想阻止她敗家的念頭都會被消滅⋯⋯直到永遠。

《購物狂與寶寶》是購物狂系列小說的第五個作品，前面計有《購物狂的異想世界》、《購物狂挑戰曼哈頓》、《購物狂，我們結婚吧》、《購物狂姐妹花》等暢銷著作，這次的故事主軸依然是圍繞著購物成癮的麗貝卡，怎麼持續發展「買」出一片天的偉大事蹟，不同的是，這次購物狂要當媽媽了，從一個窈窕淑女變身為大腹便便的孕婦，面對這樣的劇變，購物狂會心性大改洗心革面收斂一下囂張的購物慾望嗎？耶⋯⋯一丁點也沒有，反而將之延伸到你我無法想像的境界⋯⋯一場嬰兒用品血拼大戰，就此登場。

跟全天下即將成為母親的女人一樣，購物狂心中熱血沸騰著、眼中光芒閃爍著，「我一定要給小孩最好的！」於是寶寶購物清單裡有了下列勁爆的品項：

1. 嬰兒用的滑雪衣和小牛皮外套。產房大概是在冰天凍地的北極或冰島，所以需要這麼扎實的衣物來禦寒。

2. 價值一千兩百英鎊的搖籃。全身用美國太空總署用的科技素材打造，聽說裡面有溫度控制、變換燈光、安撫樂曲和電動搖擺功能，大概可以把寶寶直接送上太空。

3. 五臺嬰兒推車。這可不簡單喔，分別是散步用的越野型三輪推車、市區逛街喝咖啡型、方便折疊收納型、知名品牌可以放 iPod 型推車和上山下海戰鬥級推車。果然是購物狂，讓人一時之間想要肅然起敬報以熱烈掌聲。

從系列小說的第一本書開始，我們認識到美麗的主角總是在逛街，當然人家也會關心世界脈動和環境生態這些議題，哲理性思考的時間也不是沒有，只是一旦讓她看見購物袋飄過眼前，受損的慾望神經就即刻修復，繼續採購去。逛街買東西彷彿才是領會宇宙萬物所有生命意義的王道，於是像抓住生命真諦一般，她天天狂買女人衣櫥裡永遠會少一件的東西。麗貝卡不是天生就了解自己的，雖然每次進入百貨公司或購物中心都會有暈眩、臉紅、心跳等亢奮症狀，她還是經過許久才體認到自己是個購物狂的事實。幾度，她也曾效仿其他負債累累的卡債族想要改變入不敷出的窘境，於是努力製作花費計劃表，嘗試成為一個可以堅守理智而消費的上進人類，但畢竟膽識過人，積欠債務、花費無度這種豪爽的作為對她來說比

節約容易多了，然而當你閃過一絲好奇，是否初為人母的她會因過度消費而感到些許內疚……那顯然是想太多了。

蘇菲·金索拉筆下的購物狂所展現的媽媽形象，挑戰了傳統價值對這個身分的制式想像，故事裡的她被荒誕不經、誇張可笑的購買慾包裝起來，外在一片膚淺愚昧，但是隱含在內心的是無盡的體貼良善和充滿創意美感的才華，作者從她創造的購物狂角色來顛覆我們的現有價值的認知，也幫我們質疑，每天逛街買東西的人就一定沒大腦或膚淺嗎？生孩子的時候不能打扮得美美的嗎？精明幹練又專業的人就具備好的人格質地嗎？或者更確切的說，什麼樣的人就一定有著可以辨認的行為模式嗎？書中取巧的探索這一點。

女性的核心價值是什麼？這個答案在很久以前曾經單一又明確，相較之下現代女性的選擇空間寬廣多了，如此差異可不是幾天就演變出來的，這可是歷代許多先知卓見的女前輩爭取來的，而且別驚訝，搞不好就是一堆像麗貝卡這樣天馬行空的女性抗爭而來的，差別只在本書主角用的是喜劇方式征服傳統價值，所以不流血也不流淚。但令人納悶的是，現代女性已經有選擇自主權後，仍然在與傳統價值牴觸時選擇退讓，這時候很適合打開本書，好好看看書中主角怎麼個理直氣壯，怎麼釋放她腦袋中那些別人眼裡的蠢念頭，做真正的自己，並且記住，極端又經典的範例已經存在（書中的購物狂），所以不用害羞了。

於是我們看到即便要當媽的購物狂仍不改本色繼續瞎拼，繼續從自我得到滿足後享受單純的快樂，這個選擇造成的任何後果她一定要有本事承擔，因為她就是這樣，而她並沒有因

此喪失了表現自我美好的一面，或許她在別人眼裡會是個笑話，但是事情不到最後，我們通常很難確認誰才是真正的笑話！

書讀完，我開始診斷起自己是否已被同化，不然怎麼老覺得可以跟主角的內心世界深刻共鳴，也能心領神會其一舉一動，完了，難不成自己也有著絕對潛力成為購物狂一枚，還是，人人體內本就潛伏著購物狂病菌，只是還沒發作而已。

好好的依據書中的購物病症為自己診斷一番，看看自己是節制消費者還是重度購物狂，如果診斷結果為前者，恭喜你，找到了一本娛樂性十足並可在飯後茶餘瞎聊抬槓的笑料，如果診斷結果為後者，那也恭喜你，找對了一本克服困境的勵志書，因為本書對購物重症患者有深度的心靈關懷，也對失序的消費行為瞭若指掌，充分描繪出購物狂那種面對商品的狂喜之情和面對帳單的脆弱之心，精采的心路轉折讓人感覺不再孤單，搞不好你還可以因此化悲憤為力量，將家醜大力外揚，寫出自己的購物狂系列小說，說不定往後購物狂的形象因此有了更生的轉機。

最後，別讓這本書所呈現的浪漫情懷，釋放了你壓抑許久的購物慾望，認真想想，欠債還錢可是痛苦的，本書內容應該視為一本小說應有的閱讀樂趣，至於在書的縐褶之間，不小心悟出了什麼獨到的見解與真理，躲在棉被裡沾沾自喜就好了。

2003.7.30

布蘭登太太，

　　很高興認識您和布蘭登先生，更榮幸能成爲您的家庭理財顧問。

　　我目前正在爲您尚未出世的胎兒開立銀行帳戶和規劃投資基金事宜。近期內將可開始討論您和您先生想要替寶寶做何種投資。

　　期待在未來的幾個月中持續與您有進一步的合作。有任何問題都歡迎與我聯絡。

敬祝臺安

肯尼斯・普蘭登加斯特　家庭理財規劃師

2003.8.1

布蘭登太太，

　　感謝您的來信。關於您提出，針對寶寶的銀行帳戶是否有可透支
的問題，答案是有的，但是一般情況下寶寶應該是不會去使用這項功
能！

敬祝臺安
肯尼斯‧普蘭登加斯特　家庭理財規劃師

2003.8.7

布蘭登太太，

　　感謝您的來信。

　　關於您提到您和腹中胎兒的心電感應，的確是很有趣。雖然您表示「這是寶寶的要求」，不過，現階段寶寶帳戶的透支功能恐怕還不能開始使用。

敬祝臺安
肯尼斯・普蘭登加斯特　家庭理財規劃師

好，不要緊張。不需要緊張。

不要緊張。

「布蘭登太太，麻煩妳把上衣拉起來好嗎？」超音波技術員親切地看著我。「我會在妳肚子上塗一點潤滑凝膠，然後開始照超音波。」

「好！」我動也不動地說。「我只是有一點點……緊張。」

我既緊張又期待地躺在西敏醫院的病床上。我們馬上就會在螢幕上跟寶寶見面。這可是我們初次見面，上一次看到的時候還只是個小點點。我到現在仍然不敢相信自己懷孕了。十九個星期後，我，麗貝卡‧布蘭登，就要當媽媽了。我要當媽媽了！

我的老公是盧克。我們結婚才剛滿一年，所以這絕對是蜜月寶寶。我們度蜜月的時候去了很多地方，不過我算過了，我應該是在斯里蘭卡一家叫做烏納瓦圖納的超棒度假村受孕的，那裡有好多蘭花、竹林和美麗的風景。

烏納瓦圖納‧布蘭登。

烏納瓦圖納‧蘭花‧竹林‧布蘭登小姐。

不知道老媽會有什麼反應？

「我太太剛懷孕的時候出了一點意外。」盧克站在床邊說。「所以她有點擔心。」

他握著我的手以示支持。我在懷孕百科《懷胎九月》書上看到，要讓配偶參與懷孕的過程，他才不會覺得受到冷落，所以我都盡量讓盧克參與。譬如昨天我就邀他一起看《如何曬出均勻的膚色——孕婦指南》DVD。只不過他看到一半就想起要打個重要電話，所以很多都沒看到。可是重點是，我沒有冷落他。

「意外？」原本正在打電腦的技術員停了下來。

「我在暴風雨中找我姊姊時跌落山谷。」我說，「那個時候我還不知道自己懷孕了，所以我擔心可能影響到寶寶。」

「原來如此。」她同情地看著我。她棕色的頭髮已經有些灰白，用鉛筆纏成髮髻繞在腦後。

「不過小寶寶的生命力都很強。來看看就知道了。」

來了。我等待許久的這一刻終於來了。我緊張地掀開上衣，看著自己隆起的肚皮。

「麻煩妳把項鍊移開好嗎？」她說，「妳身上的項鍊還真不少。」

「這些都有特殊的意義。」我把項鍊串成一圈拉到旁邊。「這是阿茲提克族的懷孕標誌，這個是象徵懷孕的水晶……這個是可以發出音樂聲撫慰寶寶的球……這個是誕生石。」

「誕生石？那是什麼東西？」

「生產的時候放在手心的某個位置，可以舒緩生產時的不適。」我說，「這是紐西蘭毛利人的傳統。」

「嗯。」她挑起眉毛，在我肚皮上擠了點凝膠，把超音波探針放到我肚皮上輕輕地移動，螢幕上立刻出現模糊的黑白影像。

我緊張得無法呼吸。

這是我們的寶寶。就在我的肚子裡。我瞄了一下盧克，他正目不轉睛地看著螢幕。

「這是心臟的四個心室⋯⋯」超音波技術師把探針移來移去。「這是肩膀⋯⋯」她指著螢幕，我乖乖地瞇起眼睛，認真地看著，可是老實說，我只看到幾道曲線，根本沒看到什麼肩膀。「一隻手臂⋯⋯手掌⋯⋯」她皺了皺眉，沒有把話說完。

房間內很安靜。我突然感到一陣恐懼。我知道她為什麼會皺眉，因為寶寶只有一隻手。我的心裡突然湧起一股強烈的母愛，眼眶含淚。沒關係，就算寶寶只有一隻手，我也會很愛他。不，我會更愛他。我和盧克會帶他去世界各地找最好的醫生，以他的名義成立基金會，如果有人敢用奇怪的眼神多看我的寶貝一眼⋯⋯

「⋯⋯和另外一隻手。」她的話打斷了我的思緒。

「另外一隻手？」我抬起頭，哽咽地說，「他有兩隻手？」

「對⋯⋯對啊。」她嚇了一跳，似乎不知道怎麼回答。「妳看，就在這裡。」她指著螢幕上十隻細瘦的小指頭。

「對不起。」她遞了張面紙給我。我擦乾眼淚說，「真是鬆了一口氣。」

「目前看來一切都很好。」她安慰我說，「不用擔心，懷孕的時候情緒起伏本來就比較

劇烈，這都是因為賀爾蒙分泌特別旺盛的關係。」

大家最近都一直提到賀爾蒙、賀爾蒙。我才沒有！我很正常。昨天晚上我看到電視廣告上的小狗就忍不住哭了起來，盧克就說我賀爾蒙分泌過剩。是那個廣告太催淚了。

「好了。」她又按了幾下鍵盤，一長串黑白超音波照片從印表機掃瞄出來。她把照片拿給我，我看了一下第二張，隱約可以看到寶寶的頭形，還有小鼻子和小嘴巴。

「都檢查完了。」她人連椅子一起轉過來說，「妳想知道寶寶的性別嗎？」

「不想，謝謝。」盧克微笑著說，「麗貝卡，我們不是已經討論過了嗎，我們不想事先知道寶寶性別，否則就沒有驚喜了。」

「很好。」技術師微笑著說，「既然你們已經決定了，那我不說就是了。」

「不說就是了？意思是說她知道寶寶的性別，也就是說她現在就可以告訴我們了！」

「我們也沒有真的決定啦。」我說，「有確定了嗎？」

「有啊。」盧克嚇了一跳。「妳不記得了嗎？我們不是討論了一整個晚上，說好到時要給我們自己一個驚喜。」

「好像是哦。」我忍不住一直看著照片中寶寶模糊的影像。「可是我們可以現在就先享受這個驚喜！感覺也一樣啊！」

好吧，也許不完全如此，可是難道他不想知道？

「妳真的想要現在就知道嗎？」我看得出來，盧克臉上有一絲失望的表情。

「嗯……」我猶豫了一下。「如果你不想知道就算了。」

我不想讓盧克失望。自從我懷孕之後，盧克就一直對我好體貼、好溫柔。尤其是我最近常想吃一些奇奇怪怪的東西，譬如前幾天我突然好想吃鳳梨，又好想要粉紅色的小外套，盧克還特地開車載我去買。

他正準備開口，手機就突然響了起來。他把手機從口袋拿出來，卻被技術員擋了下來。

「不好意思，這裡不能打手機。」

「好。」盧克看了一下來電顯示，皺了皺眉。「是伊恩，我最好趕快回電。」

我不用問就知道是哪一個伊恩。一定是雅克達斯集團的行銷總監伊恩‧惠勒。盧克自己開了一家布蘭登公關顧問公司。雅克達斯集團是盧克的新客戶，也是很大的客戶。能夠爭取到這樣的大客戶，是很了不起的事情，不但大大提高盧克公司的業績，他也因此新聘了許多員工，甚至打算在歐洲大陸成立新的辦公室。

這一切對布蘭登公關顧問公司都是很好的消息，可是一向認真的盧克也因此更投入工作。我從來沒有看過他這樣聽命於一個人的命令，只要伊恩‧惠勒打電話來，他一定在五分鐘內回電。不管他是在開會還是在吃飯，即使半夜也要馬上回電。他說服務業就是這樣，而且雅克達斯是他的超級大客戶，只要對方付了錢，他就一定要服務他們。

我只能說，伊恩‧惠勒最好不要在我生產的時候打來，否則我就把手機從窗戶丟出去。

「請問這裡有電話可以借我用嗎？」盧克問她。「麗貝卡，我去打個電話好……」

「沒關係，去吧。」我揮揮手。

「跟我來。」她站了起來。「布蘭登太太，請稍等我一下。」

他們兩個一起走了出去，門砰一聲關上。

只剩下我一個人。電腦還開著，超音波的探針就放在螢幕旁邊。

我只要把手伸過去……

別傻了。我又不會操作，而且這樣就不是驚喜了。如果盧克想要等出生的時候才知道寶寶的性別，那就等吧。

我左右挪動了一下，看看自己的指甲。我可以等，我當然可以等，我只要把手……

不行。要等到十二月。可是那東西就在這裡……四下無人……我只要偷看一下就好，一下下就好。我不必把結果告訴盧克，等到寶寶出生的時候，再給他一個驚喜。雖然我可能就不會那麼意外了，不過沒關係。好，就這樣做。

我靠了過去，把超音波探針拿起來，在肚皮上抹了一點潤滑凝膠。螢幕上又出現模糊的影像。

成功了！只要稍微調整一下角度，就可以照到關鍵部位……我皺著眉頭，專心地照著自己的肚皮，一下子照這邊，一下子照那邊，伸長了脖子往前看。比我想像中容易多了！也許我應該改行做超音波技術員，我覺得自己還蠻有天分的。

這裡是頭。哇，還真大！這應該是……

我屏住呼吸，手停在那裡。我看到了。我看到寶寶的性別了。

是男生！

影像沒有剛才超音波技術員照的那麼清楚，不過還是看得出來。盧克和我要生個小男生！

「嗨！」我大聲地對著螢幕說，聲音感動得有些沙啞。「嗨，小寶寶！」

淚水滑落我的臉頰。我們要生個小男生了！我可以給他穿吊帶褲，幫他買三輪車，盧克可以跟他一起打板球，名字就取……

天啊，我們還沒有想好名字。

不知道盧克覺得柏金這個名字怎麼樣？那我就可以買個柏金包「當媽媽包。

柏金‧布蘭登。這個名字真好聽。

「嗨，小寶寶。」我輕柔地呼喚著螢幕上的影像。「叫你柏金好不好？」

「妳在做什麼？」超音波技術員的聲音把我嚇了一跳。她站在門口，又驚又氣地說，

「這是醫院的儀器！妳弄壞了怎麼辦？」

「對不起。」我擦乾眼淚。「我只是忍不住想看一下。盧克，我剛才在跟寶貝說話，真是太……太感人了。」

「我也要看！」盧克的眼睛亮了起來，跟著超音波技術員大步走過來，「在哪裡？」

我一定要跟盧克分享這神奇的一刻，我才不管這樣會不會破壞他的驚喜。

「那是他的頭！」我指著螢幕說，「嗨，寶貝。」

「他的臉呢？」盧克疑惑地問。

「不知道。在另外一邊吧？」我揮了揮手。「我是媽咪，這是爸爸！我們很愛你……」

「布蘭登太太。」超音波技術員插話說，「那是妳的膀胱。」

我怎麼知道那是我的膀胱？看起來跟小嬰兒好像。

我們走進婦產科醫師的診療室時，我的臉還是好紅。超音波技術員把我訓了一頓，說我可能會傷到自己，把機器弄壞，後來還是盧克答應要捐一大筆錢給醫院買新的掃瞄儀器，她好不容易才放我們走。而且她還說我根本就沒有找到寶寶，更不可能看到性別。哼。

不過看到布萊恩醫生，我的心情就好多了，因為他很會安慰人。他已經六十多歲了。他穿著條紋西裝，灰白的頭髮修剪得很整齊，身上還帶點古龍水的香味。他接生過好多好多寶寶，甚至盧克出生的時候也是他接生的。我實在很難想像盧克的媽媽生產的樣子，不過顯然她一定有生過小孩。當我一發現自己懷孕之後，盧克就說要問布萊恩醫生還有沒有在接生，他說布萊恩醫生是全國最好的婦產科醫師。

「嗨。」布萊恩醫生熱情地握著盧克的手。「最近好嗎？」

❶ Birkin，柏金包，Hermes的名牌包款。

「很好。」盧克在我旁邊坐了下來。「大衛最近好不好?」

大衛是醫生的兒子,也是盧克的同學。我們每次見面,盧克都會先問大衛的近況。

布萊恩醫生想了一下,沒有馬上回答。這是他唯一一點讓我有點討厭的地方。不管你問什麼,他都要想好久才回答,有時候只是隨便聊聊,他也把你的問題當成什麼重要的大事一樣思考。譬如上次我只是隨口問他的領帶在哪裡買的,結果他想了五分鐘,後來還打電話問他太太,可是其實我一點也不覺得那條領帶好看。

布萊恩醫生想了很久才點頭說,「他很好。」然後繼續默默地看著剛才的超音波照片,過了許久才又說,「很好。一切正常。麗貝卡,有沒有什麼問題?」

「沒有!」我說,「我很高興寶寶沒事。」

「妳還在上班嗎?」醫生看著我剛才填的表格說。「會不會太累?」

盧克忍不住笑了出來。真沒禮貌。

「我……」我想了一下該怎麼說。「也還好。」

「麗貝卡在 The Look 百貨公司上班。」盧克說,「就是牛津街上那家新的百貨公司。」

「啊。」醫生的臉頓時垮了下來。「我了解。」

每次跟別人提到我的工作,對方不是尷尬地把目光移開,轉移話題,就是假裝沒聽過每次跟別人提到我的工作,因為最近新聞一直在報導,昨天《全球日報》才說這是「英國史上業績最慘的百貨公司」。

The Look 百貨公司。問題是根本不可能沒聽過,因為最近新聞一直在報導,昨天《全球日報》才說這是「英國史上業績最慘的百貨公司」。

其實公司業績不佳對我有一個好處，就是我可以隨時請假去看醫生或上媽媽教室。就算我在外面混久一點也沒人知道。

「應該很快就會比較好了。」布萊恩醫生鼓勵我說。「還有其他問題嗎？」

我深呼吸一口氣。「有，我還有一個問題。」我猶豫了一下才說，「既然超音波看起來都沒問題，你覺得現在可以……可以……」

「當然可以。」醫生點點頭，似乎知道我要問什麼。「很多夫妻在太太懷孕初期都會節制房事……」

「我不是說那個啦！」我驚訝地說，「我是說逛街。」

「逛街？」布萊恩醫生嚇了一跳。

「我還沒有開始買寶寶要用的東西。」我說，「我怕這樣不吉利。既然現在超音波都沒問題，我今天下午就可以開始逛街了！」

我真的好興奮。為了買寶寶的東西，我已經等了好久好久。我聽說國王路上開了一家新的嬰兒用品專賣店，叫做寶貝城。我今天下午還特地請假要去那裡逛逛。

我轉過頭，發現盧克正疑惑地看著我。

「親愛的，妳還沒開始買嗎？」他問。

「寶寶要用的東西我都還沒有買！」我馬上抗議。「你也知道啊。」

「那……那件 Ralph Lauren 小睡衣、那隻木馬，還有粉紅色有翅膀的仙女裝是什麼？」

「那些都是『幼童』的東西。」我義正嚴詞地說。「我還沒有買『寶寶』要用的東西。」

如果他連這個都分不清楚，怎麼當個好爸爸？

「如果寶寶是男生呢？」盧克問我，「妳要他穿那件仙女裝嗎？」

其實，我是打算要自己穿。那件質料很有彈性，我早就試穿過了。不過，我才不要讓他知道這件事。

「我沒想到你竟然會有性別歧視。」我不屑地說。

布萊恩醫生不知所措地聽著我們的對話。「所以你們不想先知道寶寶的性別？」他插話問。

「不用了，謝謝。」盧克堅決地說，「我們想把它當成一個驚喜。對不對？」

「呃……對。」我假意咳了兩聲。「除非醫生認為有不可抗的醫療因素，我們一定要先知道寶寶的性別。」

我瞪著布萊恩醫生看，可是他根本就沒有意會出我的意思。

「完全沒有。」他高興地說。

可惡！

我們又繼續坐了二十分鐘。不過只有三分鐘是在做檢查，剩下的時間布萊恩醫生都在跟盧克討論以前學校的板球比賽。為了禮貌，我儘量坐在一旁靜靜地聽，可是卻忍不住不耐煩

地動來動去。我要去寶貝城！

我們終於可以走了。繁忙的街道上，有名婦女推著復古的銀色嬰兒推車從我們旁邊經過。我偷偷地打量了一下。我想要一臺像這樣有銀色大輪子的嬰兒推車，不過我要把它漆成亮粉紅色，一定會很好看。大家都會說我是那個「推著亮粉紅色嬰兒推車的女孩」。如果寶寶是男生，我就把它漆成淺藍色，不，水綠色好了，然後大家都會說我是……

「我今天早上跟仲介聯絡過。」盧克的話打斷我的思緒。

「真的嗎？」我興奮地抬起頭，「已經找到了嗎？」

「沒有。」

「喔。」興奮的心情馬上又消了。

我們現在住的是盧克多年前買的頂樓公寓。房子很漂亮，可是沒有院子，又鋪滿米色的地毯，不太適合小寶寶。幾個星期前，我們決定把它賣掉，另外找適合家庭居住的大房子。

結果我們的房子一下子就賣出去了。不是我在自誇，這都要歸功於我的巧手妝點。我點了好多蠟燭，還在浴室放了一瓶浸在冰桶裡面的香檳，當然還有很多強調「生活品味」的小東西，譬如去看歌劇時帶回來的節目手冊，還有跟我的上流社會朋友蘇西借的社交宴會的邀請函。有對卡爾森夫妻一看到就決定立刻買下，而且還付現金。

只是那樣一來，我們就沒地方住了。到目前為止，我們還沒有找到喜歡的房子。房屋仲介一直說最近沒什麼好房子，建議我們要不要考慮先租一陣子？

我不想租房子。我想要有個漂亮的新家，迎接我的寶寶。

「如果我們無家可歸，流落街頭怎麼辦？冬天就快到了，到時候我的肚子就很大了！」我抬頭看著盧克。

我突然想像自己在倫敦最熱鬧的牛津街上流浪，聽合唱團唱耶誕聖歌的模樣。

「親愛的，我們當然不會無家可歸，只是仲介建議我們放寬一下條件。」盧克頓了一下才又說，「我想他的意思是要妳放寬一下妳的條件。」

怎麼可以這樣講！是他們在問卷上說「請特別註明您的需求」。我註明了，結果他們卻抱怨。

「譬如說我們不需要一間專門放鞋子的房間吧？」他說。

「可是……」我正想抗議，結果一看到他的表情就說不下去了。自從在電視節目《豪門風雲》上看到有人設置專門擺放鞋子的房間之後，我就很想要。「好吧。」我乖乖地說。

「區域選擇可能也要放寬。」

「好啊。」我說，盧克的手機剛好響了起來。「我覺得這主意不錯。」是盧克一直想住在倫敦西區的梅達威爾，又不是我。其實我覺得很多地方都很適合。

「盧克‧布蘭登，你好。」他用最專業的語氣說。「嗨，對啊，我們已經照完超音波了。看起來還不錯。」

「是潔西打來的。」他轉頭對我說，「她說妳的手機沒開。」

「是潔西！」我高興地說，「我要跟她說話！」

潔西是我姊姊。我的姊姊。想到姊姊就好興奮。我從小就一直以為自己是獨生女，後來才知道其實我有個同父異母的姊姊。一開始我們處得並不好，可是後來我們被一場暴風雨困住，經過一番談心之後，就變成好朋友了。

自從她去瓜地馬拉做地質研究以來，我們已經好幾個月沒見面了。不過我們一直都有用電話和電子郵件保持聯絡，她還寄了一張她站在懸崖邊的照片給我（竟然沒有穿我送的毛皮短外套，反而穿一件好難看的藍色雨衣）。

「我要回辦公室了。」盧克說，「麗貝卡要去逛街。妳要跟她講嗎？」

「別說我要逛街啦！」我驚慌地說。他明明知道不能在潔西面前提到「逛街」兩個字的。

我做了個鬼臉，把電話接過來。「嗨，潔西，還好嗎？」

「很好。」她的聲音聽起來好遙遠，電話雜音好多。「我是想問超音波的結果如何。」

我好感動，她竟然記得。她現在很可能只靠一條繩索掛在某個懸崖上鑿石頭，卻特地打電話來關心我。

「都很好！」

「盧克剛剛告訴我了。真是太好了。」我聽得出來，她鬆了一口氣。我知道我為了去找她而摔落山谷的事情，害她一直很內疚，因為……

算了，說來話長。只要寶寶沒事就好了。

「盧克說妳要去逛街？」

「只是添購一些基本的嬰兒用品。」我故做輕鬆地說。「一些……呃……去二手店買舊尿布。」盧克在一旁大笑。我連忙轉到一旁。

我姊姊潔西不喜歡逛街也不喜歡花錢，她認為邪惡的消費主義正在破壞地球生態，而且她以為我也跟她一樣變節儉了。

我真的嘗試過一個禮拜。訂了一大袋燕麥片、去慈善二手店買衣服，還自己煮扁豆湯。可是節儉過生活好無聊，不但喝湯喝到膩，又不能花錢買雜誌，還要把用剩下的肥皂糊成一塊繼續用，然後那一袋燕麥片又佔了盧克的高爾夫球具的空間。最後我把那一整袋都丟了，直接買現成的來吃。

只是這些都不能讓潔西知道，不然會破壞我們姊妹的感情。

「妳有沒有看到那篇幫寶寶做擦屁股的濕紙巾的文章？」她興奮地說。「好像很簡單。我已經開始幫妳留布了。我們可以一起做。」

「嗯……好啊！」

潔西常常寄一本叫做《節儉育兒》的雜誌給我，封面都是「二十五英鎊以下的嬰兒房！」之類的標題，還有穿著麵粉袋的寶寶照片，讓我一點也提不起興致。我才不想讓寶貝睡在三英鎊的塑膠洗衣籃裡面，我想要買一個旁邊有白色縐折的可愛小搖籃。

現在潔西繼續說著一種可重覆穿的麻質嬰兒服，我想該是結束這話題的時候了。

「我得走了，潔西。」我插話說，「妳會參加媽的生日派對？」

下禮拜是我媽六十歲的生日派對，邀請了很多人，不但有樂團演奏，還有鄰居馬丁的雜要表演。

「當然！」潔西說，「一定會去！拜拜！」

「拜！」

我掛上電話。盧克剛好攔到一輛計程車。「要不要順路送妳去二手店？」他幫我開門時問我。

哈哈，很好笑。

「國王路上的寶貝城，謝謝。」我告訴司機。

「你要不要一起來？」我突然一陣興奮。「我們可以一起挑嬰兒車，然後找家餐廳喝個茶……」

我看盧克的表情就知道他不可能去了。

「寶貝，我要先回公司，等一下要跟伊恩開會。我下次再陪妳好不好？我保證。」算了。我知道他正忙著雅克達斯的案子，而且他也已經陪我去照超音波了。

「妳看起來容光煥發。」他伸手抱住我說。

「真的嗎？」我開心地回答。老實說，我今天真的心情很好。我穿著新的 Earl 孕婦牛仔

褲，布面的楔形平底高跟鞋，Isabella Oliver的性感露背繞頸上衣，我還故意往上摺，露出一點點古銅色的肚肚。

我以前怎麼都不知道懷孕這麼棒！肚子是會變大沒錯，可是這樣腿看起來就比較細，而且乳溝也突然變得好深（坦白說，盧克還蠻喜歡的）。

「再把超音波照片拿出來看一下。」他說。

我從皮包裡面找出那一疊黑白影像，兩個人靜靜地欣賞著寶貝臉龐的輪廓和圓圓的頭。

「我們孕育的新生命。」我專注地看著手中的照片低聲說。「好神奇。」

「是啊。」盧克抱緊我。「這將是我們這輩子最神奇的旅程。」

「大自然的力量真是驚人。」我咬著下唇，情緒又開始起伏了。「我的母性開始發揮，好想……好想把一切都給寶寶。」

「寶貝城到了。」計程車司機說。車子停靠在路邊，我抬頭一看，映入眼簾的是一家好棒、好新的店面。整間店的陳設以米黃色為主調，搭配紅色條紋的遮陽蓬，門口站著打扮成玩具兵的門房，櫥窗裡擺滿小朋友的東西，有好多好漂亮的小嬰兒衣服，一張五○年代凱迪拉克造型的嬰兒床，還有一個真的摩天輪在那邊轉啊轉……

「哇！」我打開計程車的車門。「不知道那個摩天輪有沒有在賣？再見囉……」

我的腳剛踏下車，突然聽到盧克大喊，「等一下！」我轉過頭去，他似乎有點擔心地把頭探出來說，「麗貝卡，寶寶不需要那麼多東西！」

我怎麼會等到現在才開始採購寶寶的東西？

我剛抵達寶貝城嬰幼兒用品百貨公司的一樓。地上鋪著柔軟的地毯，店裡播放著輕柔的兒歌，門口還有大型絨毛玩具。一名打扮成彼得兔的店員拿了一個白色的籐編購物籃給我。

我緊抓著購物籃，心動地東看看西看看。

聽說女人在當了媽媽之後，重心會轉變。果然沒錯。這是我這輩子第一次沒有一直想著我自己。真的！我完全都在想寶寶。

一邊是成排的嬰兒搖籃和音樂轉鈴，另一邊是散發著誘人金屬光澤的嬰兒手推車，在我面前則是好多好多小嬰兒的衣服。我往前踏了一步，用渴望的眼神看著那些可愛的小兔兔鞋、迷你版的小牛皮外套……全套的 Dior 嬰兒服系列……還有，天啊，Dolce 幼童服飾……

不行。要冷靜，要有規劃。我需要一份採購清單。

我從包包裡拿出《懷胎九月》，翻到第八章的「採購嬰兒用品」，開始仔細研究。

嬰兒服

不要買太多小嬰兒的衣服。方便洗滌的白色服飾最適合小嬰兒。三件簡單的連身衣和六

件紗布內衣就夠了。

我楞了一下。其實書上說的也不一定要完全參考。書的前言不是就說了嗎，「不需要參考本書所有的意見。每個寶寶都不一樣，妳應該要按照自己的直覺來照顧寶寶。」

我的直覺就是寶寶需要一件小牛皮外套。

我連忙走過去看外套上面的尺碼標籤：「新生兒」、「小嬰兒」。我怎麼知道我的寶寶算是小嬰兒還是大嬰兒？我摸了摸肚子。現在感覺還很小，不過以後會不會變大我也不知道。

為了保險起見，乾脆兩件都買。

「這裡有那件寶寶雪衣！」一隻經過精心修剪的手突然出現在我面前，拿了一件掛在高級黑色衣架上的白色連身外套。「我找這一件好久了。」

「我也是！」我立即抓起架上最後一件。

「妳知道在哈洛德百貨公司要等六個月才能買到一件嗎？」剛才那個大腹便便的金髮女郎說。她穿著綠色的繫帶式圍裹彈性上衣和牛仔褲。「天啊，這裡整套系列都有。」她開始不停地把衣服放進手上的購物籃。「妳看！他們還有小豬鞋。」

我怎麼這麼遜？怎麼會沒有聽過這些牌子？我看著眼前的嬰兒服飾，心裡有些緊張。我根本不知道現在在流行些什麼，我對嬰幼兒時尚一無所知。現在只剩下四個月左右的時間可

以趕進度。

對了，我可以去問蘇西。蘇西是我最好的朋友。她有三個小孩，恩尼斯、威爾菲和克萊曼汀。可是她的狀況不一樣。她的小朋友穿的都是家族留下來，由她媽媽的貼身僕人手工做的罩衫，睡的是他們家族宅邸裡的古董搖籃。

我拿了幾雙小豬鞋、幾件連身褲裝，和一雙雨鞋。接著又瞄到一件好可愛的粉紅色小洋裝，上面的扣子是彩虹的顏色，還有同色系的小內褲和小襪子。可是如果我們生的是男寶寶怎麼辦？這樣不行，我一定要想辦法知道寶寶的性別。

「妳有幾個小孩了？」剛才那個穿著綠色上衣的孕婦一邊找鞋子的尺碼，一邊問我。

「第一個。」我指著凸出的小腹說。

「真的嗎？跟我朋友薩絲琪亞一樣。」她指著一名黑髮女子說。那女子正在旁邊講手機，身材瘦得跟竹竿一樣，根本看不出來是孕婦。「她剛才發現自己懷孕了。好棒哦！」

薩絲琪亞掛上電話，一臉興奮地朝我們走過來。

「成功了！」她說，「維妮莎·卡特醫生答應幫我接生！」

「真的嗎？太好了！」綠色上衣的孕婦丟下手中的購物籃，抱住薩絲琪亞，購物籃剛好壓在我腳上。「不好意思！」她開心地說。我幫她把籃子撿起來。「真是太好了！維妮莎·卡特耶！」

「妳也是去看維妮莎·卡特醫生嗎？」薩絲琪亞突然問我。

我根本不知道維妮莎・卡特是誰。我真是什麼都不知道。

「我從來沒聽過這個名字。」

「怎麼可能?」綠色上衣的孕婦瞪大眼睛,「就是現在最紅的婦產科醫師啊!」

現在最紅的婦產科醫師?

我的臉開始紅起來了。竟然有個我不知道的現在最紅的婦產科醫師?

「就是從好萊塢來的那名醫師。」她又繼續說,「她幫好多好萊塢的電影明星接生過,茶會,大家都帶自己的寶寶來參加,還可以收到好多很棒的贈品……」

妳應該聽過她的名字。她現在搬到倫敦了,好多超級名模都找她接生。她還會幫產婦辦下午

我一邊聽,心臟一邊不停地快速跳動。贈品?跟名模一起喝下午茶?我竟然不知道這些

事情?我怎麼會沒有聽過維妮莎・卡特?

「那她接生的技術怎麼樣?」我問她。

「維妮莎很棒!」薩絲琪亞似乎比她朋友更興奮。「她跟那些傳統的醫生不一樣,她可以跟產婦作心靈上的溝通。我的主管艾曼達就是在灑滿蓮花的水中生產,生產的時候還有泰式按摩。」

泰式按摩?布萊恩醫生從來都沒有提過什麼泰式按摩。

「都是盧克的錯。都是他直接帶我去看布萊恩醫生,我們根本沒有考慮其他醫生。」

「我先生好小氣,不肯出錢讓我給她接生。」綠色上衣的孕婦說。「妳運氣真好。」

「要怎樣才能約到她？」我忍不住脫口問。「妳有地址還是電話嗎？」

「這……」她兩個交換疑惑的眼神。「妳可能已經來不及了，她應該早就約滿了。」

「這個給妳，妳可以試試看。」薩絲琪亞從她的Mulberry名牌包拿出一本手冊，上面有一個小嬰兒的圖案，高雅的藍色字體寫著「維妮莎‧卡特」。我翻開手冊，立刻看到一排名人的感謝詞。我翻到背面，發現診所就在梅達威爾。

梅達威爾！我們就住在梅達威爾！這一定是上天注定！

「謝謝。」我興奮地說，「我會試試看。」

「盧克！」我大喊，「還好你在！我要告訴你一件事！」

「麗貝卡，妳沒事吧？怎麼了？」

「我沒事。告訴你，我們要換醫生了。我剛才發現有個專門幫名人接生的婦產科醫師叫做維妮莎‧卡特。有好多人都是給她接生，她很厲害，而且她的診所就在我們家附近。我等一下就要打給她。」

「麗貝卡，妳在說什麼？」盧克根本不相信我。「我們已經有醫生了，非常好的醫生。」

「為什麼要換呢？」

「他都沒有在聽嗎？」

「我知道。」我說，「可是這個醫生幫很多電影明星接生！她用的是全人生產的方式。」

「什麼叫『全人的生產方式』？」盧克似乎不怎麼領情，他怎麼這麼固執啊？

「大家的生產方式都很特別，她還會幫產婦作泰式按摩！我剛才在寶貝城遇到兩個孕婦，她們說⋯⋯」

「我看不出這個女醫生有哪一點比得上布萊恩醫生。」盧克打斷我的話，「布萊恩醫生很有經驗、醫術好，又是我們家的世交⋯⋯」

「可是⋯⋯可是⋯⋯」我氣得快要跳腳。

「可是怎樣？」

我無話可說。總不能說「可是他沒有跟超級名模一起喝下午茶吧」？

「也許我想找女醫師接生！」我突然靈光一閃。「你怎麼就沒考慮到這一點？」

「那我們可以不能請布萊恩醫生幫我們推薦。」盧克說，「麗貝卡，他已經幫我們家族接生很多年了。我們不能只憑幾個不認識的陌生女人的話就隨便換醫生。」

「可是我們沒有隨便換醫生啊！她很有名，幫很多名人接生！」

「不要再說了。」盧克的口氣突然變得很強硬。「妳的孕程已經過了快一半，我們不換醫生。這件事情到此為止。」伊恩來了，我要走了。拜拜。」

電話咯一聲掛斷。我氣嘟嘟地瞪著手機。

他沒有權力決定我得看哪個醫生，或是不看哪個醫生。布萊恩醫生有什麼了不起的？我把手冊丟進包包，氣得看到什麼衣服就丟進購物籃。

盧克根本就不懂。如果那些電影明星都找她接生，她的醫術一定很不錯。

如果能找她來接生一定很棒。

我腦海中突然浮現一個畫面。我躺在醫院裡，手裡抱著我的寶寶。隔壁的床上躺著凱特·溫斯蕾，另一邊則是名模海蒂·克隆。我們變成好友，互相送對方小禮物，我們的小寶寶從小就成為好朋友，一起去公園散步，照片還登上影劇新聞，標題是「凱特·溫斯蕾推著嬰兒車跟朋友聊天」，或「跟好友麗貝卡聊天」。

「妳要不要再拿一個購物籃？」店員指著我手裡快要滿出來的籃子說。我一直往裡面塞東西，沒注意到籃子快滿了。

「謝謝。」我楞楞地從他手中又拿了一個籃子，晃到小帽子那邊，還在想剛才那件事。

我才不管盧克怎麼說，我要去看維妮莎·卡特。

我一氣之下，決定拿出手機和剛才的手冊，走到店裡某處安靜的角落，輸入手冊上的電話號碼。

「維妮莎·卡特醫師的診所，你好。」接電話的小姐口音聽起來好上流社會。

我用最甜美的嗓音說。「我的預產期在十二月。我聽說維妮莎·卡特醫師非常能不能幫我預約？」

「卡特醫師的時間都被約滿了。」她很有禮貌地說，「真的很想看她！我真的想要全人式的水中生產。我就住在梅達威爾，我願意付

比一般行情還高的費用。

「卡特醫師眞的⋯⋯」

「我是私人購物顧問，我願意免費提供卡特醫師專業的協助。」我連忙說，「我先生是一家公關公司的老闆，他也可以替卡特醫師作免費的宣傳！當然，卡特醫師不一定有需要。」

我說，「可不可以麻煩妳幫我問一下？」

一陣沉默。

過了許久她才說，「請問您貴姓大名？」

「麗貝卡·布蘭登。」我興奮地說，「我先生是盧克·布蘭登，布蘭登公關公司總經理

⋯⋯」

「布蘭登太太，麻煩您稍待。醫生⋯⋯」電話突然切換，播放古典樂曲四季的音樂。

我站在一群白色小兔子的展示區旁邊，握著我身上所有的項鍊，心裡不停地向印度毗濕奴女神默禱。她過去可是幫了我不少忙。

「布蘭登太太？」

「喂？」我鬆開手中的項鍊。「我就是！」

「卡特醫師可能會有空。我們過幾天再跟您聯絡。」

「好！」我倒抽一口氣，「謝謝妳！」

2003.8.14

親愛的麗貝卡·布蘭登女士，

　　感謝您的來信。隨信附上行程表、醫生的診斷證明，還有超音波的照片。

　　我了解，您未出世的寶寶的確曾經多次搭乘皇家航空公司的班機。但是很遺憾，由於您的寶寶並沒有購買機票，因此我們無法幫他累積里程。

　　很抱歉。歡迎您再次搭乘皇家航空。

瑪格麗特·麥克納　皇家航空公司客服經理

我沒有再跟盧克提過維妮莎‧卡特的事情。

第一，又還沒有確定。第二，我從婚姻生活中學到一些事情，譬如不要當老公忙著在阿姆斯特丹和慕尼黑成立分公司的時候，找他討論可能會有爭議的事情。他剛出差一個禮拜，昨天晚上才回來，幾乎快累翻了。

而且換醫生還不是唯一一件麻煩事。我把賓士車刮出一條痕（不是我的錯，要怪就怪那根柱子），還有他下次去米蘭出差的時候，我要請他幫我買兩雙Miu Miu的鞋子回來。

現在是星期六早上，我把筆記型電腦放在大腿上，正在書房上網。幾個月前我剛發現網路銀行的妙處。網路銀行真的好方便，可以隨時上網，又不用擔心銀行會寄對帳單來，所以也不用擔心被別人（譬如說老公）看到。

「麗貝卡，我剛才收到我媽寫來的信。」盧克拿著一封信和一杯咖啡走進來說。「她向妳問好。」

「妳媽？」我掩飾不住心裡的驚恐。「妳是說依蓮娜嗎？她要幹嘛？」

盧克有兩個媽媽。他親切又可愛的繼母安娜貝爾跟他爸爸住在戴文郡。我們上個月才回去探望過他們。他的親生母親依蓮娜則住在美國。她在盧克很小的時候就離開他了。就我的

44

角度來看，我覺得最好跟她斷絕聯絡。

「她要帶著她收藏的藝術品到歐洲巡迴展覽。」

「為什麼？」我的腦海中突然浮現依蓮娜手裡夾著名畫搭巴士旅遊的樣子。不太像是她的作風。

「她借給義大利的烏菲茲美術館展覽，接著又要去巴黎的畫廊展出……」盧克突然停了下來。

「麗貝卡，妳該不會以為她是帶著她的收藏來渡假吧？」

「當然不是。」我一板正經地說。「我非常清楚你的意思。」

「總而言之，她今年底會來倫敦，她想看看我們。」

「盧克……你不是說你很恨你媽媽，永遠都不想再看到她？」

「麗貝卡，別這樣。」他微微地皺著眉說，「她就要當奶奶了，我們不可能完全不跟她聯絡。」

我很想說「當然可以」。不過，我只是勉強地聳聳肩。他說得沒錯。不管怎樣，這是她的孫子，流著她的血液。

天啊，如果寶寶很像依蓮娜怎麼辦？我腦海裡浮現我的寶貝穿著米色的香奈兒套裝，躺在手推車裡面瞪著我說，「媽，妳怎麼穿著一身便宜貨」的樣子。

「妳在做什麼？」盧克的話打斷了我的思緒。我突然發現他正朝我這個方向看過來，盯著我筆記型電腦的螢幕。

「沒什麼。」我連忙說，「我在看銀行對帳單……」我趕快點了幾下滑鼠，想把視窗關掉。可惡，當掉了。

「怎麼了？」盧克說。

「沒事。」我有點慌張地說，「我……先關機好了。」我故作輕鬆地拔掉後面的電源線，可是螢幕還是亮著，我的對帳單還在螢幕上。

盧克越走越近。我其實不太想給他看。

「我幫妳試試看。」他走到我的椅子旁邊。「妳在銀行的網站上嗎？」

「呃……算是吧。沒關係，我自己……」我把肚子凸出來，試圖擋住螢幕，可是盧克已經看到了。他看著螢幕，驚訝地說不出話來。

「麗貝卡。」他過了許久才開口，「我有沒有看錯？納米比亞第一信用合作社？」

「呃……沒錯。」我假裝若無其事地說。「我申請了一個網路銀行帳戶。」

「在納米比亞？」

「對啊，他們寄了一封信給我，提供給我非常優惠的利率。」我有些不滿地說，「這麼好的機會，怎麼可以錯過？」

「麗貝卡，難道妳每一封垃圾信都回嗎？」盧克問我，「那妳是不是也有很多威而剛的替代藥品？」

我就知道他不懂。我可是妥善地運用銀行的服務。

「不要那麼緊張好不好？」我說，「我的銀行在哪裡有這麼重要嗎？現在的商業活動早就全球化了，以前的疆界都已經不存在了。如果可以在孟加拉拿到很低的利率……」

「孟加拉？」

「呃，對啊，我在孟加拉也有開戶，金額不多啦。」看到他的表情，我連忙補上最後那一句。

「麗貝卡……」盧克似乎對我的回答不甚滿意。「妳到底開了幾個網路銀行帳戶？」

「三個。」我猶豫了一下才說。「大概三個吧。」

他嚴厲地看著我。問題就是他太了解我了。

「好吧，十五個。」我連忙自首。

「幾個帳戶有透支？」

「十五個。」我馬上抗議。「怎樣了嗎？開銀行帳戶就是要用啊？」

「十五個帳戶都透支？」盧克抓著頭，不敢置信。「麗貝卡，妳……妳根本就是第三世界債務的化身。」

「我可是妥善地利用全球化經濟的好處。」我說，「為了獎勵我開戶，查德銀行送我五十塊美金！」

他真是搞不清楚狀況。有十五個銀行帳戶又怎麼樣？他不知道別把所有的雞蛋都放在同一個籃子嗎？

「你別忘了，」我驕傲地說，「我以前可是財經記者，對於投資理財可說是非常了解。」

盧克似乎不怎麼認同。「投資理財的原則我也知道。謝謝。」他很有禮貌地回答我。

「那就對啦。」我突然想到，「我們應該把寶寶的教育基金也拿去孟加拉投資，說不定會賺很多錢。」

「妳瘋了嗎？」他瞪著我說。

「這有什麼不好？孟加拉可是新興市場。」

「不行。」他翻了翻白眼。「我已經跟肯尼斯談過這件事了，他幫我選了幾支穩定的基金⋯⋯」

「什麼？」我說，「什麼叫做你已經跟肯尼斯談過了？你怎麼沒有先問過我？」

他怎麼可以沒有經過我的同意就去問肯尼斯？難道我的意見不重要嗎？別忘了，我以前可是電視臺的理財專家，每個禮拜都收到上百封觀眾的信件要求我的專業意見。

「麗貝卡，」他嘆口氣，「妳不用擔心，肯尼斯只是建議我們幾個合適的投資標的。」

「這不是重點！」我生氣地說，「你不懂。我們即將為人父母，應該要一起作重要的決定，不然小朋友會跑來跑去頂撞我們，最後我們會各自躲在房間裡面，再也沒有親密關係了！」

「什麼？」

「是眞的。那是《超級保姆》¹說的。」

盧克目瞪口呆，完全說不出話來。他應該要多看電視才對。

「好吧，好。」他說，「那我們就一起作決定。可是我不會把寶寶的教育基金拿去投資什麼高風險的新興市場。」

「我也不要把基金存在賺不了錢的定存帳戶。」我回敬他。

「那就沒辦法了。」盧克想笑又不敢笑。「那《超級保姆》有沒有說，如果父母對子女教育基金的投資方式見解不同時該怎麼辦？」

「好像還沒有講到這個。」我說。我突然想到，「這樣好了。我們把錢分成兩半，你投資一半，我投資一半，看誰賺得比較多。」我忍不住補上一句，「一定是我賺得比較多。」

「這樣？」盧克挑了挑眉，「妳是在對我下戰帖囉，布蘭登太太？」

「敢不敢賭？」我故意冷冷地說。他笑了起來。

「好，一人投資一半，標的任選，看誰賺得比較多。」

「一言爲定。」我們兩個嚴肅地握手以示同意。這時，電話響了起來。

「我去接。」盧克走到他的書桌前面。「喂？你好。」

「我一定會贏！我會挑很多很棒的投資標的，幫寶寶賺大錢。看是要投資期貨，還是黃

❶ 眞人實境電視節目。

金，還是……藝術品！沒錯。只要找到下一個達明安‧赫斯特[2]之類的新興藝術家，買個放在玻璃瓶內的死牛之類的作品，然後拿去蘇士比拍賣，就可以大賺一筆。到時候大家就會稱讚我怎麼那麼有遠見、那麼聰明……

「真的嗎？」盧克說，「沒有，我不知道這件事。謝謝你。」他掛上電話，轉過來狐疑地看著我。「麗貝卡，剛才是房屋仲介打來的。妳前幾天是不是打過電話給他？妳到底跟他說了些什麼？」

糟糕。我就知道我忘了還有個棘手的議題要談。應該列張清單才不會忘記。

「哦，有啊。」我故意咳了幾聲。「我說我們願意放寬一些條件。」我低著頭，假裝整理桌面。「你不是要我放寬條件，把其他地區也納入考慮嗎？」

「那也不用到加勒比海啊？他寄了八棟海邊別墅的資料給我，還問我要不要幫我買機票？」

「是你說我們要放寬地區條件的啊！」我回嘴，「是你說的！」

「我說的是肯辛頓，不是中南美洲。」

「你有沒有看到我們在那裡可以買到的房子？」我興奮地說，「你看！」我把電腦椅推到他的書桌前面，打開加勒比海房屋仲介的網頁。

「你看！」我指著螢幕說，「這棟別墅有五間臥室，跟大海連成一線的游泳池、花園，

我最喜歡房地產網站了，尤其是那種有現場實境的網頁。

還有一棟給訪客住的小木屋。」

「麗貝卡……」他停了一下，似乎在想要怎麼跟我解釋。「可是它在加勒比海。」

他怎麼老是一直注意那點小細節？

「那又怎樣？」我說，「寶寶可以學游泳，你可以從小木屋寫電子郵件，我每天都可以在沙灘上慢跑……」

：

我想像自己穿著比基尼，推著運動型的嬰兒手推車，在閃閃發光的加勒比海沙灘上漫步的樣子。盧克穿著休閒衫，皮膚曬成古銅色，喝著雞尾酒。他可以去衝浪，頭髮串上珠子……

「我不會在我的頭髮上串珠子了。」他說。剛好打斷我的思緒。

奇怪了，他怎麼知道……

好吧，或許我曾經告訴過他這個加勒比海夢。

「親愛的，」他坐了下來。「也許五年、十年後，我們可以考慮搬到加勒比海去住。如果一切照計畫進行，也許到時候我們可以搬到其他地方。可是現在我們只能住在倫敦市中心。」

「那我們該怎麼辦？」我怒氣沖沖地關掉網頁。「現在市場上都沒有合適的房子，耶誕

❷ Damien Hirst，英國的前衛藝術家，主導了九〇年代的英國藝術發展並享有很高的國際聲譽。

Shopaholic and Baby

51

節快到了，到時候我們就無家可歸，說不定要帶著寶寶住到遊民收容中心，吃慈善團體送來的餐點……」

「麗貝卡，」他舉起手，示意我暫停。「不會發生這種事。」他打開電子郵件信箱，找出一封信，按下列印。一秒後，印表機開始啓動。

「你在做什麼？」我問他。

「來。」他從印表機抽出一張紙拿給我看。「剛才仲介打來說，如果我們對倫敦市中心的房地產還有興趣的話，這棟房子正想要賣。就在達拉門街上，離這裡很近。不過我們動作要快。」

我用最快的速度看了一下。

哇！看起來眞的很棒。

雅致的家庭住宅……適合宴客……豪華門廳……頂級廚具配備……

由專業建築師設計的戶外遊戲區……六間臥室……更衣室和專門擺放鞋子的房間……

我倒抽一口氣。眞的有一間專門放鞋子的房間！

「沒錯，他們真的有一間專門放鞋子的房間。」盧克笑著看著我。「仲介非常推薦。要不要去看？」

我好興奮！不只是因為有一間專門放鞋子的房間而已。我仔細地看了又看，想像我們住在那裡的樣子，在獨立的大理石淋浴間裡洗澡……在使用德國頂級廚具的廚房中煮咖啡……散步到安靜的花園中觀賞不知名的矮樹。

跟屋主約好之後，我們馬上就去看房子，手裡拿著仲介給我們的資料，不過其實我早就把房子的相關細節都背熟了。

「二十四號……二十六號……」盧克正在找門牌號碼。「應該是在對面。」

「在那裡！」我指著馬路對面的一棟房子說。「你看，就是那棟大門上還有天窗，門口有廊柱的建築！好漂亮！我們趕快過去！」

我正準備過馬路時，盧克抓住我的手說。「麗貝卡，在我們去看房子之前，我要先提醒妳一點。」

「什麼事？」我像隻想掙脫項圈的狗一樣，用力扯著他的手。

「要表現得冷靜一點，不要露出很喜歡的樣子。買東西的第一條原則，就是要裝出一副無所謂的樣子。」

「喔。」我鬆開手。「好。」

冷靜，我當然可以表現得很冷靜。

我們穿過馬路，走到大門口，我的心臟不停地怦怦跳。就是它，我們在找的就是這樣的房子！

「我好喜歡這扇門。」我興奮地按下門鈴。「好亮哦！」

「麗貝卡……記得要冷靜。」盧克說，「不要露出很喜歡的樣子。」

「好。」我立即裝出冷靜的樣子。

一名身材纖瘦，四十多歲的女子來開門。她站在黑白相間的大理石磁磚上，穿著D&G的白色牛仔褲，身上套著一件看似簡單，其實價格不斐的上衣，手上戴著一只碩大的鑽戒。

「你好。」她的嗓音沙啞，操著不純正的倫敦腔，慢條斯理地問，「你們是來看房子的嗎？」

「對！」我發現自己好像太興奮了，立刻換上跟她一樣冰冷的口氣。「是，我們是來看房子的。」

「費比雅·帕沙利。」她的手握起來濕濕冷冷的。

「麗貝卡·布蘭登，這是我先生盧克。」

「請進。」

我們跟著她走進去，鞋子在磁磚上發出叩叩聲。我環顧四周，忍不住倒抽好幾口氣。好大的玄關，圓弧狀的樓梯就像電影裡面一樣。我可以想像自己穿著小禮服緩步下樓，盧克則

用讚賞的眼神站在樓梯下面看著我的樣子。

「這邊常有時尚雜誌來拍照。」費比雅指著樓梯說，「這個大理石是義大利進口的，水晶燈是Murano。這些我們都不會帶走。」

我看得出來她在等我們反應。

「很漂亮。」盧克說，「麗貝卡妳覺得呢？」

冷靜，要冷靜。

「還不錯。」我假裝打了個哈欠。「可以看一下廚房嗎？」

廚房更讚！有一個好大的早餐吧檯，玻璃屋頂，還有各式各樣的廚房用具。費比雅一邊介紹，我則很努力地不要露出驚訝的表情。「三個烤箱……主廚專用的瓦斯爐……這個切菜區的砧板是可以旋轉的……」

「不錯。」我假裝冷冷地摸著花崗岩檯面說，「有壽司機嗎？」

「當然有。」她回答的口氣好像我問了什麼蠢問題一樣。

連壽司機都有！

這棟房子實在是太棒了！陽臺很棒，戶外用餐區很棒，烤肉區也很棒。書房是David Linley[3]的高級系統櫃。我們跟著費比雅上樓去看主臥室的路上，我不斷地呼氣，努力克制著

❸ 家具設計名師。

想發出驚呼的衝動。

「更衣室在這……」她帶著我們走進一間用胡桃木裝潢的小房間。「這是我特地訂作的鞋房……」她拉開門，帶著我們走進去。

我快昏倒了。兩側擺滿一排又一排的鞋子，鞋架上層鋪著整齊的絨布……有好多好多的名牌鞋……

「好棒！」我忍不住說，「你看，我們兩個的腳剛好一樣大，這真是太巧了……」盧克看了我一眼，提醒我不要太興奮。「真的……很不錯。」我聳聳肩。

「妳有小朋友嗎？」費比雅看著我隆起的小腹說。

「預產期在十二月。」

「我們有兩個小孩，都已經去念寄宿學校了。」她從手臂上撕下一塊戒煙貼布，看了一下，丟進垃圾桶，然後又從牛仔褲口袋拿出一包淡煙。「他們的房間現在在頂樓，不過他們小時候的房間都還保留著。你們要不要看看？」她點了根菸抽了起來。

「都還在？」盧克看了我一下，「難道不只一間？」

「對，兒子一間，女兒也有一間，只是後來一直沒有重新裝潢。這間是我兒子的……」她推開一扇漆成白色的門。

我目瞪口呆地站在門口。好像童話故事一樣。牆壁全部漆成綠色起伏的山丘和藍色的天空，還有在森林裡面野餐的泰迪熊。房間的一角是一個城堡形狀的嬰兒床，另一角則是一個

紅色的木頭小火車，大到小朋友可以坐上去，後面的車廂還擺了好多玩具。

一陣飢渴突然席捲了我。我好想生個兒子。我要生兒子。

「另外一間是我女兒小時候的房間。」費比雅接著又說。

我真捨不得離開她兒子的房間，不過我還是跟著她到走廊另一邊。她才打開門，我就忍不出發出一聲驚呼。

天啊，我想要生女兒。

我從來沒看過這麼美麗的景象，簡直就是每個小女孩的夢想。牆壁上有用手工彩繪的仙女，白色的窗簾用紫色的蝴蝶結綁著，小小的搖籃四周綴滿蕾絲邊，就像小公主的床一樣。

兒子女兒我都想要，能不能各來一個？

「怎麼樣？」費比雅轉過頭來問我。

一陣沉默。我非常非常想要這棟房子，渴望到說不出話來。我想要這兩間兒童房，我想住在這裡，慶祝我們一家人在一起的第一個耶誕節，在黑白相間的玄關豎起一棵大耶誕樹，在壁爐上掛一隻小襪子……

「還不錯。」我微微地聳聳肩。

「再來看其他地方。」費比雅抽了一口煙。

我覺得自己彷彿飄了起來。我們終於找到夢想中的房子了。

「趕快出價。」我們在看熱水器的時候，我趁機在盧克耳邊說，「趕快跟她說我們要

「買！」

「麗貝卡，不要那麼急。」他笑了一下，「我們還沒看完，等看完再說。」

我看得出來，他也很喜歡這棟房子，因為他的眼神也閃閃發亮。等我們下樓之後，他開始問鄰居都住了哪些人。

「謝謝妳。」最後，他握著費比雅的手說，「我會跟我們的仲介聯絡。」

他怎麼可以這麼冷靜？他怎麼還不趕快拿出支票本？

「謝謝妳。」我正準備跟費比雅握手時，門口傳來鑰匙開門的聲音。一名全身曬成古銅色，年約五十多歲，穿著牛仔褲和皮夾克的男子走了進來，手裡還提著一本看起來像畫冊的東西。

「你們好。」他看著我們兩個，似乎在想我們是誰。

「親愛的，這是布蘭登夫婦。」費比雅說，「他們來看房子。」

「仲介介紹的嗎？」他皺了皺眉，「早知道我就先打電話通知妳。剛才已經有另外一家仲介找到買主了。」

我楞了一下。他說什麼？

「我們現在就可以買！」我脫口而出，「你出價多少我們都接受。」

「抱歉，已經賣了。」他聳聳肩，脫掉外套。「就是今天早上來看房子的那幾個美國人。」他對費比雅說。

不行，這是我們夢想中的房子，不能就這麼沒了！

「盧克，快點想辦法。」我無法冷靜。「快點啊！」

「應該不介意吧？」費比雅似乎很驚訝，「你們好像沒有很喜歡這房子。」

「我們是故意裝冷靜。」我嗚咽地說，一點也不冷靜。「盧克，我就知道我早該表示我們有多喜歡這棟房子！我好喜歡你們的兒童房！我們想要這棟房子！」

「我們願意支付比開價更高的價錢。」盧克往前踏了一步。「我們可以最快的速度，明天早上就請仲介跟你們聯絡……」

「我已經說了，房子賣掉了。」費比雅的先生不耐地說。「渴死了，我要喝杯酒。祝你們找房子順利。」他往廚房走去，我聽到他開冰箱的聲音。

「抱歉。」費比雅聳聳肩，送我們出去。

「可是……」我感覺好無奈。

「沒關係。如果對方後來又反悔了，麻煩妳通知我們。」盧克很有禮貌地笑著說。我們拖著沉重的腳步走出大門。午後的陽光灑落在夏末快要轉紅的樹葉上，對面的窗戶映照出一縷斜陽。

我想像著自己推著嬰兒車走在街上，向鄰居揮手打招呼的樣子……

「怎麼會這樣。」我的聲音有些哽咽。

「只不過是棟房子。」盧克抱著垂頭喪氣的我。「還會有其他房子。」

「這棟房子很完美，我們再也找不到這樣的房子了。」我握著門口的鐵欄杆，我不想放棄，我可不是隨隨便便就放棄的人。

「等我一下。」我說完就轉頭跑回去，趁著費比雅還沒把門關上，伸進一條腿，阻擋她關門。

「拜託妳，我們真的真的很喜歡妳的房子。」我語氣急切地說，「隨便妳開價。」

「我先生已經把房子賣給別人了。」她往後退了一步。「我也沒辦法。」

「妳可以說服他改變心意啊！我要怎麼做，妳才肯答應我？」

她嘆了口氣。「拜託妳，這不是我能改變的事情，麻煩妳把腿移開。」

「妳要我做什麼都可以。」我快絕望了。「我在百貨公司工作，我可以幫妳買東西，很棒的東西⋯⋯」

費比雅正盯著我的腿看。先看我的左腿，又看看我的右腿。

她不是對我的腿有興趣，而是對我的 Archie Swann 粗面小牛皮牛仔靴有興趣。Archie Swann 是最近突然爆紅的鞋子品牌，我腳上這雙靴子上禮拜才剛刊登在《時尚》雜誌的「時尚新品」單元。其實我們剛到這裡時，我就發現費比雅在注意我的靴子。

她直視著我說。「妳的靴子真美。」

我一時說不出話來。

要冷靜，麗貝卡，要冷靜。

「我等了一年才等到這雙靴子。」我覺得自己如履薄冰。「現在到處都缺貨。」

「我在哈維尼可斯百貨公司的候補名單上登記了。」她說。

我故做輕鬆地說，「那妳就慢慢等吧。這雙靴子是限量生產的，早就賣完了。我是百貨公司的購物顧問，這些事情我最清楚。」

我根本就是在亂扯。可是她還是渴望地看著我的靴子，完全相信我的話。

「麗貝卡？」盧克來找我了。「妳在做什麼？」

「盧克，不要過來。」我舉起手，示意他停下腳步。我覺得自己好像歐比王，讓不了解黑暗力量的天行者盧克不要打擾我辦事。

我脫下左腳的靴子，把靴子立在門口的地氈上，彷彿是某種神聖的圖騰。

「如果妳答應把房子賣給我們，這隻鞋子就是妳的了。另外一隻等簽約的時候再給妳。」

「妳明天打給仲介。」費比雅的語氣充滿了渴望。「我會說服我先生。這房子是妳的了。」

我成功了！太好了！

我踩著只有一隻靴子的腳走下階梯。

「這房子是我們的了！」我開心地抱住盧克。「我爭取到這棟房子了！」

「妳怎麼⋯⋯」他驚訝地看著我。「妳到底說了什麼？妳為什麼只剩下一隻靴子？」

「呃⋯⋯只是一點小小的談判技巧。」我若無其事地說，還回頭看了前門一眼。費比雅

已經踢掉腳上的金色芭蕾舞鞋，把穿著牛仔褲的腿塞進我的靴子，專心地看了又看。「你明天早上打給仲介就知道了。」

結果不用等到明天早上，還不到兩個小時，就在我們開往我媽家的路上，仲介就打來了。

「喂？」盧克對著手機麥克風說。「真的嗎？」

我在旁邊努力做表情，示意他告訴我仲介說了些什麼，可是他只直視前方專心地開車，真是令人生氣。過沒多久，他掛上電話，臉上帶著微微的笑意轉過來對我說，「那房子是我們的了。」

「太好了！」我開心地發出一聲尖叫。「我就知道！」

「屋主要移民紐約，希望越快越好。我說我們要十二月搬進去。」

「太好了！我們可以跟寶寶一起過聖誕節。」我高興地說。

「的確是好消息。」他的臉上也洋溢著喜悅之情。「這都是妳的功勞。」

「沒什麼啦。」我謙虛地說，「只是一點小小的談判技巧。」我正準備拿出手機傳簡訊給蘇西，告訴她這個好消息時，手機突然響了起來。

「喂？」我高興地接了起來。

「妳好，妳是布蘭登太太嗎？這裡是維妮莎·卡特醫師的診所，我是瑪格麗特。」

「喔，」我緊張地瞄了盧克一眼。「呃……妳好。」

「我們是要通知您，如果您和先生星期四下午三點方便的話，請過來做產檢。」

「好。」我興奮地屏住呼吸。「嗯……好，可以，謝謝妳。」

「不客氣。拜拜。」

我用顫抖的雙手掛上電話。我要給維妮莎·卡特接生了！我會認識很多名人！我可以做全人式的泰式按摩生產！

只是我現在不得不把這件事情告訴盧克了。

「誰打來的？」盧克轉開收音機，皺著眉頭看著數位顯示表調整調頻，又按了幾下。

「是……呃……」我故意把手機掉到地上，彎下去撿，爭取一點時間。

沒關係。買到房子的事情讓他心情很好，我現在直接告訴他這件事，應該沒關係。如果他反對，我就說我是大人了，我可以自己決定要給哪個醫生看。

「呃……盧克。」我雙頰微紅地坐直。「是關於那個布萊恩醫生的事情。」

「哦？」盧克換到另外一個車道。「對了，我跟我媽說要邀他跟大衛一起吃個飯。」

吃飯？糟糕，不行，我要趕快告訴他。

「盧克，」前面剛好有一輛貨車擋住，我等到他放慢車速才又說。「我考慮了一陣子，也做了一點功課。」

「妳該不會是上時尚孕媽咪之類的網站，看篇好萊塢最新嬰兒用品的介紹就說是做功課吧？」

「事情是這樣的……」我說，「我想去給維妮莎・卡特醫師看。」

盧克不耐地說，「怎麼又是這件事？我們不是說好了……」

「我已經掛了號了。」我脫口而出，「我已安排好看診的時間，全都弄好了。」

「什麼？」他在紅燈前緊急煞車，轉過來看我。

「這是我的身體。」我說，「我想給誰看就給誰看。」

「麗貝卡，我們好不容易請到全國最知名、最受敬重的婦產科醫師幫妳檢查，結果妳竟然去找個沒有人認識的女人……」

「我已經說過好幾遍了，她很有名！」我生氣地大喊。「她在好萊塢很有名。她用現代的生產方式，跟產婦的心靈做互動，還可以在鋪滿蓮花的水裡面生產……」

「蓮花？聽起來就像江湖術士。」盧克用力地踩著油門。「我不能讓妳和寶寶冒著生命的危險……」

「她不是江湖術士。」

我就知道不應該提蓮花的事情，盧克一定無法接受。

「親愛的，」我改變策略，「你不是常說要給別人機會嗎？」

「哪有，我從來沒有這麼說。」他不肯上當。

「那你應該要改一下。」我生氣地說。

有個婦女推著一臺好摩登的綠色嬰兒推車過斑馬線。我應該買一臺這種推車。我瞪大眼

晴想要看上面的牌子。

真的很奇怪。我以前從來沒有注意過嬰兒推車，現在卻到處看別人用的推車，就連在跟老公吵架時也不例外。

不是吵架，是討論。

「盧克，」車子又開始開動，我說。「書上提到孕婦應該要相信自己的直覺。我的直覺告訴我，『去找維妮莎·卡特醫師』，這是大自然的力量。」

他皺著眉頭，沒有回答。不知道是因為路況還是我的話讓他皺眉。

「去看一次就好了。」我拜託他，「只要去一次就好了。如果我們不喜歡她就不用再去了。」

車子已經到了我爸媽家門口。門上拉起銀色的布條，還有顆很大的氣球，上面寫著「祝珍六十歲生日快樂」，剛好落在車子引擎蓋上。

「而且我還爭取到那棟房子。」我忍不住又補上這一句，雖然我知道這兩件事情一點關係也沒有。

盧克把車停在送外燴的貨車後面，轉過來看著我。

「好吧，麗貝卡。」他嘆口氣，「妳贏。我們去看她。」

媽非常期待小寶寶的來臨，開心兩個字已經不足以形容她的心情。我們才下車，她就立刻飛奔出來。她的頭髮已經去美容院吹整好，雙頰因興奮而微微泛紅。

「麗貝卡！我的小孫子怎麼樣？」

她現在根本就不看我的臉，而是直接看我的肚子。「妳的肚子越來越大了！嗨，寶貝，我是奶奶。」她彎下腰貼著我的肚子，「我是奶奶，你聽得到嗎？」

「嗨，珍。」盧克說，「我們可以先進去嗎？」

「當然可以。」她馬上帶著我們進家門。「來來來！麗貝卡，腳抬起來！喝杯茶。葛雷恩！

「我來了。」爸從樓上走下來。「麗貝卡！」他緊緊地抱了我一下。「坐一下。蘇西已經帶著小朋友來……」

「真的嗎？」我高興地大喊。我已經好久好久沒有看到蘇西了。我跟著爸媽走進客廳，蘇西坐在隔壁鄰居詹妮斯旁邊的位置上，一頭金髮盤成髻，正在餵雙胞胎喝母奶。詹妮斯不停地扭來扭去，似乎很不安，又不好意思正眼看。

「麗貝卡！」蘇西的眼神馬上亮了起來。「哇，妳氣色好好！」

「蘇西！」我緊緊地抱了她一下，小心不要壓到寶寶。「最近好嗎？親愛的小克萊曼汀

最近好不好？」我親著一頭金髮的小寶寶說。

「這是威爾菲。」蘇西的臉有點紅。

可惡，我每次都認錯這對雙胞胎。更慘的是，蘇西很介意威爾菲長得像女孩子這件事。

（那也沒辦法，我真的很像這位女生，尤其穿上蕾絲嬰兒連身裙之後更像。）

「其他的小朋友呢？」我趕快轉移話題。

「唐群帶他們在那邊玩。」蘇西瞄了窗外一眼。我順著她的目光看過去，果然看到了恩

尼斯。她先生唐群背著小克萊曼汀，手裡還推著恩尼斯的推車，繞著工人已經在花園裡架好

的帳棚轉著。

「還要！」我隱約可以聽到恩尼斯的尖叫聲。「達達，要要！」

「盧克，過幾個月後就換你當爸爸了。」我笑著說。

「嗯哼。」他挑了挑眉，拿出黑莓機。「不好意思，我去樓上發幾封電子郵件。」

他走了出去。我則在蘇西旁邊的軟椅上坐下。「告訴妳，我們剛才買到一棟好棒的房

子，你們看！」我從皮包裡拿出房子的資料，拿給大家看。

「真的嗎，寶貝？」媽說，「是透天厝嗎？」

「不是，不過……」

「門口有沒有停車位？」爸從媽肩膀後面看。

「沒有，可是⋯⋯」

「他們不需要停車位。」

「怎麼可能都不開車？」爸開玩笑地說，「難道全倫敦都沒有一個人開車嗎？」

「我才不敢在倫敦開車。」詹妮斯一臉驚恐地說，「如果碰到紅綠燈，不得不停車⋯⋯

可能就會被搶劫。」

「被搶？」爸不耐煩地說，「被誰搶？」

「大理石地板？糟糕。」媽的臉色一沉。「那小朋友要學走路的時候怎麼辦？到時候再

鋪地毯好了，可以選那種上面有點點的，才不容易顯髒。」

我放棄。

「第二件要宣布的事情是⋯⋯」我大聲地說，想要把話題轉回來。「我要換醫生了。」

我停了一下，吸引大家的注意。「我要換成維妮莎・卡特。」

「維妮莎・卡特？」原本在餵奶的蘇西驚訝地抬起頭來。「真的嗎？」

我就知道蘇西一定聽過她的名字。

「當然。」我得意地說。「我們已經預約到了。很棒吧？」

「這個卡特醫生的技術好不好？」媽看看我又看看蘇西。

「聽說是現在名流專用的婦產科醫師。」蘇西開始替威爾菲拍嗝。「我在《Harpers》

雜誌上面看到的，據說很棒。」

名流專用的婦產科醫師！那我也是名流囉！

「她幫很多名模和電影明星接生。」我忍不住炫耀，「還會幫她們辦茶會送名牌紀念品之類的。說不定我會認識很多名人。」

「麗貝卡，妳不是已經有一位很不錯的醫生了嗎？」爸有點擔心地問，「現在換醫生好嗎？」

「爸，維妮莎‧卡特的等級不一樣。」我說，「她是最頂尖的醫生，我可是拜託好久才預約到的。」

「寶貝，等妳成為名流時別忘了我們。」媽說。

「才不會！要不要看超音波照片？」我從皮包拿出一疊掃瞄的照片交給媽。

「你看！」她看著上頭模糊的影像說。「我們的第一個孫子。看起來跟我媽好像！」

「媽？」爸把照片搶過去看，「妳瞎了嗎？」

「麗貝卡，我幫寶寶織了幾件衣服。」詹妮斯小聲地說，「幾件小外套……披肩……還有幾隻諾亞方舟上的小動物……每種動物我都各做了三隻，以免發生什麼意外。」

「謝謝。」我好感動。

「沒什麼。我喜歡打毛線，而且我一直都很希望湯姆和露西可以……」她露出堅強的笑容。

「算了，不可能了。」

「湯姆最近好嗎？」我問。

湯姆是詹妮斯的兒子。他跟我的年紀差不多。他在三年前結婚，還辦了一場非常盛大的婚禮，可是後來出了點問題。他太太露西去刺青之後跟一個住在露營車裡面的男人跑了，湯姆從此變得很奇怪，開始在他爸媽家的後院蓋小木屋。

「他很好！他現在都住在小木屋裡面，我們會幫他送吃的過去。」詹妮斯有點煩惱地說，

「他說他在寫書。」

「社會的現況。」她尷尬地說。

「很好啊！」我說。「在寫些什麼？」

「不是很好。」

「他對社會的現況有何看法？」蘇西問她。

一片沉默。

「要不要再喝一杯茶？」媽拍拍詹妮斯的手以示安慰。「還是要來杯雪利酒？」

「一小杯就好了。」詹妮斯說，「我自己來。」

她朝酒櫃走過去。媽放下茶杯。「麗貝卡，妳有沒有把妳的目錄帶來？」

「有！」我拿出我的購物袋。「這裡有《媽咪寶貝流行服飾》、《愛的世界》、《嬰兒與母親購物誌》……」

「我有《媽咪歡樂購》和《義大利幼兒精品》。」蘇西說。

「我這裡也有很多。」媽從雜誌架上拿出一疊郵購目錄。「妳們有《時尚寶寶》嗎？」

她手裡拿著一本目錄，封面是一個穿著小丑服的嬰兒。

「哇！」蘇西說，「我沒看過這本！」

「那這本就交給妳了。」我說，「我來看《麗嬰房》。媽，《寶貝精品》給妳。」

我們一個人一本，開心地翻閱著一頁又一頁精美的手推車裡的小寶寶，從在遊戲地墊上玩耍的小寶寶，到穿著可愛T恤的小寶寶，再到坐在造型時尚的手推車裡的小寶寶。光是為了這些精美的玩具和用品就值得生小孩。

「如果我看到妳可能會需要的東西，我就把那一頁折起來。」媽很有經驗地說。

「好，那我也是。」我看著穿著動物造型服飾的小寶寶。一定要買一件北極熊裝。我把那一頁折起來，繼續往下看。有好多可愛的滑雪衣，還有好多好小的滑雪帽。

「盧克，我們應該要從小就訓練寶寶滑雪。」我剛好看到盧克走進來。「可以協助他的肢體發展。」

「滑雪？」他嚇了一跳。「麗貝卡，妳不是不喜歡滑雪嗎？」

沒錯，我是不喜歡滑雪。

不過我們可以穿這些衣服去滑雪勝地，不要滑雪就好了。

「麗貝卡，」媽插話說，「妳看這個搖籃，裡面有溫度控制、變換燈光安撫樂曲和電動搖擺功能。」

「哇！」我看著照片說，「好棒！多少錢？」

「精裝版要……一千二百英鎊。」

「一千二百英鎊？」媽看了一下標價。

「一個搖籃要一千二百英鎊？有沒有搞錯？」盧克差點把口中的茶噴出來。

「他們用的可是最新科技。」蘇西說，「還有美國航太總署用的科技素材。」

「美國航太總署？」他從鼻孔哼了一聲。「要把寶寶送上太空嗎？」

「盧克，你到底有沒有打算要給寶貝最好的？詹妮斯，妳覺得呢？」

坐在客廳另一角的詹妮斯沒有聽到我的話，只是專注地看著我的超音波照片，手裡拿著面紙擦去眼角的淚滴。

「詹妮斯，妳怎麼了？」

「不好意思。」她擤完鼻涕，把剩下的酒喝光。「珍，我可以再來一杯嗎？」

「當然可以。」媽說。「可憐的詹妮斯，」她小聲地告訴我和蘇西，「她也好想要孫子。可是湯姆現在根本足不出戶，就算偶爾出來……」她把音量放得更低，「也好幾個月沒剪頭髮，也沒刮鬍子。我告訴詹妮斯說，他再這樣邋邋遢遢下去，絕對找不到好女孩要嫁給他，可是……」有人在按門鈴。

「我去開門。」爸站了起來。「應該是外燴公司的人，我跟他們說從後門進來就好了啊。」我盯著目錄說，「我們則繼續翻目錄。

「妳覺得要不要買洗澡椅和浴網？」「還有可攜式充氣浴盆？」

「一定要買這個。」蘇西拿了一個攜帶型的睡籃給我看。「這個很棒。威爾菲最喜歡睡

在裡面。」

「好。」我點點頭。「把那一頁折起來。」

「我們好像越折越厚。」媽看著目錄說，「不然我們改成把沒興趣的那一頁折起來好了。」

「妳們要不要乾脆把整本目錄的東西都訂回家，再把不想要的東西退回去？」盧克說。

「這個提議不錯……」

哈哈哈，不好笑。我正準備頂回去時，門口傳來爸的聲音。

「潔西，來，我們在喝茶。」

潔西來了！

糟糕，潔西來了！

「快點，快把目錄藏起來！」我緊張地把目錄全部塞到椅墊後面。「潔西不喜歡這些東西。」

「可是她可能會想看看啊！」媽說。

媽不了解潔西那一套節儉的邏輯。她以為這跟蘇西以前曾經說要吃素，結果三個月後就放棄，開始狂吃培根三明治一樣，只是一個「階段」而已，過一陣子就會忘記了。

「她不會想看的。」蘇西在潔西家住過，她很了解潔西的個性。她把媽手上的《時尚寶寶》拿過來，放在威爾菲的搖椅下面。此時爸和潔西剛好走進客廳。

「嗨！」我開心地說，接著馬上楞住。幾個月不見，潔西看起來氣色真好。纖瘦的身材，曬成古銅色的肌膚，被陽光曬成淺金色的短髮，短褲剛好突顯她修長的雙腿，綠色的無袖襯衫更是襯托她淺棕色的眼珠。

「嗨！」她放下背包。「珍姨，妳好。麗貝卡！最近好嗎？」

「很好。」我忍不住一直看著她。「妳看起來氣色真好，好健康的膚色！」

「噢。」她低頭看了一下自己的打扮，似乎不是很有興趣。她從背包拿出一些東西。「這是瓜地馬拉北部的合作社自己做的玉米餅乾。」她拿了一個粗糙的紙盒給媽。媽不知所措地看了又看，過了一陣子才說，「謝謝。」她把紙盒放在茶壺旁邊。「吃點甜餅乾。」

「哇！」潔西在沙發上坐了下來。「克萊曼汀怎麼……」她一開口，我連忙在蘇西背後示意這是威爾菲。

「妳說什麼？」蘇西說。

「我是說，克萊曼汀呢？」潔西馬上改口。「哇，威爾菲長這麼大了！」

我喝著茶，微微一笑。我姊姊和我最要好的朋友在一起聊天。誰知道會有這麼一天？

曾經有一段時間，我以為我永遠地失去了她們兩個。我跟潔西大吵一架，甚至互罵對方，現在想到我就覺得好難過。蘇西則是交了一個叫做露露的新朋友。露露會騎馬又有四個小孩，高傲的不得了。到現在我還是不懂蘇西為什麼喜歡她。這是我跟蘇西認識這麼久以來唯一一次意見不合。

「麗貝卡，我也有禮物要送妳。」潔西從背包裡面拿出一疊髒兮兮的抹布。詹妮斯忍不住發出一聲驚呼。

「那是什麼東西？」

「麗貝卡和我要用這些來做幫寶寶擦屁股用的濕紙巾。」潔西說。

「濕紙巾？」媽一臉疑惑。「藥局就有賣，現在還有買二送一的優惠。」

「這看起來好像……好像有人用過。」

「只要用沸水煮過，然後浸在肥皂和油的混合物中就可以再用了。」潔西說，「這樣對我們的環境、對寶寶的肌膚都好，又可以重複使用，長期下來可以省很多錢。」

「呃……謝謝。」我用指尖夾起一塊布，上面隱約寫著「旺德沃斯監獄」幾個字。我才不要在嬰兒房裡面擺這種噁心的舊抹布。可是潔西這麼熱心，我不好意思傷她的心。

「我還可以用盧克的舊牛仔褲幫妳做背巾。」潔西說，「很簡單。」

「好啊。」我不敢看盧克。

「還有一件事情要麻煩妳。」她轉過來面對我說，「妳先考慮看看，不用立刻答應也沒關係。」

「是什麼事情？」我有點不安地問。

「我想請妳去演講。」

「演講？」我嚇了一跳。「關於什麼？」

「告訴大家妳如何戒除愛買東西的習慣。」潔西朝我靠過來，一臉關心的表情。「我有個朋友是心理諮商師。我在跟她聊天的時候提到妳變了好多，而她現在在輔導一個購物成癮的諮商團體，也許妳可以幫助那些學員。」

現場一片沉默。我的臉開始脹紅。

「麗貝卡，妳一定可以講得很好。」蘇西踢了我一腳說。

「我一定會去捧場。」盧克說，「什麼時候要演講？」

「不用很正式，」潔西說，「只是去跟那些學員聊聊，談妳如何抗拒購物的念頭，尤其是妳現在又懷孕了。」她搖搖頭，「真的很奇怪，怎麼有人會想要買那麼多東西給小孩？」

「我認為都是那些郵購目錄的錯。」盧克一臉嚴肅地說。

「麗貝卡，妳覺得呢？」

「我其實……」我不知道該怎麼拒絕。「我不太確定……」

「不要不好意思！」潔西站了起來，坐到我旁邊。「我真的很以妳為榮，妳應該也要對自己的表現感到滿意才對……」她的表情突然為之一變。「我坐到什麼東西了？這是什麼？」

她從沙發下面拿出兩本精美的型錄，裡面有好多頁都被折起來了。

可惡。怎麼那麼倒楣，剛好就被她拿到《寶貝精品》那一本。封面又剛好是一名穿著Ralph Lauren，拿著Dior的奶瓶，坐在迷你版的Rolls Royce跑車上的小嬰兒。

「麗貝卡剛才沒有在看。」蘇西連忙解釋，「這些都不是她的，是我的。都是我帶來

的。」

我最愛蘇西了！

潔西一邊翻閱《寶貝精品》一邊批評，「真奇怪，怎麼會有人買充氣式浴盆或設計師設計的嬰兒床給小孩？

裡了？有安撫樂曲，還有電動搖擺功能……」

我嚇得呆掉。

不能讓潔西看到那個標價一千二百英鎊的搖籃。

「找到了！」媽拿著《時尚寶寶》給潔西看。

「潔西對這個沒有興趣啦！」我連忙伸手想把雜誌搶過來，可是潔西已經先拿到了。

「哪一頁？」她問。

「媽？」一個聲音打斷我們，大家紛紛轉頭過去看。一個一頭亂髮，滿臉鬍渣的男子站在門口。

不會吧。他的身材高瘦，手裡拿著一本破舊的書，不知道他是誰……

天啊，我幾乎認不出他來。媽說得沒錯，他的確很久沒刮鬍子了。

「是湯姆嗎？」

「潔西，妳看！」媽說，「麗貝卡剛才看到一個好棒的搖籃。」她翻了一下，「跑去哪

「對啊。」我跟著附和。「好奇怪。不過我可能還是會買幾樣東西……」

「爸在練習變魔術的時候出了點問題。」他說，「好像是兔子卡住了還是怎麼樣。」

「糟糕。」詹妮斯放下手中的茶杯。「我最好趕快回去看一下。湯姆，怎麼沒跟大家打招呼？」

「大家好。」湯姆隨意瞄了一下。

「這是麗貝卡的朋友蘇西。你認識她對不對？」詹妮斯尷尬地說，「這是麗貝卡的姊姊潔西。」

「嗨。」蘇西親切地說。

「嗨。」潔西說。

我志忑不安地看了看潔西，準備等著她訓我一頓，說花這麼多錢買一個搖籃，正是當前墮落、邪惡的社會的表徵。結果我發現她根本就沒有在看目錄，反而一直盯著湯姆。

湯姆也盯著她看。

她的目光落在他手裡拿的那本書上。「那是《消費社會的迷思與結構》嗎？」

「對。妳看過這本書嗎？」

「沒有，不過我看過布希亞¹的另一本書《物體系統》。」

「我也有那本書。」湯姆朝她走過去。「妳覺得他寫得怎麼樣？」

不會吧。

「我覺得他對偽裝與假象的闡述很有趣。」潔西開始把玩我送給她的 Tiffany 豆子項鍊。

她從來沒有把玩過那條項鍊。天啊！她一定對湯姆有好感。

「我想把超現實的瓦解理論，套用在我對後現代資本主義社會方程式的分析上。」湯姆點著頭說。

「太好了！他們兩個外表登對，又互有好感，雖然他們講的東西沒有人聽得懂，簡直就是在媽的客廳上演現在美國最紅的青少年影集《玩酷世代》[2]。

我瞄了一下盧克，他對我挑了挑眉。媽用手肘輕輕推了一下蘇西，蘇西微笑地看著她。

大家都很興奮。詹妮斯更是眼睛發亮。

「我該回去……」湯姆聳聳肩。

詹妮斯馬上展開行動。

「潔西，」她從沙發上跳了起來。「我們一直都沒有機會好好聊。要不要來我家喝杯茶，繼續跟湯姆多聊聊？」

「這……」潔西似乎有些驚訝。「我是回來看大家的……」

「等一下派對上也會看到啊！」詹妮斯緊緊地握住潔西的手臂，把她拉到門口。「你們不介意吧？」

❶ Jean Baudrillard，法國社會學家。

❷ 此劇英文原名 The O.C.，劇中主要討論因富有而帶來的各種問題，如婚姻、酗酒和濫用藥物等。

「沒關係。」爸說。

「好吧。」潔西看了一下湯姆，雙頰微微泛紅。「待會見。」

「拜拜！」大家異口同聲說。

門一關上，我們全都開心地看著彼此。

媽開始收茶壺。「如果他們兩個在一起就好了！我們可以把兩家中間的欄杆拆下來，把後花園合在一起辦喜宴。」

「媽！」我翻了翻白眼。她每次都這樣，事情都還沒發生就開始幻想……

對了，寶寶可以當花童！

趁著潔西去隔壁鄰居家，盧克在看報紙，唐群在幫小朋友洗澡的空檔，蘇西和我回到我以前的房間，一邊聽收音機一邊泡澡聊天，輪流出來坐在浴缸旁邊，就跟婚前住在一起的時候一樣。然後蘇西坐在床上輪流餵寶寶吃母奶，我則在腳趾甲上塗指甲油。

「再過不久妳就不能塗指甲油了。」蘇西說。

「為什麼？會對胎兒不好嗎？」

「不是啦！妳這個笨蛋！」她笑著說，「因為妳會塗不到！」

「哇！他踢得好用力。」

好奇怪。我無法想像自己的肚子會變那麼大。我摸了摸肚子，寶寶踢了我一下。

「再過一陣子，他就會開始把膝蓋頂出來，到時候妳就知道了。」蘇西說，「好像肚子裡面住了個外星人一樣，感覺好奇怪。」

這就是懷孕的時候有好朋友的好處，因為沒有一本書會告訴你，「好像肚子裡面住了個外星人一樣，感覺好奇怪。」

「親愛的，」唐群又來找蘇西了。「要不要我哄威爾菲睡覺？」

「好，他吃飽了。」蘇西把睡眼惺忪的威爾菲交給唐群。威爾菲安詳地靠在他爸爸肩膀上，彷彿知道這是屬於他的地方。

「我的腳趾甲顏色好不好看？」我搖著腳趾問唐群。他人很好。雖然我們剛認識的時候，我總是覺得他很奇怪，不知道要跟他聊些什麼。還好，後來就比較正常了。他茫然地看著我的腳趾。「好看。」然後又輕輕拍著肩膀上的小寶寶。「來吧，寶貝，來睡覺了。」

「唐群真是個好爸爸。」我看著他離去的背影，忍不住稱讚他。

「對啊。」蘇西開始餵克萊曼汀喝奶。「只是他很喜歡放華格納的歌劇給他們聽。恩尼斯會用德文唱全版的歌劇，英文卻不會講幾句。其實我有一點擔心。」

算我沒說。唐群還是很怪。

我拿出新買的睫毛膏開始刷睫毛，一邊看著蘇西對克萊曼汀做鬼臉，親吻她胖胖的小臉蛋。蘇西真的好可愛。

「妳覺得我會是個好媽媽嗎？」我想都沒想就脫口而出。

「當然囉！」蘇西看著鏡中的我說，「妳一定會是個很棒的媽媽。風趣、幽默、心地善良，而且還是公園裡面穿得最漂亮的媽媽……」

「可是我根本就不知道怎麼帶小孩。」

「我以前也不知道啊。」蘇西聳聳肩。「生了寶寶自然就會了。」

「大家都這麼說。可是如果我學不會怎麼辦？我念了三年線性代數，從來就沒有學會過。

「妳可不可以給我一些建議？」我把睫毛膏收起來。「一些基本的東西。」

蘇西皺著眉頭，仔細地思考。「我能想到的都是最基本的，就是一般常識。」

我突然有一點緊張。

「譬如說哪些？」我盡量讓自己放輕鬆。「搞不好我本來就知道了……」

「妳知道啊，」她開始一個個地念。「譬如處理傷口……準備寶寶會用到的東西……去上嬰幼兒按摩課……」她把克萊曼汀抱起來。「妳有要買小小愛因斯坦[3]嗎？」

我快瘋了，我根本沒有聽過什麼小小愛因斯坦。

「沒關係。」蘇西一看到我的表情連忙說。「這些都不重要，只要會換尿布和唱兒歌就好了。」

糟糕，我不會換尿布，也不會唱兒歌。

天啊，我慘了。

二十分鐘後，蘇西餵完奶，把克萊曼汀交給唐群。

「好了。」她把門關上，兩眼發亮，轉過來說，「現在沒有人了。結婚戒指給我，還要一條線……」

「有。」我從梳妝檯抽屜找出一條舊的 CD 包裝用的緞帶。「這個可以嗎？」

「應該可以。」蘇西把緞帶穿過戒指。「麗貝卡，妳真的想知道嗎？」

我突然有點動搖。也許盧克說得沒錯，也許我們是該等寶寶出生的那一刻，可是……這樣我怎麼知道要買什麼顏色的推車？

「我想知道。」我堅決地說。「開始吧。」

「坐好。」蘇西把緞帶打個結綁起來，看著我笑說，「好刺激！」

蘇西最好了。我就猜她一定有辦法知道。她把綁在緞帶上的戒指懸掛在我肚子上方，我們兩個人就這麼盯著戒指看。

「它沒有動。」我小聲說。

「再等一下。」蘇西說。

好詭異的感覺，好像在召開降靈會，說不定等一下戒指會拼出某個已過世的人的名字，窗戶會突然砰一聲關起來，然後花瓶掉到地上。

❸ Baby Einstein，嬰幼兒音樂與玩具品牌。

「開始動了！妳看！」蘇西說，綁在緞帶上戒指真的動了起來。

「天啊！」我小聲地尖叫了一聲。「這是什麼意思？」

「它在轉圈圈！表示是女生！」

「真的嗎？」我倒抽一口氣。

「真的！妳要生女兒了！恭喜妳！」蘇西張開雙手抱住我。

「麗貝卡？」媽打開門，站在門口，身上穿著綴滿紫色亮片的洋裝搭配鮮紅色的口紅。

是女生。我突然有點想哭。我要生女兒了。我就知道是女生，我一直覺得是女生。

「客人快要來了。」她狐疑地看看我又看看蘇西。「怎麼了？」

「媽，我要生女兒了！」我忍不住脫口而出。「蘇西用戒指測的！戒指轉圈圈，表示是女生！」

「女生！」媽整個臉都亮起來了。「我就猜是女生！」

「好棒！」蘇西對媽媽說，「妳要有孫女了！」

「我可以把以前玩的娃娃屋拿出來！」媽的臉上洋溢著喜悅。「把客房漆成粉紅色……」

她靠過來仔細地檢查我的肚子。「嗯，看樣子確實是女生沒錯。」

「妳再看一次戒指怎麼動！」蘇西說。她又把戒指放到我肚子上，讓戒指停止晃動。沒多久，戒指就開始前後擺動。

沒有人開口。

過了許久，媽才說。「妳不是說剛才在轉圈嗎？」

「對啊！蘇西，怎麼會這樣？怎麼會變成前後動？」

「我不知道，」蘇西皺著眉，看著戒指。「也許妳懷的是男生。」

我們三個不約而同地看著我的肚子，彷彿在等著寶寶開口說話。

「妳的肚子有點尖。」媽說，「我看是男生。」

一分鐘前她才說看起來像女生。好吧，這根本就是迷信，完全不可靠。

「準備下樓了。」媽媽說，樓下突然傳來音樂聲。「附近酒吧的酒保已經來了，他會調很多好喝的雞尾酒。」

「太好了。」蘇西拿出化妝包。「我們馬上上去。」

媽走出去之後，蘇西用最快的速度化妝。我目瞪口呆地看著她。

「蘇西，妳準備要去參加快速化妝比賽嗎？」

「過不久妳就會知道了。」蘇西一邊畫眼影一邊說。「很快妳也會學會在三秒內化完妝。」

「好了。」她套上一件高雅的綠色小禮服，從包包裡拿出一個亮晶晶的髮夾，把頭髮盤上去。

她轉開口紅，隨意抹了兩下。「好了。」

「這個髮夾很好看。」我說。

「謝謝。」她遲疑了一下才說。「是露露送的。」

「喔。」我又覺得沒那麼好看了。「露露最近怎麼樣？」我勉強自己有禮貌地問。

「很好啊！」蘇西低著頭弄頭髮。「她最近寫了一本書。」

「寫書？」我從來沒想過露露會寫書。

「內容是做給小朋友吃的菜。」

「眞的嗎？」我嚇了一跳。「那我應該參考看看。寫得怎麼樣？」

「我還沒看。」蘇西說，「她有四個小孩，應該很厲害才對……」

她的口氣不知道爲什麼有點不耐。我還來不及問，她就抬起頭，頭髮亂得我們兩個人一起笑了出來。

「我幫妳。」我幫她把髮夾拆下來，把頭髮重新梳整齊再盤上去，然後在前額拉下幾撮髮絲。

「好美。」蘇西抱了我一下。「麗貝卡，謝謝。我們趕快下去喝雞尾酒吧！」

她幾乎是用跑的下樓，我跟在後面，但是心情沒有很興奮。我大概只能喝那些沒有酒精的果汁飲料。

我知道懷孕不能喝酒。其實我一點也不介意。可是如果我是神，我就會讓孕婦喝雞尾酒。不只是這樣，我還會把雞尾酒變成一種對孕婦有好處的健康飲料，而且孕婦的手也不會變粗，也不會孕吐，沒有陣痛……

總之，整個懷孕的過程都不一樣就對了。

雖然我只能喝不含酒精類的果汁類飲料，可是我還是玩得很高興。到了半夜，賓客都還捨不得散去。吃飯的時候，爸致詞讚美媽是個很棒的太太和母親，而且馬上要當奶奶了。隔壁的馬丁表演的魔術很精彩！只是他剛拿出鋸子，準備把詹妮斯切成兩半時，她突然改變心意，開始大喊，「拜託你不要殺了我！」但是他一直繼續在那邊切，看起來好像在拍恐怖電影。

還好後來沒事。詹妮斯喝了杯白蘭地之後情緒就穩定多了。

樂團演奏著音樂，大家都站起來跳舞。爸和媽深情地凝視著彼此，洋溢著一臉甜蜜的笑容，燈光映照在媽洋裝的亮片上。蘇西一隻手摟著唐群，另一隻手抱著剛睡醒就不肯再回去睡的克萊曼汀。湯姆和潔西在舞池的角落聊天，偶爾跳個一兩步，動作不是很協調。湯姆穿起正式西裝還蠻帥的，潔西的黑色繡花裙也很美！（我很確定那是比利時設計師 Dries Van Noten 設計的裙子，可是潔西說是向瓜地馬拉婦女合作社買的，只花了三十便士。完全是她的作風。）

我則穿著新買的粉紅色洋裝，裙襬還有鬚鬚，頂著肚子跟盧克跳舞。爸和媽向我們揮揮手，他們的舞姿真是慘不忍睹。我知道他們是今天晚上的主角，不應該批評他們，可是他們真的不會跳舞。媽的屁股搖得一點節奏感也沒有，爸揮著拳頭，好像在跟三個隱形人打架一樣。

為什麼為人父母的就不會跳舞？這是某種物理學定律還是什麼的嗎？

我突然想到，我們也快要當父母了！二十年後，我們的子女會不會看到我們的舞姿也覺得慘不忍睹？

不行。我不能讓這樣的事情發生。

「盧克！」我馬上急切地說，「我們一定要會跳舞，以後我們的小孩才不會覺得很丟臉。」

「我會跳舞啊。」盧克說，「我可是高手。」

「才不是。」

「我以前有去舞蹈教室學過舞。」他說，「我還會華爾滋。」

「華爾滋？」我揶揄地說，「那一點也不算會跳舞好不好！我說的是街舞。你看我跳。」

我做了幾個街舞的動作，甩頭、抖肩、振腰，就像我在音樂錄影帶上看到的一樣。盧克目瞪口呆地看著我。

「親愛的，」他說，「妳在幹嘛？」

「這叫嘻哈！街舞！」

「麗貝卡！寶貝，怎麼了？妳肚子開始痛了嗎？」媽立刻穿越其他跳舞的賓客衝了過來。

「我沒事！」我說，「只是跳個舞而已。」

這些人怎麼對現代街舞一點概念也沒有？

糟糕，我好像閃到腰了。

「來吧，舞林高手。」媽已經去找詹妮斯聊天了。盧克抱著我，我抬頭，看到他一臉興奮的樣子。剛才快吃完飯的時候他接了一通電話，之後心情就一直很好。

「誰打來的電話？」我問他，「有好消息嗎？」

「我們準備要成立巴塞隆納辦公室了。」他的鼻頭動了幾下。他每次明明很得意又要裝得若無其事的時候就會這樣。「現在我們公司在歐洲各地總共有八個辦公室。這都要感謝雅克達斯的案子。」

他從來沒有提過巴塞隆納要成立辦公室的事情！他每次都這樣，事情沒有確定之前，絕不肯透露半點風聲。如果後來沒有成功，他很可能一個字都不會提。

八間辦公室，加上倫敦和紐約的分公司。真是了不起。

樂團開始演奏慢舞，盧克把我摟得更緊。我從眼角瞄到潔西和湯姆已經離舞池更遠了。

快點啊，我在心中默唸，快點親她。

「所以現在一切都很順利囉？」我問他。

「順到不能再順了。」盧克幽默地說，然後又一臉嚴肅地看著我。「真的。我們公司規模會比現在大三倍。」

「哇！」我認真地思考了一下。「我們會變成百萬富翁嗎？」

「有可能。」他點點頭。

太好了。我一直想要當個百萬富翁。可以蓋一棟叫做布蘭登燈塔的大樓。

「可以買座小島嗎？」蘇西在蘇格蘭有個小島，我一直也想要。

「好啊。」他笑著回答。

我正準備說還要買私人飛機時，我肚子裡的寶寶動了起來。我把盧克的手拉起來，放在我肚子上面。

「寶寶在跟你打招呼。」

「嗨，寶貝。」他用他低沉的嗓音跟寶寶打招呼，然後把我抱得更緊。我閉上眼睛，聞著他身上古龍水的味道，跟著音樂的節拍起舞。

我從來沒有感覺這麼幸福。我們臉貼著臉跳舞，夾在我們中間的小寶寶踢著腿。我們有一個好漂亮的新家，而且我們就要成為億萬富翁了！一切都是這麼的美好。

麗貝卡‧布蘭登兒歌自我測試

雪花隨風飄

花鹿在奔跑

……

一閃一閃亮晶晶

滿天都……

滿天都是小星星

放在天上放光明

好像許多小……

小眼睛

火車快飛

火車快飛

……

渡過……

誰記得啊

（05）

這是我第一次去看名人必找的婦產科醫師要穿的衣服：

Prada 涼鞋

新買的 Elle MacPherson 孕婦內衣（紫丁香色）

孕婦牛仔褲（有隱藏式的鬆緊帶，不是那種醜得要命的寬版腰帶）

跟休葛蘭的富婆女友潔米瑪同款式的繡花寬鬆罩衫

我覺得自己打扮得還不錯。我對著鏡子甩了幾下頭髮。

「嗨，凱特！嗨，艾莉，真巧，怎麼會遇到妳？我穿的褲子是你們家的牌子！」

不行。不要提褲子。

我補了最後一次粉，照了最後一次鏡子，拿起皮包。

「盧克，好了嗎？」

「嗯。」他從書房探出頭來，脖子夾著電話。「伊恩，等我一下。」他用手掩住聽筒。

「麗貝卡，我一定要去嗎？」

「你說什麼？」我生氣地瞪著他。「你當然要去。」

他打量了我一下，彷彿在評估我有多生氣，然後又轉回去講電話。「伊恩，這件事情有

點複雜。」他縮回書房繼續講電話，聲音變得很小聲。

複雜？什麼叫做複雜？我們要去看這個醫生。沒得商量。我生氣地在走廊上踱步。想著

等一下要怎麼訓他。讓伊恩等一下會怎麼樣？為什麼我們的生活都要繞著雅克達斯轉？寶寶

對你不重要嗎？你到底有沒有關心過我？

最後那一句還是不要說好了。

他再度出現在書房門口時，電話已經放回原位，正在穿他的西裝外套。

「麗貝卡……」他正準備開口，我就知道他要說什麼了，他不陪我去產檢。

「你從來就不考慮維妮莎·卡特醫生對不對？」我氣沖沖地說，「你對她有成見。沒關

係，你去談你的生意，我自己去產檢。」

「麗貝卡……」他舉起手，表示投降。「我要陪妳去產檢。」

「喔。」我的怒火馬上平息。「好吧，該走了，到那邊要走二十分鐘。」

「我們坐車去。」我跟著他走回書房。「伊恩剛跟飯店集團開完會。他順路過來接我

們，我跟他在車上討論一下再進去找妳。」

❶ 名模凱特·摩絲（Kate Moss）。

「好吧。」我思考了一下才說。「這樣不錯。」

一點也沒有不錯。我好討厭伊恩·惠勒，也不想跟他坐同一輛車，可是我又不能跟盧克抱怨，畢竟我跟雅克達斯集團之間已經結下樑子了。

可是那又不是我的錯，都是潔西害的。幾個月前她說要我一起參加一個大型環保抗議活動，我根本不知道抗議的對象正是盧克新的大客戶。還好最後盧克把這整件事變成一個正面的行銷活動，雖然雅克達斯集團的人假裝自己很有幽默感，一笑置之，可是我知道他們一直懷恨在心。

「我不是對她有成見。」盧克一邊打領帶一邊說。「我只是要告訴妳，這個女醫師不見得比布萊恩醫師專業。」

「你一定會很喜歡她。」我很有耐性地說。

我把手伸進皮包，確定手機有電，卻被盧克桌上的一份剪報吸引住，那是從報紙的金融版剪下來，一篇介紹一支新基金的報導，空白處還寫著「寶寶的教育基金？」幾個大字。

哈！

「你在考慮把寶寶的教育基金拿去投資指數型基金嗎？」我故意冷冷地說。「真有趣。」

盧克楞了一下，順著我的目光看過去，然後也用同樣冷靜的語氣說，「或許是。當然，我也有可能是虛晃一招，愚弄暗中監視我的敵方。」

「敵方不需要暗中監視你。」我親切地笑著說。「她自有主張。如果需要任何專業的建

議，我很樂意提供協助，還可以給你打個折。」

「不用了，謝謝。」他客氣地說，「您最近的投資績效怎麼樣？」

「非常好，謝謝。」

「太好了。」

「對啊，我最近投資的日本農產品基金績效非常好……」我馬上掩住嘴巴，「糟糕，講太多了！」

「差點被妳騙了。」盧克笑著說。

我們走下樓，坐上伊恩的豪華賓士車。

「盧克。」坐在前座的伊恩點頭打招呼。「麗貝卡。」

伊恩大約四十出頭，身材粗壯，有點灰白的頭髮削成三分頭。他其實長得還蠻帥的，可惜皮膚很差，只好曬成古銅色掩飾皮膚狀況不佳的事實，古龍水也噴得太濃。為什麼有的男人就喜歡這樣？

「謝謝你載我們一程。」我露出我最迷人的總經理夫人的笑容。

「不客氣。」伊恩看著我微微隆起的小腹。「最近甜點吃太多了嗎？」

不好笑。

「可能是。」我勉強笑著說。

車子開動，伊恩大聲喝了一口咖啡。「還有多久才生？」

「十七週。」

「那妳這段時間要做些什麼？不用說我也知道，一定是練瑜珈。我女朋友最近迷上瑜珈。」他對盧克說，根本沒給我機會回答。「根本就是在浪費錢。」

第一，瑜珈不是浪費錢，瑜珈是透過七輪冥想修練身心靈的一種方式。雖然我也不是很清楚什麼是七輪冥想。

第二，我有很多事情要忙，不用你操心。

「我哪有空練瑜珈。」我說，「我可是倫敦頂尖百貨公司的私人購物顧問。」

「百貨公司？」他轉過來看著我，「真的嗎？哪一家？」

中計了。

「一家……一家新的百貨公司。」我低頭檢查自己的指甲。

「哪一家？」

「The Look。」

「The Look？」他馬上狂笑，手上的咖啡杯差點掉下來。「盧克，你怎麼沒說過你太太在 The Look 上班？麗貝卡，最近工作不會太忙吧？」

「還可以。」我很有禮貌地回答。

「還可以？這是全國有史以來生意最差的百貨公司！妳的員工認股應該都賣了吧？」他又開始大笑。「沒有在期待年終獎金吧？」

這傢伙真的很討厭。我嘲笑自己的公司是一回事，別人笑又是另外一回事。

「公司一開始是不太順利，但是我們很努力。」我冷冷地笑，「應該很快就會有起色。」

「祝你好運。」他一臉消遣地說。「給妳一個良心的建議，趕快開始找工作吧！」

我勉強露出微笑回應，心裡早已氣得牙癢癢，只好轉過頭去看著窗外。這傢伙真愛損人。公司生意一開始一定會好起來的，我們只需要……需要顧客。

車子在人行道上停了下來。穿著制服的司機下來替我開門。

「伊恩，謝謝了。盧克，待會見。」

「嗯。」盧克忙著打開公事包。「我馬上來。伊恩，你剛才說這個提案有什麼問題？」

司機送我上人行道時，他們兩個已經非常認真地在談公事了。

「這邊可以嗎？」司機指著轉角說，「非城路就在那邊，可是這裡在施工，車子轉不過去。」

「沒關係。我走過去就好了。等一下，我忘了拿包包……」我彎腰回車子裡面拿皮包，伊恩剛好在說話。

「如果我想要做這樣的決定，我他媽的就會做這樣的決定。」他的口氣十分粗暴，把我嚇了一跳。盧克似乎有點怕他。

怎麼會這樣。這傢伙以為自己是誰？因為他是商場大亨就可以對其他人這麼沒禮貌嗎？

我真想好好罵他一頓。

只是盧克可能不會太高興。

「待會見。」我握了一下盧克的手，拿起我的皮包。「快點來哦。」

我比預定的時間還早到，所以利用時間補了點口紅，快速梳了一下頭髮才轉進非城路。

差不多距離二十公尺處有一棟豪華的灰泥建築物，門口的玻璃上刻著「全人生產中心，維妮莎·卡特醫師」幾個大字，對面聚集了一群攝影師，鏡頭全部對準診所的大門。

我的心跳瞬間加速。是狗仔隊！鎂光燈一直閃。他們在拍誰？他們在……

天啊，是那個新的龐德女郎！她穿著粉紅色的小可愛和牛仔褲，小腹明顯微凸。那些狗仔隊一直在喊，「親愛的，看這邊！」還有「預產期是什麼時候？」

真是太酷了！我假裝若無其事地加快腳步，剛好跟她同時到達門口，鏡頭在我們背後喀拉喀拉地一直拍攝。我馬上就會跟龐德女郎一起出現在八卦雜誌上了！

「嗨，」我故做輕鬆地跟正在按門鈴的她打招呼。「我是麗貝卡，我也懷孕了。妳的上衣好可愛！」

她瞪了我一眼，好像我是傻瓜，然後直接推開門進去，沒有理我。

好吧，她好像不是很友善。沒關係，其他人應該會好一點。我跟著她走進鋪著磁磚的高雅門廳，走進一間大房間，這裡是接待區，到處都是淺紫色的沙發椅，房間中間點了一隻好大的精油蠟燭。

我跟著龐德女郎走到櫃檯，一邊快速地瞄了一下。有兩個穿著牛仔褲，看起來就像名模的女生正在看八卦雜誌聊天。對面坐著一個穿著Missoni洋裝，大腹便便的孕婦。她哭得很傷心，她先生則握著她的手安慰她，「親愛的，如果妳真的想替寶寶取名亞斯本也沒關係，我剛才以為妳只是在開玩笑。」

「亞斯本。」

「亞斯本·布蘭登。」

「亞斯本·布蘭登勳爵，倫敦伯爵。」

好像不太好聽。

龐德女郎跟櫃檯小姐講完了話，走到角落坐下。

「妳好。」櫃檯小姐看著我說。

「妳好。」我雙眼發亮，開心地說。「我是麗貝卡·布蘭登，我是來看診的。」

「請稍坐一下。」她微笑地拿了一份簡介給我。「這是我們診所的資料。那邊有花草茶，請自己用。」

「謝謝。」我拿著她給我的小冊子，在那兩個名模對面坐下。音響正在播放柔和的排笛音樂，鋪著絲緞的布告欄上貼滿了小寶寶和產婦的照片，氣氛是那麼平靜、那麼美好，跟布萊恩醫生擺著塑膠椅、舊地毯和介紹葉酸的診所完全不一樣。

等盧克看到這裡，他一定也會覺得很棒。我就知道我做了正確的決定。我滿心喜悅地翻

開手裡的小冊子，看裡面寫些什麼。水中生產……反射區按摩生產……催眠生產……來個催眠生產好了。雖然我也不太清楚那是什麼東西。

我正在看一名抱著小寶寶的女子坐在按摩浴缸裡面的照片時，櫃檯小姐突然叫我的名字。「布蘭登太太，這邊請。」

「喔！」我看了一下手錶。「不好意思，我先生還沒有到，可以再等幾分鐘嗎……」

「沒關係！」她說，「等他到了，我再請他進去。這邊請。」

我跟著櫃檯小姐走。兩側的牆壁上掛滿了電影明星和她們的小寶寶的照片，照片上還有她們的簽名。我的頭不停地轉來轉去，一下看左邊，一下看右邊。我要認真考慮一下生產的時候要穿什麼，或許我可以請教一下醫生。

我們到了一扇米色的門前，櫃檯小姐敲了兩次才開門送我進去。「醫生，這位是布蘭登太太。」

「布蘭登太太，妳好。」我看到一名有著紅色長髮的美麗女子張開雙手迎接我。「歡迎光臨全人生產中心。」

「嗨，叫我麗貝卡。」

哇！卡特醫生看起來好像電影明星！比我想像中年輕，身材也比我想像中更好。她穿著合身的Armani套裝和長褲，搭配筆挺的白色襯衫，頭髮則用時髦的玳瑁髮夾撥到耳後。她穿著

「麗貝卡，妳好。」她的聲音聽起來好像《綠野仙蹤》裡面善良的北方巫婆。「來，請

坐，我們慢慢聊。」

我坐下的時候發現她腳上穿的是Chanel復古低跟鞋，她脖子上那串用銀線串起來的黃水晶也好漂亮。

「謝謝妳答應收我。」我拿著我的病歷緊張地說，「真的很謝謝妳！妳的鞋子真美。」

「謝謝。」她面帶微笑地說，「好。妳目前懷孕二十三週⋯⋯第一胎⋯⋯」她看著布萊恩醫生寫的病歷資料，指甲給美容師修剪的很整齊。「懷孕過程中有發生什麼狀況嗎？有沒有什麼特別的原因要換產檢的醫生？」

「我只是想要用比較全人的方式生產。」我傾身向前，一臉認真。「我看了介紹診所的小冊子，我覺得這裡的治療方式好像很不錯。」

「治療方式？」她疑惑地皺著眉頭。

「我是說生產方式。」我馬上改正。

「好。」她從抽屜拿出一個米色的資料夾，拿起一隻銀色的鋼筆，用斜體字在封面上寫著麗貝卡·布蘭登幾個字。「離生產還有一段時間，妳可以慢慢考慮要用什麼樣的方式生產。我先請教妳幾個問題。資料上寫說妳結婚了？」

我點點頭。「對。」

「那妳先生今天也會來嗎？」

「他正在車上跟客戶開會，」我很不好意思地說，「應該快到了。」

……

「沒關係。」她抬起頭笑著說，露出潔白的牙齒。「他應該也很高興要有小寶寶了。」

「對啊。」我正準備告訴她第一次去照超音波的趣事時，門打開了。

「布蘭登先生到了。」櫃檯小姐說。盧克邊走進來邊說，「對不起，對不起，我遲到了

「你來啦！」我說，「快跟卡特醫生打個招呼。」

「沒關係。」她笑著說，「叫我維妮莎就好。」

「維妮莎？」盧克目瞪口呆地站在原地，不敢相信自己的眼睛。「維妮莎？是妳嗎？」

維妮莎張大嘴巴。

「盧克？」她說，「盧克‧布蘭登？」

「你們兩個認識？」我驚訝地說。

一時之間他們兩個都沒有回答。

「我們在劍橋念書的時候認識。」過了許久盧克才說，「好多年了。」他摸著額頭說，

「維妮莎‧卡特？妳結婚了嗎？」

「我改姓了。」維妮莎露出無奈的笑容。「如果是你，你應該也會改吧？」

「妳原來姓什麼？」沒有人理我。

「我們幾年沒見了？」盧克還是一臉震驚的樣子。

「太久了。太久了。」她用手撥著如瀑布般直洩的長髮。「你還有跟以前那群同學聯絡

嗎？有沒有跟強納森或馬修聯絡？」

「都沒有了。」盧克聳聳肩，「妳呢？」

「我去美國的時候有跟一些人保持聯絡。我現在回來倫敦了，有空大家就會聚一聚……」她口袋裡傳出的嗶嗶聲打斷她的話，她拿出傳呼機看了一下。「不好意思，我去隔壁打個電話。」

她走了之後，我看了看盧克，他一臉興奮，彷彿今天是耶誕節。

「你認識她嗎？真是太巧了。」我說。

「對啊。」他不可置信地搖搖頭。「她是我以前在劍橋念書時認識的朋友。不過當時她是叫維妮莎·葛萊姆。」

「葛萊姆？」我忍不住笑了出來。

「這名字不太適合當醫生。」他也笑了。「難怪她會改。」

「你們很熟嗎？」

盧克點點頭。「我們是同一個學院的。她一直都很聰明，非常有才華，當時我就知道她以後一定會很有成就……」這時維妮莎開門走進來，他就沒有繼續說下去。

「不好意思。」她走回來坐在辦公桌前，穿著Armani褲裝的兩條長腿輕鬆地交叉。

「剛才說到哪裡了？」

我說，「我才跟盧克說真巧！你們竟然認識。」

「對啊，好巧。」她發出銀鈴般的笑聲。「我的病人這麼多，倒還是第一次遇到前男友的老婆。」

我臉上的笑容馬上僵住。

前男友？

「真的嗎？我不記得了。」盧克輕鬆地說，「那是好久以前的事了。」

等等。稍等一下。倒帶。我錯過哪一段了嗎？

維妮莎是盧克大學時代的女朋友？可是……可是他從來都沒有提過。我從來也沒聽過什麼維妮莎。

沒關係……這一點都不重要。當然沒關係。我是那種會吃老公前女友的醋的女人嗎？當然不是。

好吧，我偶爾也會吃醋。

「親愛的，我從來沒聽你提起你交過一個叫做維妮莎的女朋友。」我笑著問盧克，「好奇怪。」

「麗貝卡，不用擔心。」維妮莎靠過來，假裝偷偷地告訴我說，「我一直都很清楚，我不是盧克這輩子的最愛。」

我的心情馬上好轉。「這樣哦，」我掩飾心裡的得意。「好……」

「他的最愛是莎茜·德·波內薇爾。」

她說什麼？盧克的最愛才不是什麼莎茜‧德‧波內薇爾！是我！是他老婆，我！

「當然，除了妳以外。」她又發出一串銀鈴般的笑聲道歉。「我指的是當年的那一群同學。」

「好。」我恢復冷靜。「我想要那種在水中鋪滿蓮花……」

「對了，盧克，有空要不要一起跟幾個老朋友聚一下？」維妮莎打斷我的話。

「好啊！」盧克說，「當然好。麗貝卡，要不要一起去？」

我猶豫了一下才答應。「好啊。」

「不好意思，剛才打斷妳的話。」維妮莎笑著說，「妳剛才說想要水中生產？」

我們又坐了二十五分鐘，談了維他命、抽血檢查還有很多其他的事情。老實說，我並沒有很專心。

我是真的想專心聽，可是我的腦海中一直浮現許多畫面，例如盧克和維妮莎穿著學生服在劍橋划船，在船上熱吻的樣子。（是划船還是撐船？反正就是有根長篙的那種船。）然後又一直想像他的手穿過她的長髮，低聲說，「維妮莎，我愛妳。」的樣子。

不可能。我敢打賭他一定沒有向她說過我愛妳。

我賭……五萬塊。

「麗貝卡？」

「啊?」我突然驚醒,發現盧克和維妮莎都已經站著在等我了。結束了。

「麗貝卡,請妳準備一份生產計畫書給我。」維妮莎送我們出去的時候說。

「一定會。」

「不用太詳細。」她笑著說,「我只是想了解一下妳希望怎麼生產。盧克,我再打給你。其他人一定會很高興看到你。」

「太好了。」他滿臉洋溢著興奮的笑容,親了她兩邊的臉頰道別。我們走了出來。

不知道盧克在想什麼。

老實說,我自己都不知道自己在想什麼。

「看起來真的很不錯,很好。」盧克說。

「嗯……對啊。」

「麗貝卡,」盧克突然停下腳步。「對不起,我錯了。」他搖搖頭。「不好意思,我一直反對妳來這裡。妳說得沒錯,我有預設立場。妳做了完全正確的決定。」

「好。」我點點頭,「所以你現在也覺得我們可以找維妮莎接生?」

「當然。」他有點疑惑地笑著問,「妳不是一直想來這裡生產嗎?」

「是沒錯。」我把手上介紹減輕生產痛的傳單對折再對折。「我是想來這裡生產。」

「親愛的,」盧克突然不安地皺著眉,「如果妳是因為維妮莎以前跟我交往過而覺得受到威脅,我可以向妳保證……」

「受到威脅？」我大聲打斷他的話。「怎麼可能！我怎麼可能會覺得受到威脅？」

也許我是覺得有一點受到威脅，可是我怎麼能讓他知道。

「還好你們還沒離開！」走廊上傳來維妮莎的聲音。「麗貝卡，不要忘了領媽媽袋！裡面有很多贈品都是要給妳的。還有一件事……」

「維妮莎，」盧克打斷她，「我坦白跟妳說好了，我剛才正在跟麗貝卡討論……討論我們曾經交往過的事實，我不知道麗貝卡會不會覺得不太舒服。」他握住我的手，我感動地握緊他的手。

維妮莎點點頭，深呼吸一口氣。

「當然。」她說，「麗貝卡，我完全了解。如果妳覺得心裡不太舒服，妳可以去找別的醫生。我一點也不介意。」她露出親切的笑容。「我只能說……這是我的專業，如果妳決定找我接生，我可以讓妳有很棒的生產經驗，如果妳真的很擔心的話……」她眨眨眼睛。「我已經有男朋友了。」

「不會啦，我沒有那麼愛吃醋。」我也跟著笑了出來。

她已經有男朋友了？那就沒關係了！

我不知道自己怎麼會這麼疑神疑鬼。都是懷孕讓我變得這麼愛胡思亂想。

「好吧，」她說，「你們兩個回家好好考慮考慮再打給我……」

「不用考慮了。」我說，「要去哪裡領媽媽袋？」

2003.8.24

布蘭登太太，

　　您好，很高興收到您的來信。我了解您跟您先生之間「打賭」看誰的投資獲利比較多。本公司絕對不會將您的資產配置策略洩漏給您先生，更不會「像俄國間諜一樣」把妳的資料「賣掉」。

　　關於您的問題，我認為將您子女的教育基金投資在黃金上是非常明智的決定。最近幾年來金價表現相當突出，我認為金價持續看漲。

敬祝臺安

肯尼斯・普蘭登加斯特　　家庭理財規劃師

工作真是令人喪氣。

我們去維妮莎・卡特醫師的診所隔天，我坐在私人購物顧問接待區的辦公桌前，我的同事茉莉萎靡地癱在沙發上。我們的預約簿是空白的，電話是安靜的，整棟樓靜悄悄的，一名顧客也沒有。唯一在走動的是定時巡視的警衛，他擺著臭臉，心情就跟我們大家一樣糟。

想到以前在紐約邦尼斯百貨公司上班的時候，每天都好熱鬧，好多人來買昂貴華麗的小禮服，我就好想嘆氣。這禮拜我只賣出一雙網狀絲襪和一件過季的雨衣。我們才開張十個星期，生意竟然會這麼差。

The Look 的老闆是商業鉅子喬吉歐・賴茲洛，本來的目的是要成為一家比 Selfridges 和哈維尼可斯更高級的精品百貨，結果百貨公司一開幕就碰到一堆問題，簡直成了全國笑話。

首先是開幕前有一倉庫的貨品被燒毀，開幕的日期被迫延後；有個燈從天花板上掉下來，把一名正在幫客人化妝的專櫃小姐砸到腦震盪，然後又爆發退伍軍人症[1]，大家在家裡隔

❶ Legionnaires' disease，一種流行性傳染病，源於一九七六年，美國費城一次退伍軍人會議上，一百八十多名士兵在酒店內開會卻集體感染病毒而命名。

離了五天才來上班。後來雖然發現是謠言，可是傷害已經造成了，報紙上出現 The Look 受到詛咒的傳聞，甚至還發明了建築物倒塌，顧客爬著出去的卡通。（其實還蠻好笑的，只是上面都不准我們笑。）

所以自從我們開幕之後，就一直沒有顧客上門。大家一直都以為百貨公司還關著或有傳染病之類的。《每日世界》報是我們老闆賴茲落的死對頭。他們一直偷偷派記者來拍空蕩蕩的百貨公司樓面，然後用「還是空的！」或「這家百貨公司還能撐多久？」之類的聳動標題報導。已經有謠言說如果生意一直沒有起色，百貨公司就要收起來不做了。

茉莉嘆口氣，翻開雜誌開始看星座運勢。除了沒有顧客之外，我還有另一個問題：如何在生意不好的時候激勵屬下的士氣（茉莉是我的屬下）。我來這裡上班之前，在盧克的管理學書上看到一篇如何當主管的文章，上面說「企業經營狀況不好時，主管尤其要稱讚員工」。

我今天已經稱讚過茉莉的髮型、鞋子和包包了。我不知道還有什麼可以稱讚的。

「茉莉……妳的眉毛修得好好看！」我說，「妳去哪裡修的？」

茉莉瞪著我，彷彿我剛才叫她去吃小鯨魚似的。「我才不要告訴妳。」

「為什麼？」

「這是我的祕密。如果我告訴妳，妳就會跑去那裡修眉毛，然後妳就會長得跟我一樣。」

茉莉很瘦，頭髮挑染成金色，鼻子穿了鼻環，一隻眼睛是綠色，另外一隻是藍色。我們兩個根本就不可能長得一樣。

「我不會跟妳一樣。」我冷冷地反駁，「但是我的眉毛會修得很漂亮。告訴我嘛！」

「不要。」她搖搖頭。

我生氣了。

「妳上次問我去哪裡做頭髮，我就有告訴妳。」我提醒她，「我還給妳名片，推薦妳哪一個設計師最好，還幫妳爭取到九折的優惠，記得嗎？」

茉莉聳聳肩。「那是頭髮。」

「我現在問妳眉毛。眉毛又沒有頭髮重要！」

「那是妳的感覺。」

真是夠了。我正準備說，「算了，我才不想知道妳去哪裡修眉毛（其實她越不說，我越想知道），就聽到遠方傳來腳步聲。沉重的、高階主管之類的腳步聲。

茉莉馬上把手上的八卦雜誌塞到旁邊的毛衣下面，我則假裝調整模特兒身上的圍巾。不一會兒行銷經理艾瑞克·威瑪特就帶著兩名西裝筆挺的陌生男子出現。

「這裡是私人購物顧問部門。」他裝出愉快的口氣向那兩個傢伙介紹。「麗貝卡以前在紐約的邦尼斯百貨公司工作！麗貝卡，這兩位是第一結果顧問公司的克萊夫和葛蘭，他們是來提供我們一點建議。」他不自然地笑著說。

上一任行銷經理辭職了，艾瑞克上個禮拜才剛升上這個位置。他看起來好像不太喜歡這個新位置。

「我們已經好幾天沒顧客上門了。」茉莉冷冷地說，「這裡就像太平間一樣冷清。」

「嗯。」艾瑞克的笑容很僵硬。

「我說錯了，應該說是個很冷清的太平間。」她說，「沒有屍體的太平間。一般的太平間至少還有……」

「茉莉，我們大家都很清楚現在的狀況，謝謝妳的指教。」他打斷她的話。「現在的當務之急是要解決這個問題。」

「怎麼吸引顧客上門？」其中一名顧問對著模特兒說，「這是現在最重要的問題。」

「如何維持顧客的忠誠度？」另外一名顧問若有所思地看上一句。

拜託！如果只要穿西裝打領帶問這些誰都看得出來的問題，那我也可以當企管顧問。

「這家公司的賣點到底是什麼？」第一個開口的顧問又說了。

「問題就是沒有賣點。」我終於忍不住了。「我們賣的東西跟其他百貨公司一模一樣。還有，來我們這裡買東西的時候，還得小心不要被掉下來的燈砸到。我們根本沒有特色！」

他們三個人全都驚訝地看著我。

「消費者對公共危險的認知是我們最大的問題。」第一個開口的顧問皺著眉。「應該要營造一個正面、安全的形象，去除負面報導的影響……」

「那一點都不重要。」我打斷他。「如果我們有一些顧客真正想要，很特別的東西，不他根本沒有聽懂我說的話。

管怎麼樣他們都會來買。我以前住在紐約的時候，曾經去一個在一棟危樓辦的展示品出清特賣會，大樓門口貼了很多『危樓勿入』之類的標語，警告大家不要進去，可是我聽說有打二折的 Jimmy Choo 鞋可以買，所以我還是去了！」

「真的有賣嗎？」聽到這個茉莉的精神都來了。

「沒有。」我遺憾地說，「都賣完了。可是我搶到一件只要七十美金的 Gucci 風衣！」

「妳爲了買一雙鞋子跑進危樓？」艾瑞克瞪大眼睛看著我。

我突然覺得他行銷經理位置可能不會坐太久。

「沒錯！而且特賣會上有幾百個女孩子在搶東西。如果我們有一些真的很棒、其他地方買不到的東西，譬如現在當紅的設計師特別爲我們推出副牌系列，顧客就會馬上瘋狂湧入，就算屋頂快塌下來了也不管！」

這個念頭已經在我腦子裡醞釀一段時間了。我上個禮拜去找過我們公司的採購布莉安娜討論，可是她只是點點頭，請我拿八號的 Dolce 亮片洋裝給她，她晚上要穿去參加首映會，可是另外一件 Versace 屁股那邊有點緊，問我覺得哪一件比較好？

不知道布莉安娜是怎麼當上採購的？其實大家都知道，那是因爲她是董事長夫人，以前又當過模特兒。百貨公司剛開幕的時候，媒體說布莉安娜擁有「時尚圈人士對流行的敏銳度」，最適合擔任採購。

只少了一句話，「可惜她沒有大腦」。

「副牌……設計師……」第一位開口的顧問拿出筆記本開始寫。「可以去找布莉安娜，

她認識很多人。」

「據我所知，她跟董事長去度假了。」

「那等她回來再來討論好了。」顧問闔上筆記本。「走吧。」

他們繼續前往其他部門。我等他們都走了才開始發洩我的怒氣。

「怎麼啦？」茉莉又懶懶地攤在沙發上，正忙著傳簡訊。

「這樣下去永遠不會有結果的，布莉安娜還要好一陣子才會回來，而且她根本就沒有

用，他們只會開會討論……百貨公司最後還是會關門大吉。」

「妳何必這麼激動？」茉莉冷漠地聳聳肩。

「她怎麼可以就這樣坐視公司倒閉，也不幫忙想辦法？

「因為……因為我在這裡上班，我希望公司賺錢啊！」

「麗貝卡，實際一點好不好，沒有設計師會願意替我們設計的。」

「布莉安娜不是認識很多人嗎？」我反駁，「她當過 Calvin Klein、Versace……Tom

Ford 的模特兒，她可以請他們幫百貨公司設計衣服啊！如果我有個有名的設計師朋友……」

我突然停了下來。

我怎麼現在才想到？

「怎樣？」茉莉抬起頭。

「我有認識的設計師。」我說，「我認識丹尼·可維茲！我們可以請他幫忙。」

「妳認識丹尼·可維茲？」茉莉不屑地說，「在路上偶遇他一次的那種認識嗎？」

「我真的認識他。以前在紐約，他就住我樓上。我的婚紗還是他設計的。」我忍不住有點得意。

有個知名的朋友真好。丹尼還沒成名的時候我們就認識了，而且他會成名我也有一點功勞。他現在成了全球時尚界的新寵，不僅上了《時尚》雜誌，還有很多明星穿他設計的衣服去參加奧斯卡之類的活動。上個月他才接受一家女性雜誌的專訪，說明他新推出的系列作品是他對現代文明墮落的詮釋。

我才不相信呢。一定是他在最後一刻用很多黑咖啡和安全別針弄出來，再叫別人幫他縫好的衣服。總而言之，如果能請丹尼幫我們設計，一定可以大大提昇公司的知名度。我怎麼現在才想到？

「如果妳真的認識丹尼·可維茲，怎麼不打電話給他？」茉莉還是很懷疑。「現在就打。」

她還是不相信我。

「好，我打。」我拿出手機，找出丹尼的號碼撥了過去。不過我在紐約那段時間，我們一起經歷過許多事情，那種友情是不會斷的。我等了一下，他沒有接。他可能換手機或停用這個號碼了。

我們已經有好一段時間沒聯絡了。

「怎麼啦？」茉莉挑起一邊修剪整齊的眉毛。

「手機故障。」我若無其事地說，「我打去他的辦公室好了。」

我打到國際查號臺問丹尼‧可維茲公司在紐約總公司的號碼。紐約現在應該是早上九點半。除非他昨天熬整夜，否則應該是還沒起床。我可以留言請他回電。

「丹尼可維茲公司您好。」是一個男生接的。

「你好！」我說，「我是麗貝卡‧布蘭登，婚前姓盧姆伍德。我想要找丹尼‧可維茲。」

「請稍等。」他很有禮貌地說。我聽了一陣子的饒舌音樂才又聽到一個女聲。

「丹尼可維茲迷俱樂部您好。申請會員請按……」

可惡。我掛上電話，又撥了一次總機的號碼，刻意避開茉莉的眼神。

「丹尼可維茲公司您好。」

「你好，我是丹尼的老朋友。請幫我轉接他的私人助理。」

又是一陣饒舌音樂，然後一個女聲說，「丹尼可維茲辦公室，我是卡羅，請問有什麼事嗎？」

「嗨，卡羅。」我用我最親切的口氣說，「我是丹尼的老朋友。我剛才打他的手機打不通，請問他現在方便接電話嗎？還是我可以留言？」

「請問您的大名是？」她的口氣有點懷疑。

「麗貝卡・布蘭登，婚前姓布盧姆伍德。」

「他知道您找他有什麼事嗎？」

「當然知道，我們是好朋友。」

「好，我會幫您轉達……」

我隱約聽到一個熟悉的聲音說，「我現在就要一瓶健怡可樂！」是丹尼！

「他在那裡對不對？」我大喊，「我聽到他的聲音了。麻煩妳幫我把電話拿給他。一下就好了……」

「可維茲先生目前正在……正在開會。」她說，「我會幫您轉達，感謝您的來電。」然後就掛了。

我氣沖沖地掛上電話。她才不會幫我轉達，她根本沒有向我要電話號碼。

「怎麼樣？」茉莉全都看到了。「你們不是好朋友嗎？」

「當然是。」我生氣地說。

不要生氣，要思考，想一下，一定有辦法可以找到他。一定有。

我想到了。我馬上又拿起電話打給國際查號臺。「你好，請幫我轉接可維茲，地址是康乃狄克州福克斯頓市景觀路蘋果灣屋。麻煩你……」

不久後有人回答，「喂？」

「可維茲太太！」我用我最甜美的聲音說。「我是麗貝卡，麗貝卡・布盧姆伍德。妳還記得我嗎？」

我以前就很喜歡丹尼的媽媽。我們寒暄了一下，她問我寶寶好不好，我則問她曾經獲得園藝大獎的花園現在怎麼樣。聽到丹尼的員工對我的態度，她表示很不滿，尤其是我還是幫他把作品引薦給邦尼斯百貨公司的人（我不經意地在對話中提到這件事）。最後她保證會叫丹尼回電給我。

我掛上電話不到兩分鐘，手機就響了。

「麗貝卡！老媽說妳找我？」

「丹尼！」我忍不住得意地瞄了茉莉一眼。「好久不見。你最近好嗎？」

「很好啊！剛才被老媽狠狠訓了一頓。」丹尼好像真的被罵得很慘。「她說，『小子，功成名就就不理老朋友啦』，我說，『妳在說什麼？』然後她又說……」

「我剛才打去公司找你，你的助理不肯幫我轉接。」我跟他解釋，「她以為我是你的瘋狂仰慕者或想要跟蹤你的人之類的。」

「的確是有人在跟蹤我。」丹尼的口氣很得意。「現在就有兩個，都叫喬書亞，很巧吧！」

「哇！」我忍不住要表達我的敬佩，雖然被騷擾好像不是什麼好事。「最近在忙什麼？」

「我在準備下一季的新作。」他的口氣很老練。「重新詮釋東方風情。目前還在蒐集想

法的階段，到處找靈感之類的。」

我才不會被騙。「找靈感」的意思就是「去海邊度假曬太陽喝到爛醉」。

「我有件事要請你幫忙。」我急切地說，「可不可以幫我在倫敦的公司設計個副牌系列？即使一件也好。」

「喔。」我聽到他拉開易開罐飲料的聲音。「好啊，什麼時候？」

我就知道他會答應。

「越快越好。這幾個禮拜可以嗎？你可以來倫敦找我，好好聚一聚。」

「麗貝卡，我最近有點忙……」他喝了一口飲料。我可以想像他在蘇荷區時髦的工作室裡，穿著那條舊牛仔褲，躺在辦公椅上的樣子。「還要去東南亞考察……」

「我前幾天在街上碰到裘德洛。」我補上一句。「他就住在我們家附近。」

一陣沉默。

「那我順路去一下好了。」丹尼說，「去泰國會經過倫敦對不對？」

太好了！我現在可是備受尊敬。

從那之後茉莉幾乎都沒有再說過一句話，只是用很敬畏的眼神看著我。艾瑞克也很高興聽到我的提案「有積極正向的進展」。只要有顧客上門，這份工作其實還不錯。不過老實說，生意這麼冷清，剛好讓我有很多時間看剛出刊的《孕期》雜誌。

「妳包包裡的手機在響。」茉莉走過來說。「今天已經響好幾次了。」

「謝謝妳現在才告訴我。」我語帶諷刺地回答，一邊忙著走回辦公桌拿手機。

「麗貝卡！」電話另一端傳來媽興奮的聲音。「終於找到妳了。親愛的，大家都很想知道那個名流專用的婦產科醫師怎麼樣？詹妮斯今天已經來問好幾次了。」

「等我一下……」我把門關上，坐下來，整理我的思緒。「嗯……很不錯。我在那邊等的時候還看到一名龐德女郎。」

「龐德女郎！」媽倒抽一口氣。「詹妮斯，妳有聽到嗎？麗貝卡在等的時候看到一名龐德女郎！」

「那裡好漂亮，我要做全人式的水中生產，他們還送給我一個媽媽袋，裡面有好幾張孕婦按摩的折價券……」

「真的嗎？」媽說，「這個醫生怎麼樣？人好不好？」

「很好。」我猶豫了一下，然後又不經意地補上一句。「她是盧克的前女友。很巧吧？」

「前女友？」媽的語氣突然變得有點尖銳。「這是什麼意思？」

「就是以前曾經交往過的女生，他們念劍橋的時候認識的。」

一陣沉默。

「她漂不漂亮？」媽說。

拜託，她問這是什麼問題！

購物狂與寶寶
120

「很漂亮。這有什麼關係嗎?」

「當然沒有。」我隱約可以聽到媽在跟詹妮斯交頭接耳的聲音。「妳知道他們為什麼分手嗎?」媽突然又問。

「不知道。」

「妳沒有問他嗎?」

「媽,」我有點不耐煩了,「我們彼此信任。我才不會問他一堆問題。」

「不然要我怎麼做?發一張問卷給他填嗎?我知道,沒有人敢相信,老爸年輕的時候也曾經荒唐過(跟火車上的車掌小姐交往、私生子、留大鬍子)。可是我相信盧克不會這樣。」

「那都是過去的事情了。」我口氣有點強硬。「而且她現在也有男朋友。」

「可是……」媽吸了一口氣,「麗貝卡,親愛的,這樣好嗎?不是每個男人都……都能適應老婆懷孕的生活。妳要不要考慮回去看那個老醫生?」

我有種被侮辱的感覺。難道我媽以為我管不好自己的老公嗎?

「我們已經確定要換這個醫生了。」我固執地說,「一切都安排好了。」

「好吧,親愛的,妳確定就好。詹妮斯,妳說什麼?」又是一陣交頭接耳的聲音。「詹妮斯問妳是遇到荷莉·貝瑞嗎?」

「不是,是另外一個,就是滑冰冠軍那一個。媽,不講了,有插撥進來,幫我跟大家打個招呼,拜拜!」我掛斷電話,鈴聲馬上又接著響了起來。

「麗貝卡！我找妳一天了！怎麼樣？」蘇西興奮地說，「趕快告訴我。妳要做泰式水中生產嗎？」

「可能會哦！」我忍不住高興地說，「蘇西，那裡真的好棒！有腳底按摩和全身按摩，我去產檢的時候遇到龐德女郎，外面有好多狗仔隊在等，我們剛好一起被拍到，我搞不好會上八卦雜誌！」

「好棒！」蘇西語氣高亢地說。「天啊，我好羨慕妳，我也要再生一個，我要去那裡生。」

「生產其實不是在診所生。」我說，「只有在那裡做產檢，生產是去凱文醫院生產。」

「凱文醫院？就是那家病床全都是雙人床，還有紅酒可以喝的醫院嗎？」

「對啊。」我忍不住露出得意的微笑。

「妳運氣真好。那個維妮莎·卡特醫生怎麼樣？」

「她好棒。又年輕又漂亮，還有好多不同的生產方式可以選，還有……」我猶豫了一下。

「還有她是盧克的前女友。很巧吧？」

「她……是什麼？」蘇西好像很驚訝。

「是盧克的前女友。他們以前在劍橋念書的時候交往過。」

「妳要找盧克的前女友幫妳接生？」

「對啊，不行嗎？那已經是好久以前的事情了，而且也只有那麼一下子，她現在另外有

對象了，這有什麼關係嗎？」

「沒有，只是有點……怪怪的。妳不會覺得怪怪的嗎？」

「才不會。蘇西，我們都是成年人了，不需要去在意這些事情。」

「可是她……會在妳身上摸來摸去的。」

我也想過這件事。可是給布萊恩醫生看還不是一樣？老實說，我現在還不願意面對生產這整件事，還妄想著我要生產的時候，會發明其他不用陣痛就可以生產的方式。

「如果是我，我一定會受不了。」蘇西說，「我有一次碰到唐群的前女友……」

「唐群有前女友？」我驚訝地脫口而出，才想到這樣說好像不太好。

「費莉西‧門金斯。就是那個桑莫賽特郡的門金斯家族。」

「喔。」我根本不知道什麼桑莫賽特郡的門金斯家族，名字聽起來好像瓷器工廠還是什麼傳染病之類的。

「去年我聽說她會跟我們出席同一場婚禮。我花了一整個禮拜的時間作準備，那還是有穿衣服，不像妳生產時是裸體！」

「我會記得把陰毛修一修。」我輕鬆地說。「不過，說不定我會剖腹產，那就不用除毛了。她是國內頂尖的婦產科醫師，應該早就習慣了吧？」

「或許吧。」蘇西的口氣還是充滿疑慮。「麗貝卡，如果是我，我可能會換個醫生。妳要不要回去找原來的醫生？」

「我才不要換醫生。」我好想跺腳。「我完全信任盧克。」我立刻補上這句。

「當然！」蘇西連忙說，「那……當初是盧克甩了她，還是被她甩？」

「我不知道。」

「他沒有告訴妳嗎？」

「我沒問他。這又不重要。」蘇西問得讓我有點心煩，我只好想辦法轉移話題。「對了，診所送的媽媽袋裡面有一罐海洋拉娜的乳霜，還有去做按摩的招待券。」

「哇！」蘇西馬上興奮地說，「可以帶朋友去嗎？」

我才不要被蘇西和老媽的話打敗。她們不知道，盧克和我彼此信任，我們的婚姻關係非常堅固，我們要一起生下這個寶寶，我非常有安全感。

下班後我先繞去 Hollis Franklin 買寶寶的床單。那個牌子好棒，是皇室專用的品牌，據說英國女王還會親自去店裡挑東西。我花了一個小時，愉快地比較各種不同織數的床單，回到家已經七點了。盧克正在廚房喝啤酒看電視新聞。

「嗨。」我放下手中的購物袋。「我剛才去 Hollis Franklin 買寶寶的寢具組。」我從購物袋裡拿出一個四個角落都有繡皇冠的小床單。「好不好看？」

「還不錯。」盧克仔細看了一下，卻突然瞄到價格。「天啊，妳花了那麼多錢買小寶寶的床單？」

「這是最高等級的。」我說，「總共有四百織。」

「小寶寶需要四百織的床單嗎？妳知道他們會吐奶吧？」

「我的寶寶才不會吐在 Hollis Franklin 的床單上。」

「小寶寶需要四百織的床單嗎？妳知道他們會吐奶吧？」我氣嘟嘟地說，「他知道不可以這樣。」

盧克翻了翻白眼，「對不對啊，寶貝？」

「我們用的寢具組，一樣的花紋。」他放下購物袋。「另外一個大袋子又是裝什麼？」

「被單會另外送過來。枕頭套現在缺貨，等一有貨他們也會送來……」他一臉驚訝，我只好停下來解釋。「小寶寶的床會放在我們房間，所以我們的床單也要搭配啊！」

「搭配？」

「對啊！」

「麗貝卡……」他才剛開口就突然被電視吸引住。「是馬爾康。」他把音量調高，我趁機把購物袋塞到門後，以免又被他看到。

馬爾康‧洛伊得是雅克達斯的總裁。記者正在訪問他為什麼想要買下某家航空公司。盧克拿著啤酒，專心地看著電視。

「他的手怎麼一直抖？」我說。「看起來很怪。他應該要去上媒體訓練課，學習怎麼上電視。」

「他已經上過了。」盧克回答。

「那效果真是不怎麼樣。應該換個老師試試看。」我把外套脫掉，丟到椅子上，按摩自己酸痛的肩膀。

「過來。」盧克說，「我幫妳按摩。」

我拉了張椅子在他面前坐下，讓他搓揉我僵硬的肩膀。

「對了，我突然想到，」我看著電視說，「伊恩都是用那種態度跟你講話嗎？」

他突然停了一下又繼續按摩。「什麼態度？」

「昨天在車子裡面那種態度。口氣好差。」

「他那個人就是這樣。那是雅克達斯的企業文化。」

「可是他的口氣真的很差。」

「我們要學著習慣。」他聽起來有點不太高興。「我們現在合作的都是大企業，大家都要……」他突然停了下來。

「都要怎麼樣？」我轉過頭，想要看他的表情。

「沒什麼。」他頓了一下。「只是自言自語。不要看了，把電視關掉。」他在我額頭上親了一下。「好點沒？」

「好多了，謝謝。」

我起身倒了一杯蔓越莓汁，轉臺看《辛普森家庭》。盧克正在看晚報。桌子上有碗醃漬的橄欖，我們兩個看報的看報，看電視的看電視，那碗橄欖就在中間傳來傳去。

這樣多好。只有我們兩個人，一起在家裡共度寧靜的一晚，享受穩定的婚姻關係，不去想什麼前女友的事情。

趁現在氣氛正好，不妨來問這件事好了，要假裝不經意地提起，顯示我並不是很在意。

「昨天那樣會不會很奇怪啊？」我若無其事地說，「這麼多年了，又突然碰到維妮莎。」

「嗯。」他漫不經心地點頭。

「我有點好奇，你們當年為什麼會分手？」我保持輕鬆的口氣。

「誰知道。」他聳聳肩。「好久以前的事了。」

看到沒有？那是好久以前的事，他根本就不記得了。都是歷史了。我一點也不想知道那些細節。我們來聊其他的事情吧，最近的國家大事之類的。

「你愛過她嗎？」我又繼續問。

「愛？」他笑了笑。「那時候我們還只是學生。」

我等著他繼續說，可是他卻翻開報紙，專心地看起報紙。

他沒有回答我的問題。「我們還只是學生」不算有誠意的回答。

我正準備開口說，「這句話是什麼意思？」然後又決定閉上嘴巴。在昨天之前，我根本就不認識維妮莎·卡特，現在媽和蘇西的話卻讓我開始胡思亂想。

他當然沒有愛過她。

我才不要繼續問他相關的細節。沒錯，我連想都不要想，這件事情到此為止。

我才不會叫盧克填問卷。我早就已經把問卷丟到垃圾桶了。原因如下：

第一、我們的婚姻關係是建立在互信互重的基礎上，才不會問對方喜歡什麼顏色的頭髮。

第二、他哪有時間填問卷（尤其是用五百字描述你最欣賞你太太的地方那一部分）。

第三、我有遠比這些更重要的事情要思考。我今天要跟蘇西去市中心參觀嬰幼兒用品展，總共有五百多個攤位，有很多免費的贈品、媽媽寶寶流行時裝秀，還有全歐洲最大的手推車展！

我才走出地鐵站就看到好多人正在朝展場的方現前進。好多手推車！我從來沒有一次看過這麼多手推車。

「麗貝卡！」

我轉過頭去，蘇西穿著一件好漂亮的綠色背心裙，手上推著雙人手推車，可愛的威爾菲和克萊曼汀戴著條紋帽，坐在推車上。

「嗨！」我走過去先用力地抱了她一下。「好棒哦！」

「票在這裡……」她從皮包裡翻出入場券，「還有兩張免費的奶昔兌換券……」

「唐群今天幫妳照顧恩尼斯嗎？」

「沒有，我請我媽幫忙。他們今天的節目已經安排好了。」她溫柔地說，「我媽要教他拔土雞毛。」

老實說，不只唐群很奇怪，蘇西一家人都很奇怪。

我們走進會場時，我忍不住發出一聲小小的驚呼聲。好大的場地！到處都是小嬰兒的照片、色彩鮮豔的攤位和發手提袋的服務小姐。會場的喇叭正在播放電影獅子王的音樂，還有一個踩高蹺的小丑在丟假香蕉表演雜耍。

「好啦，」蘇西經驗老到地說，「清單列出來了嗎？」

「什麼清單？」我心不在焉地回答，眼睛都在注意其他人的推車、媽媽袋和小寶寶穿的衣服。有幾個人正在對睜著大眼睛一臉好奇的威爾菲和克萊曼汀微笑，我也得意地微笑向他們致意。

「小朋友要用的東西啊。」蘇西很有耐心地說，「看妳還缺哪些東西？」她從裝著入場卷的信封裡面找出一張紙。「有了，嬰兒用品必備清單。奶瓶消毒鍋買了嗎？」

「呃……還沒。」我正在看一個遮陽罩上面有好漂亮圓點的紅色手推車。在路上推這臺推車一定很棒。

「授乳枕買了嗎？」

「沒有。」

「妳要用電動吸乳器嗎?」

「嗯。」我退縮了一下,「一定要買嗎?妳看,那雙小牛仔靴好可愛哦!」

「麗貝卡……」蘇西等了我一下才說,「妳知道生小孩除了買衣服以外還有其他的事情要做吧?妳應該不會有……不切實際的期待吧?」

「我的期待都很實際!」我有點生氣地說。「我會把清單上所有的東西都買齊,當個準備最周全的媽媽。走吧,我們出發吧。」

我們沿路走,我的頭也跟著轉過來又轉過去。我從來沒看過這麼多好玩的東西……有小朋友的衣服……還有好可愛的玩具……

「妳會需要一個汽車安全座椅。」蘇西說,「有的是提籃型的,可以放在推車上,有的可以放在微波爐裡面消毒……有的是電動的……就算妳要餵母奶也要準備……」

「喔。」我茫然地點點頭。老實說,我對汽車安全座椅一點興趣也沒有。

「還有消毒鍋和奶瓶組。」蘇西在 **Avent** 的攤位旁停了下來,拿起一本手冊。「有的可以放在微波爐裡面消毒……有的是電動的……就算妳要餵母奶也要準備……」

我則被旁邊一個叫做迪斯可寶寶的攤位吸引住。「蘇西,妳看!」我打斷她的話,「小寶寶的褲襪!」

「好。」她點點頭。「妳要可以裝四個奶瓶的消毒器還是六個奶瓶的,還是……」

「還有像亮晶晶的球球一樣的玩具鼓!蘇西,妳看!」

「天啊！」蘇西大笑，「我一定要買一個給雙胞胎玩。」她把奶瓶的手冊丟到一旁，把推車推過來。這裡有「迪斯可女孩」和「迪斯可男孩」的長袖上衣，還有好可愛的小棒球帽。

「如果我知道我懷的到底是男生還是女生就好了。」我一臉渴望地摸著一件粉紅色的小裙子。

「妳有試過中國的清宮生男生女圖了嗎？」蘇西說。

「有啊，是男生。」

「真的嗎？」蘇西馬上一臉興奮。

「可是我看到一個網站說，根據我想吃的東西來判斷，我應該是懷女生。」我嘆了一口氣。「真想知道到底是男生還是女生。」

蘇西也不知道該怎麼辦，然後她拿起一頂帽子。「不然買這個好了，這個男生女生都可以戴。」

我買了那頂帽子，還有一雙好可愛的毛線鞋和一件小睡袍，又在隔壁攤位買了一條海灘用的大毛巾和小朋友的遮陽帽，還有一個維尼熊造型的對講機。我手上提的東西越來越多。

蘇西則把她買的東西全丟到推車下面的置物籃。我從來沒想過購物的時候有一臺推車會這麼方便。

而且我們今天還要在這裡逛一整天。

「蘇西，我需要一臺嬰兒推車。」我突然決定。

「我知道。」她點點頭。「推車城在C區這邊。妳可能需要一臺五合一的推車，還要一臺出門時方便收納的輕便型推車……」

我往推車城的方向走去，根本沒有專心在聽她說。推車城的攤位入口處插滿了旗子和氣球，放眼望去只見成排像灌木林一樣排列整齊的推車。

「你好！」我找到一個穿著綠色制服，帶著推車城識別牌的男士。「我需要一臺推車。」

「沒問題。」他親切地說，「大約四個禮拜後送貨……」

「不行，我現在就要一臺。」我說，「馬上就要。隨便哪一種都可以。」

「呃……」他的臉垮了下來。「不好意思，這些都是展示專用。」

「拜託你。」我裝出最可憐的笑容。「總有一臺可以賣吧？隨便哪一臺都好，有沒有舊的，你們已經不要的推車？」

「好吧。」他瞄了我的肚子一眼。「我幫妳找找看。」

他去幫我找推車，我則看著四周新款的推車。蘇西正高興地看著一臺獨立展示的雙人新款手推車。我右手邊有名孕婦正在跟她先生試推一臺黑色真皮，上面還有飲料架，好漂亮的新款手推車。

「我就知道你會喜歡。」她滿心喜悅地對老公說。

「這臺不錯。」他從後面抱著她的肚子，在她耳後親了一下。「就訂這一臺吧。」

我心裡一揪。我也好希望盧克可以跟我一起來看推車，一起試推，然後那樣親我。我知道他現在很忙，事情很多，我也知道他永遠不會是對每種尿布都瞭若指掌，還會戴上沙包體驗懷孕感覺的那種新好男人，可是我還是不希望樣樣都要自己來。

他應該也會喜歡黑色真皮那臺推車，說不定上面還有可以放黑莓機的地方。

「麗貝卡。」蘇西一手推著她原本的推車，另一手推著新款的手推車走過來問，「妳覺得我要不要換一臺推車？」

「呃……」我看著雙胞胎說，「妳原來這一臺不是還很新嗎？」

「我知道，可是這一臺真的很好推，很實用！我覺得應該要買一臺，多一臺推車應該不會怎麼樣吧？」

她的眼神充滿了渴望。蘇西什麼時候對嬰兒推車這麼有興趣？

「好啊。」我說，「不然我也買一臺好了！」

「好啊！」蘇西高興地說，「這樣我們兩個人就有一模一樣的推車了！給妳，妳試看看！」她把推車交給我，我試了一下，這臺真的不錯。

「這個手把好軟、好好握。」我捏了幾下。

「對啊！而且輪子的設計也很棒。」

這跟我們以前去逛街買衣服的時候一樣。我從來沒想過自己有一天會對嬰兒推車這麼有興趣。

「小姐。」剛才那位銷售人員回來了。「這一臺可以賣給妳。七十英鎊。」

蘇西看著他推的那臺灰色和粉紅色相間的傳統型推車，驚訝地說，「麗貝卡，妳不能買這種東西給寶寶用啦！」

「這不是要給寶寶用的。」我說，「是要拿來放我買的東西！」我把剛才買的東西全堆了上去，握著把手說，「這才像話！」

我付了錢，把蘇西從那臺新款的雙人推車旁邊拉走，想找個地方喝茶休息。路上又經過好多攤位。我買了一個充氣式的兒童戲水池、一盒積木和一隻好大的泰迪熊，然後全部都堆到推車上，可是推車還是沒有堆滿。我以前怎麼都沒有想到要買臺推車呢？

「我去買咖啡。」蘇西說。

「我馬上回來。」我心不在焉地看著一個有好多傳統玩具馬的攤位，好可愛，我想買一個給寶寶，再買幾個給蘇西的小孩。

後面排了好長的隊伍，我只好推著推車排到最後面，靠在手把上，嘆了口氣。早上走了這麼多路，說實在我已經有點累了。我前面排了一個穿著深紅色雨衣的老太太，她聽到我嘆氣，轉過頭來看了我一下，看到我靠在推車上，馬上露出驚恐的表情。

「大家讓一讓，讓這位小姐過一下！」她拍拍她前面的太太。「她肚子裡面有一個，推車上又有一個！可憐的孩子，她累壞了！」

「呃。」我嚇了一跳。大家都往旁邊靠，把中間的路讓出來，好像我是皇室一樣。剛才

那位穿雨衣的老太太一直示意要我往前。「呃……我……其實……」她低頭往嬰兒車裡頭看。「妳堆了這麼多東西，我都快看不到小寶寶了。」

「來啊！小朋友多大了？」

「呃……呃……」

攤位的銷售人員熱心地示意我往前走，大家都在等我過。

我知道做人應該要誠實。我真的知道。

可是前面真的排了好多人，蘇西又在等我……說實在的，推車上到底是不是真的有個小寶寶有什麼關係嗎？

「是弟弟還是妹妹？」老太太問我。

「是……妹妹！她在睡覺。」我不得不這麼回答，然後又趕快補上一句。「四隻玩具馬，謝謝。」

「好可愛。」

「太魯拉。」我隨口說。「她叫……菲比，太魯拉·菲比。」我付了錢，把我買的玩具馬放在推車上。「謝謝妳！」

糟糕，名字！

「她叫什麼名字？」

「太魯拉。」老太太親切地說。「她叫什麼名字？」

「妳要乖乖哦，太魯拉·菲比。」老太太彎腰對著推車說。「為了媽媽和媽媽肚子裡面的寶寶，妳要乖乖哦。」

「她很乖！」我滿臉笑容地說，「謝謝妳！」然後趕快推著推車離開，心裡其實很想笑。我才轉過去就看到蘇西站在賣咖啡的攤位前面，正在跟一個頭髮有挑染，推著越野推車的女孩子講話，女孩旁邊站著三個身上綁著繩子的小朋友，繩子另一端綁在推車上。

「麗貝卡！妳要喝什麼？」蘇西大喊。

「我要一杯低咖啡因的卡布奇諾和一個巧克力鬆餅。」我喊回去。「告訴妳，剛才⋯⋯」

原本正在跟蘇西講話的女孩子轉過頭來，竟然是露露。

是露露，蘇西那個討厭的朋友。我擠出一絲笑容，開心地揮手打招呼，心裡卻突然一沉。我們兩個玩得正高興，她幹嘛要出現？

她們正朝著我的方向走過來，三個小朋友像在沙灘上被拖著的風箏一樣跟在後面。露露穿著粉紅色燈芯絨褲和白上衣搭配珍珠耳環，看起來一副好媽媽的模樣，說不定都是向同一個叫做《好媽媽》的郵購目錄買的。

我知道我不應該這樣，可是我就是忍不住。自從我們第一次見面，我就很不喜歡她，尤其是她因為我沒有小孩而看不起我。（好啦，也可能是因為我為了讓她的小孩安靜，所以在他們面前把內衣脫掉。可是我那時候真的沒有其他辦法了，而且他們什麼也沒看到。）

「露露。」我勉強擠出笑容。「最近好嗎？今天怎麼會來這裡？」

「我也沒想到會來這裡！」露露自以為了不起的口氣真是讓人受不了。「他們突然打給我，說有個機會可以宣傳我的新書，教媽媽怎麼做菜給小朋友吃。」

「蘇西跟我說過，恭喜妳！」

「我也要恭喜妳！」露露看著我的肚子說。「我們應該要找時間聚一聚，交換一下照顧小寶寶的心得！」

從我認識她開始，露露就一直看不起我，對我又很不好。只因為我懷孕了，我們就突然要變成好朋友？

「好啊！」我的口氣很愉快。蘇西看了我一眼。

「我書上有一部分是有關於孕期的飲食……」露露從包包裡面拿出一本書，封面是她抱著一堆蔬菜的照片。「我再寄一本給妳。」

「妳是說譬如孕婦會特別想吃什麼東西之類的嗎？」我喝了一口咖啡。「有無酒精的雞尾酒調酒配方嗎？」

「我把這個部分叫做『為寶寶著想』。」她眉頭微蹙。「有的女人懷孕的時候一點都不注意自己吃些什麼，食品添加劑……糖……什麼都吃。」

「對啊。」我猶豫了一下，看著原本正準備送到嘴邊巧克力鬆餅，然後毅然決然地咬了下去。「好好吃。」

我看得出來蘇西忍不住想笑。

「小朋友要不要來一點？」我剝了幾塊鬆餅。

「不要給他們吃巧克力！」看露露驚恐的樣子，好像我要餵他們毒品一樣。「我有帶一

此些香蕉乾給他們當零食。」

「露露？」一個戴著頭戴式麥克風的女孩子走了過來。「廣播電臺要訪問妳了。等一下要拍妳和小朋友的合照。」

「好。」露露張開嘴巴，露齒微笑。「柯斯摩、艾摩、盧多，我們走了。」

「快走快走。」我低聲說。

「待會兒見！」蘇西勉強擠出笑容目送他們離去。我突然有點後悔，露露畢竟是蘇西的朋友，我應該要對她客氣一點。我決定了，下次要對露露好一點，就算殺了我也沒關係。

「真巧啊……居然遇到露露。」我用我最真誠的口吻說。「她說得沒錯，我們應該要聚一聚。等一下要不要一起喝個茶或什麼的？」

「我不想跟她聚餐。」蘇西低著頭，看著手裡的卡布奇諾。

「蘇西，妳和露露吵架了嗎？」我小心翼翼地問。

「沒有。」蘇西還是不肯抬頭。「她對我真的很好，還幫我照顧小孩……」

「可是……」我繼續問。

我突然想起上次在我媽家，我提到露露的時候，她臉上也是這個表情。

「蘇西不喜歡說別人壞話。每次她要說別人壞話的時候，都會先說他們的好話。

「可是……」我繼續問。

「她讓我覺得自己很差勁。每次我們一起出去，她都會準備她自己煮的稀飯或什麼的，而且她的小孩都喜歡吃她煮的東西，每次我們一起出去，她都會準備她自己煮的稀飯或什麼的，而且她的小孩都喜歡吃她煮的東西，每次我

「可是她太完美了！」蘇西抬起頭，滿臉通紅地說，「她讓我覺得自己很差勁。每次我們一起出去，她都會準備她自己煮的稀飯或什麼的，而且她的小孩都喜歡吃她煮的東西，每次我

購物狂與寶寶

138

們都好乖又好聰明……」

「妳的小孩也很聰明啊！」我生氣地說。

「露露的小朋友都已經在看《哈利波特》了！」蘇西難過地說，「恩尼斯卻還不太會講話，也不會看書，只會唸幾句華格納的德文歌劇。露露每次都問我說，我是不是懷孕的時候沒有聽莫札特，要不要考慮送他去補習，我覺得自己真是個不稱職的媽媽……」

我的心裡湧起一股怒火。她怎麼可以讓蘇西有這種感覺？

「蘇西，妳是最棒的媽媽！」我說，「露露這個可惡的女人，我第一次看到她就覺得她很討厭。千萬不要聽她的話，也不要看她的爛書！」我伸手抱住蘇西的肩膀。「如果妳都覺得自己不是稱職的媽媽了，那我怎麼辦？我連兒歌都不會唱！」

「大家好！」露露的聲音突然透過麥克風從後面傳過來。我們兩個一起轉頭過去看。她坐在臺上，對面坐著一名穿著粉紅色套裝的小姐，底下則圍著一小撮觀眾。露露腿上抱著兩個小孩，背後有一張很大的宣傳海報，旁邊還貼了一張告示寫著，「現場有作者親筆簽名書」。

「有很多父母懶得煮給小朋友吃。」她一副憐憫的笑容說。「就我的經驗，沒有小朋友不喜歡吃酪梨、新鮮的魚和媽媽親自煮的麥片粥。」

蘇西和我相互對望。

「我要去餵雙胞胎吃東西了。」蘇西低聲說，「我去育嬰室餵好了。」

「在這裡餵就好了啊！」我說，「這邊有小朋友的餐椅……」

她搖搖頭。「不行，我不要在露露旁邊餵。我只帶了兩罐副食品，絕對不能讓她看到這些東西。」

「要不要幫妳？」

「不用了，沒關係。」她看著我堆了玩具馬、戲水池和泰迪熊的推車。「麗貝卡，妳再去逛逛好了。買一些基本的東西，一些寶寶真正需要的東西。」

「好。」我點點頭。

為了不要再聽到露露刺耳的聲音，我用最快的速度離開。

「電視是非常糟糕的東西，對小朋友有很不好的影響。」她說，「我覺得只有懶惰的父母才會讓小朋友看電視。我的小孩每天都有一套能夠刺激他們身心發育的活動……」

討厭的女人。我把展覽會場的導覽圖拿出來看，不想再聽到她的聲音。我正在轉頭找地方的時候，突然看到一個很大的告示。「急救箱，四十英鎊。」我需要這個。

我覺得自己似乎搖身一變，成為成熟又懂事的大人。我把推車停好，開始瀏覽架上的急救配備。有各種不同大小的箱子，分成好多格，有繃帶……消毒藥水……還有好可愛的小剪刀。我怎麼從來都沒想過要買急救箱？這些東西真是太有趣了。

我拿了一個急救箱去結帳。有個穿著白色外套，看起來一臉憂傷的先生坐在櫃檯。我一邊等他結帳，一邊拿起一本目錄來翻。看起來好無趣，都是繃帶、止痛藥和……

哇！聽診器，我一直想要一個聽診器。

「這個聽診器多少錢？」我隨口問。

「聽診器？」他狐疑地看了我一眼。「妳是醫生嗎？」

有人規定只有醫生才能買聽診器嗎？

「不是。」我老實承認。「那我還可以買嗎？」

「目錄上的東西都要上網訂購。」他聳聳肩。「一個要一百五十英鎊。那可不是玩具。」

「我知道！」我說，「我只是覺得家裡如果有小朋友，應該要準備聽診器，以備不時之需，最好還要有電擊器。」我一邊翻著目錄一邊說。「還要有⋯⋯」

我突然停了下來。目錄上有個孕婦正微笑地抱著肚子。

我的心跳瞬間加速。

嬰兒性別檢測包

使用者可在家中進行簡單的檢測，檢驗腹中胎兒性別。

檢驗過程隱密性高，檢驗結果準確。

我的心跳瞬間加速。不用再去照超音波，也不會被盧克發現，我可以自己檢查寶寶的性別。

「呃⋯⋯這些也可以上網訂購嗎？」我的聲音有些沙啞。

「我這裡就有。」他從抽屜裡面拿出一只白色盒子。

「好。」我有點緊張。「我要一盒，謝謝。」我把信用卡拿給他。

「太魯拉‧菲比好不好啊？」我背後突然有人問。又是那個穿紅色雨衣的老太太。她手裡拿著一隻用塑膠袋包好的玩具馬，正低頭看著我放在旁邊，裝得比剛才更滿的推車。「她好乖哦，都沒有吵鬧！」

我心裡一驚。

「她……她正在睡覺。」我連忙說，「最好不要吵她……」

「我只要偷看一下下就好了！東西這麼多，她也睡得著啊？太魯拉‧菲比，妳怎麼睡得著啊？」她把我推車上面的購物袋拿開，對著推車溫柔地說。

「拜託妳不要吵她！」我趕快走過去。「她睡覺不喜歡人家吵……她不喜歡陌生人。」

「她不見了！」她突然挺直身子，一臉蒼白地大喊。「小寶寶不見了！只剩下小被子！」

可惡。

「呃……」我脹紅著臉。「其實……」

「小姐，妳的信用卡刷不過去。」櫃檯的先生說。

「怎麼可能！」我馬上轉回去處理。「我上禮拜才拿到這張卡的……」

「有小寶寶失蹤了！」

那名穿雨衣的老太太已經拿走我推車上的小被子，逮住一名警衛。「小太魯拉‧菲比不

見了！有小寶寶失蹤了！」

「有小寶寶失蹤了？」一名金髮女子驚恐地大喊，「趕快報警！」

「沒有啦！」我大喊，「這全都是……都是一場誤會……」但是沒有人理我。

「她本來在嬰兒車上睡覺，」老太太正在對路過的人說。「現在卻只剩她的小被子。這些小偷實在太可惡了！」

「有寶寶失蹤了！」

「被陌生人帶走了！」

這件事像野火一樣到處傳播，到處都是急著把小孩叫回身邊的父母。兩名警衛正朝著我走過來，手上的對講機不停地發出通話中的聲音。

「他們一定已經把寶寶的頭髮染成別的顏色，把衣服都換掉了。」那名金髮女子歇斯底里地大喊。「現在說不定已經被送到泰國去了！」

「小姐，我們一接獲通報就馬上把展場的門都封鎖了。」一名警衛嚴肅地說，「等我們找到寶寶才會再度開放通行。」

我要趕快告訴他們這全都是一場誤會。只要說我因為不想排隊而捏造自己有個小寶寶的事實，大家一定可以諒解的……

不會，我會被罵死。

「好了。有密碼嗎？」結帳的先生似乎對這一切都不爲所動。我茫然地按下密碼，從他

手中接過袋子。

「她的寶寶不見了……她還有心思買東西？」金髮女子的口氣充滿驚訝。

「小姐，能不能請妳描述寶寶的樣子？」一名警衛問我。「我們已經通知警方，也聯絡各主要機場了……」

我這輩子絕對、絕對不會再說謊了。

「我……呃……」我說不出話來。「我要……我要解釋一下。」

「請說。」他們兩個都在等我開口。

「麗貝卡？」我突然聽到蘇西的聲音。「怎麼了？」我抬起頭，看著蘇西一隻手推著推車，另一隻手抱著克萊曼汀朝我走過來。

太好了、太好了、太好了……

「原來妳在這裡啊，太魯拉‧菲比！」我如釋重負地把克萊曼汀搶了過來。克萊曼汀根本不想讓我抱，一直想回蘇西懷裡，我只好緊緊地抱住她。

「這就是那個失蹤的寶寶嗎？」警衛看著克萊曼汀說。

「失蹤的寶寶？」蘇西一臉狐疑。她看著圍在旁邊的一群人說，「麗貝卡，發生什麼……」

「我忘了妳把太魯拉‧菲比帶去吃飯了！」我的聲音好高亢。「我怎麼會忘了呢？大家都以為她被綁架了！」我一直對蘇西示意，希望她配合演出。

：：：

蘇西似乎知道我的意思了。她太了解我了。

「太魯拉‧菲比?」過了許久,她才用一副不敢相信的口吻說。我則不好意思地聳聳肩。

「小太魯拉‧菲比安來了!」老太太開心地告訴每個路過的人說,「找到了!」

「妳認識這位小姐嗎?」警衛狐疑地看著蘇西說。

「她是我朋友。」我連忙說,以免他們把蘇西抓起來。「我們有事要先走了⋯⋯」我把克萊曼汀塞進堆滿東西的推車上,準備離去。

「媽咪!」克萊曼汀張開雙手對蘇西說。「媽咪!」

「哇!」蘇西的臉馬上亮了起來。「妳有沒有聽到?她說媽咪!好棒哦!」

「我們先走了。」我急忙跟警衛說。「謝謝你們,你們的安全管理做得很好。」

「等一下。」其中一名警衛狐疑地皺著眉問我,「爲什麼寶寶叫這位小姐媽咪?」

「因爲⋯⋯因爲因爲她的名字叫瑪米。」情急之下,我胡亂編了個理由。「太魯拉‧菲比,妳好棒哦!這是瑪米阿姨啊!我們回家囉⋯⋯」

我們往出口的方向走去。沿路我都不敢看蘇西。會場的廣播系統正在宣布,「小太魯拉‧菲比安全地回到媽媽身邊⋯⋯」

「妳要告訴我剛才發生什麼事情了嗎?」蘇西說。

「還是不要好了。」我咳了兩聲。「要不要去喝下午茶?」

我和蘇西在一起過了快樂的一天。我們把戰利品都丟到蘇西的休旅車裡面，開到國王路上一家適合帶小朋友去的餐廳喝下午茶和吃冰淇淋聖代。這家餐廳真是什麼都有（我以後在餐桌上一定也要準備蠟筆）。接著又去專賣古董衣的 Steinberg & Tolkien，我買了一件復古的小外套，蘇西買了一個晚宴包。晚餐我們去吃披薩，餐廳的樂團剛好在準備晚上的演出，他們還讓雙胞胎用雙手打鼓。

最後我們把睡著了的寶寶放到車上。蘇西載我回家。車子開過門口的警衛，停在家門口的時候已經十點了。我用手機打給盧克，叫他下來幫我搬東西。

「哇！」他提起地上成堆的袋子。「這些都是嗎？小朋友的東西全都買好了嗎？」

「呃……」我突然想到，今天忘了買奶瓶消毒器、也沒有買授乳枕或擦尿布疹的乳膏。

「沒關係。還有十五週。」時間還很多。

盧克吃力地把充氣游泳池、玩具馬和六個大提袋搬進去。我則趁機把性別檢測包偷偷拿上去，藏在我放內衣褲的抽屜裡。

蘇西去浴室幫寶寶換尿布。我從房間走出來的時候，她正提著兩個提籃準備回車上。

「喝杯酒再走。」盧克說。

「太晚了，我要回去了。」她說，「不過我可以喝杯水嗎？」

我們一起走進廚房。廚房裡的音響正在播放妮娜‧西蒙輕柔的歌聲。桌子上有一瓶已經開瓶的紅酒和兩個盛滿酒的杯子。

「我沒有要喝。」我說。

「那杯不是要給妳喝的。」盧克正從冰箱拿水出來。「維妮莎剛才來坐一下。」

我有點意外。維妮莎來這裡做什麼？

「有一些表格要填。」盧克說，「她下班剛好順路經過就拿過來了。」

「喔。」我想了一下才又說。「她……她真好心。」

「她剛才離開而已。」盧克把水拿給蘇西。「剛走幾分鐘。」

什麼。已經十點多了。她在我家坐了一整晚？

我當然不介意。一點也不。維妮莎是盧克的朋友，老朋友，前女友，美麗的、單純只是朋友的朋友。我可以感覺到蘇西兒睜大眼睛看著我。我連忙把頭轉開。

「麗貝卡，我可以看一下嬰兒房嗎？」她的聲音異常地高亢。「我們現在先把這裡當嬰兒房，不過其實等寶寶出生的時候，我們早就已經搬走了。

「哦。」蘇西關上門，一臉興奮地轉身過來面對我。

「怎麼了？」我聳聳肩，假裝不知道她要說什麼。

她幾乎是用推的把我推到客房。

「去前男友家『坐一下』，結果卻待了一整個晚上。這應該不是正常現象吧？」

「是啊。他們只是敘敘舊而已，有什麼關係？」

「就只有他們兩個人？還喝酒？」蘇西提到酒的口氣好像那些宣揚禁酒的新教徒牧師。

「蘇西，他們是好朋友啊！」我說，「很老……很好……很單純的朋友。」

一陣沉默。

「好吧。」蘇西舉起手做投降狀。「妳確定就好。」

「我當然確定！我百分之百完全……」我話只說到一半就開始把玩 Christian Dior 溫奶器的蓋子，不停地打開又關上，像強迫症患者一樣。蘇西走到嬰兒搖籃旁邊看著一隻小綿羊玩偶。我們兩個都沒有說話，也沒有看對方。

過了許久我才開口。

「至少……」

「至少怎樣？」

「我其實不太想承認。」「如果……」我假裝若無其事地說。「假設……假設……我其實不是很確定怎麼辦？」

蘇西抬起頭，正眼看著我。「她漂不漂亮？」她用和我一樣冷靜的口吻問我。

「她不是漂亮，是非常漂亮。她有一頭好柔順的紅色長髮和好美的綠色眼睛和好修長的手臂……」

「喔，真是的。」蘇西馬上說。

「而且她好聰明又好會穿衣服。盧克真的很欣賞她……」我越說越沒有自信。

「盧克愛的是妳！」蘇西說。「麗貝卡，妳要記住，妳是他太太，他選擇了妳。沒有選她。她是被退貨的那一個。」

我心情好多了。聽到「退貨」兩個字，心情馬上就好多了。

「不過，這並不表示她現在對盧克沒有興趣。」蘇西若有所思地走來走去，一邊用小綿羊敲著自己的手心。「有幾種可能性。第一種可能，她真的只是朋友。不需要擔心。」

「好。」我點點頭，認真地聽。

「第二，她是來觀察地形的。第三，她對盧克有興趣。第四……」她突然停了下來。

「第四是什麼？」

「不是第四個。」蘇西馬上說，「我猜是第二。她是來觀察地形的。」

「那我該怎麼辦？」

「讓她知道妳對上她了。」蘇西意有所指地挑了挑眉。「女人對女人。」

「女人對女人？蘇西什麼時候變得這麼憤世嫉俗？感覺好像她是那種社會寫實電影裡面，穿著窄裙，吐著煙的女人。

「你們什麼時候會再看到她？」她問我。

「下禮拜五要去檢查。」

「好。」蘇西的口氣非常堅定。「麗貝卡，去宣示主權。」

「宣示主權？」我有點遲疑了。「要怎麼宣示？」除了以前紐約的邦尼斯百貨打折時，我搶過一雙靴子以外，我從來沒有對任何東西宣示過主權。

「發出一些訊息。」蘇西好像對這方面懂很多。「讓她知道，盧克是屬於妳的。抱著他……說你們的婚姻有多幸福……叫她不要想動什麼歪腦筋。記得要打扮得美美的，可是看起來又好像沒有打扮。」

發訊息。幸福的婚姻生活。打扮得美美的。這些我都做得到。

「對了，盧克對妳懷孕有什麼感覺？」蘇西又隨口問了一句。「他很興奮嗎？」

「應該是吧。爲什麼問這個問題？」

「沒有啦。」她聳聳肩。「我那天在雜誌上看到一篇文章說，有的男人因爲無法承受即將爲人父的事實，所以就搞外遇。」

「有的男人？」我慌了。「有說多少嗎？」

「呃……差不多有一半吧？」

「一半？」

「應該是十分之一。」蘇西馬上改口。「我不太記得確切的數字。我相信盧克不會這樣。不過妳最好還是問一下，看他對當爸爸有什麼感覺。那篇文章說一想到即將出世的寶寶，有的男人就只會聯想到壓力，所以妳要盡量讓他有正面的聯想。」

「好。」我點點頭，努力吸收這些資訊。「好，我會。蘇西……」我猶豫了一下，有點尷尬。「謝謝妳沒有說『早就告訴過妳』。」妳提醒過我維妮莎的事情……妳說得沒錯，我應該要聽妳的話。」

「我才不會說『早就告訴過妳』這種話！」蘇西馬上抗議。

「我知道妳不會。可是有很多人會。」

「本來就不應該講這種話！也許妳才是對的。也許維妮莎對盧克根本沒有興趣，他們兩個只是單純的好朋友而已。」她拍拍小綿羊的頭，把它放回小床上。「可是為了保險起見，還是宣示一下主權比較好。」

「沒問題。」我堅決地點點頭。「我會。」

蘇西說得一點也沒錯。我一定要讓維妮莎知道：不要想打我老公的主意。當然，我一定會用很委婉的方式讓她知道。

星期五，我們到了診所。我穿著「打扮得美美的可是看起來又好像沒打扮」的 Seven 孕婦牛仔褲（有破洞的那種）、性感的紅色彈性上衣和新買的 Moschino 高跟鞋。好啦，這樣是有一點太盛裝，可是牛仔褲上的破洞應該可以平衡一下。候診室裡空無一人，沒有名人，不過我並不在意，因為我好緊張。

「麗貝卡？」盧克低頭看著我緊握著他的手。「妳沒事吧？怎麼好像很緊張？」

「喔⋯⋯」我說，「我在擔心一些事情。」

「我知道。」他體貼地點點頭。「要不要跟維妮莎說？」

我正有此打算。

我們在舒適的沙發上坐了下來。我隨手拿起一本雜誌，盧克開始看《金融時報》。我正準備翻到「寶寶的星座」那篇文章時，突然想到蘇西昨天說的話，她建議我找盧克談談當爸爸的事情。現在這個時間點剛好。

「我們就快要為人父母了。」我放下手裡的雜誌。「你會不會很興奮？」

「嗯。」盧克點點頭，繼續翻開下一頁。

他聽起來好像沒有很興奮。慘了，如果他心裡其實一點也不想過被尿布環繞的生活，而想在另一個女人懷抱中尋求慰藉怎麼辦？我一定要按照蘇西說的，讓他有正面的聯想。正面的⋯⋯值得期待的⋯⋯

「盧克，」我突然想到了。「如果寶寶在奧運上得到金牌你會怎麼樣？」

「妳說什麼？」他抬起頭來。

「奧林匹克運動會啊！如果寶寶得了金牌，我們就是金牌得主的父母！」我仔細地觀察他的反應。

「那不是很好嗎？我們一定會以他為榮！」

我滿腦子都是這個念頭。我想像自己站在二○三○年的運動場上，接受電視臺運動主播的訪問，我會說當寶寶還在我肚子裡時，我就知道他長大一定會很有成就。

盧克似乎覺得很有趣。

「麗貝卡……我剛才是不是漏聽了哪一段？妳為什麼覺得他有可能會得奧運金牌呢？」

「怎麼不可能？你要對自己的小孩有信心啊。」

「好。」他點點頭，放下手中的報紙。「那妳希望是哪一種運動項目呢？」

我想了一下。「跳遠。三級跳遠也可以。三級跳遠比賽的人好像比較少，要拿金牌應該比較容易。」

「拳擊呢？」盧克說。

「拳擊？」我生氣地看著他。「他才不會打拳擊！萬一受傷了怎麼辦？」

「如果他就是注定要成為全球有史以來最優秀的拳擊好手怎麼辦？」盧克挑了挑眉。我一下子說不出話來。

「不會。」我想了很久才終於說。「我是他媽媽，我知道。」

「布蘭登太太？」櫃檯小姐在叫我們，我們兩個一起抬頭。「可以進去了。」

我突然有點緊張。要去宣示主權了。

「親愛的，走吧！」我抱著盧克走過去。這樣走路重心不是很穩，害我腳步有點蹣跚。

「嗨！」維妮莎走出診療室來迎接我們。她穿著黑色長褲和無袖粉紅色襯衫，腰上繫了一條鱷魚皮亮面腰帶。她在我們左右臉頰上各親了一下，我聞到 Chanel 魅惑香水的味道。

「很高興又見到你們！」

「我也很高興見到妳。」我挑了挑眉，表示「如果妳想打我老公的主意，我勸妳最好死了這條心」之類的意思。

「太好了。請進……」

她好像沒有注意到我的眉毛。我可能要做得明顯一點。

我們坐了下來。維妮莎坐在辦公桌上，她的 YSL 鞋在那邊擺盪。以一個醫生來說，她可真有品味。跟一般女人比也是很有品味。

「麗貝卡。」她翻開我的病歷看了一下。「上次抽血的結果出來了。大部分都沒問題……血紅蛋白可能要注意一下。最近有沒有什麼問題？」

「沒有，謝謝。」我馬上回答。「我們很快樂，很相愛……婚姻很幸福，又即將有個小寶寶……我們的關係從來沒有這麼親密過。」我握住盧克的手，「親愛的，對不對？我們現在是不是很親密？不管是精神上、心理上，還有……還有……床上，都很親密？」

哼，怎麼樣。

「呃……對啊。」盧克的表情似乎有些驚訝。「應該是吧。」

「很好。」維妮莎表情怪異地看了我一眼。「不過我問的其實是妳的身體狀況好不好，有沒有頭暈、噁心之類的？」

喔。

「呃……沒有。謝謝。」我說。

「那就請妳上來，我們來看看。」她示意我躺上診療床去。我乖乖地躺好。「往後躺，

讓自己舒服一點……這個是妊娠紋嗎？」我才把上衣拉起來，她就興高采烈地說。

「妊娠紋？」我驚恐地拉住兩側的金屬把手，掙扎著想要起身。「怎麼可能！我每天晚

上都有用特製的精油擦肚子，早上也有抹乳液……」

「是妳的上衣掉下來的棉絮。」維妮莎說，「我看錯了。」

「喔。」我的心靈已經受到傷害了。我癱在診療床上，讓她摸著我的肚子。「妊娠紋通

常在孕期最後一刻才出現。」她輕鬆地說，「所以妳還是可能會有妊娠紋。孕期最後那幾個

星期會很辛苦，我經常看著大腹便便的孕婦，雙腿開開，像企鵝一樣搖搖擺擺地走進來，拜

託我讓她們早點生……」

企鵝？

「我才不會那樣。」我笑著說。

「會的。」她對我笑著說。「這是大自然為了要讓妳走路慢一點而設的機制。我一向都

會把懷孕的現實面告訴第一次懷孕的孕婦。懷孕的過程不見得都很美好哦！」

「對啊。」盧克跟著附和。「謝謝妳告訴我們。對不對，麗貝卡？」

「對。」我低聲說，讓維妮莎在我手上綁血壓帶。

才不對。我一點都不感謝她告訴我這種事。還有，我走路絕對不會像企鵝一樣搖搖擺擺

擺。

「血壓有點高……」她看著螢幕，皺了皺眉。「麗貝卡，妳要放輕鬆，每天都要休息，把腳抬高，要保持冷靜，情緒起伏不要太大……」

保持冷靜？她說我有妊娠紋，又說我走路會像企鵝一樣搖搖擺擺，這叫我要怎麼放輕鬆？

「來聽聽看……」她在我肚子上抹了一點凝膠，拿出超音波探照器，我才稍微放輕鬆。我最喜歡照超音波了。聽著寶寶的心跳，透過機器發出的聲音，想像有個小人兒在裡面。

「聽起來很好。」她移到桌子前，在我的病歷上寫東西。「對了，盧克，我前幾天遇到馬修，他說很想跟大家聚一聚。還有，我找到了傑瑞米寫的那篇文章……」她從抽屜裡翻出一本過期的《紐約客》。「看來大學畢業之後他還頗有成就的。你看過他寫毛澤東的那本書嗎？」

「還沒。」盧克走過來拿書。「等我有空再看。謝謝。」

「你應該很忙吧。」她同情地說。她起身倒了一杯冰水給盧克。「那幾個新的辦公室最近還好嗎？」

「很好。」盧克點點頭。「只是難免會有一些小問題……」

「爭取到雅克達斯這個客戶，真的很了不起。」她靠在桌子上，皺著眉頭，專心地說。

「這樣才能跨出腳步，延伸到金融以外的領域。雅克達斯擴張的速度很驚人，我前幾天在《金融時報》上看到一篇報導，伊恩‧惠勒真的很會做生意。」

他們兩個好像已經忘記我的存在了，把我像翻不過身的甲蟲一樣丟在這裡。我咳了幾

聲，盧克馬上轉過頭來。

「親愛的，對不起！妳還好嗎？」他連忙走過來準備把我拉起來。

「麗貝卡，不好意思！」維妮莎說，「我幫妳倒杯水。妳好像有點缺水哦。妳現在需要充足的水分，記得每天至少要喝八大杯水。來，水來了。」

「謝謝！」我面帶微笑地接過杯子。可是我心裡已經有許多問號。維妮莎很喜歡找盧克聊天。太喜歡找他聊天了。還恐嚇我說有妊娠紋。她一直甩著一頭長髮，好像電視廣告裡面洗髮精的模特兒一樣。一般醫生應該不會這樣吧？

「好！」她坐回位置上，繼續寫我的病歷。「有沒有什麼問題？有什麼想要問的嗎？」

我看了一下盧克，可是他正在拿手機。我聽到手機因震動而發出的嗡嗡聲。

「不好意思。」他說，「我接個電話。妳們繼續。」他站起來，走了出去。診療室裡只剩我們兩個。女人對女人。我可以感覺到屋子裡充滿了緊張的情勢。

至少……我這邊是充滿了緊張的情勢。

「麗貝卡？」維妮莎面帶微笑，露出潔白的牙齒。「有什麼想要問的問題嗎？」

「沒有。」我甜甜地說。「沒有什麼問題。我很好……盧克也很好……我們的婚姻很幸福。我們這個是蜜月寶寶。」我忍不住補上最後一句。

「我有聽說。你們的蜜月好棒！」維妮莎說，「盧克說你們去過義大利？」

「對啊。」想到蜜月的回憶，我露出甜蜜的微笑。「好浪漫。我們會永遠記得那個地

方。」

「盧克跟我去菲拉拉的時候，好喜歡那些美麗的壁畫。他應該有告訴妳吧？」她眨著無

辜的大眼睛說。

我們去的時候根本沒有去看什麼壁畫。整個下午都在一家餐廳外面喝汽泡酒吃美食。他

從來也沒說過他跟誰去過那裡。不過這點我是絕對不會說的。

「我們沒有去看壁畫。」我低頭檢查自己的指甲。「盧克是提過啦，不過他說那些壁畫

其實不怎麼樣。」

「不怎麼樣？」維妮莎似乎嚇了一跳。

「對啊。」我正眼看著她說。「不怎麼樣。」

「可是……他那時拍了好多照片。」她笑了起來，似乎不相信我的話。「我們光是討論

那些壁畫就花了好幾個小時！」

「我們講了一整個晚上！」我馬上回擊，「說那些壁畫實在是不怎麼樣。」

我假裝心不在焉地把玩著我的婚戒，讓鑽石的光芒在燈光下閃耀。

我是他太太。我才知道他對壁畫真正的評語。

維妮莎開口想要說什麼，然後又閉上。似乎不知道該怎麼回應。

「不好意思！」盧克又走回診療室，把手機收好。維妮莎馬上轉過頭去問他。

「盧克，你記得我們以前去看的那些壁畫……」

「唉呦！」我抱住肚子，「好痛。」

「麗貝卡！寶貝！」盧克馬上急忙地衝過來。「妳怎麼了？」

「肚子突然一陣抽痛。」我露出勇敢的笑容。「應該沒有怎樣。」我得意地瞄了維妮莎一眼。她正皺著眉頭，彷彿在思索我到底是個什麼樣的人。

「以前發生過這樣的狀況嗎？」她問我。「是什麼感覺？」

「現在沒事了。」我輕鬆地說，「只是突然痛一下而已。」

「如果又發生，一定要告訴我。」她說，「妳要記得放輕鬆。剛才幫妳量血壓，妳的血壓有點高，不過沒關係，不要再高就好了。之前檢查的醫生有沒有跟你們提過子癇前症？」

「有。」盧克回答。他看看我，我點點頭。

「很好。多注意身體。有問題隨時打給我。對了……」她翻開行事曆。「我們一定要排個時間聚一聚。十號還是……十二號？不過前提是我沒有剛好在接生！」

「十二號好了。」盧克看了一下黑莓機。「麗貝卡，十二號可以嗎？」

「可以！」我甜甜地說，「我們一定會去！」

「太好了。我再聯絡其他人。大家這麼多年沒聯絡，有機會再聚真的很不錯。」她放下筆，嘆口氣。「老實說，要在倫敦重新開始好困難。以前的朋友都有自己的生活圈了，而且我的時間又不太固定。賈斯汀又經常要出差。」她臉上燦爛的笑容稍微黯淡了些。

「賈斯汀是維妮莎的男朋友。」盧克說。

男朋友。我都快忘了她有男朋友。

「原來如此。」我很有禮貌地問。「他從事哪一行？」

「他在金融業。」維妮莎伸手拿起桌上的相框。照片裡有個穿著西裝，看起來很無趣的男人。一看到他，她整個臉都亮起來了。「他很有企圖心，非常上進，和盧克有點像。我有時候覺得自己都跟不上他的腳步。但又能怎麼辦？我就是愛他。」

「真的嗎？」我驚訝地說。然後又突然想到這樣說好像不太好。「呃……好棒！」

「我是為了他才會來倫敦。」她看著照片說。「我在洛杉磯的派對認識他之後就完全被他吸引了。」

「妳為了他跑這麼遠？」我好驚訝。

「這不就是愛情嗎？愛情會讓人做出許多沒有原因也沒有理由的事情。」維妮莎抬起頭，綠色的雙眸閃閃發光。「我從工作中學到一點，就是愛情才是最重要的事情。每一次接生，把寶寶抱給媽媽的時候……每次在超音波螢幕上看到八週大的胎兒的心跳，看到父母臉上的表情……每一次有產婦再回來找我接生第二胎、第三胎。寶寶的誕生是因為愛。有了愛，其他的事情都不重要了。」

「哇！聽得我都呆住了。她喜歡的是那個無趣的傢伙！她對盧克完全沒興趣。坦白說，她剛才那番話讓我眼淚都快掉下來了。

「妳說得真好。」我抓著盧克的手臂，聲音沙啞地說。「愛……愛是這個混亂瘋狂的世」

界上最重要……的。」

我講得結結巴巴，可是沒關係。我完全看錯維妮莎了。她是個美麗、溫暖、心中有愛的女子，不是倒追男人的狐狸精。

「希望那天賈斯汀也可以去。」她溫柔地拍拍相框，然後放回桌上。「我很想介紹你們認識。」

「我們也很想認識他！」我真心地說。

「到時見。」盧克親了維妮莎的雙頰。「多謝。」

「再見。」維妮莎對我露出親切友善的笑容。「對了，我差點忘了，我不知道妳會不會有興趣。昨天《時尚》雜誌有個編輯打來找我，說他們要做一個專題報導，介紹倫敦最甜美的準媽咪，希望我幫忙介紹幾位孕婦，我立刻就想到妳。」

「《時尚》雜誌？」我看著維妮莎，呆住了。

「如果妳沒有興趣也沒關係。」他們會拍嬰兒房，做專訪，還有造型師會幫妳做頭髮和化妝……有設計師設計的孕婦裝……」她聳聳肩，「我不知道妳對這種東西有沒有興趣？」

我快要呼吸不過來了。我對這種東西有沒有興趣？有造型師幫我化妝，穿設計師設計的衣服，又可以上《時尚》雜誌……我對這種東西有沒有興趣？

「我想她應該是願意。」盧克頑皮地看著我。

「太好了！」維妮莎輕輕地碰了一下他的手。「這件事就交給我，我會幫妳聯絡。」

2003.8.31

親愛的費比雅,

　　我們好喜歡你們家,真的好漂亮,簡直就是房子裡面的超級名模凱特・摩絲!(當然,你們家絕對沒有那麼小。)你們家這麼漂亮,我覺得應該要讓《時尚》雜誌來報導一下,妳覺得對不對?

　　我想請妳幫個忙。最近剛好《時尚》雜誌要採訪我,我想問妳,能不能在採訪的時候以妳家為背景?

　　還有,我想放一些我個人的用品,好像我和我老公現在就已經住在那裡了,可以嗎?畢竟等雜誌出刊的時候,我們也已經搬進去了……所以應該沒關係吧?

　　為了表示感謝,如果妳有什麼事情需要我幫忙,或要我幫妳買什麼東西,請不要客氣!

祝身體健康,萬事如意

麗貝卡・布蘭登　敬上

傳眞

麗貝卡，

1. Chloe 的 Silverag 包，棕褐色

2. Matthew Williamson 紫色繡珠民俗風上衣，8 號

3. Olly Bricknell 公主鞋，綠色，39 號

費比雅

2003.9.3

親愛的麗貝卡，

很高興能在這麼多年後收到妳的來信。我當然記得妳。我怎麼可能會忘記在一九八九年掀起「友情皮包」熱潮的妳呢？

我很高興聽到妳即將接受《時尚》雜誌採訪的消息。這的確是有點意外。不過，我可以向妳保證，學校老師在教師辦公室裡聊天的時候，絕對不會說，「麗貝卡‧布盧姆伍德以後絕對不會上《時尚》雜誌。」

我一定會買一本來看。但是，關於學校出錢送給每個學生一本當作紀念的建議，我覺得校長恐怕不太可能答應。

祝一切順利

羅娜‧哈格瑞夫斯　圖書館員

牛沙特女子高中學校圖書館

PS.對了，妳家裡是不是還有一本學校圖書館的書？現在已經累計不少罰金了。
　　請儘速歸還。

我要上《時尚》雜誌了！上禮拜負責做這次專題報導的編輯瑪莎打給我，我們聊了好久。

好吧，或許有幾件事都是我杜撰的，譬如我每天運動，每天早上都喝現榨的蔓越莓汁，還會寫詩獻給我肚子裡的小寶寶（這隨便找本書抄就好了）。還有，我說我們現在住在費比雅家。這樣說比住在公寓好聽。

反正我們很快就要搬過去了。那棟房子幾乎已經算我們的了。瑪莎對我們有兩間不同性別的嬰兒房很有興趣，她說一定要多拍幾張做特別報導。特別報導哦！

「麗貝卡？」

我的思緒突然被打斷。我抬起頭，看到行銷經理艾瑞克正朝著我走過來。我趕快把手上的清單藏到 Max Mara 的目錄下面，眼睛快速搜尋，看有沒有躲在角落我沒注意到的客人。

沒有。這幾天的生意還是一樣不見起色。

老實說，最近又發生了一些不太好的事情。行銷部門的人建議請學生幫我們宣傳，到咖啡店裡發傳單。這個作法其實不錯，可惜行銷部門的人找到一群專門偷東西的學生，他們把整個 Benefit 系列的化妝品都偷光。最後他們雖然全都被逮到，可是《每日世界》報樂得拿這

件事大做文章，說我們現在為了做生意，居然連小偷都不嫌棄。

店裡感覺越來越空盪，更慘的是，光是這禮拜就有五名員工離職。難怪艾瑞克的臉那麼臭。

「茉莉呢？」他用目光掃視著私人購物部門。

「她……她在倉庫。」我騙他。

其實茉莉正在更衣室睡覺。她說，反正上班也沒事做，乾脆利用時間睡覺，晚上去跳舞。

到目前為止，這個計畫似乎還蠻成功的。

「沒關係。我有事要找妳。」他皺著眉。「我剛才收到丹尼‧可維茲的合約，妳這位設計師朋友要求真多。機票要頭等艙，要住克拉瑞芝飯店的套房，要一輛專用的豪華轎車，無限量供應他心中的San Pellegrino礦泉水，還不能有氣泡……」

我忍住心中的竊笑。他就是這樣。

「他是很知名的設計師。」我提醒艾瑞克，「這些有才華的人總是有怪癖。」

「『在創作的過程中』，」艾瑞克把合約的內容唸出來，「『可維茲先生要求要有一碗甜豆糖，盛裝的容器直徑要超過十吋，裡頭不能有綠色的甜豆糖』，這是在開玩笑嗎？」他生氣地揮著合約說。「難道他以為會有人為了他，把綠色的甜豆糖都挑出來？」

「我最愛吃綠色的甜豆糖。」

「沒關係，這交給我來處理。」我說。

「好。」他嘆口氣。「我們花了這麼多錢，費了這麼多功夫，最好值得。」

「當然值得！」我偷偷在桌子上敲了幾下，祈求好運。「丹尼是現在最熱門的設計師！他一定會推出最時尚、最流行的設計，大家都會衝進來買他的作品。我保證！」

希望真是如此。

艾瑞克離開之後。我開始考慮要不要打給丹尼，問一下狀況。但是我還來不及打，手機就響了起來。

「喂？」

「嗨，」是盧克。「是我。」

「嗨！」我往後坐好，正準備跟他好好聊天。「我剛才聽到丹尼的合約，你知道嗎……」

「麗貝卡，我今天下午恐怕不能陪妳去了。」

「什麼？」我的笑容馬上消失。

今天下午是第一次上產前課。夫妻要一起出席，一起學呼吸技巧，跟其他人交流。他答應一定會陪我去的。他答應我的。

「對不起。」他的聲音聽起來有點煩惱。「我知道我本來答應妳要去，可是公司……公司出了一點問題。」

「問題？」我擔心地坐直了起來。

「不是什麼大問題。」他馬上改口，「只是……一點小狀況需要處理。不用擔心。」

「怎麼了？」

「這……只是公司裡面的小事。我不想講太多。對不起，我今天下午不能去了，我真的很想一起去。」他聽起來真的很想陪我，生他的氣也沒用。

「沒關係。」我忍住嘆氣的衝動。「我自己去就好了。」

「有沒有人可以陪妳？蘇西呢？」

對哦，以前蘇西懷孕的時候就是我陪她去的。我們兩個這麼要好，應該沒關係，有伴總是比較好。

「我問問看。」我點點頭，「那晚上的聚餐呢？」

今天晚上要跟盧克、維妮莎和她男朋友還有他們在劍橋唸書的那一票朋友聚餐。我還蠻想去的，為了今天晚上的聚會，我還特地去美容院洗頭。

「應該可以。我再打給妳。」

「好，拜拜。」

我掛上電話，正準備撥給蘇西時突然想到，她今天要帶恩尼斯去認識一群新的小朋友，應該是沒有空。我想了一下，其實我也可以自己去，一群孕婦有什麼好怕的，對不對？

還是……

我拿起電話，按下快速鍵。

「媽，妳今天下午有空嗎？」

產前課程在倫敦東區的一棟房子裡面舉行。今天的主題是「選擇、授權與開放的心胸」。我覺得這個主題定得非常好。我的心胸非常開放。

我快走到會場的時候，看到媽在停她的Volvo車。她停了好幾次，下車的時候，情緒看起來還沒完全平復。

倒，最後是一個卡車司機下車幫她指揮，她才終於把車停好。

「媽！」我大喊。她穿著筆挺的白色長褲、深藍色外套和皮鞋，下車的時候，還把路邊的垃圾桶撞

「麗貝卡！」一看到我，她整個臉就亮了起來。「寶貝，妳氣色真好。詹妮斯，來啊！」

她敲了敲車窗。「我請詹妮斯一起來，應該沒關係吧？」

「呃……」我嚇了一跳，「沒關係。」

「她最近心情不太好，我想要等一下帶她去逛利百代百貨公司，找嬰兒房要用的布料。妳爸已經把房間漆成鵝黃色，可是窗簾還沒有換……」她看了一下我的肚子。「知道是男生或女生了嗎？」

「還不知道。」

我突然想起兩個禮拜前買的，現在還躺在我衣櫃抽屜裡的性別預測器。我已經拿出來好幾次，卻鼓不起勇氣去做，只好又把東西塞回去。還是找蘇西陪我做檢測好了。

車門打開，詹妮斯帶著一串毛線下車。

「麗貝卡！」她氣喘吁吁地打了招呼。「要按遙控器鎖車對不對？」

「妳先關門我再按。」媽說，「用力一點。」

不遠處我看到有個穿咖啡色洋裝的女孩子在按門鈴。應該就是那裡了。

「我剛才在聽湯姆的留言。」詹妮斯把毛線和手機塞進一只籐編提袋。「等一下要去找他。他現在三句話離不開潔西，不是潔西這樣就是潔西那樣……」

「潔西？」我吃驚地看著她。「潔西和湯姆？」

「對啊！」她的臉上洋溢著喜悅。「他們兩個好相配。我不敢有太多期待，可是……」

「詹妮斯，」媽說，「記住，不要催年輕人。」

潔西在跟湯姆交往？她竟然沒有告訴我？上次老媽生日隔天我才問她，她跟湯姆處得怎麼樣，她還以為他們之間沒什麼。

我忍不住有一點不太高興。我們是姊妹，姊妹的意思就是有男朋友的話，第一個就要通知對方，怎麼可以什麼都不講。

「所以……潔西和湯姆正在交往嗎？」我要確定一下。

「他們現在走得很近。」詹妮斯用力點點頭。「非常非常近。潔西是個很好的女孩子。

我和她非常合得來！」

「真的嗎？」我其實有點驚訝。真是看不出來。

「對啊！我們已經像一家人了。馬丁和我取消了明年夏天的郵輪度假，以免……」她悄悄說，「以免他們要結婚。」

結婚？

不行，我現在就要打給潔西。

「到了。」媽說。門口有個標示：「請脫鞋後進入。」

「產前課程都在上些什麼？」詹妮斯邊脫涼鞋邊說。

「呼吸方法之類的東西。」我也不太清楚，「現在生小孩還要請教練。」

「現在跟我們以前都不一樣了。」媽說，「做生產前的準備。」

「教練！那不就跟學網球一樣嗎？」詹妮斯似乎覺得這個現象很有趣。她先笑了一下，然後又突然嚴肅地抓著我的手臂。「可憐的麗貝卡，妳還不知道那一關有多辛苦。」

「喔。」聽到她這麼說，我心裡是有點毛毛的。「呃……要不要進去了？」

上課的教室看起來就像一般人家裡的客廳。地上有幾個懶骨頭沙發圍成一圈，有幾名孕婦已經就定位，他們的老公則不知所措地坐在旁邊。

「大家好！」一名穿著瑜珈褲，留著一頭長髮，身材纖細的女子走了過來。「我是今天產前課程的講師諾拉。歡迎大家來上課。」她溫柔地說。

「妳好！」我開心地跟她握握手。「我是麗貝卡・布蘭登，這位是我媽……這是詹妮斯。」

諾拉點點頭，握著詹妮斯的手說。「妳好。妳是麗貝卡的……另一半嗎？今天還會有另

外一對女同志來，千萬不要覺得不好……」

天啊！難道她以為……

是我的鄰居。她等一下要跟我媽去逛百貨公司。」

「這樣啊。」諾拉似乎有些失望。「歡迎妳們三位。請坐。」

「我不是同性戀！」我連忙插嘴。看到詹妮斯的表情，我忍住心中的竊笑。「詹妮斯

「詹妮斯，我們先去倒咖啡。」媽看著另一頭的桌子說。「麗貝卡，妳先去坐好。」

我找了個懶骨頭，小心翼翼地坐下。諾拉說，「麗貝卡，我們剛才在自我介紹。拉提雪

說她要在家裡生產。妳打算在哪裡生產呢？」

「我要去凱文醫院給維妮莎‧卡特醫師接生。」我忍不住有一絲得意。

「哇！」一名穿著粉紅色洋裝的孕婦說。「就是那個專門幫名人接生的醫師嗎？」

「對啊，她是我們的好朋友。」我忍不住又補上一句。「今天晚上剛好就要跟她吃飯。」

「妳決定要怎麼生產了嗎？」諾拉又繼續問。

「我要做有泰式按摩和蓮花的水中生產。」我得意地說。

「很好！」諾拉在名單上做個記號。「那妳是想自然產嗎？」

「呃……」想到自己躺在漂浮著蓮花的溫水池，聽著音樂，手裡端著杯雞尾酒的樣子，

我想想之後說，「應該不太自然吧。」

「所以妳不想要自然產？」諾拉似乎很困惑。

「對啊，最好不要太自然。」我點點頭。

「那妳希望怎麼減輕生產的疼痛？」

「我有一顆紐西蘭毛利人的生產石。」我自信地說，「我還有練瑜珈，應該沒有問題。」

「好吧。」諾拉似乎有些欲言又止。「好吧。大家手上都有一份問卷，麻煩各位填一下，我們再來做討論。」

大家紛紛拿起鉛筆，開始跟另一半討論要怎麼填。

「不知道詹妮斯和麗貝卡的媽媽方不方便給我們一些意見？」諾拉說。媽和詹妮斯剛好喝完咖啡走回來。「可以聽聽看她們以前生產和當媽媽的經驗，分享她們的歷程，對大家應該會很有幫助。」

「沒問題！我們一定會告訴你們。」媽拿出一包薄荷口香糖。「有沒有人要來一點？」

我把筆拿起來，又決定放下。我想先傳簡訊給潔西，問她現在到底是什麼情況。我把手機找出來，開始傳簡訊。

天啊潔西！！！妳在跟湯姆交往嗎？？？？

我輸入好之後又決定刪除。這樣太直接，會把她嚇壞，她一定不會回我。

嗨，潔西，最近好嗎？麗貝卡。

這樣好多了。我按下傳送，然後開始填問卷。上面有一串問題要回答。

1. 剛進入產程時，妳覺得哪些事情比較重要？

我認真想了一下，然後寫下「要打扮得美美的」。

2. 剛進入產程時，妳怎樣減輕生產的疼痛？（譬如泡溫水或跪在地上，身體輕輕地前後移動。）

我正準備寫下「去逛街」的時候，我的手機突然叮了一聲。潔西回我的簡訊了！

很好，謝謝。

只有幾個字。潔西每次都這樣，什麼都不說。我馬上又回傳。

妳在和湯姆交往嗎？

「寫好了嗎？請大家傳回來。」諾拉拍拍手。「請不要再寫了……」

怎麼這麼快？好像學校在考試。我匆忙把剩下的問題回答完，把問卷夾在大家的中間，免得被諾拉看到。可是她拿到問卷之後，開始一頁一頁地看，邊看邊點頭。突然間，她停了下來。

麗貝卡在剛進入產程的重要事情寫著『要打扮得美美的』。」她抬起頭。「這是在開玩笑嗎？」

為什麼大家都在看我？這當然不是開玩笑。

「有打扮心情才會好啊！這是減輕疼痛最自然的方法。生產前先去做個造型或洗頭……」

大家紛紛交頭接耳，或是皺著眉頭瞪我。只有一個穿著很好看的粉紅色上衣的女孩點頭表示同意。

「沒錯！」她說，「我寧可先去洗頭也不要跪在地上。」

「逛街也不錯。」我說，「逛街可以止吐。」

「逛街可以止吐？」諾拉打斷我的話，「妳在說什麼？」

「我剛懷孕的時候，經常去哈洛德百貨買東西，轉移注意力。」我說，「真的很有效。」

「我都上網買東西。」那個穿著粉紅色上衣的女孩說。

「妳可以把逛街列為減輕疼痛的方法之一。」我建議諾拉，「薑母茶也不錯。」

諾拉開口想要說些什麼，然後又決定閉上。她轉向另外一個舉手想發言的孕婦。剛好此時我的手機又叮了一聲。

也許。

也許？什麼叫也許？我趕快又傳一封。

詹妮斯以為你們要結婚了！

我按下傳送鍵。哈，這樣她絕對會有反應。

「好，我們繼續。」諾拉又走回教室中間 ✿「我看了一下大家的回答，各位似乎對生產的過程有一些疑慮，不知該如何面對。」她看了一下大家。「我的回答是：不用擔心，你們一定都有辦法面對。」

一陣不安的笑聲。

「生產時，子宮的收縮的確很痛。」諾拉說，「可是你們的身體生來就能夠承受這樣的痛。你們要記得，這是一種有建設性的、對你們很有幫助的痛。相信兩位也都同意我的說法？」她看著媽和詹妮斯說。

原本正忙著打毛線的詹妮斯一臉驚恐地抬起頭來。「有幫助？才沒有，我痛死了。大熱天，痛了二十四個小時，希望你們不會跟我一樣慘。」

「以前沒有什麼止痛藥。」媽跟著補充。「最好有什麼藥可以吃就吃。」

「也有很多很自然、很直覺的方式可以用。」諾拉連忙補充說，「跪在地上或換姿勢，應該都有減輕妳們生產的疼痛吧？」

媽和詹妮斯交換了一下眼神。

「我可能不這麼覺得。」媽委婉地說。

「洗溫水澡呢？」

「洗澡？」媽大笑。「如果妳已經痛得不得了，痛到想死的時候，洗澡有什麼用？」諾拉的笑容越來越僵。

從諾拉越來越急促的呼吸和雙手握拳的樣子，看得出來她不是很高興。

「可是最後的結果還是很值得對不對？跟新生命誕生的喜悅比起來，那些痛並不算什麼，對不對？」

「嗯……」媽看了我一眼。「我生麗貝卡的時候是很高興沒有錯，可是我還是決定生一個就好。我們兩個都決定不要再生了，對吧？」

「不要再生了。」想到當年，詹妮斯發著抖說。「給我一百萬我都不要再生了。」

我環顧四周，其他孕婦嚇得臉都僵住了，很多男士也都呆掉了。

「好！」看得出來諾拉不太高興。她很勉強地說，「謝謝兩位的……鼓勵。」

「不客氣！」詹妮斯揮著手中的毛線，高興地說。

「接下來我們來做呼吸練習。」諾拉說，「呼吸真的可以減輕產程前期的疼痛。請大家坐直，做幾個淺呼吸。吸……呼……就是這樣沒錯……」

我正跟著呼吸的時候，我的手機又叮了一聲。

她說什麼？？？

我就知道！我忍住笑，趕快又傳一封。

你們在談戀愛嗎？？？

沒多久，我的手機又叮了一聲。

最近有一些問題。

天啊，應該沒事吧，我不是故意要逗她的。要一邊做呼吸練習一邊傳簡訊真不容易。我決定放棄呼吸練習，專心傳簡訊。

什麼問題？妳怎麼都沒告訴我？

無聊的問題，我不想煩妳。

「妳在傳簡訊給誰啊？」詹妮斯也放棄做呼吸練習，正在研究她的毛線。

「呃……朋友。」我隨口說。潔西的簡訊又來了。她一定也放下手邊的事了。

拜託！她怎麼會覺得這是在煩我呢？我當然想了解她的愛情生活。「妳是我姊姊！！！」我才輸入這幾個字，諾拉就拍手示意大家注意。

「放輕鬆。接下來我們來做個簡單的練習，這樣你們會更安心。請你們的配偶抓住妳的手臂之後，用力扭，妳要一邊呼吸，忍住痛的感覺，記得要放輕鬆……抓的人可以用點力沒關係！大家會發現，我們其實都有承受痛的能力。麗貝卡，我跟妳一組好嗎？」

她朝著我走過來。

我心裡一抽。抓手臂，用力扭，聽起來不太妙，可是大家都在看我，我不敢拒絕。

「好吧。」我小心翼翼地伸出一隻手。

「當然，分娩的疼痛會比這個痛很多，我只是要讓妳們先了解一下……」

她抓著我的手臂說，「現在吸氣……」

「噢！」我突然大喊。「噢，好痛！」

「呼氣，」諾拉說，「放輕鬆。」

「我在呼了！噢！」

「現在越來越痛……」她不理我。「想像分娩時，子宮的收縮越來越密集……」

她越扭越用力，我不停地大口喘氣。

「然後開始減緩……完全消失。」她放開我的手，微笑著說。「妳看，麗貝卡，妳剛才不是很害怕嗎？可是妳還是撐過來了。」

「喔。」我快喘不過氣了。

「剛才這樣有學到什麼嗎？」她意有所指地看著我。「不會那麼害怕了吧？」

「有。」我認真地點點頭。「我一定要打無痛分娩。」

「寶貝，全身麻醉好了。」媽插進話說。「剖腹產也不錯！」

「全身麻醉不是妳想做就做的！」諾拉不可置信地瞪著媽說。

「她想怎麼生就怎麼生！寶貝，我建議

「麗貝卡要去倫敦最好的醫院生產。」媽反駁，

妳，分娩前先來個泰式按摩和溫水浴，接著換芳香療法和無痛分娩……」

「這是分娩！」諾拉抱著頭大喊，「妳是在生小孩，不是在叫客房服務點菜！」

一陣沉默。大家都呆住了。

「抱歉。」她馬上恢復冷靜。「我……我不知道我怎麼了。大家休息一下，請用點飲料。」

她走出教室，馬上爆開一陣交頭接耳的聲音。

媽挑了挑眉。「我看有人需要做呼吸練習了！詹妮斯，要不要現在去逛百貨公司？」

「等我把這一排打完。」詹妮斯飛快揮舞著手上的鉤針。「好了！麗貝卡，要不要跟我們一起去？」

「我不知道。」我有點猶豫不決。「我應該把課上完。」

「我覺得這個老師什麼都不懂。」媽悄悄地說，「妳想知道什麼，問我們就好了。我要去買新皮包，妳來幫我挑！」

「好吧。」我站了起來。「我們走吧。」

我跟媽和詹妮斯逛完街，去美容院洗完頭之後就六點多了。回到家裡，盧克已經坐在書房。書房的燈沒有開，他一個人坐在漆黑的房間裡。

「盧克？」我放下手中的購物袋。「你沒事吧？」

聽到我的聲音，他馬上抬起頭。我楞了一下。他眉頭深鎖，一臉緊繃。

「沒事。」他說。「沒事。」

聽起來一點也不像沒事。我走進書房，靠在書桌上，看著他的臉。

「盧克，今天公司出了什麼問題？」

「沒什麼問題。」他擠出一絲笑容。「我不該用這兩個字的。只是……出了一點小狀況，不重要，都解決了。」

「可是……」

「妳還好嗎？」他輕輕地摸著我的手臂。「今天的課上得怎麼樣？」

「喔。」我想了一下。「還……還不錯。沒講什麼。我後來跟媽和詹妮斯一起去逛街，去了利百代和布朗百貨……」

「這樣不會太累嗎？」他關心地看著我，「中間有沒有休息？維妮莎不是說妳的血壓有點高？」

「我沒事。」我揮揮手，「好得很！」

「時間快到了。」他看了一下手錶。「我先沖個澡再叫計程車。」他的聲音聽起來還好，可是他站起來的時候，我看得出來他的肩膀很僵硬。

「盧克……」我遲疑了一下。「真的沒事？」

「麗貝卡，不用擔心。」他握住我的雙手。「沒事。公司每天都會有一些小狀況。妳知

道，這一行就是這樣。每天都有狀況要處理。我只是最近比較忙，要想的事情也比較多。」

「好吧。」那我就放心了。「去洗澡吧。」

他走回房間，我把剛才買的東西放在走廊上。逛了一下午，其實還真的有點累。等盧克洗完，我也洗個澡好了。擦點可以提振精神的迷迭香凝膠，再做幾個瑜珈的動作。或者，吃個巧克力餅乾好了。我走進廚房，正準備拿餅乾的時候，門鈴突然響了起來。不可能是計程車吧。

「喂？」我對著對講機說。

「麗貝卡？」另一頭傳來一個沙啞的聲音。「我是潔西。」

潔西？

我按下按鈕開門，心裡有點驚訝。潔西怎麼會跑來倫敦？

「計程車十五分鐘後到。」盧克圍著浴巾，探頭進廚房。

「你趕快去穿衣服。」我說，「潔西正搭電梯上來。」

「潔西？」他嚇了一跳。「妳有跟她約嗎？」

「沒有。」聽到門鈴聲，我忍不住笑了起來。「快穿上衣服！」

我趕快去開門。潔西穿著牛仔褲、球鞋和一件緊身咖啡色背心，有七〇年代的復古風格，蠻好看的。

「嗨！」她不自然地抱了我一下。「還好嗎？我剛才去找教授，順便來看妳。我本來想

先打個電話給妳，可是電話都打不通。應該沒關係吧？

她看起來有點緊張。拜託！難道我會跟她說，「不行，妳走。」

「當然沒關係！」我熱情地抱著她。「快進來坐！」

「我帶了禮物來給寶寶。」她從包包裡拿出一件咖啡色的連身衣，上面印了幾個米色的大字——「我不會汙染這個世界」。

糟糕。上次在媽的慶生會上，她一直在跟我宣導漂白的棉花對環境所造成的破壞，我只好說出這樣的話。

「呃……好可愛。」我翻來翻去看了一下。「謝謝！」

「這是純天然的麻質。」潔西說，「妳不是說想讓寶寶穿純天然麻製的衣服嗎？」

天然麻？她在說什麼……

「我用……一點麻，再搭配其他的布料。」我想了想之後說，「這樣比較有……有……生物多樣性。」

「很好。」她點點頭。「我可以幫妳借到尿布檯。我知道有一個學生合作社，專門出租寶寶的用品和玩具，我給妳電話號碼。」

「好！」我連忙用腳把嬰兒房的門關起來，免得被她看到昨天剛送到的馬戲團尿布檯。

「我……我會留意。要不要喝飲料？」

「妳做紗布巾了嗎？」潔西跟著我走進廚房。

不要再提紗布巾了。上次回娘家，她給我的那些破布全被我丟了。

「呃，還沒……」我看了一下四周。「但是我有做其他的東西。」我拿起一條乾淨的抹布，打了個結。「這是自製有機的玩具。」

「很好。」潔西看了一下，「很簡單的概念，比那些廠商作的東西好多了。」

「我打算……用無毒的天然油漆來漆這個湯匙，在上面畫面具。」我從抽屜拿出一根木匙。

哇！我真會設計環保的玩具。也許我可以開始發電子報之類的。

「我幫妳弄點東西喝。」我倒了一杯紅酒給潔西。「最近怎麼樣？當詹妮斯說妳在跟湯姆交往的時候，我真是楞住了！」

「我知道。」潔西說，「不好意思，我應該要跟妳說的，只是……」她欲言又止。

「只是怎樣？」我好興奮。

她看著紅酒杯，過了許久才又開口。

「不怎麼順利。」

「為什麼？」

她沒說話。她真的是還沒有抓到討論這種話題的訣竅。

「快說啊。」我催她。「我絕對不會講出去。妳……喜歡他對不對？」

「是這樣沒錯。可是……」她嘆了一口氣。「只是……」

「麗貝卡？」盧克探頭進來。「潔西，嗨，我不是故意要打擾妳們，可是我們該走了⋯

「你們還有事的話，那我先走了。」潔西馬上說。

「沒關係！」我把手放在她手臂上，示意她坐好。難得潔西來找我，問我的意見，我怎麼可以叫她走。當初我們第一次見面，我就開始想像這樣的情景，我們互相交換感情生活的心得⋯⋯

「盧克，」我突然決定，「你先去，我晚點再去找你。」

「也好。」盧克親了我一下。「潔西，拜拜！」

他走出廚房。我聽到前門關上的聲音。我打開了一包洋芋片。「妳剛才說妳喜歡他⋯⋯」

「他真的很棒。」她邊搓著手指上的繭邊說，「他聰明又有趣，很有想法⋯⋯長得又帥，不過這點應該不用我講，大家都知道。」

我想了一下。「對啊！」

老實說，我從來不曾對湯姆有興趣（雖然他父母認爲我一直在暗戀他）。不過情人眼裡總是出西施。

「所以呢？」我雙手抱胸，繼續追問。

「他太黏人了。他一天至少打十通電話給我，還寄了好多熱情的卡片⋯⋯」潔西一臉不屑，我忍不住有點同情湯姆。「上禮拜他說要去刺青，把我的名字刺在他手臂上。他打給我

說他正在刺青，我很生氣，所以他現在只刺了潔西旁邊的三點水。

「所以他現在手臂上只有三點水？」我忍不住笑了起來。

「在靠近手肘那邊。」她翻了翻白眼。「看起來很好笑。」

「也許他覺得這樣很流行。」我說，「他前妻老是要他去刺青，他都不肯。也許他覺得妳會喜歡。」

「我一點都不喜歡。還有他媽媽⋯⋯」潔西抓著她的一頭短髮說，「她幾乎每天找藉口打電話給我，不是問我耶誕節覺得送湯姆什麼禮物比較好，就是問我要不要跟他們去法國度假。我真的快受不了了。我想分手。」

我驚慌地抬起頭。分手？那我的寶寶怎麼當花童？

「怎麼可以因為一點小事就分手？」我說，「除了刺青那件事之外，你們不是很合嗎？

「你們會吵架嗎？」

「我們前幾天才大吵一架。」潔西說。

「吵什麼？」

「社會福利政策。」

「潔西，跟湯姆好好談一談。」我突然想到。「你們兩個一定可以克服這些問題。妳就他們兩個簡直就是天造地設的一對。

看在他為妳刺青的分上⋯⋯」

「不只是這個問題而已。」她雙手抱著膝蓋。「還有一件事……」

「什麼事?」

我突然倒抽一口氣。她懷孕了。一定是。太好了!我們的小孩可以一起玩,還可以拍寶寶在草地上玩耍的可愛模樣……

「有個在智利的研究計畫要邀請我,時間要兩年。」她的回答頓時戳破我的美夢。

「智利?」我吃驚地張著嘴巴。「那你們就會相隔好遠。」

「七千英里。」她點點頭。

「那……妳的決定呢?」

「我還沒決定。這是個很好的機會,我一直想加入他們的研究團隊。」

「喔。」我頓了一下才又說,「那就應該要去。」

我不能不支持她,畢竟這是她的工作。可是我忍不住有一點失望。我才剛剛找到失散多年的姊姊,結果她竟然要去地球的另一端。

「我幾乎已經決定要去了。」她抬起頭。我看著她棕色的大眼睛。我一直覺得她的眼睛很漂亮。也許寶寶的眼睛會像她。

「寶寶出生之後,妳一定要常常寄照片給我。」潔西彷彿知道我在想什麼。「這樣我才能看著寶寶長大。」

「會啊,我每個禮拜都寄照片給妳。」我咬著下唇,努力思考。「那……湯姆的事怎麼

辦？」

「我還沒跟他說。」她聳著肩膀。「不過這一定是要分手的。」

「不一定啊！你們可以談遠距離戀愛，寫電子郵件……」

「寫兩年？」

「呃……」她說得沒錯，他們才認識幾個星期，兩年並不算短。

「我不可能為了……為了男人而放棄這樣的機會。」她的口氣聽起來好像在跟自己吵，也許她心裡其實也很掙扎，也許她是真的愛上湯姆了。

可是這次就連我也看得出來，工作是她的全部，她不可能放棄這樣的機會。

「妳一定要去智利。」我的口吻很堅定。「這個工作太適合妳了。妳和湯姆的事情一定有其他辦法可以解決。」

洋芋片不知不覺之間就消失了。我站起來，打開櫃子找了一下。「沒有洋芋片了……我不可以吃堅果類的東西……這裡是有一些餅乾……」

「我有帶太妃糖口味的爆米花過來。」潔西紅著臉說。

「什麼？」我張大嘴巴，不敢相信。

「在我背包裡。」

潔西帶了太妃糖口味的爆米花來？可是……那不是有機的食品，也沒有營養，也不是用什麼合作農場種的馬鈴薯做成的東西。

我目瞪口呆地看著她從背包裡拿出爆米花和一片還沒拆封的DVD。她面紅耳赤地把DVD塞回包包裡。

不會吧。

「那是什麼？」我把DVD搶過來。《懷胎九月》？潔西，妳又不喜歡看這種電影？」

潔西的表情好像做壞事被抓到一樣。

「我想妳可能會喜歡。」她說，「尤其是妳現在又懷孕。」

「妳是特地帶來跟我一起看的嗎？」我不可置信地問。過了一下她才點頭。

「我想……」她清了清喉嚨，「如果妳剛好有什麼問題……」

我好感動。我們第一次一起在家裡看DVD的時候，我放的是《麻雀變鳳凰》，結果不太好。可是現在她竟然帶著休葛蘭和爆米花來找我，還跟我分享她的感情世界。姊妹不就應該是這樣？

不會吧。

「算了，妳還有事。」她把DVD塞回背包。「妳該出門了……」

我心中湧起一股暖流。突然之間，我哪裡都不想去了。如果可以跟我姊姊在一起，爲什麼要跟一群我根本就不認識、自以爲了不起的劍橋畢業生去擁擠的酒吧聊天？改天再見維妮莎的完美男友就好了。盧克也不會介意的。

「我不出門了。」我撕開爆米花的包裝。「我們就待在家裡吧！」

我們晚上先看了《懷胎九月》（潔西一邊玩數獨數字拼圖，不過也一邊看八卦雜誌），然後打電話給蘇西，問她對湯姆的事情有什麼看法，然後又打電話叫了披薩。潔西完全沒有提到自己做披薩只要花多少錢、用買的多貴。

她差不多十一點的時候離開，說我一定累了。我上床去睡覺，盧克這麼晚還沒回來，應該是聊得很高興。

過了一段時間，從門縫裡透進來的光線讓我睜開眼睛。我剛才應該睡著了，因為我明明就在等女王頒發奧斯卡獎給我。

「嗨！」我睡眼惺忪地說。「現在幾點了？」

「剛過一點。」盧克低聲說，「不好意思，把妳吵醒了。」

「沒關係。」我伸手打開床頭的小燈。「今天晚上怎麼樣？」

「很棒！」盧克的聲音很興奮。我沒想到他會這麼高興。我揉揉眼睛，看了他一下。他臉上有種光芒，有種我已經好幾個星期甚至好幾個月沒見到的生氣。「我都忘了跟這些老朋友有那麼多相同的地方。」他說，「我們聊了好多，很多都是我已經好幾年沒想過的事情，談政治……談藝術……我的老友馬修現在在經營一家畫廊，他介紹我們去看一個畫展。要不要一起去？」

「哇！」看到他這麼興奮，我忍不住露出微笑。「好啊，好棒！」

「真的很棒，可以休息一下，不用想公事。」他搖搖頭。「我應該要多跟他們聚一聚。」

他開始解開襯衫上的扣子。「今天晚上跟潔西在一起還好嗎？」

「非常好！我們看了一部電影，吃披薩，我跟你說，潔西最近……」我打了個哈欠。

「明天再說好了。」我躺回床上，看盧克換衣服。「維妮莎的男朋友怎麼樣？跟照片上看起來一樣無聊嗎？」

「他沒有去。」盧克說。

我驚訝地抬起頭。她男朋友沒有去？我以為今晚聚會的目的就是要介紹她優秀的金融家男友，不是嗎？

「怎麼會這樣？」

「他們分手了。」

「他們分手了？」我努力坐了起來。「可是……她不是很愛他？她不是跨過半個地球，只為了跟他在一起？他們不是世界上最幸福的一對情侶嗎？」

「她是很愛他。」盧克聳聳肩，「只是三天前他們分手了。她心情很不好。」

「原來如此。」我想了一下才說。

突然間，我對今天晚上的聚會有了截然不同的看法。

結果不是盧克認識維妮莎的男朋友，而是剛分手的維妮莎在盧克的肩膀上哭泣。

「那……分手是維妮莎提的嗎？」我若無其事地問。「還是對方提的？」

「我不太確定。」盧克走進浴室。「他現在回他老婆身邊了。」

「他老婆？」我的聲音馬上提高八度。「他怎麼會有老婆？」

「維妮莎以為他們分居了，只是還沒簽字。」盧克轉開水龍頭，我幾乎聽不到他的聲音。「可憐的維妮莎，她的感情生活一直很不順，老是愛上已婚的男人，把自己的生活搞得很複雜。」

我努力保持冷靜。深呼吸。反應不要太激烈。

「怎樣複雜？」我問。

「我不太清楚。」盧克開始擠牙膏，「離婚手續⋯⋯跟同一個醫院的已婚醫師鬧出婚外情的醜聞⋯⋯在洛杉磯被法院下強制令⋯⋯」他皺著眉頭說，「牙膏快沒了。」

離婚手續？婚外情？強制令？

我說不出話來。我的嘴巴像金魚一樣張開又闔上。我的直覺正發出警訊。

她對盧克有意思。

我看著盧克刷牙，想像維妮莎會怎麼看他。他穿著睡褲，古銅色的肌膚還留著今年夏天的痕跡，肩膀上的肌肉隨著他刷牙的動作微微顫抖。天啊，我的天啊，她當然會對盧克有意思。他很帥，又是一家價值上千萬公司的老闆，而且他們還曾經交往過。說不定他是維妮莎的初戀，她只有把她的真心獻給他過。

說不定她也是他的初戀。

我的肚子突然有種空虛的感覺。這實在太奇怪了，我剛才明明就吃了很多東西。

「那我需要擔心嗎？」我用我最輕鬆又有自信的口氣說。

盧克一邊洗臉一邊說，「什麼意思？」

「我⋯⋯」我不知道該怎麼說。這樣聽起來好像我不相信他。我覺得應該改變策略。

「她可以找單身的男人交往，就不會這麼複雜了！」我笑了一下。可是盧克轉過來時卻緊皺著眉頭。

「維妮莎是做了一些⋯⋯不是很明智的選擇。可是她並不是故意的，也不是刻意要去破壞人家的家庭。她只是太浪漫了一點。」

他竟然在幫她說話。我楞住了。

他的外套口袋突然傳出嗶嗶聲。他走出浴室，擦乾臉，拿出手機。

「是維妮莎傳的簡訊。」他看了一下，露出微笑。「是今天晚上聚會的照片。」

我把手機拿過來看，仔細地研究了一下。下班後的維妮莎穿著緊身牛仔褲、皮外套和細跟靴子，一臉自信的笑容。看到她，我腦海中忍不住浮現這樣的念頭。

破壞家庭的第三者。看到，我腦海中忍不住浮現這樣的念頭。

我絕對不會讓她破壞我的家庭。這些年來，盧克和我一起經歷許多事，我們之間的感情

不可能這麼簡單就被她一個一頭長髮、愛穿高跟鞋的醫生破壞。我百分之二百一十確定。

2003.9.10

親愛的布蘭登太太，

　　很遺憾，您申請成立的網路銀行「麗貝卡銀行」，並沒有通過委員會的核准。沒有通過核准的原因有幾個，其中包括您所說的「只需要一臺電腦和存錢的地方」，就可以成立一家網路銀行。

　　本協會不建議您將資金投入銀行業，祝您的投資順利。

約翰・富蘭克林　網路業務委員會

國際銀行協會

說不定我沒有百分之一百一十確定。說不定我只有我百分之一百確定。

說不定我其實只有⋯⋯百分之九十五確定。

自從上次盧克和維妮莎的聚會之後，已經過了好幾個星期。我的信心又開始有一點點動搖。也不是說真的發生了什麼事情，表面上，我們還是很幸福，只是⋯⋯

好吧，我掌握了一些證據：

1. 盧克經常收到簡訊，而且他看到簡訊都會微笑，然後馬上回覆。我知道那些簡訊都是維妮莎傳來的，他從來不會主動給我看。

2. 他跟她又見了三次面，我都沒有參加。有一次我跟蘇西約好了，他就說那他剛好可以去找幾個老朋友，結果他說的老朋友根本就只有維妮莎。還有一次，他們那群劍橋畢業的同學說要跟以前的老師一起吃飯，也沒有邀請配偶。還有一次他們中午一起去吃飯，據說是因為她「剛好經過他的辦公室」。怎麼可能！難道她去辦公大樓林立的地方接生嗎？

所以我們就小吵了一架。我說（只是隨口說）哇，他最近好像經常跟維妮莎聚會，他們會不會太常見面了？盧克說，她的心情不好，想找老朋友談心。我就說，「如果你沒帶我去參加朋友聚會，我也會心情不好啊！」盧克說跟他大學時代的朋友聚會是他今年最開心的事

情，他只有在這個時候可以徹底放鬆，如果我去，我就可以體會當時的氣氛。我說，「如果你有問我，我當然會去。」他堅持他有問我，然後我說……

我們說了很多。

我只有這些證據。這樣幾乎不算是證據，他們又沒有真的怎麼樣。這個想法太……太荒謬了。盧克不可能做這樣的事情。他可是我老公。

「我覺得不太可能。」蘇西搖搖頭，繼續喝她的蔓越莓和杏桃果汁。她今天早上特地過來我家，陪我一起做性別檢測。不過，到目前為止，我們都還在討論盧克跟維妮莎的事情。小朋友們在客廳吃三明治，安安靜靜地看天線寶寶（我發誓絕對不會告訴露露，蘇西才肯讓他們看的）。

「我也覺得不可能！」我張開雙手。「可是他們常常見面，她又一直傳簡訊給他，我根本就不知道他們都在講什麼……」

「上一次看到她的時候，妳有宣誓主權嗎？」蘇西咬了一口巧克力餅乾。

「有啊！可是她根本就不理我。」

「嗯。」蘇西思考了一下。「妳有沒有想過要換醫生？」

「我在考慮，可是我不覺得換醫生會有用，她已經找到盧克了。也許我不在她更高興。」

「那盧克怎麼說？」

「喔。」我開始把玩吸管。「他說她自從跟男朋友分手之後就很寂寞。他覺得她很可

憐，每次都站在她那一邊。那天我說她是冷酷無情維妮莎，他就生氣了。」

「冷酷無情維妮莎！」蘇西笑得把餅乾屑噴得滿桌。「說得真好。」

「一點也不好！我們後來還吵了一架！我連她的人都沒看到，她卻一直出現在我們的生活中。」

「妳現在不用給她產檢了嗎？」蘇西驚訝地問。

「我已經好幾個禮拜沒看到她了。前兩次去檢查的時候，她剛好在接生，都是她的助理醫師幫我檢查的。」

「她不想看到妳。」蘇西意有所指地點點頭，皺著眉，繼續喝果汁。「麗貝卡，我知道這樣說很不好……可是，妳有沒有想過去檢查盧克的手機？」

「我已經檢查過了。」我說。

「結果呢？」蘇西一臉興奮地問。

「都是拉丁文。」

「拉丁文？」

「他們以前在學校都有學過拉丁文。」我忿恨地說，「我一個字也看不懂，不過我有把其中一則簡訊抄起來。」我從口袋裡面拿出一小張紙。「妳看。」

我們兩個默默地看著上頭的字。

Fac me laetam : mecum hodiebi be!

「看起來不妙。」蘇西說。

「我也這麼覺得。」

我們兩個又默默地看了一會兒。蘇西嘆口氣，把紙片推回給我。「麗貝卡，我真的很不想這麼說……可是我覺得妳應該要小心。妳要反擊。如果她可以花這麼多時間跟盧克在一起，妳也可以。你們兩個上次浪漫一下是什麼時候的事？」

「不知道，好久沒有了。」

「那就對了！」蘇西得意地拍著桌子。「去他辦公室找他吃飯，給他一個驚喜。他一定會很高興。」

這個建議真好。我知道盧克很忙，所以從來沒想過要去打擾他工作。可是如果維妮莎可以去找他，那我為什麼不行？

「好吧，我試試看。」我的心情終於好轉一點。「蘇西，謝謝。我再告訴妳結果。」

「好。」蘇西看著我。「妳準備好了嗎？」

「好。」

把果汁喝完，用力地放下杯子。

我把擺在桌上的性別檢測器拿起來，拆掉塑膠封套，雙手微微發著抖。幾分鐘後，我就會知道寶寶的性別了。幾乎就跟生產一樣令人興奮！

我猜應該是弟弟。也有可能是妹妹。

「麗貝卡，等一下。」蘇西突然開口。「到時候妳要怎麼瞞過盧克？」

「什麼意思？」

「等寶寶出生的時候，妳要怎麼瞞過他，這樣他才不會知道其實妳早就知道寶寶的性別了？」

我停了下來。蘇西說得沒錯。

「我可以裝得很驚訝。」我想想之後說。「我會演戲，妳看。」我裝出非常驚訝的樣子，「哇，是……弟弟！」

蘇西做了個鬼臉。「一點也不驚訝。」

「我剛才還沒準備好。」我連忙說。「再來一次。」我先集中精神然後大喊，「是妹妹！」

蘇西搖搖頭，又做了個鬼臉。「好假！麗貝卡，妳要融入妳的角色，還要有方法。」

慘了。又來了。蘇西上大學之前先念了一學期的戲劇學院，從此她就覺得自己跟實力派女演員茱蒂丹契一樣會演戲。而且那也不是像英國皇家戲劇藝術學院之類的戲劇學院，而是那種只要妳父母有錢就可以念的學校，早上上戲劇表演課，下午上烹飪課。不過這點就不用特別提了。

「站起來。」她說，「先做幾個放鬆的動作……」她轉轉頭，揮揮手。我不太情願地跟

著她做動作。「妳的動機是什麼？」

「瞞過盧克。」我說。

「不是，妳內在真正的動機，妳的角色。」蘇西閉上眼睛，彷彿在跟神靈對話。「妳是產婦，這是妳第一次看到寶寶，妳很高興……也很意外……妳不知道寶寶的性別……妳這輩子從來沒有這麼驚喜過。妳要真正去感受那種感覺……」

「是……是弟弟！」我抓著胸口說。蘇西則對著我揮舞雙臂。

「再多一點情緒！再激動一點！」

「是弟弟！哇！是弟弟！是弟弟！」廚房裡面都是我的回音。有一隻湯匙掉了下來。

「很好！」蘇西似乎很滿意。

「真的嗎？」我快喘不過氣了。

「真的！這樣絕對可以瞞過他。我們現在來做檢測吧。」

我走到水槽邊倒杯水喝。蘇西打開盒子，拿出一個針筒。

「妳看，」她開心地說，「要打針。」

「要打針？」我驚慌地轉過頭去。

「抽血的方式很簡單，」她把說明書上的文字念出來給我聽。「『請醫生、護士或其他合格的人從靜脈中抽取血液。』針在這裡。」她拿出一個塑膠盒。「那我來當醫生好了。」

「好。」我努力掩飾心中的恐懼。「蘇西……妳打過針嗎？」

「有啊。」她很有自信地點點頭。「我幫綿羊打過針。來吧!」她把針裝到針筒上。

「袖子捲起來!」

綿羊?

「那抽出來的血怎麼辦?」我在想辦法拖延時間。

「送去實驗室檢驗。」蘇西把說明書拿起來看。「『檢驗結果會用匿名的方式寄給您。』」

她翻到下一頁。「『大約需要十到十二週的時間。』」

什麼?

「十到十二週?」我把說明書拿過來看。「那有什麼用?到時候我都生了。」我翻來翻去,想要找看看有沒有更快的方法,但是都沒有。最後我失望地靠在吧檯椅上。「十二週。」

蘇西嘆口氣,在我旁邊坐了下來。「麗貝卡,妳買東西之前都沒先看說明嗎?」

「我以為是像驗孕劑一樣,有藍色粉紅色的線做判斷。」

爛測驗!花了我四十英鎊。竟然還賣那麼貴。難道他們以為孕婦都很想知道寶寶的性別嗎?只不過是等幾個月而已,那麼急做什麼?況且只要寶寶健康,性別一點也不重要……

「要不要用戒指再做一次測驗?」蘇西的話打斷我的思緒。「看結果怎麼樣?」

「喔!」我馬上開心地抬起頭。「好啊!」

我們測驗了五次。三次是男生,兩次是女生。於是我們列了好多男生的名字來選擇。蘇

西一直想要說服我把寶寶取名為唐群‧威爾菲‧蘇珊。我才不要。

等蘇西把小朋友都打點好，餵完魚肝油（因為看電視會變笨，所以要吃魚肝油抵銷看電視造成的傷害），帶著小朋友離開後，我的心情已經好多了。

蘇西說得沒錯，我是應該多和盧克獨處。我想到一個比去找他共進午餐更好的方法。他一天到晚都在吃商業午餐。我要來點特別的，來點浪漫的。

隔天上班的時候，我打電話訂了一個野餐籃，裡面都是盧克最喜歡吃的東西。我事先問過盧克的祕書梅妮，他明天中午沒有約。（我沒有提到我為什麼要問，不然她一定會說出去。）我打算給他一個驚喜，去他辦公室野餐，所以我還加訂了一瓶香檳、一條方格圖案的野餐巾和一個塑膠燭臺增加氣氛。

中午準備出發去盧克的辦公室前我其實很興奮。我們已經好久沒有這樣臨時起意了，我也已經好幾個禮拜沒有去他的公司了。等一下就可以看到大家。自從他們拿到雅克達斯的案子之後，大家都很忙。畢竟雅克達斯是個大公司，跟他們以前經常合作的金融業者都不一樣，也是他們開業以來最大的挑戰。（我知道這些，因為我幫盧克寫他給員工激勵士氣的演講稿。）

可是人生本來就是要有挑戰和夢想。布蘭登公關公司是業界最優秀的公司，一年年不斷地成長茁壯，吸引新的客戶。只要大家一起努力，絕對可以克服任何的挑戰。我們都是這個團隊的一份子，都是這個大家庭的一份子。（這部分是我寫的。）

我到公司的時候剛好是下午一點。我靜靜地穿過大理石門廳，走到總機小姐凱倫前面。

她正在跟同事唐恩低聲說話。她的臉好紅，看起來心情很不好。不知道發生了什麼事。

「這樣不對。」她小心翼翼地說，好像怕被別人聽到。「這樣不對，不管他是不是老闆，都不應該這樣。我知道我是比較保守⋯⋯」

「不是。」唐恩說，「這叫做尊重他人。」

「沒錯，就是尊重。」凱倫用力點點頭。「好可憐。她還好嗎？」

「事情發生之後，妳有看到她嗎？」唐恩意有所指地問。

凱倫搖搖頭。「沒有人看到她。」

我有點不安地聽著她們的對話。她們到底在說什麼？

「嗨！」我的聲音把她們兩個嚇了一跳。

「麗貝卡！」凱倫看到我似乎很慌張。「妳怎麼會⋯⋯妳有說要來嗎？」她趕快開始翻桌上的訪客簿。「唐恩，訪客簿上有登記嗎？」

「我是來給盧克一個驚喜的。我知道他今天中午有空。我想在他辦公室野餐！」我指著我手上的籃子說。

我本來以為她們會說，「好棒！」可是她們看起來卻有些不安。

過了一會兒凱倫才說。「好！我看看⋯⋯」她按了幾個鍵。「梅妮嗎？我是總機凱倫。

麗貝卡來了。麗貝卡·布蘭登。她是來……來給盧克一個驚喜。」接著是很長一段沉默，凱

倫很專心地聽梅妮說話。「好，好，我會。」她抬起頭，對我微笑。「麗貝卡，請坐一下，

等一下就會有人來接待妳。」

做一下？等一下就會有人來接待我？她們到底是怎麼了？

「我不能直接上去嗎？」我問。

「我……我不太確定盧克現在在哪裡。」凱倫顯然有事情瞞著我。「妳最好……」她咳

了幾聲。「亞當馬上就下來了。」

怎麼會這樣。亞當·費爾是企業溝通部門的主管，只要有棘手的問題一定都是由他出

馬。盧克說亞當是「處理」人的問題的終極高手。

我被當成問題在「處理」。為什麼會這樣？到底了發生什麼事？

「麗貝卡，坐一下！」凱倫說。我沒有動。

「我剛才不小心聽到你們的談話。」我假裝若無其事地說，「發生什麼事了嗎？」

「當然沒有！」凱倫回答得好快，彷彿早知道我會問這個問題。「我們剛才是在討論…

…昨天晚上的電視節目。對不對啊，唐恩？」

唐恩點頭表示同意。但是她的眼神卻很不安。

「麗貝卡妳呢？」凱倫問我。「最近還好嗎？」

「快生了吧？」唐恩也跟著問。

我努力想要用很自然親切的話回答，可是我想不出來。我們之間的對話太假了。此時電梯門剛好打開，亞當·費爾走了出來。

「麗貝卡！」他臉上掛著專業的微笑，正在把黑莓機放進口袋。「真高興看到妳！」

就算他是全公司最圓滑的老頭也騙不了我。

「亞當，」我簡短地說，「盧克在嗎？」

「他剛才在開會，剛剛結束。」亞當眼皮不眨一下地說。「我們上去喝個咖啡，大家看到妳一定都很高興……」

「開什麼會？」我打斷他的話。我敢打賭，我剛才看到亞當縮了一下。

「財務方面的會議。」他只猶豫了那麼一下下。「很無聊的。我們走吧。」

亞當陪我進電梯。電梯上樓的過程中，我們都沒有說話。我站在他旁邊，可以感受到他自信、專業的外表下有某種壓力。他有黑眼圈，而且他一直在輕輕地敲著手指，好像在緊張什麼。

「最近還好嗎？」我說，「應該很忙吧？公司一直在擴張。」

一陣沉默。亞當的手指越敲越快。

「還好。」他說，然後又點點頭。電梯門打開，他讓我先走，我根本就還來不及開口。

有幾名員工剛好正在等電梯。我笑著跟幾個我認識的人打招呼，可是沒有人對我笑，至少都不是發自內心的微笑。每個人看到我似乎都有些驚訝，有幾個人勉強擠出笑容，有幾個

人跟我打招呼之後尷尬地低頭看地上。沒有人停下來跟我聊天，也沒有人問寶寶好不好。

為什麼大家都那麼奇怪？飲水機那邊有好幾個女孩正在交頭接耳地偷偷看我。

我的心裡開始揪緊。天啊，難道大家都知道什麼祕密，只有我不知道？她們看到了什麼？知道些什麼？我突然想像盧克帶著維妮莎穿過走廊，走進他辦公室的樣子。「請大家暫時不要打擾……」

「麗貝卡！」聽到盧克的聲音把我嚇了一跳。「妳沒事吧？妳怎麼會來這裡？」他正大步朝著我走過來，旁邊跟著他的副手蓋瑞還有一群我不認識的人。大家看起來都累壞了。

「我沒事。」我勉強用輕鬆的口氣說。「我本來是想……在你辦公室野餐。」

在這麼多同事面前說出來，聽起來好呆。我拿著野餐籃，覺得自己好像村姑，提籃的把手上還綁著一個粉紅色的蝴蝶結。早知道就把蝴蝶結拿掉。

「麗貝卡，我要去開會。」盧克搖搖頭。「對不起。」

「可是梅妮說你中午沒事！」我沒想到自己的聲音會那麼尖銳。「她說你有空！」

蓋瑞和其他人互看一眼之後悄悄離開，留下我和盧克兩個人。我的臉頰發燙。為什麼我只是來看老公，卻覺得自己做了一件很愚蠢的事情？為什麼大家好像都不太歡迎我？

「盧克，到底發生了什麼事？」我忍不住脫口而出。「大家都用奇怪的眼神看我。你還派亞當下樓把我當成問題去處理。一定有問題。」

「麗貝卡，沒有人把妳當成問題。」盧克很有耐性地說，「沒有人用奇怪的眼神看妳。」

Shopaholic and Baby

207

「就是有！他們就跟外星人入侵占據地球的電影一樣，臉上都沒有笑容！大家看起來都好緊張，壓力好大……」

「大家都很忙。」我看得出來，在盧克看似輕鬆的外表下，隱藏著些許不安。「大家最近工作量非常多，我也是。我真的要走了。」他親了我一下。「晚上回家再野餐好不好？亞當會幫妳叫計程車。」

一分鐘後他已經走進電梯，剩下提著野餐籃的我心神不寧地站在那裡思考。

開會？開什麼會？為什麼梅妮不知道他要開會？

我突然想像他急急忙忙跑進一家餐廳，維妮莎正端著一杯紅酒在那裡等他，服務生都用仰慕的眼光看著她。他走進來，她站起來迎接他。他們接吻。然後他說，「對不起，我遲到了，我太太突然跑來……」

不，不要再想了。

我沒有辦法不想。那些畫面就像暴風雪一樣不停地飄進我腦海裡。他們幾乎每兩天就一起吃午餐。盧克的員工都知道這件事，難怪凱倫和唐恩看到我會那麼尷尬，難怪大家都用奇怪的眼神看我，希望我趕快離開……

另外一臺電梯的門剛剛開著。我一時衝動，決定下樓，快速地穿過大廳，不理會凱倫和唐恩的呼喚。盧克剛好坐上公司司機開的賓士車。我急忙招了一輛計程車，衝上車，把籃子丟在旁邊的座位上。

「去哪裡？」司機問我。

我用力關上門，傾身向前。

「跟著前面那臺賓士車。」

我竟然會做出這種事情。搭一輛計程車跟著盧克在倫敦的市區裡跑。我們跟著賓士車穿過倫敦的金融區，我覺得自己彷彿置身在電影中，還探頭出去看後面有沒有壞人在追我。

「男朋友嗎？」計程車司機突然說。他的南倫敦腔好重。

「老公。」

「我想也是。搞外遇嗎？」

我的胸口突然一陣痛楚。他怎麼知道？難道我看起來就像老公有外遇的女人嗎？

「我還不確定。」我說，「我就是想看看他是不是有外遇。」

我往後坐好，看著一群觀光客跟著領隊過馬路。我突然想到，這位司機說不定是專門帶著元配去抓姦的專家。說不定他經常碰到這樣的顧客！我往前靠，拉開司機和乘客之間的隔間小窗[1]。

「你覺得我要不要當面質問他？大部分的人都會怎麼做？」

❶ 倫敦的計程車在乘客與司機的座位間有個小窗的隔間。

「看情況。」路上有點塞，司機回頭看著我。他的臉好長，好像獵犬，深色的眼眸顯得意氣消沉。「看妳想不想要一個相互坦白、相互誠實的婚姻。」

「當然想！」我馬上說。

「好。如果當面問他，有可能把他推向另外一個女人那裡。」

「喔。」我有點猶豫了。「那⋯⋯還有其他方法嗎？」

「睜一隻眼閉一隻眼。假裝沒這回事，繼續過日子。」

兩個方法聽起來都不怎麼樣。

我們已經快到牛津路上了。路上好多行人和公車，車行的速度相當緩慢。我伸長脖子，努力地看前面的車況，突然看到盧克的賓士車轉進一條小巷子。

「在那裡！他轉進去了！」

「看到了。」

計程車司機靈巧地轉換車道，不久後我們也跟著轉進那條巷子。賓士車正在巷底準備轉彎。

我的手開始流汗。剛上車的時候覺得好像在玩遊戲，可是現在我卻好緊張。等一下他的車子就會停下來⋯⋯到時候我該怎麼辦？

我們正在蘇荷區的窄巷裡面繞。秋日微寒的陽光下，有幾個不畏冷風的人坐在戶外捧著熱咖啡。計程車突然在一臺貨車後面停了下來。「那臺車停了。」

我緊張地看著賓士車停在路邊，司機下車幫盧克開門。盧克根本沒有注意到我們，他拿出一張紙，走向一扇看起來髒兮兮的咖啡色的門，按了一下對講機，然後就進去了。

二樓掛著一個破舊的招牌，上頭寫著「房間出租」。

房間？盧克在這裡租房間？

我的胸口突然覺得好悶。一定有問題。維妮莎在樓上，她穿著綴著黑色毛邊的性感睡衣在樓上等他。

可是為什麼要到蘇荷區租個破爛的房間？為什麼不去四季飯店呢？

因為這樣就會被別人發現，所以他才來這種小地方，沒錯，就是這樣⋯⋯

「小姐？」我突然回過神來。計程車司機在叫我。

「什麼事？」

「不要！」我趕快拿著籃子開門。「謝謝，這裡就好了。謝謝。」

「等一下。」他下車來扶我一把。我連看都沒看就從皮包裡抽出幾張鈔票給他。他嘆了口氣，又抽出幾張還給我。

「妳要在車子裡面等嗎？」

「不太習慣作這種事對不對？」

「是不太習慣。」

「如果妳需要幫忙⋯⋯」他從口袋裡拿出一張灰色的名片。「這是我哥哥，他替專門打

離婚官司的律師在做很多這一方面的工作。有需要的話就找人幫忙，這樣妳和寶寶才有保障。」

「謝謝。」我把名片收好放在口袋。我不知道自己在做什麼。

「祝妳一切順利。」他走回車上。搖搖頭，把車子開走了。

我站在那棟建築物門口，不知道怎麼辦。要不要按對講機，看看會有什麼結果？

不要，如果我是維妮莎接的怎麼辦？

我的腿開始發軟，我需要找地方休息。一樓是一家影印店。我走進去，找了張椅子坐下。我到底該怎麼辦？

「妳好！」我嚇了一跳。一名穿著短袖條紋襯衫的男子親切地走過來。「要印名片嗎？

我們最近有特惠活動，看妳是要霧面的、有護貝的、還是厚卡紙的……」

「喔……謝謝。」我點點頭，希望他趕快離開。

「請妳參考看看！」他拿了一本範本給我，我茫然地開始翻閱。要不要乾脆直接衝進去？如果他們兩個真的在裡面怎麼辦？

我越翻越快。怎麼會這樣？我怎麼會在這裡，怎麼會跑到蘇荷區，擔心我老公是不是跟另外一個女人在一起？

「這裡有表格。請妳填一下……」他拿了紙筆回來給我。我茫然地接過來，在上面寫下

「布盧姆伍德公司」。

「請問妳從事哪一行？」他開始和我聊天。

「呃……雙層氣密窗。」

「雙層氣密窗！」他皺著眉頭想了一下。「我建議妳用白色的護貝卡紙，旁邊再加邊框。地址和企業標語放在這邊……你們公司有企業標語嗎？」

「呃……『雙層氣密窗，保障您的安全』，」我隨口說。「巴黎、倫敦、杜拜。」

我根本不知道自己在說些什麼。

「杜拜！」他欽佩地說，「那裡應該有不少窗戶吧！」

「沒錯。」我點點頭。「杜拜是全球窗戶的重鎮。」

「真的啊！」他很有興趣地說。我突然全身僵硬。

樓梯間傳來腳步聲。有人在下樓梯。

一定是盧克。

可是……好像太快了一點？

「呃……謝謝你！我再考慮看看……」我把表格丟回去給他，急急忙忙地衝出去。那扇咖啡色的門緩緩開啓，我趕快躲到一棵樹後面。

我緊張得全身僵硬，熱血直衝腦袋。我提醒自己，不管他跟誰在一起，我一定都要保持冷靜……

門打開了。盧克走了出來，後面跟著一群穿西裝打領帶的男人。

「一起吃個飯吧。」盧克說，「我有幾個客戶可能會有需要。」

他沒有跟維妮莎在一起。他沒有跟維妮莎在一起！

我開心地想跳舞。真是如釋重負。我怎麼以為他背著我做什麼壞事呢？我真的是想太多。怎麼會這麼笨？從今以後我要完完全全地相信他……

「布盧姆伍德小姐？」

影印店的老闆追了出來。他用一隻手遮著眼睛擋住陽光，正在看我。可惡！這棵樹根本擋不住我，我忘記了我還有個肚子。

「麗貝卡？」盧克訝異地轉過頭來瞪著我。

看到他們三個都在看著我，我的臉瞬間紅了一大片。「呃……你好！」我滿臉笑容地打招呼。

「我這邊有張範本，妳需要嗎？」影印店的老闆正朝著我走過來。

「謝謝！」我馬上把名片收起來。「我再跟你聯絡。」

「麗貝卡，妳在這裡做什麼？」盧克也朝我走過來。

「我……我在逛街！真巧！」

「我建議妳把名片護貝。」影印店的老闆還不肯罷休。「不過護貝會比較貴，我這邊有一張價格表給妳參考……」

「謝謝！我老公來了……我再跟你聯絡。」

「哈！」他高興地轉向盧克。「你好。你也是做氣密窗的嗎？」

「他不是。」我急忙打斷他的話。「謝謝，拜拜！」

還好，老闆終於走回店裡。

一陣沉默。

過了許久，盧克終於開口。「氣密窗？」

「他……他搞錯了……」我把名片範本塞進包包。「你們怎麼會在這裡？」盧克看起來還是一臉疑惑。「這兩位是理查和奈吉爾。我太

太麗貝卡。」

「幫客戶找媒體訓練師。」盧克說，妳對他的客

戶在接受電視採訪時的表現不是很滿意。」

「對啊！」我忍不住有一絲得意。我沒想到盧克真的會聽我的建議，還告訴別人是我提

議的。

「妳好。」奈吉爾跟我握手。「聽說是妳建議他們上媒體訓練課。

「不好意思，我們辦公室還沒打點好。」另外一位說，「我們才剛搬進去。」

「真的嗎？我沒發現。」我緊張地笑了幾聲。「我只是剛好經過這裡，我還有事先走了

……」

「拜拜。」盧克親了我一下。

「好。」我握著他的手臂。「晚上再一起野餐？」

盧克縮了一下。「不行，我忘了告訴妳，今天晚上要跟新的客戶應酬，會晚點回去。」

「喔。」我有一點失望。不過有新的業務總是好的。「沒關係。是哪一家公司?」

「是維妮莎。」

「維妮莎?」

我臉上的笑容馬上僵住。

維妮莎要成為布蘭登公關公司的客戶?怎麼會這樣?

維妮莎原本請的公關公司似乎不能達到她的要求。

「維妮莎·卡特醫師。」盧克一邊向另外兩位解釋。「她是一位很有名的婦產科醫師。

「還有誰?」

「就只有我們兩個。」盧克聳聳肩。「我們是老朋友,所以她的案子會由我親自處理。」

我心裡浮現好多問號。

「所以你們以後會經常見面?」我擦了擦嘴唇上的汗珠。

「應該會。」盧克疑惑地挑了挑眉。「要不要幫妳跟她打個招呼?」

「好!」我勉強笑著說,「麻煩你。」

他跟著另外兩個人走了。我目送他們離去,心臟不停地怦怦跳。

或許我今天是有點搞錯狀況。可是我懷疑的沒錯,維妮莎正在打盧克的主意。我很確定。

就跟我知道我從網拍上新買的那件橘色上衣是個錯誤一樣確定。

維妮莎正在打我老公的主意。我一定要阻止她。

投資報告

客戶：布蘭登寶寶

日期：2003年10月24日

基金A：盧克的投資組合

目前的投資比例：

公債基金20%

歐洲成長型基金20%

兒童教育基金30%

目前尚無投資餘額

基金B：麗貝卡的投資組合

黃金（Tiffany項鍊與戒指）10%

銅（手鍊）5%

孟加拉第一共同銀行股票10%

皮包網線上店鋪股票10%

Dior復古外套5%

1964年份的香檳酒一瓶5%

寶貝快跑賽馬股份5%

葛莉絲・凱麗皇后戴過的太陽眼鏡一副1%

目前尚無投資餘額

我決定要找盧克談一談。我要當個成熟的大人，直接面對這個問題。我充滿決心地坐在床上等他回來。他到家的時候早就已經超過半夜十二點了，渾身都是煙味、酒味和⋯⋯天啊，香奈兒的魅惑香水味。

不行，不要慌。身上都是香水味並不代表什麼。

「嗨！晚上還好嗎？」我用我最友善、最親切的口氣說。不能像八點檔連續劇演的怨婦。

「很好。」盧克脫掉外套。「她很聰明，很清楚自己要什麼。」

「我想也是。」我生氣地在棉被底下扭轉著手，以免被他看到。「那除了工作以外，你們還聊了些什麼？」

「我不記得了。」他鬆開領帶。「藝術⋯⋯最近看的書之類的⋯⋯」

「你又不看書？」我脫口而出。他是真的沒時間看書，他只看如何經營偉大企業之類的雜誌。

「是沒錯。」他瞪了我一眼。「可是我以前會看。」

這句話是什麼意思？認識我之前嗎？所以他現在不看書都是我的錯？他的意思是這樣

嗎？

「你們還聊了些什麼？」我繼續追問。

「我真的不記得了。」

他的手機嗶了一聲，有簡訊傳來。他看了一下，然後又笑著回傳，之後繼續換衣服。我怒氣沖沖地看著他的一舉一動。他怎麼可以這樣？當著我的面跟她傳簡訊！

「那是拉丁文嗎？」我又忍不住開口了。

「什麼東西？」他拉著襯衫袖口轉過來問我。

「我那天剛好看到……」我遲疑了一下。算了，不要再假裝了。我深呼吸一口氣，決定開誠佈公直接問他。「她不是都傳拉丁文的簡訊給你嗎？那是不是你們之間的密碼？」

「妳在說什麼？」盧克皺著眉往前走了一步。「妳是不是偷看我的簡訊？」

「我是你老婆！她都傳什麼簡訊給你？」我的音量越來越高。「是拉丁文的書還是其他東西？」

「什麼其他東西？」他一臉困惑。

「你應該知道她對你有意思吧？」

「怎麼可能？」他笑了兩聲。「麗貝卡，妳的想像力太豐富了。」他脫下襯衫，丟進洗衣籃。

他怎麼會那麼笨？他不是很聰明嗎？

「她在打你的主意！」我生氣地往前坐。「你難道看不出來？她是專門破壞人家家庭的第三者！她專門做這種⋯⋯」

「她沒有在打我的主意！」盧克打斷我的話。「麗貝卡，我很意外，我從來不知道妳這麼愛吃醋。我總可以有朋友吧，她只是剛好是女的朋友⋯⋯」

「不是這樣。」我不屑地打斷他。

因為她以前是他的女朋友，而且她又有一頭紅色長髮。不過我才不要說出來。

「是因為⋯⋯」我有點慌了。「我們是夫妻，應該要相互坦白，不可以有祕密。你看我，我沒有祕密！你看我的手機！」我揮舞著手說。「你看我的抽屜！我都沒有祕密！你看啊！」

「麗貝卡，現在已經很晚了。」他摸著臉說。「有事明天再說好嗎？」

我生氣地看著他。什麼叫做明天再說？這又不是在玩遊戲。我們可是很認真地在討論婚姻問題。

「你去看啊！」

「好吧。」他舉起雙手表示投降，朝我的衣櫃走過去。

「我沒有事情瞞著你！你想看哪裡就看哪裡，隨便你翻⋯⋯」我突然想到一件事。

糟糕。我把性別預測那個東西放在左上方的抽屜裡。

「呃⋯⋯不要開那個抽屜。」我急得大喊。「不要碰左上方那個抽屜。」

購物狂與寶寶
220

盧克停下腳步。「那個抽屜不可以開？」

「對……裡面有個驚喜。椅子上那個哈洛德百貨公司的購物袋也不可以開。」我馬上又補上一句。我剛買了一罐高科技滋潤乳霜，不想讓他看到收據上的價錢，因為連我自己看到的時候都差點昏倒。

「還有嗎？」

「呃……還有衣櫃裡面的一些東西。不知道他心裡在想什麼。過了許久他才轉過頭來看我，臉上的表情很奇怪。

「所以除了那個抽屜、那個哈洛德百貨公司的購物袋，還有衣櫃裡面之外，我們的婚姻是建立在完全坦白的基礎上？」

我發現我好像沒有什麼資格批評他。

「重點是……」我馬上把情勢扭轉回來。「重點是，我又沒有跟別人出去整個晚上！」

一陣沉默。不知道他心裡在想什麼。那是預先幫你買的生日禮物。」

糟糕，我聽起來就像八點檔連續劇裡面的怨婦。

「麗貝卡，」他嘆口氣，坐在床上。「維妮莎不是別人。她是我的好朋友，她也想和妳成為好朋友。」

我把頭轉開，專心地把棉被套折成扇子狀。

「我不知道妳到底是怎麼了。一開始是妳說要去找她接生的。」

「沒錯，可是……」

我總不能說，可是那個時候我還不知道她是專門破壞別人家庭的狐狸精。

「過不久她就要幫我們接生了，妳應該多跟她相處，到時候才會比較自在。」

我不想給她接生！

「還有⋯⋯」他站了起來。「維妮莎問妳明天要不要去做產檢。她覺得很不好意思。我說我會陪妳去。這樣好不好？」他走進浴室。

「好吧。」我垂頭喪氣地躺回床上，腦袋裡充滿著許多疑問。也許是我想太多，也許她對盧克沒有意思。

她的確是最頂尖的婦產科醫師。好吧，我試試看，看我們到底能不能成為好朋友。

星期五到全人生產中心的時候，狗仔隊又出現了。那個龐德女郎和蘭寇最新的代言人正在門口擺姿勢給狗仔隊照相。她們都穿著低腰牛仔褲和緊身上衣，剛好讓微凸的肚子更明顯。

「麗貝卡，走慢一點！」盧克在後面大喊。我用飛快的腳步追趕，希望可以趕上她們，可是等我到門口的時候她們已經進去了。我在階梯上站了一會兒，可是沒有鏡頭對準我，那些攝影師都在收拾東西準備離開了。真是沒有禮貌。難道不能拍個幾張意思一下嗎？

進去之後，她們兩個剛好站在我前面。我聽到櫃檯小姐說，「這是 Savoy 飯店下午茶的招待券。需要我們幫您叫車嗎？」

「不用了，謝謝。」龐德女郎朝著蘭寇的模特兒點頭說，我和露露會一起去。」

我的心跳暫停了一下。去 Savoy 飯店喝英式下午茶？我怎麼沒有拿到招待券？還是他們等一下才要發給我？我一臉期待地看著櫃檯小姐，一手已經準備好拿出我的行事曆，看我那天有沒有空。可是小姐並沒有拿什麼招待券出來。

「布蘭登太太，請稍坐。」她面帶微笑地說。

「呃……還有其他事情嗎？」我不肯馬上離開。「有沒有其他……要給我的東西？」

「妳驗尿了嗎？」櫃檯小姐問我。

我不是要問這個。我又等了一陣子才失望地去找位置坐下。她沒有邀請我。那些名人都一起喝下午茶交換懷孕的心得，問別人都去哪裡買電影首映會的服裝，結果我卻一個人坐在家裡。

「麗貝卡？」盧克疑惑地看著我。「怎麼了？」

「沒事。」我的下唇開始微微顫抖。「她沒有請我跟大家一起去喝下午茶。大家都要去Savoy 飯店喝下午茶，只有我沒有！」

「麗貝卡，妳怎麼知道有下午茶會？我想……」他顯然也不知道該怎麼安撫我。「如果她沒有邀請妳，有什麼關係？妳又不是為了茶會才去看醫生的。」

我張開嘴巴，然後又決定閉上。

「麗貝卡？」突然傳來一個悅耳的聲音。「盧克？」

天啊，她來了。

我已經好幾個禮拜沒看到她了。老實說，她在我心裡已經變成另外一個樣貌，變得比較高，還有一頭像巫婆一樣的長頭髮、詭異的綠眼睛……還有幾顆毒牙。結果她卻站在這裡，又苗條又漂亮，穿著黑色套頭毛衣，看起來好時尚，笑得好親切，好像我是她的親密好友。

「真高興看到妳！」她親了我一下。「真不好意思，我最近都沒有親自幫妳好好檢查。」

她一邊說話，一邊看著盧克，彷彿這是只有他們兩個人的對話。

還是我想太多了？

「請進！」她帶我們走進診療室。大家全都坐好之後，她打開我的病歷說，「麗貝卡，有沒有什麼不舒服的地方？」

「沒有，謝謝。」

「寶寶有在動嗎？」

「有啊，一天到晚都在動。」我把手放在肚子上，偏偏這個時候他剛好在睡覺。

「我們來檢查一下。」她指著沙發，示意我躺上去。我乖乖地躺了上去，她先去洗手。

「我剛才好像聽到什麼下午茶會的事情。」盧克說，態度輕鬆自若。「好棒的宣傳手法。」

「喔。」維妮莎似乎嚇了一跳。「對啊，那是為懷孕後期的孕婦舉辦的，很快就會輪到

原來如此。我驚訝地看著他。他對我眨了眨眼。

有時候真的是愛死他了。

「麗貝卡了!」

她騙人。才不會輪到我。

我看著她的手在我肚子上移動。她纖細白嫩的右手中指有顆好大的鑽石戒指,看到這個

我根本沒有辦法放鬆。不知道是誰送給她的?

「寶寶有點大。目前胎位不正,頭在上方……」她皺著眉,專心地摸著我的肚子。「如

果胎位一直沒有轉正,我們可能就要改變生產方式,不過現在還很早。」她看了一下我的病

歷。「現在才三十二週,胎位還有機會轉正。來聽聽看心跳……」她拿出超音波探照器,在

我肚子上抹了點凝膠,不久後就傳出模糊的嗡嗡聲。

「心跳很有力。」維妮莎點點頭,我也點頭回應。我們三個人就這麼坐在那裡,聽著寶

寶規律的心跳聲。好奇怪的感覺。我們這麼專心地聽,寶寶卻根本不知道。

「你的小孩?」她看著盧克說。「很神奇吧?」她靠過去把他的領帶拉好。她怎麼可以

這樣?打斷這屬於我們兩個人的時刻。而且大家都知道只有老婆有權利拉老公的領帶。

她回來把超音波機器移開的時候,我故意很客氣地說,「聽說妳和男朋友分手了。真可

惜。」

「對啊。」她攤開雙手。「沒有緣分也沒辦法。」她露出親切的微笑。「最近還好嗎?

有沒有什麼不舒服的地方?會不會心悸?有沒有痔瘡?」

可惡。她故意挑最不性感的病。

「都沒有，謝謝。我很好。」我說。

「妳運氣不錯。」維妮莎示意我們坐下。「懷孕後期會開始出現一些不適的症狀。可能會長青春痘……靜脈曲張……行房會越來越困難……」

這女人真可惡。

「我們在這方面沒有什麼問題。」我握住盧克的手說。「對不對，親愛的？」

「現在還很難說。」維妮莎不為所動。「很多產婦生完之後會對行房失去興趣。有的男人會對太太走樣的身材失去興趣……」

什麼叫做失去興趣？她竟然敢說盧克會對我失去興趣？

她一邊幫我量血壓，一邊看著標高的指數皺著眉說，「妳的血壓太高了。」

我的血壓怎麼可能不高！我瞄了一下盧克，他似乎完全在狀況外。

「寶貝，妳上次不是有點腳痛嗎？」他說。

「腳痛？」維妮莎馬上抬起頭。

「沒什麼。」我連忙說。「只是有點拉到。」

上禮拜我穿著新買的五吋 Manolo 高跟鞋去上班。等我下班回到家，我的腳已經痛到快走不動了，只好麻煩盧克幫我按摩小腿。

「還是給醫生檢查一下。」他握著我的手說，「小心一點比較好。」

「沒錯！」維妮莎站了起來。「來，我幫妳檢查一下。躺上去。」

我不喜歡她的眼神，有種怪異的光芒。我心不甘情不願地脫掉褲襪，躺到沙發上。

「嗯。」她拉著我的腿看了一下，還用手摸一摸。「這邊有一點靜脈曲張的跡象。」

我驚恐地看著自己滑嫩的肌膚。我才沒有靜脈曲張的跡象。

「我怎麼看不出來？」我有點慌了。

「妳當然看不出來，可是我看得出來。」她從抽屜拿出一雙白色的網狀長襪。「來，穿看看。」

「我才不要！」我驚恐地看著那雙襪子。真是難看的不得了，難看到我連摸都不想摸，更不可能穿上去。

「麗貝卡，親愛的，」盧克靠過來說，「醫生叫妳穿……」

「我才沒有靜脈曲張！」我的聲音越來越尖銳。「是我那天穿錯鞋子。你忘記了嗎？」

「原來如此。」維妮莎插進話說，「我看看妳現在穿什麼鞋。」

她看著我新買的楔型鞋，不以為然地搖搖頭。

「懷孕後期不適合穿這種鞋子。這雙給妳穿穿看。」她從最下面的大抽屜拿出一雙難看的咖啡色塑膠拖鞋。「這是整型外科給我的樣品。妳穿穿看，告訴我感覺怎麼樣。」

我驚慌地看著那雙鞋子。「要先把褲襪脫掉嗎？」

「不用，」她笑著說。「兩種一起穿，這樣更好。」

可惡的女人。

「親愛的，妳就穿上吧。」盧克點點頭，以示鼓勵。「維妮莎是為妳的健康著想。」

她才不是！我好想大喊。難道你看不出來嗎，我不能不穿。

沒辦法。他們兩個都在看著我，我不能不穿。

我難過地穿上那雙醫療型褲襪。

「拉上去一點！」維妮莎說，「要蓋住大腿。」我把鞋子脫掉，套上那雙難看的拖鞋，把我的楔型鞋塞進新買的 Marc Jacobs 大包包裡（淺黃色的，超漂亮）。

「那是妳的包包嗎？」她的眼睛亮了起來。我心裡一揪。拜託，不要拿我的包包開刀。「妳知道這樣對脊椎傷害有多大嗎？」她轉過去對盧克說，「我和一名復健師合作過一年，她說有好多人都是因為整天提著大包包而受傷。」

「這包包太大了！孕婦怎麼可以用這種的！」她從我手上把包包拿走，皺著眉舉了幾下。「妳試試看。」她從櫃子裡拿出一個卡其色的腰包。「對妳的背會比較好，還可以塞在上衣裡面，這樣更安全⋯⋯」

「現在流行大包包。」我很不高興地說。

「流行！」她發出一陣銀鈴般的笑聲。「流行對健康不好。來，這是我的物理治療師給我的，妳試試看。」

「好啊！」盧克把我的 Marc Jacobs 包包從維妮莎手上拿回來放在地上，我根本拿不到。

「妳真好心。」

好心？他根本就不知道她在打什麼壞主意。

「麗貝卡，來！」她就像一隻貓，把半死不活的老鼠拿來當玩具。「戴看看合不合適。」

我用顫抖的雙手，把腰包套在肚子上扣好，把衣服拉下來，門後面有個全身鏡，我在轉身的時候剛好看到自己的樣子。

我看起來就像隻怪獸。我的腿變成兩條粗壯的白色樹幹，我穿的鞋子好像歐巴桑，我的身體前後都凸出來。我好想哭。

「這樣很好看啊！」她輕快地跳到桌子上坐著，像瑜珈一樣敏捷的身形，突顯她纖細的手臂。「盧克，關於你在前幾天的會議中提到的網站連結，我很有興趣……」

我坐立不安地等著他們的話題結束，可是他們又繼續討論診所手冊的設計。

「麗貝卡，不好意思！」她終於注意到我的存在了。「妳會不會覺得很無聊？今天的檢查已經結束了。如果妳有事可以先走沒關係……」

「妳不是要跟蘇西和潔西吃飯嗎？」盧克抬頭說。「妳先去，我還要跟維妮莎討論幾個東西。」

我站在原地不動。我一點也不想讓他們兩個單獨留在這裡。可是如果我說什麼，他一定會說我怎麼疑心病那麼重，那麼愛吃醋，然後又要大吵一架了。

「好吧。」我說，「我走。」

「需要的東西記得帶走。」她看著我的 Marc Jacobs 包包說。「不准再用那個包包囉！」

她用手指指著我，開玩笑地說。

我好想殺了她。沒有用。盧克只會站在她那一邊而已。我默默地找出皮包、鑰匙、手機和幾樣化妝品放進腰包。

「寶貝，拜拜。」

「維妮莎，拜拜。」盧克親了我一下。「晚點再打給妳。」我沒有辦法正眼看她。我離開診療室，往大廳的方向走去。

接待區有個小腹微凸的金髮女郎興奮地說，「好高興可以給維妮莎醫師檢查！」

對啊，我滿地心想，等她把妳在妳老公面前打扮得像怪物一樣，看妳還高不高興。

我快走到門口的時候突然想到一件事。盧克早上在洗澡的時候，手機響了起來。我幫他接了，不是因為我疑心病很重、愛吃醋什麼的，而是因為⋯⋯

好啦，我原本以為是維妮莎打的，結果是公司打來的。我忘了告訴他這件事，最好趕快提醒他。

我走回診療室，那個金髮女郎和她老公正好奇地看著我。我等一下出去就要立刻把這雙難看的褲襪脫掉。

有一個穿著藍色護士裝的小姐剛好在我前面，她在維妮莎辦公室的門口敲了兩下之後打開門。

「抱歉！」我聽到她說，「我不是故意要打擾⋯⋯」

打擾什麼？打擾什麼？

我的心臟突然跳得好快。我趕快衝過去，護士小姐剛好在關門，我只瞄到一眼。

我看到了。他們兩個坐在桌子上低聲談笑。維妮莎的手輕輕地放在盧克的肩膀上，另一隻手則握在他手裡。看起來好自在、好親密。

看起來就像一對情侶。

他們在一起。他們在一起。

我不知道自己是怎麼走進中午跟蘇西和潔西約好的餐廳的，感覺自己像機器人一樣在前進。每一次想到剛才看到的事情我就想吐。

我茫然地推開玻璃門，看著服務生忙碌地走來走去，看著餐廳裡正在聊天用餐的客人。

「麗貝卡？」

「麗貝卡，妳沒事吧？」蘇西趕快走過來迎接我。一看到我白色的雙腿，她馬上大喊，「妳穿的那是什麼？麗貝卡，妳怎麼了⋯⋯怎麼不說話？」

「我⋯⋯我需要坐下來。」我跟著她走到角落的一張桌子。潔西已經在那裡了。

「妳怎麼了？」潔西驚訝地看著我，一邊把椅子拉出來，扶我坐下。「妳還好嗎？是不是寶寶怎麼了？」

「我看到他們了。」我勉強說出來。

「看到誰？」

「盧克和維妮莎在一起。」

「在一起？」蘇西伸手驚訝地掩住嘴。「在一起做……做什麼？」

「坐在桌子旁邊聊天。」我很勉強地說。「維妮莎的手放在他肩膀上，他還握著維妮莎的手。」我抬起頭看她們有什麼反應。可是從她們的表情看來，好像還在等我繼續講完。

「他們在……接吻嗎？」蘇西大膽地問。

「沒有。他們在笑。笑得好開心。我……我沒有辦法繼續留在那裡。」我喝了一大口水。

蘇西和潔西交換了一下眼神。

「所以……妳才穿上白色緊身襪嗎？」蘇西小心翼翼地問。

「當然不是！」我放下水杯。剛才心中的屈辱再度浮現。「都是維妮莎！她把我的鞋子和包包都收走，強迫我穿這些鞋子和襪子，讓我在盧克面前出醜。」

蘇西倒抽一口氣。「爛女人！」

「我脫不下來。」我快要哭出來了。「只好一直穿著！」

「沒關係，我幫妳脫。」蘇西放下杯子，伸手開始拉其中一隻褲襪。潔西皺著眉看著她。

「麗貝卡……醫生叫妳穿，有沒有可能是基於健康的考量？」

「才沒有，她是故意的！她說流行對健康不好！」

潔西不為所動。「流行的確是對健康不好。」

「流行時尚才沒有對健康不好！」我馬上爆發。「流行時尚有益健康！會讓妳……保持身材，抬頭挺胸，穿衣服才會比較好看……注重自己的打扮才能維持好心情。」我伸出手指一一列舉時尚的優點。

「麗貝卡，喝點紅酒。」蘇西把她的杯子遞給我。「而且穿高跟鞋可以鍛鍊小腿肌……」

「喝一點沒關係，不會影響寶寶……看能不能讓妳冷靜一點。」

「謝謝。」我感激地喝了一口。

「我的婦產科醫師說每天喝半杯沒有關係。」她說，「他是法國人。」

我又喝了一口，感覺心跳的速度似乎放慢了點。早知道就不要去醫院生，照我原本的打算找家店生產，至少我可以比較放鬆，心情比較好，至少還可以拿幾件免費的衣服。

「我不知道該怎麼辦。」我放下酒杯，難過地看著她們兩個。「我試著要跟盧克談這件事。他說他們只是單純的好朋友，可是我覺得他們一點也不像單純的好朋友。」

「他是怎麼握著她的手？」蘇西認真地皺著眉問我。「有沒有可能是朋友之間的握手？」

「我不知道怎麼辦。」

「維妮莎是不是那種很喜歡跟人家有肢體接觸的人？」

「她……」我想了一下。她是有摸過我的肩膀和手臂。「沒錯。」

「說不定就只是這樣而已！說不定她就是那種喜歡跟人家靠得很近的人。」

「妳還有其他證據嗎？」潔西問我。

「還沒。」我一邊把玩著麵包棒的包裝紙，一邊思考到底要不要告訴他們。「前幾天我跟蹤他。」

「什麼？」蘇西一臉驚訝。「如果被他看到怎麼辦？」

「他有看到我。我說我在逛街。」

「麗貝卡……」蘇西不知所措地抓著頭髮。「如果他根本就沒有怎麼樣呢？握手不算證據。妳不能就這樣破壞妳和盧克之間的信任。」

「那我該怎麼辦？」我看著她們兩個。「我該怎麼辦？」

「什麼都不要做。」蘇西說，「麗貝卡，盧克很愛妳，這點我很確定，而且他又沒有真的做錯什麼事，對不對？他又沒有騙妳，妳也沒有看到他們在接吻……」

「沒錯。」潔西用力地點著頭。「麗貝卡，妳應該是誤會了。」

「可是……」我用手上的包裝紙緊緊地纏住我的手指。我不知道該怎麼解釋，可是我知道情況不對。不是那些簡訊，也不是他們去吃飯的事情，更不是剛才的事情。是她。她的眼神裡有某種光芒。她在尋找獵物。

可是如果我這麼說，她們一定會說我想太多了。

「好吧。」過了許久我才開口。「那我什麼都不做就是了。」

「來點菜吧。」蘇西遞了一份菜單給我。

「這裡有套餐。」菜單裡面夾著一張紙。潔西說，「套餐只有兩道菜，比較划算。只要

不把主菜換成松露那一類很貴的東西就不會花太多錢。」

我一聽到這句話，馬上就想開口說我最喜歡吃松露，花多少錢有什麼關係。問題是，其實我對那些二公斤要好幾萬的東西一點興趣也沒有。

天啊，千萬不要告訴我，我開始被潔西同化了。

「還有，妳要幫我想怎麼向露露報仇。」

「哇！」我心情立刻就好起來了。「怎麼了？」

「電視臺找上露露主持節目。」蘇西不屑地說，「就是那種主持人去某個不會做菜的媽媽家裡，教她們怎麼煮健康又美味的東西給小孩子吃。她說要請我當第一集的主角。」

「不會吧！」

「她已經把我的資料給製作公司了！」蘇西越說越大聲。「電視公司打電話給我，問我是不是都給小孩子吃現成的罐頭食品，我的小孩子是不是真的都還不會講話？」

「怎麼會有這種人！」我拿起一塊麵包抹上奶油。聽到這種事情最能讓人忘記自己的煩惱。

三個人的午餐真愉快。我的心情總算好多了。我們的結論是露露真是個討人厭的傢伙（潔西沒有見過露露，不過我描述得很詳細）。潔西也說了一些自己的事情。她把要去智利的事情告訴湯姆，湯姆不是很高興。

「一開始他以為我只是在開玩笑。」她不停地把麵包剝成小碎片。「他以為我是在測試

他，所以他就向我求婚。」

「真的嗎？」我興奮地尖聲說。

「我說不要鬧了。」潔西說，「然後……現在我們兩個都不願意跟對方講話。」她的語氣很平靜，可是我看得出她眼裡的哀傷。「人生就是這樣。」說完她喝了一大口紅酒。這一點也不像她平常的行為。我瞄了蘇西一眼。蘇西也擔心地皺著眉，望著我。

「潔西，妳已經確定要去智利了嗎？」我試探性地問她。

「確定了。」她點點頭。「我一定要去。這樣的機會太難得了。」

「湯姆也可以去找妳。」蘇西說。

「沒錯。真希望他不要一直聽他媽媽的話！」潔西搖搖頭，生氣地說，「詹妮斯完全不可理喻。她一直寄她在網路上找到的資料給我，說智利很危險，政治不安定，又有很多傳染病和地雷。」

「真的嗎？」我也開始擔心了。

「當然沒有！」潔西。「她根本就是在胡說。」她又喝了一口酒。「不過就幾個地雷和霍亂而已。」

「幾個地雷？霍亂？」

「潔西，妳要小心一點。」我抓著她的手。「妳可不能出事。」

「對啊，要小心。」蘇西說。

「我會啦。」潔西連脖子都漲紅了。「我會小心。謝謝。對了……」服務生剛好端咖啡來，她尷尬地把手抽回去。「妳……妳的髮夾好漂亮。」

她想換個話題。

「謝謝。」我高興地摸著頭上的髮夾。「很好看，對不對？是Miu Miu的。這是寶寶的信託基金的一個投資標的。」

一陣沉默。我抬起頭，她們兩個正默默地瞪著我。

「麗貝卡，Miu Miu的髮夾為什麼會是信託基金的投資標的的？」蘇西疑惑地問我。

「這是未來的古董啊！」我得意地說。

「什麼是未來的古董？」蘇西還是很困惑。

哈！我真是領先潮流，沒有人知道我在做什麼。

「這是一種很棒的投資方式。」我說，「非常非常簡單！只要買了東西之後，將包裝留著，五十年後就可以拿去拍賣，大賺一筆。」

「喔。」蘇西還是半信半疑。「那妳還買了些什麼？」

「嗯……」我想了一下。「還有幾樣Miu Miu的東西，幾個哈利波特的玩偶和芭比娃娃……還有Topshop¹的手鍊……」

---

❶ 英國中價位時裝品牌。

「麗貝卡，Topshop的手鍊怎麼會是投資?」潔西一副不可置信的樣子。

她還沒搞清楚狀況。

「現在當然還不是。」我很有耐心地說。「但是以後就會出現在古董拍賣會場上。到時候妳就知道了。」

「麗貝卡，把錢放在銀行有什麼不好嗎?」蘇西不安地問我。

「我才不要把寶寶的錢跟別人一樣都放在銀行裡面!」我說，「蘇西，我是金融從業人員，這是我的工作。」

「那是妳以前的工作。」

「這個就像騎腳踏車一樣，是不會忘記的。」我驕傲地說。其實我不太會騎腳踏車，不過這點不用說出來。

「那妳已經把所有的錢都拿去投資了嗎?」

「還沒。我還有好多還沒投資!」我喝了一口咖啡。旁邊的牆壁上掛著一幅抽象油畫，全部都是藍色，下面掛著一個寫著一百九十五英鎊的小標籤。「妳們看!」我看著畫問，

「要不要……」

「不行!」潔西和蘇西異口同聲地說。

奇怪，她們怎麼知道我要說什麼。

晚上回家，家裡一片漆黑，盧克還沒回來。他一定還跟她在一起。

不可能。他不可能會跟她在一起。不要再想了。

我弄個三明治吃，把鞋子踢掉，躺在沙發上拿著遙控器轉來轉去。我正在搜尋我最愛看的關於懷孕生產的節目（每到關鍵時刻，我都會用手遮住眼睛從指縫看），電話響了起來。

「嗨，」是盧克，他好像很急。「麗貝卡，我忘了告訴妳，我今天晚上要參加金融大獎的頒獎典禮，會很晚回去。」

「喔，好。」我想起來了。盧克問過我要不要參加，可是我一點也不想跟一群中年無趣的基金經理人耗整個晚上。「好，拜拜。對了，盧克……」

我心跳得好快。我連自己要說什麼都不知道，更不知道該怎麼說

「我要走了。」他根本就沒有發現我的沉默。「拜拜。」

「盧克……」我還來不及說完，電話就已經掛斷了。

我楞楞地發著呆，想像剛才如果盧克有問我怎麼了，我就會說沒事；他就會說，絕對有事，然後他就會說他很愛我，維妮莎真的很醜，明天要不要去巴黎渡假？

電視上一陣刺耳的聲音喚起我的注意，我抬頭看著螢幕。我不知道什麼時候轉到這最後面的頻道，什麼商業金融頻道之類的。我正在想生活頻道是哪一臺的時候，螢幕上突然出現一個身材雄壯、穿著晚禮服的傢伙。我認識這個人。他是佛瑞蘭投資公司的亞蘭·普羅克特，坐在他旁邊的是《基金管理》雜誌的吉爾。他們怎麼會出現……

不會吧。電視上正在轉播金融大獎頒獎典禮！是很冷門的頻道沒有錯，可是好歹也是電視。我趕快坐直，專心地盯著電視，說不定還會看到盧克！

「……這是今年金融大獎頒獎典禮的現場直播，我們現在在葛羅斯費諾大會堂……」主持人正在講話。「今年出席的人數增加，因此改到這裡舉行……」

我開心地拿起電話，按下快速鍵打給盧克。攝影機正在拍會場，我盯著螢幕看會場上穿西裝打領帶的那些人。我看到以前在《成功理財》雜誌的編輯菲利普正在大口喝酒。還有那個洛伊德保險公司的女孩，她每次出席記者會都穿那件綠色套裝……

「嗨，麗貝卡，」盧克的聲音聽起來好匆忙。「怎麼了？」

「嗨！」我說，「頒獎典禮怎麼樣？」

我準備等攝影機拍到盧克的時候跟他說，「我在電視上看到你！」

「還不都一樣。」他頓了一下才說。「一樣在多徹斯特廳舉辦……一樣坐得滿滿的……」

多徹斯特？

我愣楞地看著電話，渾身一陣冷一陣熱。我把話筒貼著耳朵，我聽不到那種人聲鼎沸吵雜的聲音。他人根本就不在什麼會場裡！

他在說謊。

「麗貝卡，妳還在嗎？」

「我……嗯……在啊。」我頭有點暈。「那你跟誰坐在一起？」

「我……我跟梅爾坐在一起。寶貝，我要走了。」

「好。」我麻木地說。「拜拜。」

鏡頭剛好帶到梅爾那邊。她被夾在兩個穿著西裝、身材肥胖的傢伙中間，全桌根本沒有空位。

他騙我。他不在會場上。他跟其他人在一起，在其他地方。

會場上耀眼的燈光和吵雜的聲音好刺耳。我把電視關掉，坐在那裡發呆，然後又突然決定拿起電話撥回家。我需要找人聊一聊。

「喂？」我一聽到媽熟悉令人安心的聲音，就好想放聲大哭。

「媽，我是麗貝卡。」

「麗貝卡！寶貝，怎麼了？寶寶好不好？有沒有踢得很兇？」

「寶寶很好。」我摸了摸肚子。「是我有一點問題……」

「什麼問題？」媽的聲音聽起來很困擾。「不是信用卡公司的人又打來了吧？」

「不是啦！是我自己的問題。」

「妳自己的問題？」

「我……這……」我咬著嘴唇。早知道就不要打這通電話了。我不能告訴媽到底出了什麼事，她會很擔心。尤其是她早就提醒過我。

也許我可以想個辦法，不要告訴她事情的真相，又可以問她的意見。就像那種老是寫信

去問「他們的朋友」碰到什麼問題，結果根本就是寫信的人自己偷穿老婆的泳衣被逮到。

「是⋯⋯公司的一個同事。」我有點結巴。「我猜她有可能要⋯⋯要調部門。她最近都在跟上面的人談這件事，不讓我知道，還跟其他人去吃飯。我剛才還發現她騙我⋯⋯」一滴眼淚滴了下來。「妳有沒有什麼建議？」

「當然有！」媽說。「寶貝，她只是個同事而已！同事本來就是來來去去的。幾個禮拜後妳就會忘了她，還會有新的同事進來。」

「喔。」我頓了一下。

老實說，這個建議好像沒什麼幫助。

「對了，」媽又說，「妳買尿布架了嗎？我前幾天在百貨公司看到一個好棒的⋯⋯」

「還有⋯⋯」我又試了一次。「我真的很喜歡這個同事。我不知道她是不是背著我跟其他人在一起⋯⋯」

「寶貝，她到底是誰？」媽開始煩惱了。「妳有提過她的名字嗎？」

「沒有。我⋯⋯我跟她很合。我們⋯⋯合作一個案子⋯⋯合作得很開心⋯⋯我們就是處得很好。我本來以為我們在一起會很快樂⋯⋯」我開始哽咽。「如果失去她，我一定會受不了。」

「妳不會失去她啊！」媽笑著說。「就算她調部門，偶爾妳們還是可以喝杯咖啡啊⋯⋯」

「偶爾喝杯咖啡？」我難過地大喊。「偶爾喝杯咖啡有什麼用？」

一想到以後要跟盧克尷尬地喝咖啡，一旁還有維妮莎不耐地用指尖敲著桌子催促我們快點的情景，眼淚就流了下來。

「麗貝卡？」媽驚慌地大喊。「寶貝，妳沒事吧？」

「我沒事。」我帶著鼻音，用手抹去眼淚。「我只是……心情有點不太好。」

「這個女孩子真的那麼重要嗎？」媽顯然很困惑。爸在一旁問她，「怎麼了？」媽轉頭過去跟他講話，話筒傳來沙沙作響的聲音。

「是麗貝卡打來的。」我聽到媽低聲說，「她現在受到賀爾蒙的影響，情緒起伏比較大。可憐的寶貝……」

我才不是因為受到賀爾蒙的影響。是因為我老公有外遇。

「麗貝卡，聽我說，」媽又繼續跟我說。「妳有沒有跟妳朋友討論過這件事？妳要不要直接問她，她是不是要轉調其他部門？妳確定妳的消息是正確的嗎？」

我想了一下，晚上盧克回家我要怎麼問他。如果他開始結結巴巴，騙我他去參加頒獎典禮呢？如果他說他愛的是維妮莎，他要離開我，跟她在一起，那我該怎麼辦？

不管怎麼樣我都好害怕。

「麗貝卡，」媽嘆口氣。「妳一向不是很會面對現實，對不對？」

「我不知道。」我說。

「對。」我用腳磨著地毯。「我是不太會。」

「寶貝，妳已經長大了。」媽溫柔地說。「妳要面對妳自己的問題，這樣才對。」

「妳說得沒錯。」我嘆了口氣，感覺壓力沒有那麼大了。「媽，謝謝。」

「寶貝，多保重，不要心情不好。爸要我代他跟妳打招呼。」

「好的，媽，拜拜，謝謝。」

我掛上電話。我決定了。媽說得果然沒錯，她的一席話讓我終於把事情看清楚。我決定了。

我要找徵信社。

2003.11.3

親愛的布蘭登太太，您好，

感謝您的來電。我的祕書已經盡可能地轉達您的留言。

您說您先生可能「用拉丁文搞外遇」。聽到這件事讓我很遺憾。我能了解您的憂心，也非常樂意替您翻譯您傳過來的簡訊。希望能對您有幫助。

敬祝安康

艾得蒙・佛特司邱　牛津大學古典文學系教授

PS. 還有，拉丁情人並不是指用拉丁文跟情人溝通的人。希望這能讓您安心。

2003.11.4

親愛的麗貝卡，

　　感謝您的來信。很遺憾聽到您對目前替您產檢的婦產科醫師的不滿。

　　本公司很高興聽到您對過去的購物經驗十分滿意。對於您認為我們這裡是「世界上最適合迎接新生兒的地方」，我們十分感動。不過，我們恐怕無法將店面改裝成臨時產房，即使是老客戶也一樣。

　　對於您考慮將寶寶取名為丹妮・喬治・布蘭登，本公司表達誠摯的感謝。不過，這並不會改變我們的決定。

祝您生產順利

法蘭西斯卡・古德曼　丹妮與喬治店長

2003.11.4

親愛的布蘭登太太，您好，

感謝您的來信。

您似乎誤會我們的意思了。如果您搭乘皇家航空公司的飛機，在飛行的途中生產，您的寶寶並不會「一輩子都可以搭免費的商務艙」，您也不能以寶寶監護人的身分陪同免費搭乘。

此外，本公司的空服員也沒有「接生過很多很多寶寶」。按照本公司的規定，懷孕三十六週以上的孕婦禁止搭乘本公司的班機。

歡迎您再次搭乘皇家航空。

敬祝臺安

瑪格麗特・麥克納 皇家航空公司客服經理

2003.11.5

布蘭登太太，

　　感謝您的來信。

　　您的「聰明的理財新計畫」讓我很煩惱。我強烈建議您不要把剩下的教育基金投資在您所謂的「未來的古董」上，並隨信奉還您所附的Topshop限量比基尼的照片。本人不予置評。這一類的投資並不是「穩賺不賠」，也沒有人能保證「買的量夠多」就一定能獲利。

　　我建議您改採投資債券和股票等傳統的投資工具。

敬祝臺安

肯尼斯・普蘭登加斯特　家庭理財規劃師

我怎麼之前都沒有想到？媽說得沒錯，我應該要釐清事實的真相。問題很簡單：盧克到底有沒有在跟維妮莎搞外遇？有還是沒有。

如果他有……

一想到這裡我的胃就一陣痙攣。我趕快做了幾個淺呼吸。吸，呼，吸，呼。算了，如果是真的，那就再說吧。

我拿著地圖站在地鐵站。這一區看起來不像私家偵探出沒的地方。（我大概是想到四○年代的芝加哥破落的市中心去了。）

我沿著大馬路走，順便利用商店櫥窗照了一下鏡子。今天早上想了好久都無法決定要穿什麼，最後選了一件簡單的黑色印花洋裝、復古風的鞋子和一副超大的太陽眼鏡。結果證明太陽眼鏡根本就是多餘的。如果碰到我認識的人，他們不會以為我是一個穿著黑色洋裝的神祕女子，他們會說，「那是麗貝卡戴著太陽眼鏡來找徵信社。」

我加快腳步，心裡有點緊張。沒想到自己真的來了。好像很簡單。就跟去做指甲一樣。

我撥了上次的計程車司機給我的電話，可是那個偵探剛好要去西班牙（去打高爾夫球度假，不是去跟蹤壞人），我只好上網找徵信社。天啊，還真多！我後來找了一家號稱專抓婚外情的

徵信社，約好今天來找他，所以我才會在這裡。

我轉進一條小巷子，那棟建築物就在前面。我打量了幾下，跟我原來想像的不一樣。我原本以為是那種很破舊的辦公室，走廊上只有一盞微弱的燈光在窗邊晃蕩，門上說不定還有彈痕，結果卻看到一個外觀整齊的低矮建築物，窗戶掛著百葉窗，門外還有一小撮綠地，草地上插了一個牌子寫著「請勿亂丟垃圾」。

原來私家偵探也不一定是我想像的那樣。我把地圖塞進包包，推開玻璃門。門口坐著一個臉色蒼白的婦女，一頭紫紅色的頭髮染得很不均勻。原本正在看小說的她抬起頭看著我，我突然覺得一陣羞愧。她一定經常看到我這種人。

「我要找大衛‧薛普。」我抬頭挺胸地說。

「好。」她面無表情地瞄了一眼我的肚子。「坐一下。」

我在咖啡色的沙發上坐了下來，隨手從茶几上拿起《讀者文摘》。沒多久就有一個年約五、六十歲的中年人朝我走過來。他的肚子好大，藍眼睛，白頭髮，有著古銅色的肌膚和肥厚的雙下巴。

「我是大衛‧薛普，妳好。」他渾身都是菸味。「請進。」

我跟著他走進一間小辦公室。裡面有張紅木書桌，窗戶上掛著百葉窗，書櫃裡擺滿了看起來像是法律類的專業書籍和檔案夾。我看到我的檔案夾「布蘭登」被攤開放在桌上。糟糕，這樣叫做保密嗎？如果盧克剛好有事來這一區，剛好從窗戶外面看到怎麼辦？

「布蘭登太太，」他已經擠回辦公桌後面的位置，正在用沙啞的聲音說，「我先自我介紹一下。我在汽車銷售業服務了三十年後轉任私家偵探。我自己也經歷過幾次很不愉快的感情，所以我能體會妳現在的心情。」他往前朝我靠過來，雙下巴微微顫抖。「請放心，我會盡一切努力幫妳找到妳要的答案。」

「好。」我有點緊張地說，「呃……不好意思……能不能麻煩你把我的檔案收好，不要放在架子上？這樣可能會被別人看到！」

「這些都只是樣本。」他指著書櫃說。「不用擔心。我們會把檔案妥善地收藏在客戶資料安全儲存裝置裡面。」

「好。」這樣我就放心多了。安全儲存裝置聽起來很安全，說不定是那種有密碼鎖和雷射遠紅外線交織保護的地底資料庫。「能不能再講清楚一點？」

「我們有一間辦公室專門存放所有的檔案。」他拿出手帕擦汗。「每天晚上由辦公室經理溫蒂親自上鎖。」他拿出一疊筆記紙。「來談正事。我們從頭開始。妳覺得妳老公可能有外遇。」

我突然好想大喊，「不可能！盧克不可能有外遇！」然後馬上轉身離去。

那這樣我來幹嘛？

「我……我不確定。」我勉強說。「有可能。我們才剛結婚一年，生活都很順利，只是……有個叫做維妮莎・卡特的女人，她是我老公的前女友，她現在在倫敦，他們兩個經常見

面，我老公最近對我脾氣越來越不好，他們兩個都用密碼傳簡訊，昨天晚上他還……」我說不下去了。「我想知道他們現在到底是什麼狀況。」

「當然。」他邊寫邊說。「何必承受這種懷疑和痛苦？」

「沒錯。」

「妳想要知道答案。妳的直覺反應他們之間有問題，可是妳沒有證據。」

「沒錯！」他完全能體會我的感受。

「所以妳想要有照片當作證據，證明他們的姦情。」

「我……呃……我沒想過要照片，我只要知道到底有沒有。」

「影帶也可以。」他抬頭看著我。「我們可以把證據燒成 DVD 給妳。」

「DVD？」我楞住了。糟糕，我可能沒有想清楚就跑來了。萬一他拿著錄影機跟蹤盧克怎麼辦？如果被盧克發現怎麼辦？

「你只要告訴我他到底有沒有外遇就好了，」我問他。「不要拍照片或影帶。」

他挑了挑眉。「布蘭登太太，相信我，等我們掌握證據之後，妳一定會想自己親眼看見。」

「如果你們有找到證據的話。也可能是我搞錯了！說不定……」看到他的表情我就說不下去了。

「婚外情調查第一守則，」他露出同情的微笑，「女人的直覺很少會出錯。」

好吧。他是專家。他說得應該沒錯。

「所以你覺得……」我的嘴唇突然好乾。「你真的覺得……」

「我不憑感覺。」他揮揮手。「我會去找證據。我和我的探員們會找出到底他是跟一個、兩個還是很多女人亂搞，然後把證據交給妳。」

「他才沒有跟很多女人亂搞！」我驚慌地說，「我很確定。只有可能是那一個維妮莎·卡特……」他伸出一隻手指，不以為然地搖搖手。

「這個交給我們來處理。我需要妳提供一些資訊，他認識的所有女性，包括妳的朋友在內，他經常去的地方，他的習慣。我需要這些資訊才能作詳盡的調查。我會做一份完整的檔案，包括他的生活細節，所有相關人士的背景資料調查等等。等我的調查工作結束，妳想要什麼資訊，我都可以提供給妳。」

「他是我老公。我老公的事情我很清楚。」我忍不住有一點不耐煩。「我只要知道這一件事就好了。」

「每個來我們這裡的太太都這麼說。」他發出沙啞的笑聲。「請妳把我需要的資料都給我，接下來就交給我們去處理。」

他拿出一疊紙。我緊張地翻了幾下。

「你需要他的照片嗎？」

「這個我們來處理就好。妳把他認識的女性都列出來，全部都要。朋友……同事……妳

「有姊妹嗎？」

「呃……有。」我嚇了一跳，「可是他絕對……絕對不會……」

他沉重地搖搖頭。

「布蘭登太太，不要覺得不可能。根據我的經驗，如果男人會在外面亂搞，通常對象都不會只有一個。」他拿了一隻筆給我。「不要擔心，很快就會有結果。」

我在紙上寫下「維妮莎·卡特」之後就停住了。

我在做什麼？

「我辦不到。」我放下手中的筆。「對不起。這實在太奇怪了，這樣一點都不對，我怎麼可以找人跟蹤我自己的老公！」我推開椅子站起來。「我不應該來的。我根本就不應該來這裡。」

「妳不用急著做決定。」他神情自若地拿出一包太妃糖。「很多客戶都會有像妳現在一樣的反應，百分之九十的人在一個禮拜內都會再回來找我。調查還是繼續，卻損失了一個禮拜的時間。尤其是妳現在時間又不多……」他意有所指地看著我的肚子。「最好不要拖延。」

「喔。」我緩緩坐下。「我倒是沒想到。」

「我們不用『跟蹤』這種字眼。」他皺著紅通通的鼻子說。「沒有人喜歡聽到自己的親人被跟蹤，我們說這叫『遠距離觀察』。」

「遠距離觀察」聽起來好多了。

我一邊把玩著我的生產石項鍊，一邊思考。他說得沒錯。如果我現在走，一個禮拜內還是會再回來，乾脆現在就簽名委託他調查算了。

「如果你被我老公看見怎麼辦？」我抬頭問他。「如果他根本沒有做什麼對不起我的事情，卻發現我找徵信社調查他？他以後絕對不會再相信我……」

「我保證。」他舉起一隻手。「所有的探員都會以最謹慎最專業的態度行事。如果妳老公確實是清白的那就沒事。如果他的確有亂搞，妳就有證據可以採取進一步的行動。坦白說，這是雙贏。」

「他絕對不會發現？」我又再問了一次。

「拜託。」他又笑了起來。「布蘭登太太，我們是專家。」

老實說，我從來沒想過找徵信社會這麼複雜。我花了四十分鐘才把他要的資料全部列出來。我每一次想要向他解釋，我只想知道盧克和維妮莎到底有沒有怎麼樣，他就會舉手示意我阻止說下去。「布蘭登太太，相信我，我們調查的結果絕對會讓妳很有興趣。」

「好了。」終於寫完了。我把寫好的東西拿給他。「想不出來還有什麼遺漏的。」

「很好。」他看了一下，指尖滑過我列出來的名單。「我們會馬上展開調查，將妳老公列為我們所謂的低度觀察名單。」

「好。」我有點緊張了。「這是什麼意思？」

「我們會派一名非常專業的探員跟蹤妳老公兩個星期。之後我們會再見一次面，由我親

自把所有蒐集到的資訊交給妳。我們會需要一點訂金……」

「好。」我拿出皮夾。

「我們最近對新客戶有特價優惠。」他從抽屜翻出一張傳單。

特價優惠？我的婚姻可能出了問題，他還以為我會對什麼特價優惠有興趣嗎？光是特價優惠這幾個字就讓我覺得受到侮辱。

「只有今天有效。」他把傳單拿給我。「第二個案子半價。只有新客戶有這樣的優惠。錯過可惜。」

一陣沉默。我忍不住有一絲絲、一絲絲的興趣。

「什麼意思？」我聳聳肩。「再請一名探員可以半價嗎？」

「妳真有幽默感！」他氣喘吁吁地大笑。「不是。是妳委託我們查其他案子可以半價優惠。一次幫妳查完，省得妳再回來找我們。」

「可是我沒有其他事情要查。」

「真的嗎？」他挑了挑眉。「妳仔細想一想，有沒有什麼疑問想要解決？有沒有失蹤人口要我們協尋？這個優惠只有今天有效，錯過可惜。」他把傳單打開給我看。「這裡是我們提供的服務……」

我正準備開口說我沒興趣，但是又閉上。

我還是想一想好了。真的蠻優惠的。想想看我還有什麼想知道的事。我看著他們提供的

服務，找老同學……用衛星定位找車……發現鄰居或好朋友的祕密……

我想到了！

我不太確定他到底有沒有聽懂我的目的。我很仔細地說明我的要求，還畫了一張圖給他，聽到後來他也很興奮。他說如果他沒有找到茉莉去修眉毛的地方，他就不是一九八九年英國西南區最佳汽車業務員。我不知道這跟當偵探有什麼關係，不過反正他會幫我去查。

一切都辦好了，只是我現在很良心不安。

越接近家裡我就越內疚。快到家的時候，我終於受不了了，跑進轉角一家店買了一束花和巧克力，結帳前又買了一小瓶威士忌。

盧克的車停在家門口，他已經回來了。我搭電梯上樓，一邊想著我等一下要怎麼解釋。

不行。萬一他有打去公司找我，發現我下午請假怎麼辦？

說我去逛街好了。

如果下午有認識的人看到我怎麼辦？如果盧克剛好有員工住在那一區，那個人剛好今天在家工作，結果他看到我，還打電話給盧克說，「我剛才看到你老婆！」

好吧。我之所以會去那一帶是因為……因為我去找專門服務孕婦的催眠治療師。這個回答還不錯。

我已經走到門口了。我一邊開門，心裡緊張地怦怦跳。

「嗨！」盧克握著一大束花站在門口。我呆呆地看著他。我們兩個都買了花？

天啊，被他發現了。

不可能。他不可能知道。就算他知道也不會買花。

他似乎也有些疑惑。

「喔。」我的聲音有點啞。「這是送你的。」他說。

我們尷尬地交換花束，然後我把巧克力和威士忌拿給他。

「走吧……」他朝著廚房點點頭。我跟著他走到廚房裡的沙發坐下。傍晚的陽光從窗外照進來，很有夏天的感覺。

他在我身旁坐下，喝了一口桌上的啤酒。「麗貝卡，對不起。」他磨著眉毛，彷彿在整理自己的思緒。「最近幾天我知道自己沒有很關心妳。這一陣子狀況很多，不過……有一些一直困擾我的事情終於解決了。」

他抬起頭。我突然懂了。他的話有弦外之音！沒錯！困擾我的事情，就是她！維妮莎向他表白，被他拒絕了。他就是要告訴我這件事！

結果我還跑去找徵信社，一點都不信任他，不愛他。

「我也對不起你！」我突然好後悔。「真的。」

「為什麼？」他嚇了一跳。

「呃……」絕對不能講。「呃……上次我忘了去買菜。我一直都覺得很不好意思。」

「來。」他笑著把我抱住親我。我們兩個就這麼坐在那裡享受和煦的陽光。寶寶在我肚子裡動來動去，我們一起看著衣服起伏的痕跡。就像蘇西說的一樣，好奇怪的感覺，好刺激。

「我們什麼時候去看推車？」盧克把手放在我肚子上。

「趕快去！」我緊緊抱住他。還好，盧克是愛我的。我們還是很幸福。我就知道。

收件人：大衛‧薛普
寄件人：麗貝卡‧布蘭登
主題：盧克‧布蘭登

薛普先生，您好，

　　我再重複一次我在你的答錄機上的留言。麻煩你停止調查我先生的案子。我再重複一次：請你停止調查我先生的案子。他沒有在搞外遇。

　　關於訂金的事情我會再跟你聯絡。

麗貝卡‧布蘭登

親愛的布蘭登太太您好，

　　僅附上妳傳來的拉丁文簡訊的翻譯，希望能讓妳安心。這幾則簡訊的內容都很正常。譬如「sum suci plean」的意思是「我很有活力」，並沒有妳所想像的那麼嚴重。

　　另外，妳恐怕也誤會「licitum dic」、「fac me」等語句的意思了。「sex」在拉丁文裡面是「六」的意思。

　　如需更多協助，歡迎與我聯絡。要不要考慮學拉丁文？

敬祝安康

艾得蒙・佛特司邱 牛津大學古典文學系教授

知道自己的老公沒有外遇之後，我對整個世界的觀感都變了。

突然間，電話就只是電話，簡訊就只是簡訊，晚歸不再構成吵架的理由，就連「fac me」也不是我原來想像的那個意思……

還好我即時請徵信社停止調查。我還把所有的文件和收據都燒了，以免被盧克發現。

（那時候還觸動火災警報器，我只好說是整髮器壞掉了。）

盧克最近整個人都比較放鬆了，他已經兩個星期沒有提到維妮莎的名字。只有在收到劍橋大學校友會的通知時，他說維妮莎有跟他提過這件事而已。今年的校友會將在音樂學院舉辦，有正式的晚宴和舞會。我一定要像大腹便便地盛裝出席奧斯卡頒獎典禮的凱薩琳麗塔瓊斯一樣豔光四色。我昨天買了一件深藍色的絲質貼身性感小禮服，接下來還要找一雙可以搭配的鞋子。維妮莎才管不著呢。

一切都很順利，下禮拜還要去仲介那裡簽約。昨天晚上我們討論到時候要在家裡辦派對，慶祝寶寶滿月和搬新家，一定會很棒！更棒的是，丹尼今天就要到倫敦了！他的飛機早上到達機場之後就會先來公司跟大家打招呼，宣布他和 The Look 百貨公司的合作，然後我們兩個再一起去吃飯。好期待。

九點半進公司的時候，大家都很興奮。一樓設了一個接待區，桌子上擺了好多香檳杯，還有一個不停地播放丹尼最近時裝展的大螢幕。有幾個記者已經先抵達了，公關部門的正到處穿梭發資料。

「麗貝卡，」我還來不及脫外套就被艾瑞克找上。「設計進行得怎麼樣？」

丹尼本來說上禮拜就要給我們草稿，可是公司到現在都還沒有收到。我前幾天問過他這件事，他說快完成了，只需要最後一點靈感。這有很多種可能，其中一種可能就是他根本還沒開始設計，不過我當然不能讓艾瑞克知道。

「已經進入最後階段了。」我用我最肯定的口氣說。

「妳看到東西了嗎？」

「有啊！」我在背後交叉手指，希望上天會原諒我說謊，賜給我好運。

「大概是什麼樣的款式？」他皺著眉頭。「是上衣還是洋裝？還是其他？」

「是……很特別的設計。」我含糊地揮揮手。「有點像……等你看到就知道了。」

他似乎不太相信我。

「可維茲先生又有一項新的要求。」他說，「他要兩張巴黎迪士尼的門票。」他瞪了我一眼。

「他要去迪士尼做什麼？」我忍不住在心裡暗罵丹尼。要去迪士尼不會自己買票啊？

「去找靈感！」我想了一下才說。「表達他對……對現代文化的批判。」

艾瑞克還是不太相信我。

「麗貝卡，這個案子是妳提議的，到目前爲止所花的時間和金錢都已超出我原先預期。」他不太高興地說。「這些本來可以用在傳統行銷工具的錢都花掉了，最好有點成果出來。」

「一定會有啦！我保證！」

「如果沒有呢？」

我有點不太高興了。這個人怎麼這麼悲觀？「那我就……辭職！」我說，「這樣你滿意了嗎？」

「我會記得妳說過這句話。」他惡狠狠地瞪了我一眼。

「好。」我也不甘示弱地瞪回去，直到他轉身離開爲止。

可惡。我幹嘛說我要辭職？我正考慮要不要跑回去找艾瑞克，跟他說我剛才只是在開玩笑，手機就響了起來。

「喂？」

「嗨，麗貝卡嗎？我是波妮。」

我忍住嘆氣的慾望。波妮是丹尼的助理。她每天晚上都打給我，只爲了確認一些很瑣碎的事情。

「嗨，波妮！」我勉強裝出愉快的聲音。「怎麼了？」

「我要確認可維茲先生的旅館房間有沒有照他的要求去安排？室溫維持在二十七度，電

視要轉到MTV臺，床頭要有三罐提神飲料。」

「有，我全都安排好了。」我突然想到一件事。「波妃，紐約現在是幾點？」

「早上四點。」她說。我目瞪口呆地看著手機。

「妳早上四點爬起來，就為了確認丹尼的旅館房間裡有三罐提神飲料？」

「對啊，」她的聲音還是一樣活潑輕快。「在時尚業工作就是這樣。」

「他到了！」門口有人大喊。「丹尼·可維茲到了！」

「波妃，我要掛了。」我匆匆忙忙掛上電話，趕到門口。外面已經停了一臺豪華禮車。

我好興奮，沒想到丹尼現在竟然會變得這麼有名！

門打開了。是丹尼！他還是那麼瘦，穿著破舊的牛仔褲和好時尚的黑色夾克，一邊的袖子是用被套做成的。他面帶倦容，一頭捲髮有些蓬亂，可是一看到我，他的藍眼睛馬上亮起來，迅速朝我衝過來。

「麗貝卡！天啊！」他一把抱住我。「妳美呆了！」

「你呢？現在有名了哦！」我說。

「才沒有⋯⋯」丹尼不以為然了兩秒才承認。「好啦，我有啦。很棒吧？」

我忍不住竊笑。「這些都是你的隨行人員嗎？」我看著後面一個戴著頭戴式麥克風的女人和一個高大、禿頭，看起來像情報人員的男子。

「那是我的助理卡拉。」

「你的助理不是波妃嗎？」

「波妃是第二助理。」丹尼說。「史坦是我的保鏢。」

「你需要請保鏢嗎？」我好驚訝。沒想到丹尼真的這麼有名。

「其實不太需要。」他承認，「我只是覺得有個保鏢好像蠻酷的。妳有請飯店幫我準備提神飲料嗎？」

「有，三罐。」我一看到艾瑞克走過來，立刻把丹尼帶到香檳桌那邊。「設計的工作現在進行的怎麼樣？」我說，「我主管給了我一些壓力……」

丹尼臉上流露出我很熟悉，有所保留的神色。「我還在做。」他說，「我的團隊有一些想法，可是我不是很滿意。我需要感受……感受倫敦的脈動……去其他歐洲都會汲取靈感……」

其他歐洲都會？

「好。那……那你覺得大概還需要多久？」

「請容我自我介紹。」艾瑞克終於找到我們了。「我是艾瑞克・威蒙特，行銷部門主管，歡迎來到英國。」他露出冷酷的微笑跟丹尼握手。「很高興能有這樣的機會，跟這麼年輕有才華的設計師合作。」

這句話根本就是從新聞稿裡面出來的。因為新聞稿就是我寫的。

「丹尼剛才說他快設計好了！」我告訴艾瑞克，一邊希望丹尼不要開口說話。「很棒

吧！只是時間還不確定……」

「可維茲先生？」一名大約二十歲的女孩子，穿著綠色靴子和看起來像是保鮮膜做成的外套走了過來。「我是《時尚學生報》的採訪記者。我好欣賞、好欣賞你的作品，而且我在中央聖馬丁藝術與設計學院的同學全都很仰慕你。可以請教你幾個問題嗎？」

你看！我得意地瞄了艾瑞克一眼。他則不滿意地瞪著我。

參加大型百貨公司的時尚活動真好玩！雖然這家百貨公司生意不怎麼樣。

大家輪流上臺講話，當然也包括我。布莉安娜先介紹這次合作的緣起，感謝在場記者的熱情參與。艾瑞克重申我們很高興有這樣的機會跟丹尼合作。我則說丹尼的作品剛進紐約的邦尼斯百貨的時候我們就認識了（不過我沒說他設計的T恤解體，害我差點被開除）。丹尼說他很高興能夠成為 The Look 的駐點設計師。他相信六個月內 The Look 就會成為全倫敦最熱門的百貨公司。

最後大家都很開心，只有艾瑞克板著一張臉。

「駐點設計師？」他一逮到機會就把我拖到一邊去。「什麼駐點設計師？難不成他打算在我們這裡待一整年？」

「當然不是！」

看來我是要跟丹尼好好談談。

香檳都喝完了之後，那些時尚記者逐漸散去，布莉安娜和艾瑞克回到各自的辦公室，只

剩下我和丹尼。我和丹尼和他的人馬。

「要去吃飯了嗎？」我說。

「好啊！」丹尼看了一下卡拉。卡拉馬上對著耳機說，「查維斯？我是卡拉，麻煩你把車子開過來，謝謝。」

哇！我們要搭豪華禮車去吃飯！

「附近就有一家很不錯的餐廳……」我才開口就被卡拉打斷。

「波妮已經幫我們在三家Zagat美食指南推薦的餐廳訂位了。一家是日式料理、一家法國餐廳，還有一家我記得是義大利餐廳……」

「摩洛哥菜怎麼樣？」丹尼說。司機開門讓他上車。

「我問波妮。」卡拉眼睛眨也不眨，馬上按下速撥鍵。「波妮，我是卡拉，麻煩妳找一家摩洛哥餐廳好嗎？摩洛哥。」她又重複一遍。「在倫敦西區，謝謝。」

「我想喝杯拿鐵。」丹尼突然說。「來杯摩卡拿鐵。」

三十秒後，禮車停在星巴克門口。卡拉打開門。

卡拉馬上又對著耳機講話。「查維斯，我是卡拉，前面星巴克停一下好嗎？」

「一杯摩卡拿鐵？」她問丹尼。

「嗯。」丹尼慵懶地伸個懶腰。

「史坦，你要嗎？」卡拉看著保鏢說。他正在聽他的iPod。

「啊？」他睜開眼睛。「喔，星巴克，幫我買一杯卡布奇諾。奶泡要多一點。」

車門關上後，我吃驚地轉過頭看著丹尼。難不成這些人整天都在幫他跑腿嗎？

「丹尼……」

「嗯？」原本正在翻《都會女孩》雜誌的他抬起頭。「你們會冷嗎？我覺得有點冷。」

他翻開手機按下速撥鍵。「卡拉，車子裡面有點冷。謝啦。」

我受不了了。

「丹尼，你太誇張了吧！」我說，「你不能自己跟司機講嗎？你不會自己去買拿鐵嗎？」

他看起來很困惑。

「應該……可以吧。」他說。他手機響了起來。「對，肉桂。哇，糟糕。」他用一隻手蓋住手機，「波妮說找不到摩洛哥餐廳，黎巴嫩風味的怎麼樣？」

「丹尼……」我覺得自己好像來自另外一個星球。「這裡就有一家很不錯的餐廳。」我指著車外頭說，「要不要去？就我們兩個？」

「喔。」丹尼似乎覺得這個建議還不錯。「好啊，那就走吧。」

我們剛下車，卡拉就端著星巴克的咖啡回來了。

「怎麼了？」她吃驚地看著我們。

「我們要去吃飯。」我說，「我和丹尼兩個人要去那裡吃。」我指著旁邊的安妮餐廳說。

「好。」卡拉用力點點頭表示了解。「好！我馬上幫你們訂位……」我吃驚地看著她拿出手機撥電話。「波妃，麻煩妳幫我們在一家叫做安妮的餐廳訂位，安是安全的安……」

波妃在紐約，而我們就在離餐廳幾公尺的地方，這樣太奇怪了！

「我們自己來就好了，謝謝！」我跟卡拉說。「拜拜！」然後迅速把丹尼拖進餐廳。

我們稍微等了一下，但是我努力地把我的大肚子挺出去，用渴望的眼神看著餐廳經理嘆氣，不久後就被帶到一個角落的位置，快樂地拿著麵包沾美味的橄欖油。還好，我剛才差點就要投降，拜託波妃幫我們訂位了。

「來這裡真好。」丹尼說。服務生幫他倒了一杯紅酒。「敬麗貝卡！」

「我也敬你！」我拿著水杯跟他乾杯。「還有你替 The Look 設計的衣服。」我刻意頓了一下才又說，「你剛才不是要告訴我什麼時候有東西可以給我們看？」

「有嗎？」他似乎很驚訝。「下禮拜要不要跟我去巴黎？巴黎的同志圈很活躍……」

「好啊！」我點點頭。「丹尼，我們可能……可能要……快點看到東西。」

「快？」他睜大眼睛，一臉被出賣的表情。「快是什麼意思？」

「就是越快越好。公司現在營運狀況不是很好，要趕快有作品出來……」看到丹尼用指責的眼神看著我的樣子，我說不下去了。

「我當然可以『快』，」他不屑地強調「快」那個字。「我可以在五分鐘內丟出幾個很爛的點子，也可以做一些『真的有意義的東西，可是這需要時間，藝術家創作的過程就是這樣，

不好意思。」他灌了一大口酒後放下酒杯。

我總不能說五分鐘內丟出幾個很爛的點子就好。

雖然我真的很想。

「那有沒有其他方法?」我想想又說,「譬如說……一個星期內給我們一些……一些還

不錯的設計?」

「一個星期?」他的表情比剛才更不悅。

「算了。」我決定讓步。「你是設計師,你知道怎麼做最適合你自己。你想吃什麼?」

我們點了義大利管麵(我)和龍蝦(丹尼);鵪鶉蛋沙拉(丹尼)和香檳調酒(丹尼)。

「最近怎麼樣?」餐都點好了之後丹尼問我,「我最近跟我男朋友南森吵得好凶,我覺

得他背著我在外面亂搞。」

「我也是。」我說。

「什麼?」丹尼手上的麵包掉了下來。「妳覺得盧克……」

「有外遇。」我點點頭。

「妳是在開玩笑吧?」他好像真的很驚訝。「你們兩個感情不是很好嗎?」

「現在沒事了。」我說,「我知道他們之間沒什麼,可是我差點請私家偵探跟蹤他。」

「不會吧。」丹尼興奮地往前靠過來。「後來呢?」

「我取消了。」

「天啊。」他一邊啃麵包一邊思考。「為什麼妳會覺得他有外遇？」

「有一個女人是我的婦產科醫師，也是盧克的前女友。」

「喔。」他做了個鬼臉。「前女友最恐怖。她長得什麼樣？」

我突然想到維妮莎得意地看著我穿上那雙難看得要命的醫療型褲襪的眼神。

「她是個紅頭髮的賤女人，我恨她。」我生氣地說。「我都叫她冷酷無情維妮莎。」

「而妳卻還要給她接生？」丹尼開始大笑。「真的嗎？」

「這一點也不好笑！」可是我也忍不住笑了起來。

「妳生產的時候，我一定要去看。」他戳了一顆橄欖起來吃。「『用力！』，『我不要！

妳這賤女人』，妳應該賣票開放參觀才對。」

「不要再說了啦！」我的肚子笑得好痛。我放在桌上的手機嗶了一聲，傳來一封簡訊。

「是盧克！他說要來跟你打個招呼！」我回傳簡訊給盧克，說我們正在點餐，順便告訴他我們

在哪一家餐廳。

「太好了。」他喝了一口香檳調酒。「那你們兩個現在沒事了？」

「沒事。我們明天還要去看推車。」我露出開心的微笑。

「他不知道妳以為他有外遇？」

「我提過幾次。」我一邊在麵包上抹奶油一邊緩緩地說。「可是他都否認。我不會再問

他這件事了。」

「也不會說出妳去找偵探的事情。」丹尼的眼神不懷好意。

「當然不會。」我瞪著丹尼。「絕對不可以說。」

「放心啦，我不會！」

「嗨！」盧克穿過擁擠的餐廳，正朝著我們走過來。他穿著新買的 Paul Smith 西裝，手上還拿著黑莓機。看到我的時候，他微微地眨眨眼，害我忍不住想偷笑。今天早上……這麼說好了，如果我真的像維妮莎說的那麼「不性感」又「缺乏魅力」，那為什麼盧克會……

算了，不講了。

「丹尼！好久不見。」

「盧克！」丹尼跳起來拍了拍他的肩膀。「真高興看到你。」

「恭喜你，你現在可是功成名就！」盧克從隔壁桌拉了一張椅子過來。「我只能坐一下就要走了。歡迎你來倫敦。」

「謝啦。」丹尼故意裝出倫敦腔，但是一點都不像，而且好難聽。他把調酒喝完，示意服務生再來一杯。「我也要恭喜你們兩位！」他輕輕地摸著我的肚子，寶寶踢了一下，他馬上抽手。「是他在動嗎？」

「對啊。」盧克笑著點點頭。「只剩下幾個禮拜了。」

「天啊。」丹尼還在看我的肚子。「如果是女孩子怎麼辦？小麗貝卡‧布盧姆伍德。盧克，我看你還是趕快回辦公室賺錢好了。」

「可惡！」我打了他一下。盧克已經站起來了。「我只是路過來打個招呼。伊恩還在車上等我。丹尼，再見。親愛的，拜拜。」他親了我額頭一下，然後又轉頭看著餐廳外面，彷彿在搜尋什麼。

「怎麼了？」我順著他的目光看過去。

「奇怪……」盧克皺眉。「這幾天我一直覺得有人在跟蹤我。」

「跟蹤你？」

「我一直看到那個人在我附近出現。」他聳聳肩。「我昨天在辦公室外面看到他，剛才又看到他。」

「怎麼會……」我突然停下來。

可惡。不，不可能。

我已經取消了。我很確定我取消了。我打過電話、在答錄機上留言還有寫電子郵件。

丹尼正得意地看著我。

「有人在跟蹤你？」丹尼挑了挑眉，「是……像私家偵探那種嗎？」

我要殺了他。

「應該是湊巧吧！」我的聲音有點不太自然。

「可能吧。」盧克點點頭。「只是有點奇怪。拜拜。」他握了一下我的手。我和丹尼看著他穿過人群離開。

「夫妻之間對彼此的信任，真的是很美好的感覺。」丹尼說。「你們兩個真幸運。」

「可惡！」我趕快拿出手機。「我要趕快叫他們取消調查。」

「妳不是已經取消了嗎？」

「是啊！我好幾天前就取消了！他們一定搞錯了！」我找出大衛‧薛普的名片，急忙按下電話號碼。

「如果盧克發現妳找人跟蹤他，他會有什麼樣的反應？」丹尼輕鬆地說，「如果是我，我應該會很生氣。」

「你真是會幫忙。」我瞪了他一眼。「感謝你還特別提到私家偵探。」

「不好意思！」丹尼馬上用手掩嘴，假裝充滿歉意。「不然他永遠也想不透爲什麼有人要跟蹤他。」

我已經進入語音信箱了。我深呼吸一口氣。

「薛普先生，我是麗貝卡‧布蘭登。我們似乎有點溝通不良。請不要再跟蹤我先生了。我不需要任何調查，請通知你手下的探員撤銷調查。謝謝。」我掛上電話，喝了一口丹尼的香檳調酒後大口喘著氣。「好，處理好了。」

2003.11.20

布蘭登太太，

　　您好，很高興收到您的來信。

　　您在信中提到您最近買下倫敦卡布奇諾公司的股票。

　　我建議您不要為了「很棒的股東福利」，譬如免費的咖啡而買入該公司的股票。您應該尋找公司長期發展有前景，穩定的企業。

　　另外，針對您的問題，恕我不知有哪一家珠寶公司會送鑽石給股東。

敬祝臺安

肯尼斯・普蘭登加斯特　家庭理財規劃師

希望大衛・薛普有收到我的留言。我昨天晚上留了一通，今天早上又留了一通，他的語音信箱應該被我塞爆了。可是除非我找到他本人，否則還是無法確定他到底有沒有取消調查。換句話說，他們還是可能持續在監視盧克。

早上我們一起出門，準備去看嬰兒推車。我全身都處於高度警戒的狀態。我感覺得出來，有人在監視我們。他在哪裡？是不是躲在樹上？是不是躲在某輛車裡，用相機的長鏡頭對準我們？我小心翼翼地走下樓梯，眼神瞄過來又瞄過去。左方傳來喀拉喀拉的聲音，我馬上用手遮住臉，結果才發現不是相機快門的聲音，是有人在開車門。

「麗貝卡，妳沒事吧？」盧克困惑地看著我。

郵差剛好經過。我狐疑地瞄了他一眼。他真的是郵差嗎？

是，他是郵差。

我趕快跟上盧克。「快點上車吧？」

我們的車窗應該要貼黑紙才對。我當初就一直跟盧克建議，最好還要有車用小冰箱。

我們才剛開到大樓門口，我的手機就響了起來，把我嚇了一大跳。太巧了。一定是徵信社打來的，說他躲在後車廂或在對面的建築物，用那種有瞄準鏡的長槍對準盧克……

奇怪，我找的是徵信社又不是殺手，怎麼會想到那裡去？

我用顫抖的雙手拿出手機。「呃……喂？」

「是我！」電話另一端傳來蘇西雀躍的聲音，背後充滿了小朋友的吵鬧聲。「如果妳有看到那臺都會型雙人嬰兒車，幫我買一臺好不好？要紅色的。我再給妳錢。」

「喔……好啊。」我拿起筆記下來。「還有嗎？」

「沒有了。我要掛了，謝謝！」

我放下電話，心情還是很焦慮。有人在跟蹤我們，我知道有人在跟蹤我們。

「那是在哪裡？」盧克拿出傳單，開始在衛星導航上按來按去。「怎麼那麼遠？一定要去嗎？」

「這是全倫敦最好的地方！你看！」我把傳單拿過來。「可以在各種不同的地形上測試高品質的嬰兒推車，還有銷售人員提供專業的諮詢。」

「幫你找不見的推車還是找你要買的推車？」盧克問我。

我研究了一下。蘇西說一定要去那裡買。

「這一家的款式最多。」

「好吧。」他挑挑眉，把車子迴轉，然後皺著眉頭看著後照鏡說，「那輛車看起來好眼熟。」

糟糕。

我假裝若無其事地轉過頭去。後面有一輛咖啡色的福特轎車，駕駛是男性，一名深色頭

髮，一臉痘疤的男性，看起來就像偵探。

可惡、可惡、可惡。

「聽聽廣播好了。」我開始找電臺來聽，把音量開大聲一點讓他分心。「眼熟的車子很多啊。世界上到處都是咖啡色的福特汽車。誰知道，說不定有……五百萬輛……不，一千萬……」

「什麼咖啡色的福特汽車？」盧克疑惑地瞄了我一眼。

我轉過頭又看了一下。那輛福特汽車已經不見了。去哪了？

「我是說剛才經過的敞篷 BMW。」他把廣播的音量轉小。「看起來很像梅爾她老公的車。」

「喔。」我乖乖坐好。我看我還是閉嘴好了。

我們開了一個小時的車才到，沒想到那麼遠。到了之後還要轉搭他們的專車。這些我事前都不知道。倉庫在倫敦北邊，已經在市區的外圍了。沒關係，等我們買到全世界最酷的推車，這一切就都值得了！

我下公車的時候還偷偷摸摸地打量四周，沒有看到長得像偵探的人，不過都是像我們一樣懷孕的夫妻。難道是……徵信社委託另一對懷孕的夫妻來跟蹤我們？

不會，我想太多了，不要再想這件事了。就算盧克發現又怎麼樣？至少這表示我很關心我們的婚姻。他應該要很感動我竟然找人跟蹤他才對。

沒錯，就是這樣。

我們跟著其他夫妻一起走進倉庫。我的心情非常好，我們終於可以一起來挑推車了。

「怎麼樣？要從哪裡開始？」我高興地抬頭問盧克。

「天啊。」他看了看四周。我們站在一棟很大的建築物裡面，空調的聲音很吵，音響正在播放童謠，廠房裡有幾支彩色的布條分別寫著「一般推車」、「越野型推車」、「汽車安全座椅」、「雙人推車」等幾個大字。

「我們要買哪一種？」盧克摸著眉毛，不知所措地問我。「要平躺型還是五合一的？還是要四輪休旅車？」

「這要看我們的需求。」我想讓自己聽起來好像很專業，不過其實我也不知道該怎麼挑。蘇西曾試過要跟我解釋，可是那就像我以前還在做財經記者去記者會採訪，她在解釋推車前輪可以轉動有什麼優點和缺點的時候，我的腦袋完全一片空白，等她說完了，我又不好意思坦承其實我一個字也沒聽進去。

「我做了一點研究。」我從包包裡面拿出整理好的清單，得意地拿給他。過去這幾個星期以來，我每次看到不錯的推車就會把名字抄下來。這件事可不容易。有一次為了追一臺推車，我還跟著在市中心走了好遠。

盧克驚訝地看著我寫下來的名單。「麗貝卡，妳列了三十臺推車。」

「清單是有點長，要稍微刪一下……」

「需要幫忙嗎？」一個短髮男子朝我們走過來。他穿著一件短袖襯衫，衣服上別了一個識別證，上頭寫著「我是史都華」，正純熟地用一隻手推著一臺紫色的推車。

「我們要一臺推車。」盧克說。

「好。」他看了一下我的肚子。「恭喜！這是你們第一次來嗎？」

「第一次也是最後一次。」盧克堅定地說。「我們想一次解決。對不對，麗貝卡？」

「沒錯。」我點點頭。

「沒問題。葛蘭達？這個麻煩妳處理，謝謝。放回D區。」他把紫色推車交給旁邊的一位小姐後又回來找我們。「請問你們想要找什麼樣的推車？」

「我們不是很確定。」我瞄了一下盧克。「可能需要你的協助。」

「沒問題！」史都華點點頭。「這邊請。」

他像博物館導覽員一樣，把我們帶到五合一推車區的中間後就停了下來。

「每一對夫妻的需求都不一樣。」他的語氣好像在背誦什麼一樣。「每個寶寶都很獨特。我要先請教兩位幾個問題，了解你們的生活形態，才能做最好的建議。」他拿起掛在腰上的小筆記本。「先來看地形。請問你們會在什麼樣的路面上行走？在市區的人行道上逛街？越野健行？極限登山？」

「全都要。」我說。他的聲音彷彿有催眠的作用。

「全都要？」盧克驚訝地問我。「麗貝卡，妳什麼時候去登過山了？」

「我有可能會會去啊！」我反駁，「說不定這會變成我的嗜好！」我想像著自己輕鬆地推著嬰兒車上聖母峰的樣子，寶寶則躺在推車裡開心地對我笑。「現在什麼都要考慮。」

「好。」史都華認真地做筆記。「要折疊方便可以收到車上的推車嗎？還是要跟可以汽車安全座椅結合的五合一型推車？你們要輕便型的還是穩固豪華型的？」

我看了盧克一眼。他看起來跟我一樣不知所措。

「先來看幾款推車好了。」史都華決定放過我們。「這樣會比較有概念。」

半個小時後，我的腦袋已經是一片混亂。有可以跟汽車安全座椅結合的推車，有折疊方便的推車，有腳踏車那種大輪子的休閒推車，也有德國特製彈簧坐墊的推車，還有一種很特別的裝置，可以讓寶寶不會吸到髒空氣，「適合逛街和喝拿鐵」（這個我喜歡），還有各種不同的腳踏墊、防雨罩、尿布袋和遮陽罩。

老實說，我已經累到想喝杯拿鐵休息了，可是盧克似乎非常有興趣。他正在研究一臺輪子超級堅固超級大的推車，外面用卡其色的軍用布料罩著，看起來就像軍用車。

「這臺車用鉸鏈式的底盤，會不會影響輪胎的靈活度？」他正在問銷售員。

拜託，這又不是車子。

「這款推車的輪子靈活度非常高。」史都華的眼神正在發亮。「『戰車』是越野嬰兒車裡面的坦克。你看它的輪軸。」

「戰車？」我呆住了。「我才不要買叫做戰車的嬰兒車。」

他們兩個都不理我。

「結構很棒。」盧克握著推車的把手說。「感覺很好。」

「這臺車是男人的推車，不是時尚的推車。」史都華有點不屑地看著我手上的LuLu Guinness[1]印花推車。「前幾天有個特種部隊退役的軍官來買嬰兒車。」他低聲說，「結果他選了這一臺。」

「我很喜歡。」盧克前後推了幾下。「麗貝卡，覺得怎麼樣？」

「好。」我翻了翻白眼。「那一臺你推。」

「什麼叫做這一臺我推？」盧克瞪著我。

「我要買這一臺！」我不高興地說，「這是限量版的LuLu Guinness印花，還有可以放iPod的架子。你看這個遮陽罩多漂亮！」

「妳在開玩笑吧？」他不屑地看著我的推車說，「看起來好像玩具。」

「你的看起來像坦克！我才不要推那種嬰兒車上街！」

「我要提醒一下兩位，」史都華委婉地插進話說，「兩位的選擇都很棒，不過這兩款都沒有汽車安全座椅，也沒有辦法平躺，都跟兩位原先列出的需求不一樣。」

「喔。」我看著我的LuLu Guinness推車。「好吧。」

---

❶ 英國時尚品牌。

「要不要先喝杯咖啡討論一下？有可能需要一臺以上的嬰兒車，一臺戶外專用，一臺逛街市區專用。」

這個建議倒是不錯。

他先去服務另外一對夫妻，我們兩個則走去喝咖啡。

「你去買咖啡。我坐著想一下我們到底要什麼。」我說。

我拉了一張椅子坐下，拿出筆和我之前準備的清單。我在清單背面寫下：嬰兒車必備的條件，然後畫了一個方格。唯有用嚴謹而合乎科學的方法，才能解決這個問題。

幾分鐘後盧克端著飲料回來，在我對面坐下。「有什麼進展嗎？」

「有！」我剛才太專心，專心到臉都紅了。「根據我的邏輯分析……我們需要五臺推車。」

「五臺？」盧克的咖啡差點掉下來，「麗貝卡，一個小寶寶怎麼可能需要五臺推車？」

「真的！你看。」我把我的方格圖給他看。「新生兒需要一臺有提籃的五合一推車。去散步的時候需要一臺越野型三輪推車。在市區逛街喝拿鐵的時候也需要一臺。還要一臺方便折疊收納放在車上的推車。還有那臺 LuLu Guinness 可以放 iPod 的推車。」

「為什麼？」

「因為……那一臺很酷。」我的口氣很強硬。「而且其他甜美的準媽咪一定都有一臺。」

「什麼甜美的準媽咪？」他一臉茫然地看著我。他的腦袋到底都記些什麼東西啊？

「《時尚》雜誌要訪問我！我要當最甜美的準媽咪！」

史都華剛好經過咖啡區。盧克把他叫過來。

「不好意思，我太太剛才說要買五臺推車。麻煩你告訴她，沒有人會買五臺推車。」

「你絕對想不到。」史都華對我眨眨眼。「有很多顧客會再回來買第二臺第三臺推車嗎？」

如果你們只想跑一趟，一次購足可以省下很多麻煩……」看到盧克冷酷的表情，他沒有把話說完，咳了幾聲又說，「要不要把這幾款嬰兒車推到試推區看看？這樣可能會比較有概念。」

試推區在最後面，所以史都華幫我們把剛才比較喜歡的幾臺嬰兒車都推過去。

「試推區是本公司最驕傲的一個設計。」他輕鬆地把六臺推車筆直地朝著試推區推過去。「這裡有各種不同的路面和地形，從百貨公司光滑的大理石到濱海度假勝地的沙灘到教堂前面的階梯，什麼都有……我們到了！」

哇！真的很棒。總長三十公尺，像賽跑軌道一樣的路面，上面已經有好多人在試推他們的推車。在碎石路面那一區，有個女孩子的粉紅色遮陽罩卡在路上。有兩個正在學走路的小朋友正在沙灘區互丟沙子。

「好棒哦！」我推著那個可以逛街喝咖啡的推車開始跑。「來追我啊戰車。」

「沒問題。」盧克才抓住那一臺卡其色推車就開始皺眉。「煞車要怎麼放開？」

「你輸了！」我推著我美麗的推車到「人行道」區。不久盧克也推著那一臺怪獸過來，

Shopaholic and Baby
285

而且很快就超過我了。

「戰車是無敵的。」他裝出電影預告片常見的低沉聲音說。「戰車是不可能被打敗的！」

「戰車會旋轉嗎？」我反駁。我們已經到了大理石地面區。我的推車表現超棒！只要單指輕輕一推，它就會自己花式旋轉。

他已經走到碎石區了。「你沒有溜規定圖形[2]！」我生氣地大喊，「扣二十秒以示懲罰！」

他那臺戰車在碎石路面上的表現的確很不錯，輕輕鬆鬆地碾過去，相較之下我的推車就不怎麼樣。

「需要協助嗎？」盧克看著我步履蹣跚地前進。「劣等的推車是不是很難推啊？」

「我又沒有打算帶寶寶去碎石坑。」我反駁。我走到草地區，假裝不小心撞倒他的推車。

「不好操控嗎？」他挑了挑眉。

「我只是測試你的安全氣囊。」我若無其事地說。「似乎不怎麼樣。」

「妳真好心。要不要我也幫妳測試看看？」他用他的推車撞了我的推車一下，我笑著撞回去。我看到史都華在不遠處看著我們，表情似乎有點驚慌。

「決定好了嗎？」他大喊。

「好了。」盧克點點頭。「我們要三臺戰車。」

「亂講！」我用手背打了他一下。他笑了起來。

「四臺才對……」他的手機鈴聲響起，打斷他的話。「等我一下。」他拿出手機來聽。

「盧克·布蘭登，你好。」

他放開推車，轉過身背對我講電話。我握住戰車的大手把，試推了一下。

「你不是在開玩笑吧？」盧克的口氣好尖銳。我把戰車推到他的對面。他的臉色蒼白，看起來好嚴肅，正皺著眉專心地聽對方說話。沒事吧？我用口形問他，他卻馬上轉頭走開。

「好，」我勉強可以聽到他說，「我們要……想一下。」他抓著頭髮，沿著試推區走來走去，差點撞倒一對正在推三輪休旅車的夫妻。

我有點擔心地推著戰車跟在他後面。到底怎麼了？是誰打來的？我推著推車下樓梯，終於在沙灘區那邊追上他。一看到他的表情我突然好緊張。

「不行，不能這麼做。」他低聲反覆說了好幾次。「不能這麼做。」我的出現把他嚇了一大跳。

「盧克……」

「麗貝卡，我在講電話。」他的口氣很不高興。「麻煩妳暫時不要打擾我。」他沿著沙灘離開，我失落地目送著他離去的背影，感覺好像被人迎面痛擊。

叫我不要打擾他？

我看著他離開，雙腿微微發抖。到底出了什麼事？前一分鐘我們還開心地推著嬰兒車開玩笑，現在卻⋯⋯我突然意識到我的手機也響了起來。會不會是盧克打來道歉？可是他還在另外一邊講電話，應該不是他。

我拿出手機。「喂？」

「布蘭登太太。」對方的聲音聽得不是很清楚。「我是大衛・薛普。」

天啊，他一定要這個時候打來嗎？

「你終於打來了。」我把怒氣都發洩在他身上。「我不是請你撤銷調查了嗎？為什麼還有人在跟蹤我先生？」

「布蘭登太太，」他笑了幾聲。「很多太太都這樣，前一天才來拜託我，但是隔天就後悔了⋯⋯」

「我是真的要取消！」我氣得想打電話。「我先生發現有人在跟蹤他！他看到你的探員了！」

「啊。」他似乎有些驚訝。「的確不應該發生這樣的事。我會交代負責的探員⋯⋯」

「叫他們全部都回去！在你們破壞我的婚姻之前，把每個人都叫回去！永遠不要再打電話給我了！」

「布蘭登太太，我聽不太清楚。」他的聲音變得很微弱。「不好意思，我正在高速公路上。」

「我要你撤銷調查行動！」我不敢說得太大聲。

「那調查的結果怎麼辦？我正要告訴妳，調查結果已經出來了……」他的聲音被線路的雜音給淹沒。

「什麼結果？」我看著手機，心臟突然噗通噗通跳。「喂？你還在嗎？」

「……有一些照片要給妳看……」

我站在原地無法動彈，一隻手還緊緊抓著戰車。他說有照片？難道……

「麗貝卡。」盧克的聲音把我嚇了一大跳，害我把手機掉到地上。他彎下腰幫我撿起來，還給我。我雙手顫抖地把手機放回口袋，不敢正眼看他。

是什麼樣的照片？

「麗貝卡，我要回辦公室。」盧克的聲音聽起來跟我一樣充滿不安。「剛才是……是梅爾打來的，公司出了一點狀況。」

「好。」我把戰車推回去，雙眼茫然地直視前方。是什麼樣的照片？

「我們買那臺 Lulu Guinness 的推車好了。」盧克說。「我沒竟見。」

「沒關係。買戰車好了。」我突然一陣哽咽。

剛才輕鬆愉快的氣氛已經完全消失，我擔心地渾身發冷。大衛‧薛普有盧克的照片，而我卻不知道是什麼樣的照片。

⑮

這一次我懶得戴太陽眼鏡，也懶得對門口的接待小姐微笑，直挺挺地坐在同樣的咖啡色沙發上撕著衛生紙，心裡不停地想著：我不相信。

週末盧克在家，我不敢輕舉妄動。我等到星期一早上盧克去上班，看著他出門之後（我先從窗戶看，等他上車之後又打兩次電話給他，確認他沒有突然回來）然後才鼓起勇氣打電話給大衛‧薛普，還很小聲地講電話。接電話的總機小姐不肯在電話上透露細節，所以我只好親自跑一趟。

奇怪。我不是已經取消調查了嗎？他們的調查應該不會有任何結果才對。

「布蘭登太太，」我抬起頭，感覺自己好像去診所看醫生的病人。大衛‧薛普站在我面前，聲音比之前更陰沉。「請進。」

他在陪我走進辦公室的路上，臉上寫滿了同情，我快受不了了，馬上裝出一副不在乎的臉。我要假裝不在意盧克到底有沒有外遇，我只是好奇而已。其實他有外遇我更高興，這樣我就可以離婚了。沒錯，就這樣。

「調查有結果了，不錯嘛。」我冷冷地說，露出不以為意的一笑。

「妳的感覺應該會很不好受。」他雙手放在桌上，整個身體往前傾。

「一點也不會！」我說，「坦白說，我本來就已經打算跟男朋友私奔去摩納哥了，所以我根本就不在乎。」

他不相信我。

「我覺得妳很在乎。」他的聲音越來越低沉。「我覺得妳非常在乎。」他的一雙紅眼睛充滿了同情，我演不下去了。

「好啦，我在乎！」我說，「趕快告訴我，他們兩個是不是在交往？」

他打開一個牛皮紙袋，看著裡頭的內容搖搖頭。

「這一部分總是最困難。」他嘆口氣，把裡頭的文件整理一下，然後抬頭看著我，「布蘭登太太，妳先生有另外一個妳所不知道的面向。」

「面向？」我驚訝地張大嘴巴。

「他不是妳所認識的那個人。」

「他怎麼會說盧克不是我認識的那個人？他到底在說什麼？

「你這句話是什麼意思？」我的口氣很不好。

「上個星期三，我手下的一位探員跟著妳先生下班，發現他進了一家飯店，用假名登記住房，還請了幾個……特殊行業的女子喝酒。妳了解我的意思吧？」

我呆住了。盧克跟特殊行業的女子喝酒？

「我們的探員調查之後發現，」他意味深長地看了我一眼，「過去他在那一家飯店鬧過

一些事，都是跟女人有關的事情，後來都用錢把事情壓下來了。妳先生顯然是個很有權力的人。我的探員還發現他有好幾次被指控性騷擾，只是後來案子都私下和解……其中還有一次他和同事聯手恐嚇對方，最後也是和解收場……」

「不可能！」我聽不下去了。「你一定是搞錯了。我先生才不會跟特殊行業的女子喝酒！他也不會恐嚇別人！我很了解他！」

他嘆口氣，往後坐好，雙手放在肚子上。

「我能體會妳的心情，真的。沒有太太喜歡聽到自己先生的不完美。」

「我沒有說他很完美，可是……」

「這世界上有太多這樣的男人了。」他一臉同情地看著我。「老婆永遠是最後一個知道的。」

「不是這樣！」我好想甩他一巴掌。「這不是盧克，不可能！」

「接受事實的確不容易。」他繼續無情地說。「需要很大的勇氣。」

「你少自以為了不起！」我很生氣。「我很有勇氣，可是我也很清楚，我先生絕對不會恐嚇別人，把報告給我！」我把牛皮紙袋搶過來，裡頭掉出一疊黑白照片。

奇怪。這些都是伊恩‧惠勒的照片。有他在布蘭登公關公司門口的照片，還有他在旅館門口的照片。

「這不是我先生。」我抬起頭。「這不是我先生。」

「妳說對了。」他得意地點點頭。「他有兩個面向⋯⋯」

「閉嘴！」我氣得大喊。「這是伊恩‧惠勒！你們跟錯人了！」

「什麼？」他馬上坐直。「跟錯人？」

「這是我先生的客戶伊恩‧惠勒。」

他拿起一張照片看了一下。

「這不是妳先生？」

「不是！」我突然看到一張伊恩正在上車的照片，盧克站在另一邊的車門，不過影像不是很清楚。「這才是我先生。」

他看著盧克模糊的影像，又看看伊恩的照片和他手上的報告，呼吸聲越來越沉重。

「李！你給我滾進來！」他立刻從關心客戶的專業偵探變成怒火中燒的怪老頭。

不久後一個瘦削的十七歲少年拿著電動玩具開門進來。

「怎麼了？」

這就是他們的探員？

「李？我受夠了。」大衛‧薛普生氣地敲著桌子。「這次又被你搞砸了。你根本就跟錯人了。這個人不是盧克‧布蘭登。」他指著照片說，「這個才是盧克‧布蘭登。」

「喔。」少年擦了擦鼻子。「糟糕。」

「當然糟糕。我真想叫你走路。」大衛‧薛普的脖子氣得都紅了。「你怎麼會跟錯人

呢？」

「我怎麼知道？我從報紙上找到他的照片。」他從資料夾裡面拿出一張剪報。

我看過這張照片。是盧克和伊恩在雅克達斯記者會上拍的。「你看，上面明明就寫著盧克‧布蘭登（右）與伊恩‧惠勒（左）交換意見。」

他的目光早就已經回到手上的電動了。

「記者寫反了！」我快氣死了。「隔天有刊登道歉聲明你沒看到嗎？」

「回答客戶的問題！」大衛‧薛普生氣地大喊。「你真是個廢物。」

「爸，我搞錯了行不行？」他說。

「爸？

我以後再也不會從黃頁簿上找徵信社了。

「布蘭登太太……」大衛‧薛普壓抑著怒火說。「我們會馬上重新展開調查，不另收任何費用，這次我們絕對會鎖定正確的對象……」

「不用了！」我打斷他的話。「不要再查了。我受夠了。」

我突然覺得雙腿發軟。我怎麼會找人去跟蹤盧克？我怎麼會出現在這種爛地方？我站了起來。「我要走了，拜託你不要再打電話給我了。」

「是。」他馬上也跟著起身。「李，不要擋路，快滾！布蘭登太太，還有另外一個案子也有結果了……」

「什麼結果？」我轉過身，口氣充滿了質疑。「你以為我對你調查的結果還會有興趣嗎？」

「是那個修眉毛的沙龍。」他故意咳了幾聲。

「喔，好吧。」我都忘了這件事了。

「都在這裡。」他趕快把牛皮紙袋交給我。「美容師的相關資料、提供的服務、照片、調查結果，全都在裡面。」

我好想用牛皮紙袋丟他，然後快步離去。

只是⋯⋯茉莉的眉毛真的修得好好看。

「總算對我有一點用處。」我冷酷地說。

「還有其他可能也會對妳有用的資訊。」他跟著我走到門口。「都放在妳先生的資料裡面。譬如妳的好友蘇珊·斯圖亞特，這位小姐可是家財萬貫。」

我受不了了。他竟然也調查蘇西？

「據估她的財產總值高達⋯⋯」

「閉嘴！」我生氣地轉身罵人。「我再也不想看到你或聽到你的聲音！如果你的探員敢繼續跟蹤我先生或我任何一名朋友，我就馬上報警。」

「是。我完全了解。」他點點頭，彷彿這是他自己想出來的好主意。

我踩著蹣跚的步伐走到街上叫計程車。車子開動之後，我還是一直抓著門把無法放鬆。

剛才的牛皮紙袋還在我手上，或許把這些東西拿走是正確的決定。我要把所有的資料都送進碎紙機，永遠也不要讓盧克知道這件事。

我沒想到自己竟然會做出這樣的事情。我是夫妻。是夫妻就不應該這樣監視對方。結婚的時候我們不都承諾要「相親相愛，永遠不會找徵信社調查對方」？

我們應該要相互信任，相信對方才對。我突然有股衝動想聽到他的聲音，於是我拿出手機撥給他。「喂，寶貝，是我。」

「嗨，有事嗎？」

「沒事。我只是在想，」我做了個深呼吸。「前幾天我們去看嬰兒車的時候，你不是接了一通電話嗎？你好像很不高興？是不是出了什麼事？」

「麗貝卡，我真的很不好意思。」他聽起來好後悔。「那天我一時慌了。當時公司有點狀況，現在沒事了，不用擔心。」

「好。」我呼了一口氣，才發現自己剛才竟然在慍氣。

是公司的事情。原來如此。公司經常都會有一些狀況需要處理，有時候壓力會很大，可是經營一家龐大的企業就是這樣。

「寶貝，晚點見。妳都準備好了嗎？」

我差點忘了，今天晚上是劍橋大學的校友會。「等不及了！拜拜！」

我把手機收好，做了幾個深呼吸。盧克不知道我有去找徵信社，他永遠也不會知道。

車子開進熟悉的倫敦西區。我把照片從牛皮紙袋裡面抽出來看。既然都要送進碎紙機，乾脆看一下茉莉是去哪裡修眉毛。看到那幾張蘇西在倫敦市區逛街的照片讓我不禁閉上眼睛，心裡好內疚。我這輩子犯過不少錯，可是這次真的錯得太離譜了。我怎麼會讓我最要好的朋友被一個三流的偵探調查呢？

還有十幾張維妮莎的照片。我很快地翻過去，不想看到她。另外是幾張盧克的助理梅爾從辦公室出來的照片……還有……那不是露露嗎？

我瞪大眼睛，驚訝地看著眼前的照片。當時大衛・薛普要我列出所有盧克認識的女性時，我提到他和露露處得並沒有很好，大衛・薛普說那通常是為了掩人耳目。笨蛋。他顯然以為盧克和露露可能有一腿之類的。

等一下。我把照片拿起來多看了幾眼。

她該不會……

不可能……

我驚訝地用手掩住嘴巴，又驚又喜。我知道找徵信社是個錯誤的決定，可是這件事如果讓蘇西知道，她一定會很高興。

我正在把所有的照片和文件都塞回牛皮信封的時候，手機卻響了起來。「喂？」我小心翼翼地接了起來。

「麗貝卡，我是茉莉！」茉莉聽起來好激動。「妳有沒有要來上班啊？」

我驚訝地馬上坐直。第一，我沒想到會有人發現我遲到。第二，茉莉講話不是一向都只有單音節嗎？她的音調什麼時候變得這麼高亢？

「我快到了。」我說，「怎麼了？」

「是妳那個朋友丹尼‧可維茲。」

我突然一陣緊張。千萬不要說丹尼不想跟我們合作了，千萬不要說他拒絕設計了。

「有什麼……問題嗎？」我幾乎不敢問。

「沒有！他設計好了！他剛才把東西送過來。他的設計好棒！」

終於，終於有件事情是順利的了！我一進公司就馬上到六樓的董事會，大家都已經聚集在那邊看丹尼的設計。

茉莉到電梯門口迎接我。眼神發亮。

「好美！」她說。「他整晚熬夜弄出來的。他說來英國之後，他終於有最後那一絲靈感。大家都好興奮。這件衣服一定會大賣！我已經傳簡訊給好多朋友，大家都說他們也要訂一件。」

「真棒！」我好驚訝。

我不知道是哪一件事情讓我比較驚訝。是因為丹尼這麼快就把設計弄出來，還是茉莉突然有了生氣。

「他們在這⋯⋯」她推開厚重的木門，我一走進去就聽到丹尼的聲音。他坐在長桌上，正在跟艾瑞克、布莉安娜以及公關和行銷部門的人講話。

「我只是需要那最後一點概念。」他說，「只要找到那一點就⋯⋯」

「眞的很特別！」布莉安娜說。「好有創意！」

「麗貝卡！」丹尼突然看到我。「快來看我的設計！卡拉，過來這裡。」

他把卡拉叫過來。我倒抽一口氣。

「怎麼可能？」我忍不住發出一聲驚呼。

那是一件T恤。打摺的縫線和丹尼的註冊商標，破爛充滿縐折的袖子。淺藍色的背景上有一個紅頭髮的娃娃，上面用六〇年代的字體格式寫著幾個大字⋯

她是個紅頭髮的賤女人，我恨她！

我看看丹尼，又看看T恤，又看看丹尼。

「你⋯⋯」我說不出話來。「丹尼，你⋯⋯」

「好看吧？」茉莉說。

「雜誌界一定會很喜歡。」一個公關部門的女孩子正積極地點著頭說。「我們已經洩漏給《流行時尙》雜誌一點點訊息，他們說會把這件衣服和專屬購物袋列爲本季必備單品⋯⋯

Shopaholic and Baby

299

大家一定都會想要搶購一件。」

「好棒的標題！」有人重複念著，「她是個紅頭髮的賤女人，我恨她！」

大家都笑了起來。只有我笑不出來。我還沒有回過神來。如果被維妮莎看到怎麼辦？如果被盧克看到怎麼辦？

「我們會在公車站貼海報，在雜誌上宣傳……」那個公關部門的女孩子繼續說。「丹尼還提議把它做成孕婦裝。」

我驚慌地抬起頭。他做了什麼建議？

「好棒的點子，丹尼！」我狠狠地瞪了他一眼。

「我就知道妳會喜歡。」他若無其事地對我微笑。「妳要不要穿去生寶寶？」

「你的靈感是從哪裡來的啊？」有個行銷部門的女生也跟著問。

「這個紅頭髮的女孩子是誰呢？」那個公關部門的助理好奇地問。

「希望她不會介意自己出現在這麼多T恤上面！」

「麗貝卡，妳覺得呢？」丹尼邪惡地對我挑了挑眉。

「這是麗貝卡認識的人嗎？」布莉安娜驚訝地說。「真的有這個女人？」

大家突然都很好奇。

「沒有啦！」我開始慌了。「沒有！她……我……我在想……要不要把範圍擴大，除了紅頭髮之外，也加入金髮和棕髮的版本。」

「這個建議不錯。」布莉安娜說，「丹尼你覺得呢？」

有那麼一瞬間，我差點以為丹尼會說，「不行，一定要紅頭髮，因為維妮莎是紅頭髮。」

還好他點頭了。

「不錯啊，每個人都可以挑自己討厭的賤女人。」他慵懶地打了個大哈欠。「還有咖啡嗎？」

還好沒有出差錯。到時候我拿一件金髮的版本回家，盧克就不會知道了。

「我們真的很需要咖啡。」卡拉一邊幫大家倒咖啡一邊說。「熬了一整晚。丹尼大概在凌晨兩點完成設計，然後又找到一家開整晚的絲網印刷公司做出幾件樣本。」

「感謝你們的努力。」艾瑞克的聲音好沉悶。「我謹代表 The Look 感謝丹尼和諸位的努力。」

「不客氣。」丹尼很有風度地說。「我也要感謝麗貝卡。是麗貝卡帶給我的靈感。」他邊鼓掌邊說。我緩緩露出笑容，總是沒有辦法氣他太久。「敬麗貝卡，我的謬思。」他舉起卡拉剛才幫他倒的咖啡說，「還有我的小謬思。」

「謝謝。」我也舉起我的杯子。「我也敬你。」

「妳是他的謬思？」茉莉在我旁邊說，「好酷哦！」

「嗯……」我若無其事地聳聳肩，其實心裡很得意。我一直都想當服裝設計師的謬思！

人生就是這樣。每一次妳以為很慘的時候，情況就會突然變得很好。今天的發展比我原先預期的好一百萬倍。原來盧克並沒有另一個面向。丹尼的設計會大賣。我又成了謬思！

下班前我已經換了好幾套衣服，畢竟謬思女神也喜歡嘗試不同的打扮。最後我選了一件粉紅色的雪紡低胸高腰洋裝，剛好可以塞在我的大肚子上，上面罩著丹尼的Ｔ恤，搭配一件綠絲絨外套和黑色的羽毛帽。

謬思女神應該要多戴帽子和胸針。

五點半丹尼突然出現在私人購物部門，害我嚇了一跳。「你怎麼還在這裡？你剛才去哪裡了？」

「我去男裝部門逛逛。」他輕鬆地說。「那個崔斯坦還蠻帥的。」

「崔斯坦不是同志。」我瞪了丹尼一眼。

「還不是。」丹尼說。他從旁邊的櫃上拿起一件粉紅色晚禮服。「這件好醜，麗貝卡，你們怎麼會有這樣的衣服？」

他現在正處於超級興奮的狀態。他每次剛做完設計都這樣，我記得他以前在紐約就是這個樣子。

「你的那堆人馬都去哪了？」我翻了翻白眼。丹尼沒有聽出我話裡的諷刺。

「在簽合約。」他說，「史坦叫司機載他去觀光了，這是他第一次來倫敦。要不要去喝一杯？」

「我要回家了。」我猶豫地看了一下手錶。「今天晚上要去參加校友會。」

「只要一下下就好了？我都還沒有時間好好跟妳聊。對了，妳幹嘛戴帽子？」

「你覺得怎麼樣？我覺得羽毛好像蠻好看的。」

「羽毛。」他若有所思地看著我。「好主意。」

「真的嗎？」我好得意。說不定他會以羽毛作為下一季的主題，然後我就可以說是我想出來的！「要不要畫個圖什麼的？」我問他。可是他沒有在聽我講話，只是若有所思地繞著我轉。

很大的羽毛頭飾。好棒！這說不定會變成流行！說不定會是下一個像 Fendi 的經典

「妳需要一頂羽毛頭飾。」他突然說。「很大的那一種，非常大。」

Baguette 包一樣流行！

「女裝部有一些羽毛頭飾！」我說，「快點！」我拿起包包，確認早上的牛皮紙袋都裝在裡面，等我一回家就要趁盧克不注意的時候放進碎紙機。

我們搭著手扶梯到一樓的女裝部門。

「我們要關了……」不過一看到我們，部門經理就沒說什麼。

「不好意思。」我氣喘吁吁地帶著丹尼走到圍巾區。「幾分鐘就好。現在是很重要的設

計時刻……」

「好了！」丹尼把八個彩色羽毛頭飾綁成一長條，綁在我頭上。「這是世界上最大的羽

毛頭飾。好看極了。」

當他把頭飾綁在我頭上的時候，我心裡突然有一股悸動。我們正在創造時尚界的歷史！設計全新的流行時尚！明年大家都會搶著戴丹尼·可維茲設計的羽毛頭飾。好萊塢明星會戴著羽毛頭飾去參加奧斯卡頒獎典禮，大街上每家流行服飾店都有賣羽毛頭飾……

「大羽毛。」丹尼幫我把頭上的羽毛整理好。「好大，好美，妳看！」他把我轉過去照鏡子，我驚訝地倒抽一口氣。

「哇！」

「好看吧？」他高興地看著我。

坦白說，我倒抽一口氣的原因是因為我覺得好醜。我的頭根本全都被遮住了，看起來像一支懷孕的大雞毛撢子。

不行，我的眼光怎麼可以這麼狹隘？這是時尚。窄管褲剛推出來的時候，大家說不定也都覺得很難看。

「好棒！」我把嘴巴裡面的羽毛弄出來。「丹尼，你真是個天才。」

「去喝一杯吧。」丹尼一臉興奮地說，「我想喝杯馬丁尼。」

「麻煩妳把這些記在我帳上。」我告訴小姐。「總共有八個，謝謝！」

我們兩個非常興奮地離開公司，轉進附近的波特曼廣場。路燈已經亮了，幾位西裝筆挺的男士從附近的坦伯頓飯店走出來，其中有人用怪異的眼神看著我，還有人在竊笑。我不理

他們。要站在時尚的最前端，就要忍受他人的注目。

「要不要去這家飯店的酒吧？」我停了下來。「有點悶，可是這家最近。」

「只要他們會調酒⋯⋯」丹尼推開厚重的玻璃門讓我先進去。坦伯頓飯店的酒吧全都是米黃色的裝潢，米黃色的地毯，舒適柔軟的大沙發，連服務生都穿米黃色的制服。酒吧裡擠滿了企業人士，不過我看到鋼琴旁邊有個位置。

「那裡有一桌。」我才跟丹尼說完就突然愣住。

是維妮莎。她就坐在不遠處，一頭長髮在燈光下搖曳，旁邊還有一位西裝筆挺的男士和一個精明幹練的小姐。兩個人我都不認識。

「怎麼了？」丹尼看看我。「發生什麼事？」

「那是⋯⋯」我偷偷地把頭轉向維妮莎的方向。丹尼順著我的目光看過去，誇張地發出驚喜的尖叫。

「那個就是冷酷無情維妮莎嗎？」

「噓！」

來不及了。維妮莎已經轉頭看到我了。她起身朝我們走過來。一身黑色的褲裝、高跟鞋，好優雅，一頭長髮依然是那麼光滑柔順。

沒事。我告訴自己要冷靜。為什麼我的心臟會跳得那麼用力，手心還冒汗？

對了，應該是因為我的包包裡有十張維妮莎被徵信社用長鏡頭偷拍的照片。可是她又不

知道，我幹嘛緊張？

「麗貝卡！」她微笑著吻我臉頰打招呼。「我最喜歡的孕婦，最近怎麼樣？時間快到了，只剩下四週了對不對？」

「沒錯。嗯……妳好。」我的聲音好緊張，我的臉已經都紅了。除此之外我覺得自己表現還蠻正常的。「這是我朋友，丹尼‧可維茲。」

「丹尼‧可維茲。」她的眼睛馬上亮了起來。「很高興認識你。我最近才在米蘭買了一件你設計的鑲珠外套。」

「我知道是哪一件！」丹尼興奮地說。「妳穿起來一定很好看。」

他怎麼可以稱讚她？他不是應該要站在我這邊才對？

「妳有買搭配的褲子嗎？」他說，「有一件七分褲和一件靴型褲。妳穿那件七分褲一定很好看。」

「沒有，我只有買外套。」她微笑著看著他回答，然後又轉向我。「麗貝卡，妳戴了這麼多羽毛……不會很熱嗎？」

「不……不會啊！」我把黏在口紅上的幾根羽毛吹開。「這是丹尼最新的設計理念。」

「喔。」維妮莎狐疑地看了我的羽毛頭飾一眼。「孕婦最好不要體溫過高，這樣對健康不太好。」

又來了。又要多多管閒事。又要說流行時尚對健康不好。不過坦白說，穿這麼多還真的有

點熱，我不得不把羽毛頭飾拿掉，把外套脫掉。

突然間一陣沉默。維妮莎不知道為什麼一直盯著我的胸部看。糟糕，我知道為什麼了。

因為我穿著丹尼的T恤，上面清清楚楚地寫著：

她是個紅頭髮的賤女人，我恨她！

糟糕。

「其實我覺得蠻冷的！」我馬上把羽毛頭飾掛到脖子上，試圖把胸前這幾個大字遮起來。

「現在才幾月就這麼冷，真奇怪。」

「妳的T恤上面寫了什麼？」維妮莎的聲音有點詭異。

「沒什麼！」我慌了。「那只是在……開玩笑！不是說妳，是另外一個紅頭髮的賤女人……女人……人。」

糟糕。

「麗貝卡，妳解釋的真好。」丹尼在我耳邊說。

維妮莎正在做深呼吸，彷彿在控制自己的怒氣。我突然發現她好像真的很生氣。

「麗貝卡，我們可以私下談談嗎？」

「談談？」我有點不安地重複她的話。

「就我們兩個私下談。不好意思。」她瞄了丹尼一眼。

「我去點飲料。」丹尼離開。我轉身面對維妮莎，心裡其實很害怕。她皺著眉，不耐煩地用手指敲著玻璃杯杯腳，看起來就像個年輕亮麗的女校長，正準備好好訓斥我一頓，說我讓學校蒙羞。

「最近還好嗎？」我勉強裝出愉快的口氣說。

她不知道我在想什麼。我拼命告訴自己。她不知道妳有找人跟蹤她。她沒有辦法證明T恤上的文字是在講她。只要假裝沒事，她就不會發現。

「麗貝卡，我看我們不用浪費時間講這些垃圾。」她一口把手上的酒喝光。

我驚訝地看著她。她剛才說「垃圾」，這是她平常會用的字嗎？

「我們不想讓妳不開心。」維妮莎的眉頭皺得更深了。「我們希望……希望過程可以盡量平和。可是如果妳是這種態度……」她指著我身上的T恤說。

我是不是漏聽了什麼，怎麼聽不懂她在說什麼？

「『我們』是誰？」

維妮莎看著我，似乎懷疑我在耍她。接著她的表情緩緩有了變化。她吐出一口氣，按著自己的眉毛，對自己說了句：「天啊。」

我內心深處突然有一種預感，有一種反胃想吐的感覺，難道她的意思是……

不可能。

酒吧裡吵雜的人聲和喧鬧聲全都靜了下來。我吞了幾次口水，試圖讓自己鎖定。我以為我知道他們之間有什麼。我跟蘇西、丹尼、潔西都討論過這件事。

可是突然之間，我赫然發現其實我並不真的以為他們之間有什麼。直到現在。

「妳到底要說什麼？」我已經無法控制自己的聲音。

一名服務生端著一盤調酒走過去，維妮莎伸出手示意他停下來。

「一杯伏特加調酒加冰塊，謝謝。」她說，「麗貝卡，妳要喝點什麼嗎？」

「妳直接說。」我直視著她。「告訴我，妳到底要說什麼？」

服務生離開之後，她伸手撥了一下頭髮，似乎對我的反應有些困擾。「麗貝卡，這件事有點棘手……盧克的心情非常不好，他真的很在乎妳。如果他知道我有跟妳談過，他一定會很生氣。」

一時間我開不了口，只是全身僵硬地看著她，感覺好像被丟進另外一個宇宙。

「妳這句話是什麼意思？」我的聲音有些沙啞。

「他不想傷害妳。」維妮莎貼得更近了。她身上的香水味讓我覺得噁心。「他一直說……他做了錯誤的決定。他娶錯人了。這不是妳的錯，是他的錯。」

我突然覺得胸口一陣疼痛。有那麼一瞬間我幾乎無法確定自己還能不能開口。

「盧克沒有娶錯人。」過了許久我才說。「他愛我。他娶對人了好嗎？他愛我。」

「你們是他剛跟莎茜分手的時候認識的吧？」她點點頭。我沒有回答。「他全都告訴我

了。他覺得妳很不一樣，很有趣，可是妳和他根本就是不同世界的人。妳根本就不了解他。」

「我很了解他。」我的喉嚨好沙啞。「我們蜜月旅行的時候還去環遊世界……」

「麗貝卡，盧克十九歲的時候我就認識他了。」她無情地打斷我的話。「我很了解他。我們在大學時代的戀情是那麼的濃烈，他是我的初戀，我也是他的初戀，我們就像荷馬史詩裡頭的奧德賽和潘妮洛普一樣，多年後重逢，在診所再度相見時，其實……」她頓了一下。

「其實當時我們兩個很清楚，這只是時間的問題。」

我的雙腿開始發抖。我的臉已經完全沒有感覺。我手上拿著羽毛頭飾，想要反駁她的話，可是我的頭好重，還依稀可以感覺到我掛在臉上的淚痕。

「這個時間點真的很不好。」維妮莎從服務生手上接過她的酒。「盧克希望等到寶寶出生之後再告訴妳。可是我覺得應該要把實情告訴妳。」

「我們昨天才一起去挑嬰兒車。」我口齒不清地說。「如果真的像妳說的這樣，他為什麼會跟我一起去看嬰兒車？」

「他也很期待這個寶寶！」維妮莎的口氣有些驚訝。「他也很希望多看看寶寶，尤其是你們……之後。」她頓了一下。「他希望這整件事可以很平和地落幕。不過這就要看妳的態度了。」

我沒有辦法再聽下去了。我受不了她甜美又惡毒的聲音。我要趕快離開這裡。

「妳錯了。」我笨拙地穿上外套。「妳被騙了。我們的婚姻非常幸福！我們每天都會一

起聊天、開玩笑、做愛做的事……」

她用無限同情的眼神看著我。「麗貝卡，盧克只是不想傷害妳，所以才演出這場戲。妳的婚姻早就已經結束了。」

我沒有等丹尼回來就直接走出去叫計程車回家。在回家的路上，維妮莎的話不停地在我腦海中迴盪。我好想吐。

不可能。我一直告訴自己。不可能。

當然有可能。我腦海中有個聲音告訴我，妳不是一直這麼懷疑嗎？

我一進家門就聽到盧克在廚房走動的聲音。

「嗨！」他大喊。

我的喉嚨好緊，說不出話來，而且渾身無力。盧克探出頭來看我。他已經換上亞曼尼的西裝，脖子上的領結還在等我幫他繫上。

我無言地看著他。你要為了維妮莎離開我了嗎？我們的婚姻真的只是一場騙局嗎？

「嗨，寶貝。」他邊喝紅酒邊說。

我覺得自己彷彿站在懸崖邊，只要我一開口，這一切就會結束。

「麗貝卡？寶貝？」他朝我走了過來，困惑地問我。「妳沒事吧？」然後又好奇地看著我手上的羽毛頭飾。

我辦不到。我不敢問他。我怕自己無法承受他的回答。

「我去準備。」我低聲說，不敢正眼看他。「快來不及了。」

我走回房間把衣服脫掉，把丹尼的Ｔ恤塞到衣櫃最下面，以免被盧克發現。我快速地沖了個澡，希望心情可以好一點，結果沒有，我看著鏡中的自己，只看到一個臉色蒼白，表情驚恐的我。

麗貝卡，不要灰心，想想凱薩琳麗塔瓊斯懷孕的時候有多亮麗。我套上新買的深藍色貼身洋裝，可是不知道為什麼，穿起來沒有之前好看，而且皺皺的。我扯了兩下拉鍊，慘了，拉不上來。

衣服太緊了。

我完美的禮服太緊了。一定是我又胖了。不是屁股變大就是肚子變大，不然就是其他地方變大。總之，我的身材完全走樣。

我的下巴抖了起來，我知道自己快哭出來了。我咬著牙，不讓眼淚掉下來。我把洋裝脫掉，打開衣櫃找其他衣服穿。一看到鏡中的自己，我卻突然呆住了。我走路的姿勢就像企鵝一樣左右搖擺。

我是個又白又胖走路還會搖擺的……怪獸。

我坐在床上，頭有點暈，心跳好快，眼前還有黑影。難怪他會選擇維妮莎。

「麗貝卡，妳怎麼了？」盧克站在門口一臉驚訝地看著我。我根本就沒有發現他進來。

「我……」我說不出話來，只想哭。「我……」

「妳看起來氣色不太好，要不要躺一下？我幫妳倒杯水。」

我看著他離開，維妮莎惡毒的話像隻蛇一樣在我腦海中盤旋。他只是不想傷害妳，所以才演出這場戲。

「來。」他的聲音把我嚇了一跳。這一切彷彿都是在演戲。他在演戲，我也在演戲。他端來一杯水和兩個巧克力餅乾。「妳休息一下好了。」

我把水杯接過來卻沒有喝。

「那校友會怎麼辦？快來不及了。」

「遲到就遲到，不去也沒關係。寶貝，喝點水，躺下來休息一下……」

我勉強喝了一口水，躺在枕頭上休息，盧克幫我蓋好被子，悄悄地走出房間。

我不知道自己躺了多久，可能是三十秒，也可能是六個小時，後來我算算應該是二十分鐘左右。

我聽到有人講話的聲音。有男生也有女生。在走廊上。

「……不好意思……」

「……沒關係，真的，你打電話給我是對的。她還好嗎？」

我睜開眼睛，維妮莎竟然就站在我面前，就像惡夢成真一樣。她已經換上無肩帶的黑色絲緞小禮服，頭髮盤在腦後，耳朵上還有閃亮亮的鑽石耳環，

看起來就像個公主。

「盧克說妳身體不適。」她的聲音好甜。「我來看妳。」

「妳在這裡做什麼？」我恨恨地說。

「是盧克打給我，叫我過來的。他很擔心妳！」她伸手摸我的額頭，我往後退不想讓她摸我。「我看看妳有沒有在發燒。」她在床上坐了下來，打開一個小醫藥箱。

「盧克，我不想看到她！」我突然爆出一陣眼淚。「我又沒有生病！」

「我不要！」我像個不肯吃麥片粥的小寶寶一樣把頭轉開。

「張開嘴巴。」維妮莎拿出溫度計正準備放進我嘴裡。

「麗貝卡，乖。」她用誘騙的口氣說，「量一下體溫就好。」

「麗貝卡，」盧克握著我的手說，「乖，要聽話，不能冒險。」

「我沒有生病……」維妮莎趁機把溫度計塞進我嘴巴之後起身。

「我覺得她今天晚上不要去比較好。」她把盧克拉到一旁低聲說。「你要不要讓她在家裡休息？」

「好。」盧克點點頭。「麻煩妳幫我轉告大家，說我們很不好意思。」

「你也不去嗎？」維妮莎皺著眉說，「我覺得……」她把盧克叫出去講話，我依稀可以聽到他們在低聲交談，不久後盧克拿著一壺水走進來。

他的領結已經有人幫他打好了。我好想放聲大哭。

「麗貝卡，維妮莎建議妳多休息會比較好。」

我靜靜地看著他，嘴裡還含著溫度計。

「如果妳希望我陪，我就留下來陪妳。」他猶豫了一下才又說，「不過……我想去一下會場，半個小時就好，去跟幾個人打個招呼。」

淚水泛滿我的眼眶。我好想哭。我懂了，他想跟維妮莎一起去。這場戲根本就是他們兩個在自導自演。

難道要我跪下來求他不要去嗎？當然不要，我可是有尊嚴的。

「好。」我把臉別開，不讓他看到我的眼淚。「你去吧。」

「真的沒關係？」他憂心地看著我。

「沒關係。你去吧。」我把棉被拉起來蓋住頭，讓眼淚不停地滴在枕頭上。

「拜拜。」盧克輕輕地拍著棉被說，「好好休息。」

維妮莎又走進房間。「我看一下。」她皺著眉看著溫度計上的刻度。「有一點發燒。我拿退燒藥給妳吃。」

她拿了兩顆藥給我。我喝了一口盧克端來的水，把藥吞了下去。

我聽到他們兩個在低聲交談，不久遠處傳來門砰一聲關上的聲音。他們走了。

我大概又躺了半個小時才起來，掀開棉被，把眼淚擦乾，起床去洗手間照鏡子。我的眼

晴又紅又腫，臉上都是淚痕，頭髮亂七八糟，看起來好狼狽。

我用冷水潑臉，坐在浴缸上思考。我該怎麼辦？總不能整個晚上都坐在這裡，擔心他們到底會做出什麼樣的事情來。不行，我要親眼看到他們在一起。

我要去現場。這個念頭突然向子彈一樣在我腦中迸開。

我現在就要去校友會，馬上就去，我沒有任何原因不去，我又沒有生病，我沒事。

我下定決心之後就走回房間，翻開衣櫃，拿出一件我夏天買的黑色的雪紡紗洋裝，那時候穿起來還覺得太大。再加幾條亮晶晶的長項鍊……亮晶晶的高跟鞋……鑽石耳環……用最快的速度化妝。

我往後退一步，檢視鏡中的自己。嗯……還好。不是我最亮麗的打扮，不過還可以。

我體內的腎上腺素不斷上升，隨手拿了一個晚宴包，把鑰匙、手機和錢包丟進去，披上圍巾，走出家門，心裡充滿了決心。我一定要表現得很堅強給他們看，不然我也要親眼抓到他們在一起……總之我不是那種老公帶著別的女人出去的時候會乖乖躺在家裡，可憐兮兮的受害者。

我一出門就叫到計程車。我坐在車上練習等一下要教訓他們的話，一定要抬頭挺胸，要很有尊嚴地教訓她，絕對不可以大哭或動手打人。

其實我蠻想打她的。等我教訓完盧克之後再賞她一巴掌好了。

「你是不是忘了什麼啦？」我低聲練習等一下要講的話。「你不是還有個老婆嗎？」

快到了。我好緊張，緊張有點頭重腳輕……沒關係，我一定做得到，我一定要堅強。我塞了幾張鈔票給司機然後下車。天空開始飄起小雨，一陣冷風吹來，穿透我身上的雪紡紗。我要趕快進去才行。

我踩著蹣跚的步伐，穿過宏偉的石階和厚重的木門，走進音樂學院的大廳。接待區布滿淺藍色的氣球，還有個大布條寫著「劍橋大學校友會」和一個好大的布告欄，貼滿學生當年的照片。我前面有四名男士正在互拍肩膀打招呼說，「你這王八蛋還活著啊？」我遲疑了一下，不知道要從哪裡進去會場時，有個穿著紅色禮服坐在桌子前的女孩子對我露出微笑。

「妳好！請問妳有邀請函嗎？」

「在我先生那裡。」我強迫自己像一般的賓客一樣，用平靜的語氣說，「他應該先到了。」

「他叫盧克‧布蘭登。」她在名單上找了一下。

「好！」她微笑著說，「布蘭登太太，請進。」

我跟著那幾個在互開玩笑的傢伙走進大廳，麻木地從服務生手上接過一杯香檳。這是我第一次來這裡，沒想到這裡這麼大，兩旁是厚重的彩色玻璃窗和古老的石頭雕像，迴廊上有樂隊在演奏，樂聲掩蓋不住人群喧鬧的聲音。大家都穿著晚禮服，不是在聊天就是在拿東西吃，還有人在跳華爾滋，整個場景就像在拍電影一樣。我環顧四周，搜尋盧克和維妮莎的身影，可是到處都是穿著華服的女子和正式禮服的男子，還有幾個特別帥氣的穿著燕尾服……

我看到他們了。他們在跳舞。

盧克說得沒錯。他的華爾滋的確跳得不錯。他和維妮莎在舞池裡輕快地旋轉。她的裙子在飛揚，她仰著頭對盧克微笑。他們兩個好有默契，簡直就是全場最亮眼的一對。

我站在原地無法動彈，眼睜睜地看著他們全場飛舞，任濕淋淋的洋裝貼著我的腳踝，原先準備教訓他們的話全都說不出口，我連呼吸都有困難，根本無法開口說話。

「妳還好吧？」一名服務生走過來問我。他的聲音聽起來好遙遠，他的臉變得好模糊。

我從來沒有跟盧克跳過華爾滋，以後卻再也沒有機會了。

「她昏倒了！」我雙腿一軟，跌坐在地上，有人試圖要抓住我，我的手臂撞倒某個東西，耳邊彷彿聽到有人大喊，「拿杯水來！這裡有個孕婦！」我眼前一黑，昏了過去。

我一直以為婚姻是一輩子的事，真的。我一直以為我們兩個會一起變老，一起長頭髮。不對，只有變老，沒有長白頭髮。（我才不會長白頭髮，也不會穿那種用鬆緊帶束腰，難看得要命的洋裝。）

可是我們現在不會一起變老了，也不會一起坐在公園的長椅上或看孫子玩耍。我連跟他一起慶祝三十歲生日都不可能了。我們的婚姻已經完蛋了。

每一次我想要開口說話，眼淚就快要掉出來，後來我乾脆不說話。還好這裡也沒人找我說話。我昨天晚上被送進凱文醫院的單人病房。被穿著晚禮服的名醫陪著送進醫院，果然引起院方的高度重視，我從來沒看過這麼多護士圍著我團團轉。一開始大家以為我要生了，後來又以為我有子癇前症，最後發現其實我只是有點疲憊和脫水而已。所以我就被送進這間病房吊點滴補充體力，今天檢查沒事之後，應該就可以回家了。

盧克陪了我一整晚。可是我沒有辦法面對他，只好一直假裝睡覺。即使今天早上他小聲地問我是不是醒了，我也沒有開口回話。

他去洗澡之後我才睜開眼睛。這裡的佈置真的很不錯，牆壁漆成淺綠色，旁邊還有小沙發。可是我的人生都完了，我還在乎這些做什麼？一切都沒有意義了。

16

我知道有三分之二還是多少的婚姻最後都以失敗收場，可是我真的以爲……

我以爲……

我趕快擦去剛滴下來的淚珠。我不能哭。

「妳好！」護士推著餐車開門進來。「要不要吃點早餐？」

「好，謝謝。」我的聲音好沙啞。她幫我把枕頭弄好，扶我坐起來。我拿出化妝鏡照了一下。天啊，我的臉色好差，昨天晚上的妝還沒卸，頭髮被雨水淋濕之後變得好毛躁。打了點滴不是可以補充水分嗎？可是我的皮膚看起來還是好乾。

我看起來就像個棄婦。

我心酸地看著鏡中的自己。大家都一樣，妳結了婚，以爲可以從此過著幸福快樂的日子，結果妳老公其實早就背著妳搞外遇，最後爲了一個紅色長髮的女人離開妳。我早該預料到會有這樣的情形發生。我早該要有警戒。

我把我的青春年華都獻給他，結果他卻爲了另一個年輕女人離開我。

好啦，其實我只給了他一年半的青春，她的年紀也比我大，但是結果還不是一樣。

一聽到門口有人，我馬上全身僵硬。是盧克。他小心翼翼地走了進來。我發現他眼睛四周有微微的黑眼圈，下巴還有刮鬍子時割到的傷口。

「妳醒了！」他說，「還好嗎？」

活該。

我緊閉著雙唇，點點頭，沒有開口。我不要讓他看到我心煩的樣子，不要讓他得意。我要維護自己的尊嚴，就算只能用單字回答也在所不惜。

「妳看起來氣色還不錯。」他在我的病床旁坐下。「但是我好擔心。」我抬頭正眼看著他，看能不能發現什麼破綻，沒有。他的演技實在太好了，充分地扮演好一個在老婆病床旁隨侍在側的好老公。

我腦海中又出現維妮莎的那句話：「他只是不想傷害妳，所以才演出這場戲。」

我知道盧克是公關高手，這是他的工作，讓他賺進上千萬的財富，可是我不知道他竟然這麼厲害，這麼會⋯⋯會裝。

「麗貝卡？」他正專注地看著我，「妳沒事吧？」

「有。」我默默地鼓起勇氣說，「盧克，我知道了。」

「知道？知道什麼？」他的口氣輕鬆，眼神裡卻充滿了防衛。

「不要再裝了。」我有些哽咽。「維妮莎把最近發生的事情都告訴我了。」

「她告訴妳？」盧克吃驚地站了起來。「她怎麼可以這樣⋯⋯」他把頭別開。我內心深處傳來一聲轟然巨響。我的頭、我的眼睛、我的四肢，我全身上下突然都痛了起來。

我不知道原來自己還僅存著最後這一點希望，以為盧克會緊緊地抱住我，向我解釋，說他愛我。可是最後這一點希望也消失了，我們的婚姻真的完了。

「也許她認為我有權利知道。」我的口氣忍不住有些諷刺。「也許她覺得我會想知道！」

「麗貝卡……我是在保護妳。」他轉回來看我。他看起來真的很難過。「妳有孕在身，醫生又說要注意妳的血壓，所以我不想讓妳擔心。」

「那你打算什麼時候才要告訴我？」

「我不知道。」盧克呼了一口氣，轉身走向窗邊又走回來。「等寶寶出生之後再看情況……看情況怎麼發展。」

「原來如此。」

我演不下去了。我沒有辦法再表現得那麼成熟，那麼有尊嚴。我只想大聲尖叫，放聲大哭，拿東西丟他。

「請你……請你離開。」我的聲音低得幾乎快聽不到。「我不想再討論這件事了。我好累。」

「好。」可是他沒有動。「麗貝卡……」

「什麼事？」

他用力地擦擦臉，彷彿想要擦去這些問題。「我要去日內瓦出差，參加某個投資基金的開幕典禮，這個時機真的很不湊巧，要不要我取消……」

「你去吧。我沒事。」

「麗貝卡……」

「去日內瓦。」我轉頭看著綠色的牆壁。

「我要解釋。」他還是很堅持。「我們要好好談一談。」

不要。我不要聽他說，他不想傷害我，可是卻無法自拔地愛上維妮莎，他希望以後我們還是朋友。

我一點也不想知道細節。

寶，你也不應該來煩我。」

「讓我一個人靜一靜！」我看著牆壁，氣憤地說：「我說了，我不想談這件事。為了寶

「好。那我先走了。」

他聽起來心情也不太好。哼，活該。

我聽到他拖著沉重的腳步離開。

「我媽剛到倫敦。」他說，「不用擔心，我交代她不要來打擾妳。」

「喔。」我把頭埋在枕頭裡。

「我大概星期五中午回來，到時候再來看妳。」

我沒有回答。到時候再來看我是什麼意思？等他把東西都搬到維妮莎家之後嗎？還是等

他找好辦離婚的律師之後？

一陣沉默。我知道他還在等我開口。過了許久我才聽到門打開又關上的聲音，聽到他的

腳步聲逐漸遠去。

我又躺了十分鐘才抬起頭。感覺好奇怪，好像在作夢，一切都是那麼的不真實。怎麼會

這樣？我懷孕八個月，盧克跟我的婦產科醫師搞外遇，我們的婚姻完了。

我們的婚姻完了。我不停地對自己說，可是我還是沒有辦法真的相信，沒有辦法真的相信。

彷彿不久前我們才一起躺在沙灘上做日光浴度蜜月；在婚禮上共舞，我穿著媽當年的蕾絲婚紗，頭上的花圈歪向一邊；在記者會上，全場的人看著他遞一張千元鈔票給我，讓我去買那條「丹妮與喬治」絲巾，那時候我還不認識他，只知道他是神祕又帥氣的盧克‧布蘭登，連他記不記得我的名字都不知道。

我心裡突然好痛，眼淚不斷地滑落臉龐，我把頭埋在棉被裡面大哭。他怎麼可以這樣離開我？難道跟我結婚不幸福嗎？我們在一起不快樂嗎？

維妮莎的聲音又突然出現在我耳邊。他覺得妳很不一樣，很有趣，可是妳和他根本就是不同世界的人。妳根本就不了解他。

笨女人。賤女人。瘦巴巴……可惡……虛偽……盧克……

我擦乾眼淚，坐了起來，深呼吸幾口氣。我不要再想她了，我不要再想這件事了。

「布蘭登太太？」門口傳來敲門聲，好像是護士小姐。

「等一下。」我趕快從水壺裡弄了點冷水潑在臉上再用棉被擦乾。「什麼事？」

剛才送早餐來的漂亮小護士打開門，微笑著對我說，「有人來看妳。」

一定是盧克。他回來了，他要向我道歉，說他錯了。

「是誰？」我從櫃子裡拿出粉餅盒，看到自己的樣子我忍不住皺起臉，順了順毛躁的髮

絲。

「一位雪曼太太。」

我嚇得差點把手上的粉盒掉下來。是依蓮娜？她來做什麼？盧克不是叫她不要來打擾我嗎？

自從我們在紐約的那場婚禮之後，我就沒有再見過依蓮娜。如果那算是「我們」的婚禮的話……總之後來事情變得有點複雜。我們兩個處不來，因為她是個勢利又冷若冰霜的壞女人，在盧克很小的時候就拋棄他，造成他的心理傷害，對我媽又很沒禮貌，還不讓我參加我自己的訂婚典禮！還有……

「麗貝卡，妳沒事吧？」護士小姐有點不安地看著我，我才發現自己的呼吸越來越急促。「要不要我轉告她說妳在睡覺？」

「好，謝謝。叫她走。」

我的眼睛哭得又紅又腫，現在誰也不想見。還有，我為什麼要見她？離婚最大的好處就是再也不用跟婆婆見面。我不會想念她，她也絕對不會懷念我。

「好。」護士小姐過來檢查一下我的點滴。「等一下醫生會來幫妳檢查，然後妳應該就可以回家了。要不要我轉告雪曼太太說妳就要回家了？」

「嗯……」

我突然又想到。離婚還有一個更大的好處，就是妳再也不用對婆婆畢恭畢敬。

Shopaholic and Baby

325

我想說什麼就說什麼，我想頂撞她就頂撞她！這是這幾天來第一件讓我快樂的事情。

「我想想，我還是見她好了。讓我準備一下……」我拿出化妝包，又笨手笨腳地把化妝包掉到地上。護士小姐幫我撿起來，擔心地看著我。

「妳沒事吧？妳好像很緊張。」

「我沒事，剛才心情有一點不好而已，沒事。」

護士小姐離開之後，我打開化妝包，擦了點眼膠，又補了一點粉。我才不要看起來像個受害者，像個被拋棄的可憐元配。我不知道依蓮娜到底知道多少，可是如果她敢提我們離婚的事情，或露出一絲滿意的表情，我就……我就說寶寶不是盧克的，是我在獄中的筆友韋恩的，這則醜聞明天就會登上報紙，絕對會把她給氣死。

一聽到走廊上越來越逼近的腳步聲，我趕快噴了點香水，擦點唇蜜。有人敲門，我剛說完「請進」，門就打開，她來了。

她穿著薄荷綠的套裝，還有她每一季都會買的Ferragamo低跟鞋，手上拿著一個鱷魚皮凱莉包。她又更瘦了，頭髮用髮網盤在腦後，臉色蒼白，皮膚緊繃。以前我在紐約的百貨公司工作時，天天都看到像她這樣的女人，可是現在看到她，我只覺得……怪，只有怪這個字可以形容。

她的嘴唇微微張開一釐米。過了一會兒，我才意識到她是在跟我打招呼。

「嗨！」我連微笑都懶了。反正她會以為我也是去打了肉毒桿菌才會這樣，「歡迎來倫

敦。」

「倫敦怎麼變得這麼庸俗？」她不屑地說。「一點品味都沒有。」

怎樣？難不成整個倫敦都沒品味嗎？

「對啊，尤其是女皇，她最沒有品味。」我說。

她不理我，逕自找了張椅子，在椅子邊緣坐下，然後冷冰冰地瞪著我。「聽說妳沒有去看我推薦給你們的醫生。那你們現在是打算給誰接生？」

「給一位……維妮莎‧卡特醫師。」一說出她的名字，我的心裡彷彿被刀割一樣痛，可是依蓮娜一點反應也沒有，可見她根本不知道這件事。

「妳去看盧克了嗎？」我問她。

「還沒。」她脫下手上的小牛皮手套，打量著我病服下的身材。「妳胖了不少，你們這個新醫生沒有說什麼嗎？」

聽到沒有？她就是這個樣子。她不會問妳好不好，也不會說稱讚妳氣色真好。

「我懷孕了。」我不高興地說。「而且寶寶很大。」

她的表情依然冰冷。「不會太大吧？太大不好，很粗俗。」

粗俗？她竟然敢說我可愛的寶寶粗俗？

「寶寶大才好。」我反駁，「這樣才有比較多地方可以……可以刺青。」

我看得出來，她緊繃的臉皮上閃過一絲驚恐的神色。哈，看她手術的縫線或釘書針什麼

的會不會因此繃開。

「盧克沒有告訴妳嗎？」我假裝驚訝地說，「我們找到一個專門幫新生兒刺青的師傅，到時候會直接到產房幫寶寶刺青。我們已經想好了，背後刺老鷹和我們兩個的梵文名字……」

「妳不可以在我的孫子身上刺青！」她的口氣充滿火藥味。

「當然可以。盧克去度蜜月的時候迷上刺青，他身上就有十五個刺青。」

「寶寶一出生，他就要把寶寶的名字刺在手臂上，很甜蜜吧？」我露出溫柔又甜蜜的笑容。

依蓮娜用力抓著手上的凱莉包，手上青筋畢露。我看得出來，她不知道我到底是說真的還是說假的。

「名字選好了嗎？」她又問。

「嗯。」我點點頭。「如果是男生就叫亞瑪加頓（意為世紀末日大決戰），如果是女生就叫波瑪葛瑞南特（意為石榴）。」

一時間她似乎不知道該怎麼回答。我知道她很想挑眉毛或皺眉之類的，可是因為打了太多肉毒桿菌，讓她完全無法做出任何表情，我幾乎有點同情她被困在肉毒桿菌下方那張真正的臉。

「亞瑪加頓？」過了許久，她好不容易擠出這幾個字

「對啊，很有男子氣概又有氣質，而且很特別。」

她好像快要爆發了。

「我絕對不容許你們這麼做！」她突然站了起來，爆出這句話。「要給寶寶刺青！又要取這些怪名字！你們兩個真的是……真的是不負責任到了……」

「不負責任？」我不可置信地打斷她的話。「妳敢批評我們不負責任？至少我們沒有打算拋下……」我突然停了下來。這些話太惡毒了，我說不出來，我沒有辦法這樣罵回去，我也沒有這樣的體力……突然間我的腦袋裡浮現好多念頭。

「麗貝卡，」她走到病床邊瞪著我說，「我不知道妳說的到底是不是真的……」

「閉嘴！」我伸出手示意她不要再說了。我才不管這樣是不是很沒禮貌。我需要思考，我需要好好想一想。許多事情突然變得好清楚。

當年依蓮娜拋下盧克，現在盧克也要拋棄我們的寶寶。歷史重演。盧克有發現這一點嗎？如果他有……如果他意識到自己的行為會……

「麗貝卡！」

我茫然地抬起頭。依蓮娜看起來氣得快爆炸了。

「依蓮娜……不好意思。」我剛才的情緒都不見了。「謝謝妳來看我，可是我有點累了，請妳改天再來我家坐。」

她看起來就像洩了氣的皮球一樣。我猜她原本也已經準備好要大吵一架了。

「好吧。」她口氣十分冷淡。「我住在克拉瑞芝飯店。這是我這次展覽的地點。」她遞給我一張邀請函。光滑的手冊上寫著「依蓮娜·雪曼的私人收藏」，上面有張兩座優

Shopaholic and Baby
329

雅的白色建築基座交疊的照片。

現代藝術真是難懂。

「謝謝。」我猶豫地看著手上的邀請函。「我們一定會去參觀。謝謝妳來看我。」

她瞪了我最後一眼後，便拾著她的凱莉包和手套離開了。

她一離開，我就捧著頭開始思考。我一定要向盧克解釋這一點，他絕對不會想拋下他的寶寶。我知道他心裡絕對不想這麼做。這種感覺就好像他是被惡靈騙走，只要我可以破解惡靈對他下的咒語，就可以解決這一切的問題。

我想到了。我要寫信給他。

我要寫信給他。就像以前沒有電話也沒有電子郵件的時代一樣。對，我一定要寫出我這輩子最好的一封信，仔細解釋我們兩個內心的感受（有時候他需要別人幫他解釋他的感受）。

我要清楚明白地解釋給他聽。

我要拯救我們的婚姻。他絕對不希望我們的家庭破碎，我知道他不想，我很確定他不想。

剛好有名護士經過我病房門口。我馬上喊住她。

「什麼事？」她面帶微笑地探頭進來。

「可以麻煩妳幫我拿幾張信紙來嗎？」

「醫院的商店有……不然，」她想了一下。「我有個同事好像有。等我一下。」

不久她帶著一疊信紙回來給我。「一張夠嗎？」

「可能不夠。」我神情凝重地說，「給我……三張好不好？」

沒想到我有那麼多東西要寫。我一開始就停不下來。原來我心裡已經積了這麼多想法。

我從婚禮開始寫，寫下當初我們多幸福，回憶我們喜歡一起做的事情，曾經享受過的歡樂時光，當初剛發現懷孕的時候欣喜若狂的心情，然後繼續寫到維妮莎，只不過我沒有指名道姓，只說她是「威脅我們婚姻的因子」，這樣他一定知道我在講誰。

我已經寫到第十七頁（後來有一名護士幫我去文具店買信紙），才開始寫到重點。我請求他再給我們的婚姻一次機會，我邊哭邊寫，偶爾還停下來擤個鼻涕。

我們結婚的時候，你發誓會永遠愛我。我知道你以為自己已經不愛我了，我知道這世上還有很多其他比我聰明又會拉丁文的女人，我知道你有……

我就是沒有辦法寫出「外遇」這兩個字，只好學以前的人一樣，碰到不想說的事情就用破折號代替。

我知道你有──，沒關係，我願意原諒你，讓過去的隨風而逝，因為我相信不管怎麼

Shopaholic and Baby

331

樣，我們是屬於彼此的。你、我和寶寶，我們三個屬於彼此。

我相信，我們一定可以組成一個幸福的家庭，拜託你，不要拋下我們。也許你內心並不想當爸爸，可是我們可以一起努力！就像你曾經說的，為人父母將是我們的人生旅途上最大的一次冒險。

我停下來擦眼淚。我要想個結尾，想個辦法讓他證明……讓他回答……讓我知道我想到了。那種浪漫的愛情電影裡面不是都會約在某個高樓大廈見面嗎？我們可以午夜約在……

不行。約午夜我會很累。我們約……約六點好了。晚風徐徐，四周播放著蓋希文的鋼琴聲，他的眼神告訴我，他會永遠在心中抹去維妮莎的身影。我只是簡單地問，「你要回家嗎？」他則會說……

「麗貝卡，妳沒事吧？」護士小姐探頭進來問。「還順利嗎？」

「快好了。」我先擤鼻涕然後問她，「倫敦有什麼高塔是可以跟人家約在上面的那種？」

「我想看。」護士小姐皺眉仔細地思考。「Oxo塔蠻高的，我前幾天才去過，有觀景臺和餐廳……」

「謝謝！」

盧克，如果你還愛我，如果你還想挽救我們的婚姻，請在星期五晚上六點，在 Oxo 塔上見我。我會在觀景臺等你。

親愛的老婆麗貝卡

我放下筆，覺得自己好像剛作完一首貝多芬的交響曲，體力耗盡。接下來只要請快遞把信送到他在日內瓦的辦公室……然後等待星期五的來臨。

我把十七張信紙分成兩疊折好，正在努力塞進信封時，我的手機突然響了起來。

是盧克嗎？糟糕，可是他還沒有看到信。

我用顫抖的雙手拿起手機。不是盧克，而是一個我不熟悉的號碼。該不會是依蓮娜打來教訓我吧？

「喂？」我有點緊張地說。

「麗貝卡嗎？我是瑪莎。」

「喔。」我撥了撥頭髮，想不出來哪裡聽過這個名字。「呃……妳好。」

「我要跟妳確認一下星期五的採訪。」聽她的口氣好像跟我很熟。「我等不及要去參觀妳家！」

對了，她是《時尚》雜誌的編輯，可惡，我完全忘了這回事。

我怎麼會忘了《時尚》雜誌要來採訪我的事情呢？我的生活真是一團亂。

「現在都還好嗎？」瑪莎的口氣很興奮。「妳應該還沒生吧？」

「還沒……」我遲疑了一下，「不過我現在人在醫院。」說完我才想到，我好像不應該把手機帶進醫院。不過這還是《時尚》雜誌打來的電話，破個例應該沒關係吧。

「真的嗎？」她沮喪地說，「我們這一次採訪運氣員的很不好。有個媽咪雙胞胎早產，真的很令人困擾。還有個媽咪因為妊娠高血壓還是什麼的要住院安胎，結果我們根本沒有辦法採訪！妳在安胎嗎？」

「我……妳等我一下……」

我把手機先放在床上，整理自己的情緒。我從來沒有這麼不想接受採訪或照相過。我好胖、滿臉都是淚痕、頭髮亂七八糟、婚姻也快完蛋了……我長嘆了一聲，看到自己在玻璃櫃上模糊的影像，一副垂頭喪氣的樣子，就像被打敗一樣，看起來糟透了。

想到這裡我立刻挺起身子坐直。怎麼可以這樣？怎麼可以因為我老公有外遇，所以我的人生也跟著完蛋？

不行，我絕對不要陷入自憐自艾的情緒。我不能放棄。也許我的人生是真的快完蛋了，可是我還是可以當個甜美的準媽咪，當個世界上最甜美、最甜美的準媽咪。

我把手機拿起來聽。「瑪莎嗎？」我用我最輕鬆的口吻說。「不好意思。我今天就可以出院了，星期五的採訪沒有問題。」

「太好了！」聽得出來瑪莎鬆了一口氣。「只需要兩三個小時，我保證不會讓妳太累。

我想妳一定有很多漂亮的衣服，我們的造型師也會帶幾件去……我跟妳確認一下地址，是達拉曼路三十三號，對不對？」

我突然想到，我還沒去找費比雅要的那些東西。沒關係，還有時間。

「沒錯。」

「妳運氣真好，那一帶的房子都好漂亮！那十一點見囉。」

「到時見。」

我掛上電話，不住喘氣。我要上《時尚》雜誌了，我要當個甜美的媽咪，還要挽救我的婚姻。

寄件人：麗貝卡・布蘭登
收件人：費比雅・帕沙利
主題：明天

───────────────────────────────

嗨，費比雅，

　　我要跟妳確認一下，明天早上我會帶《時尚》雜誌的工作人員過去，拍攝工作大概會從十一點進行到下午三點。

　　我已經拿到妳要的那件紫色上衣和Chloe的包包，可是我到處都沒有找到妳要的那雙Olly Bricknell鞋，除了這個，妳還有其他要找的東西嗎？

　　再次感謝妳的幫忙，明天見！

麗貝卡

寄件人：費比雅・帕沙利
收件人：麗貝卡・布蘭登
主題：re：明天

___

麗貝卡，

沒有鞋子就不借房子。

費比雅

2003.11.26

布蘭登太太，

　　您好，很高興收到您的來信。

　　您在信中提到，您最近買入糖果公司、雅詩蘭黛化妝品和都會美容美體沙龍公司的股票。恕我無法同意您認為「這些是世界上最棒的投資」的看法。

　　我再次重申，免費的巧克力、小香水和美容美體折扣券都不應該是您選擇投資標的時的考量因素。我建議您重新調整目前的投資策略。如需任何協助，請不吝告知。

敬祝臺安

肯尼斯・普蘭登加斯特　家庭理財規劃師

可惡的鞋子。全倫敦都沒有，一雙也沒有，尤其是綠色的款式。難怪費比雅這麼想要。

我昨天花了一整天的時間打電話給我認識的廠商，每一家店都打了，甚至我還打給以前在紐約邦尼斯百貨的同事艾琳，結果她只是同情地笑了幾聲。

最後還是靠丹尼幫忙。他打了幾通電話，發現有個他認識的模特兒有這雙鞋，而且她剛好在巴黎工作。他說要送她一件外套做為交換，她則會把鞋子交給昨天晚上剛好要來倫敦的朋友。這個朋友會去找丹尼，丹尼再把鞋子拿給我。

計畫是這樣沒錯。可是現在都已經十點五分了，丹尼還沒有出現。我開始緊張起來了。

我穿著我最甜美的紅色印花圍裙洋裝、Prada高跟鞋和復古風格的假毛皮披肩，站在達拉曼路上等丹尼，路上所有車子都停下來看我。他們大概以為我是懷孕八個月還出來接怪客的妓女。現在想想約在這裡好像不太適合。

我拿出手機再撥一次電話給丹尼。「丹尼？」

「我們快到了！等一下，要過橋……哇！」

丹尼本來昨天晚上就應該拿鞋子過來，結果他跟上次度假時認識的攝影師去夜店跳舞（不要問我細節。他描述他們在摩洛哥共度的那晚時，我不得不用手遮住肚子以免寶寶聽

到）。他開心地大笑，我還聽到他朋友的哈雷機車的隆隆聲？他怎麼可以這麼開心？難道他不知道我有多緊張嗎？

盧克離開之後這幾天我都沒什麼睡。昨天好不容易睡著後又做了一個好可怕的惡夢。我夢到我到 Oxo 塔上等他，在風雨中站了好幾個小時他才出現，可是他不知道爲什麼突然變成依蓮娜，而且開始教訓我，然後我開始掉頭髮……

「不好意思，借過！」

一名牽著兩個小孩的婦女正用怪異的眼神看著我。

「抱歉。」我馬上清醒，退開讓他們過。

其實盧克離開之後我們就沒有講過話。他有打過幾次電話，可是我都沒接，事後再傳簡訊說我沒接到他的電話，還說我很好。我想等他收到信之後再跟他說話。根據快遞公司的紀錄，他應該是昨天晚上收到的，日內瓦那邊有人在晚上六點十一分簽收，所以他應該已經看到信了。

今天晚上六點，我就會知道他會去那裡等我，還是……

我突然又一陣反胃，只好趕快搖搖頭，克服想吐的感覺。我現在應該先不要想這件事，先準備待會的採訪和拍照。我吃了點巧克力餅乾補充體力，再看一次瑪莎昨天寄給我的文章，是關於他們之前採訪過的另外一位甜美的準媽咪。瑪莎希望讓我「有一點概念」，知道他們會問些什麼。那個準媽咪的名字叫亞美莉雅高登巴拉克勞，她家在倫敦肯辛頓的高級住宅

區，拍攝地點是她家裡寬敞的嬰兒房。她穿了一件鑲珠的雪紡紗上衣，戴了五十幾條手鍊。

她的每一句話聽起來都好了不起。

「嬰兒房的家具全都是委託法國普羅旺斯的工匠手工打造的。」

哼，那我就說我們的都是請⋯⋯外蒙的工匠做的。不對，是我們訂做的。那些接受時尚雜誌探訪的人從來不在一般的店裡買東西，他們都是找人訂做，不然就是去二手市場撿來的，不然就是什麼知名設計師送的。

「我和我老公每個星期都會在我們的『休養室』做雙人瑜珈，增進彼此之間的感情和默契。」

想到去度蜜月的時候我和盧克一起做雙人瑜珈的回憶，我心裡一揪。

至少我們那時候還是一對，還有一起做瑜珈。

我突然有些哽咽。不行，不能這樣，要有信心，要很甜美。不然我想個比一起做瑜珈更酷的東西好了，就像那天在雜誌上看到的，一起練氣功之類的。

摩托車的引擎聲打斷了我的思緒。我抬起頭，看到一臺哈雷機車高速騎在安靜的住宅區

Shopaholic and Baby

341

街道上。

「嗨！」我揮手說，「我在這裡！」

「麗貝卡！」摩托車在我旁邊停了下來，車身還不停地震動。丹尼拿下安全帽，從後座跳下來，手裡拿著一只鞋盒。「給妳！」

「丹尼，謝謝。」我用力地抱住他。「你救了我一命。」

「不客氣！」丹尼又跨上機車。「採訪完要把過程都告訴我！對了，這是薩恩。」

「嗨！」我對著薩恩揮手打招呼。他從頭到腳都穿著皮衣皮褲。「謝謝你幫我送過來！」

摩托車又隆隆地疾駛離去。我拎著裝滿我自己準備的幾件衣服和道具，還有一束今天早上特地去買，要用來佈置家裡的花，走到三十三號門口，辛苦地把大堆東西提上階梯，按下門鈴。沒有人來開門。

我等了一下才又按門鈴，還一邊大喊，「費比雅！」還是沒有人來開門。

她該不會忘了是今天早上吧。

「費比雅？妳在家嗎？」我用力敲門。「費比雅！」

完全沒有回應。沒有人來開門。我開始緊張了。怎麼辦？雜誌社的人馬上就要來了……

「嘿！」路上有個人好像在叫我。我轉過頭，看到有個女孩子從一臺 Mini Cooper 車裡探出頭來。她身材苗條、一頭滑順的美髮，手上帶著宗教氣息的神祕手鍊，還有一只超大的訂婚鑽戒。她一定是《時尚》雜誌的人。

「妳是麗貝卡嗎？」她大喊。

「我是！」我勉強擠出笑容。

「沒錯！」她興奮地打量著眼前的建築。「妳家好漂亮哦！我好想趕快進去看！」

「喔。呃……謝謝！」

「怎麼了？」瑪莎似乎有些疑惑。

「沒事！」我揮揮手。「只是……享受早上的空氣……」

我故做輕鬆地靠在大門口站著，好像在自家門口乘涼一樣。

其實我正在努力想辦法。要不要乾脆在門口拍照就好了？我可以說門口是我家最漂亮的地方，裡面其實沒什麼……

「麗貝卡，妳是不是忘了帶鑰匙？」瑪莎更困惑了。

這個理由真是太好了。我怎麼沒想到？

「對啊！我真是笨！」我用力打自己的頭。「鄰居也沒有我家鑰匙，家裡又沒人……」

「啊，糟糕！」瑪莎的臉垮了下來。

「對啊。」我無奈地聳聳肩。「真的很抱歉，可是如果我們進不去……」

這時前門突然打開，害我差點跌進去。費比雅穿著橘色的Marni洋裝，正在揉眼睛。

「麗貝卡，嗨。」她聽起來好像還沒醒，可能是安眠藥的藥效還沒退。

「哇！」瑪莎的臉又亮了起來。「有人在家！我們運氣真是太好了！這是哪位？」

「喔，這是費比雅，她是我們的……房客。」

「房客？」費比雅不滿地皺起鼻子。

「房客兼好友。」我馬上改口，還搭住她的肩膀說，「我們感情很好……」

幸好此時路上有輛被 Mini 擋住的車開始按喇叭。「麗貝卡，我們要先去買咖啡，要不要順便幫妳帶一杯？」

「吵死了！」瑪莎說。

「不用了，謝謝！我在家裡等你們就好了。」我伸出一隻手握住門把，以示主權。「待會兒見。」

我看著他們開車離開之後，轉身面對費比雅說，「我還以為妳不在家！我們要快點，妳要的東西我都帶來了。包包、上衣……」我把手提袋拿給她。

「好。」她貪婪地看著手上的東西。「那鞋子呢？」

「有！」我說，「我朋友丹尼請一位模特兒專程從巴黎送過來的。就是那個知名設計師丹尼·可維茲。」

我拿出鞋盒的時候忍不住有點得意。全世界只有我才能拿到這雙鞋子，都是因為我的人脈廣。我原本以為費比雅看到鞋子的時候會驚喜地大喊，「妳真是太厲害了！」沒想到她瞄了一眼就開始皺眉。

「不是這個顏色。」她蓋上盒子，退還給我。「我要的是綠色。」

她有色盲嗎？這可是最美麗的灰綠色，鞋盒上不就寫了大大的「綠色」兩個字嗎？

「費比雅，這雙是綠色的沒錯。」

「我要的是……」她揮揮手。「比較藍的那種綠。」

我已經快要失去耐性了。「妳是說……像土耳其藍那樣的嗎？」

「對！」她的臉馬上亮了起來。「就是土耳其藍。這種顏色太淡了。」

怎麼會這樣？這雙鞋子可是從巴黎的模特兒手上拿到，由全球知名的設計師親自送過來的，她竟然說她不要？

她不要，我要。

「沒關係。」我把鞋盒拿回來。「我去幫妳調土耳其藍的鞋子，可是我今天還是要用房子……」

「這個嘛……」她靠在門上，低頭看著袖口一絲脫落的線頭說，「今天不太方便。」

不太方便？怎麼可以不方便？

「我之前不是跟妳說好了嗎？雜誌社的人都來了！」

「請他們改天再來不行嗎？」

「妳怎麼可以叫《時尚》改天再來！」我氣得越講越大聲。「這可是《時尚》雜誌的採訪！」

她無所謂地聳聳肩。我的怒火突然上升。她知道我今天要來，她是故意的。我絕對不能讓她得逞！

「費比雅，」我身體往前傾，呼吸急促。「這是我登上《時尚》雜誌的唯一機會，我絕對不會讓妳破壞。我拿到妳要的上衣，我拿到妳要的包包，我也拿到妳要的鞋子！如果妳今天不讓我進去，我就⋯⋯」

「就怎樣？」費比雅說。

「我就⋯⋯」費比雅說。

「我就⋯⋯打電話給我以前在紐約邦尼斯百貨的同事，叫他們把妳列為黑名單！」我突然靈光一現。「如果妳要搬去紐約，卻不能在邦尼斯逛街，妳的人生還有什麼樂趣？」

她的臉色馬上變了。

「那我現在要去哪裡？哈，嚇到妳了吧？」

「隨便妳！去做按摩或什麼的！出去就對了！」她鬆開擋在門上的手，生氣地說。我把行李箱塞走廊，從她旁邊擠進她家。

我要快點。我打開行李箱，拿出一個有我和盧克結婚照的銀相框擺在玄關桌上。相框一擺上去，看起來就像我的房子了。

「妳老公呢？」費比雅雙手抱胸看著我說。

我沒有想到她會這麼問，一時不知該怎麼回答。

「他⋯⋯在國外出差。」我說。「我們晚上六點約在 Oxo 塔上。他一定會去。」我深呼吸一口氣。「他一定會去。」

「他不是應該一起來？妳這樣好像單親媽媽。」

我的眼睛有些灼熱。我用力眨眨眼，不讓眼淚掉下來。

「妳沒事吧？」費比雅看著我說。

「今天……今天對我來說是很重要的一天。」我拿出面紙擦擦眼睛。「可以幫我倒杯水嗎？」

「只不過是《時尚》雜誌來採訪罷了。」我聽到費比雅在走向廚房的路上咕噥著說。

好，快好了。二十分鐘後，費比雅終於離開了，這房子終於有屬於我的感覺。我把費比雅的照片都拿下來，換上我和我家人的照片，把繡有我和盧克名字縮寫的靠墊放在客廳沙發上。家中四處的花瓶裡都插滿花。我翻遍廚房的樹櫃，記住東西擺放的位置，在冰箱上貼了幾張「寶貝，家裡有機蔾麥快沒了」和「盧克，星期六要去練氣功，不要忘了哦！」之類的便利貼。

我知道採訪的時候一定會問我鞋子和包包方面的問題，所以我在費比雅專門擺放鞋子的房間裡放了幾雙我自己的鞋子。我正在數裡面有幾雙 Jimmy Choo 的時候突然有人按門鈴，把我嚇了一跳。我把其他的鞋子塞進櫃子裡，照了一下鏡子，戰戰兢兢地下樓開門。

我一直都想在雜誌上看到我的衣服被一個個編號列出來。我的夢想終於要成真了！我邊走邊快速地複習一下我身上有哪些牌子。洋裝：Dianevon Furstenburg。鞋子：Prada。褲襪：Topshop。耳環：我媽送的禮物。

不行，這樣不夠酷。要說是……是私人提供。不對，這是古董耳環，是我在巴黎市區巷子裡的一家舊畫室，在一個一九三○年代的馬甲上找到的。沒錯，這樣說才對。

我笑容滿面地打開前門，然後又突然僵住……

不是雜誌社的人，是盧克。他穿著大衣，拎著行李，似乎沒有刮鬍子。

「這是什麼東西？」他一開口就拿著我的信問我。

我看著他，說不出話來。不對，不應該是這樣，他應該要帥氣地出現在 Oxo 塔上等我，這樣才浪漫，不是一副落魄又生氣的樣子出現在門口。

「我……你怎麼會在這裡？」

「我怎麼會在這裡？」他一副不可置信的口吻說。「還不是因為妳的信？妳不接我的電話，我不知道妳到底怎麼了……『到 Oxo 塔上見我』。」他揮著手中的信紙。「這到底是什麼垃圾？」

垃圾？

「這不是垃圾？」我生氣地說，「我想努力挽回我們的婚姻……」

「挽回我們的婚姻？」他瞪著我。「為什麼要去 Oxo 塔挽回我們的婚姻？」

「電影都是這樣演的！你應該要去塔上等我，然後像《西雅圖夜未眠》一樣浪漫……」

我好失望，我真的以為一切都會很順利。他會出現在塔上，我們會飛奔進彼此的懷裡，重修舊好。

「我不懂。」他皺著眉，低頭看著手中的信。「我完全看不懂這封信。『我知道你有……』，有什麼？血管栓塞嗎？」

他竟然敢嘲笑我。我再也受不了了。

「有外遇！」我大喊。「有外遇！你跟維妮莎！我以為你想再試一次，看能不能挽回我們的婚姻，看來你沒有這個意思。拜託你走，我還要接受《時尚》雜誌的探訪。」我生氣地抹去眼眶的淚水。

「外遇？」他好像真的很驚訝。「麗貝卡，妳在開玩笑嗎？」

「隨便你怎麼說。」我正準備關門，他卻緊緊抓住我的手。

「不要這樣。」他的聲音像雷一般落下。「我不知道到底發生什麼事情。妳突然寫一封這樣的信給我……又說我有外遇……妳要給我解釋清楚才能走。」

他是搬到外星球了嗎？還是被人打到頭得了失憶症？

「你不是都已經承認了嗎？」我幾乎是在尖叫。「你說我的血壓太高，你想要『保護』我，不讓我知道，你忘了嗎？」

他專注地看著我的臉，彷彿在找答案。

「我離開之前我們在醫院的談話。」他突然說。

「對！你終於想起來啦？」我忍不住嘲諷地說。「你不是打算等寶寶出生之後才要告訴我嗎？你說要看事情後來『怎麼發展』，你自己承認的……」

Shopaholic and Baby
349

「我不是在說外遇的事情！」盧克終於爆發了。「我是在說我們公司跟雅克達斯之間的問題！」

我嚇了一跳，頓時氣勢全消。「什麼？」

我突然發現人行道上有兩個小朋友在看我們。我們在這裡吵應該很引人注目，尤其是我的肚子又這麼大。

「我們進去再談。」我一臉嚴肅地說。盧克順著我的目光看過去，看到街上的小朋友。

「好。」

他走進房子裡。我關上門。走廊上好安靜。我呆住了，不知道該說什麼。

「麗貝卡……我不知道妳到底是從哪裡得到的錯誤訊息。」他深深地吸了一口氣。「公司最近一直有狀況，我不想讓妳擔心，所以沒有告訴妳。可是我沒有外遇，而且還是跟維妮莎？」

「可是她說你們已經在一起了。」

盧克呆住了。「她不可能這樣講。」

「她真的這麼說！她說你要離開我，跟她在一起，她還說……」我咬著嘴唇。想起維妮莎那天說的話讓我好難過。

「這根本……根本就是……亂講。」他氣得搖頭。「我不知道妳們兩個到底是怎麼講的，怎麼會有……會有這樣錯誤的資訊。」

「你的意思是你們之間沒有什麼？完全沒有？」

他抓著頭髮，閉上眼睛然後又睜開。「為什麼妳會認為我們之間有什麼？」

「為什麼？」我瞪著他。「你自己一點感覺都沒有嗎？我要從哪裡開始講起？你們兩個老是在一起，傳拉丁文的簡訊，你從來不告訴我簡訊的內容是什麼，公司的人對我的態度變得很奇怪……我還看到你坐在她桌子上……而且你還騙我，你根本就沒有去參加金融大獎的頒獎典禮……」我的聲音開始顫抖。「我知道你沒有去……」

「我騙你是因為我不想讓妳擔心！」我從來沒有聽過盧克用這麼憤怒的口氣說話。「公司的人對妳態度很奇怪，那是因為我發了一封信，禁止他們把公司的問題告訴妳，違者一律開除。麗貝卡……我是在保護妳。」

我突然想到幾個星期前，他沒開燈，坐在書桌前眉頭深鎖的樣子。從那之後他就一直心事重重。

那為什麼維妮莎會說……她為什麼要這樣說……

「她說你要離開我，跟她在一起。」我開始啜泣。

「離開妳？麗貝卡，來。」他緊緊地抱著我。我把頭埋在他的胸膛裡，成串的眼淚浸濕他的襯衫。「我永遠不會離開妳，更不會離開小柏金。」

「她說你之後還是會想來看寶寶。」

「離開妳？我愛妳。」他用堅定的口吻說。

他怎麼知……

好吧。他一定是看到我列出來的名字清單。

「現在是亞瑪加頓或波瑪葛瑞南特。」我帶著鼻音說。「我跟你媽說的。」

「很好。最好讓她嚇到昏倒。」

「差一點。」我很想笑又笑不出來，因為我的情緒還沒平復。我擔心了好幾個禮拜，一直想像最壞的情況，不可能一下子就平復。

「我以為我要當單親媽媽了。」我哽咽地說。「我以為你愛的是她。我不知道你最近為什麼都這麼奇怪。如果你的公司有問題，應該要告訴我才對。」

「我知道。」他靜靜地把下巴靠在我頭上。「坦白說……我只是想要有個地方可以逃避。」

我抬頭看著他。他看起來好疲倦。真的真的很疲倦。

「到底怎麼了？」我擦擦眼淚。「出了什麼事？你現在一定要告訴我。」

「雅克達斯。」他說。

「你們之間不是配得很好嗎？」我很困惑。「你不是還因此設了好幾個新的據點？」

「早知道當初就不要去爭取這個案子。」他的口氣聽起來好灰暗，我好害怕。

「盧克，到底出了什麼事？」我有點不安。「我們坐下來講。」我走進客廳，挑了張舒適的麂皮沙發坐下。

「很多事。」盧克跟著我走進客廳。看到沙發上繡著我們名字的靠墊，他挑了挑眉，坐下，雙手抱著頭。「妳不會想聽的。」

「我想聽。從頭開始說。」

「整個合作的過程根本就是一場惡夢。」他轉頭看著我。「最嚴重的就是有人指控他們的員工性騷擾。」

「性騷擾？」我呆住了。

「妳記得我們公司有個莎莉安‧戴維斯嗎？」

「記得啊。」我點點頭。「怎麼了？」

從我認識盧克開始，莎莉安就一直在他的公司工作。她很文靜，不過做事可靠，人又貼心。

「她和伊恩之間……出了一點狀況。她說他的態度很粗暴，讓她很不舒服。她向我抗議，但是伊恩只是笑笑當作沒事。」

「天啊，好糟糕。那……你後來怎麼……」

「我相信莎莉安不會說謊。」他的口氣很堅決。

我想到大衛‧薛普給我的那個牛皮紙袋裡面有關伊恩的資料，說他有很多案子後來都私下了結。

「要告訴盧克嗎？

不要。除非真的有必要。不然他一定會問很多問題，說不定還會生我的氣。而且我早就把所有的檔案都送進碎紙機了，我手上也沒有證據。

「我也相信她。那伊恩怎麼說？」

「我不想重複他的話。」盧克表情緊繃地說。「他說她是為了升官才做出這樣的指控。」

我皺著眉回想最近這陣子發生的事情。「你是因為這樣所以才沒有陪我去上媽媽教室嗎？」

「對，那時候事情才剛開始。」他邊按摩眉頭邊說。「麗貝卡，我沒有辦法告訴妳這些事。我很想說，可是我知道妳一定會很煩惱，維妮莎又說不能讓妳心情起伏波動太大。」

不能讓我心情起伏波動太大。哼，她的建議果然有效。

「後來呢？」

「莎莉安說沒有關係，只要把她調去負責其他的案子，她就不繼續追究。我們當然是尊重她的意願，可是全公司上下都很不滿。」他嘆口氣。「坦白說，我們跟雅克達斯的合作一開始就出現很多問題。」

「伊恩很討厭，對不對？」我直接說。

「不只是他。」他搖搖頭。「他們公司的人都一樣，全都是惡霸。」他臉上閃過一抹陰影。

「最近又發生同樣的事情。」

他搖搖頭。

「又是莎莉安嗎？」

「是一個助理，叫做艾米‧西爾。她被雅克達斯公司的人嚇到哭。她說覺得

自己的人身安全受到威脅。」

「不會吧？」

「他們在我公司裡面大搖大擺地進出出，好像那是他們的地盤一樣。」他的呼吸好急促，似乎是在控制自己的情緒。「我請他們來開會，要求那個侵犯艾米的雅克達斯員工向她道歉。」

「他有道歉嗎？」

「沒有。」盧克的臉扭曲了起來。「他還要我開除艾米。」

「開除？」我呆住了。

「他說，如果她有把事情做好，就不會惹他生氣。我底下的人全都在抗議，一直寫信來跟我抱怨，拒絕接雅克達斯的案子，威脅要辭職⋯⋯」他伸手抓著頭髮，看起來非常煩惱。「整件事情就像一場惡夢。」

我靠在費比雅的沙發上，思考這整件事情。原來他有這麼多煩心的事。可是他竟然一個字也沒說，只為了要保護我。

原來他根本就不是有外遇。

他低著頭，沒有看我。他還是有可能在騙我。就算雅克達斯的事情是真的，他還是可能跟維妮莎有什麼。他只是為了讓妳快樂而演出這場戲。維妮莎的話再度浮現在我腦海中。

「盧克，求求你告訴我，」我突然脫口而出，「坦白說，你到底有沒有外遇？」

盧克吃驚地看著我。「麗貝卡，這件事情我不是已經解釋過⋯⋯」

「她說你只是在演戲。」我難過地捲著手指。「她說你只是⋯⋯只是為了讓我快樂而裝的。」

他轉過來面對我，緊緊地握住我的雙手。

「麗貝卡，我跟她真的沒有什麼。我真的沒有什麼。我不知道要怎麼說才夠清楚。」

「那她為什麼要這樣講？」

「我不知道。」他好像真的手足無措。「我不知道她在說什麼。麗貝卡，妳要相信我。」

我沒有回答。老實說，我不知道，我不知道自己能不能再相信他。

「我想喝杯茶。」我低聲說。說完便站了起來。

我以為我們談完之後，一切開誠布公之後，情況就會好轉。可是現在所有的事情都像展示在講臺上一樣清清楚楚了，我還是不知道到底該相信什麼。我避開盧克的目光，走進廚房，開始在費比雅那些手工打造的樹櫃裡找茶包。這不是應該是我的房子嗎？我怎麼都找不到茶葉呢？

「開那個櫃子看看。」盧克說。我剛好打開一個堆滿鍋子的大抽屜又用力關上。這些廚具作工好精細，怎樣用力都不會有撞擊聲。「角落那一個。」

「好。」我一打開就看到一盒茶包。我把茶包拿出來放在檯面上，全身的力氣彷彿在瞬間消失。盧克站在廚房後面的玻璃門邊，正往外看著花園的景色，肩膀僵硬。

我沒有想到我們的相聚會是這樣。這跟我原先想像的完全不一樣。

「雅克達斯的事情怎麼辦？」我拉著茶包的棉線說。「總不能開除艾米吧？」

「我當然不會開除艾米。」

「那還有其他的方案嗎？」

「方案一：我安撫大家。」盧克頭也不回地說，「接受大家的批評，安撫幾個同仁的情緒，一切照舊。」

「直到類似的事情再度發生。」我說。

「沒錯。」盧克轉過來嚴肅地點點頭。「方案二：我跟雅克達斯開會，直接告訴他們，我不能坐視我的員工被欺負。我要他們向艾米道歉，要他們講理。」

「還有方案三嗎？」從他的表情，我看得出來，他還有其他備案。

「方案三：如果他們不願配合……」他停頓了好長一段時間。「我們就拒絕合作，終止合約。」

「可以這樣做嗎？」

「可以。」他雙手握拳，用力擦眼睛。「只是代價會很高。第一年就終止合約會被罰款，加上我們就是因為有這張合約才設了那幾個歐洲的據點，以為這將是我們的美麗新世界，以為會有更美好的未來。」

我聽得出來他很失望，突然好想緊緊地抱住他。他們公司贏得雅克達斯這個大客戶的時

候，大家都好高興，好像拿到一個大獎一樣。

「那你打算怎麼辦？」我試探性地問。

盧克面色凝重地從旁邊拿起一個古董胡桃鉗把玩。

「我可以叫員工忍一忍，繼續工作。有幾個人可能會離職，不過大部分的人都會屈服，畢竟大家都要養家活口。」

「然後有一個工作氣氛不愉快的公司。」

「不愉快可是賺錢的公司。」他的口氣有些尖銳，我不喜歡。「做這行不就是爲了賺錢嗎？」

寶寶突然用力踢了我一下，一切都……都好痛。我。盧克。整個情勢。全都令人心痛。

「這不是你想見到的情況。」

他沒有回應，表情還是那麼僵硬，彷彿沒有聽到或不同意或不在乎我剛才說的話。我知道他在想什麼。他很重視他的公司，他希望看到公司的業務蒸蒸日上，也希望大家的工作氣氛很愉快。

「盧克，你公司的員工……」我往前走了一步。「都是你的家人，這麼多年來都一直跟著你。如果艾米是你的女兒，你一定也希望她老闆會替她爭取權益。而且……你不是老闆嗎？當老闆不就是可以不用聽別人指揮？」

「我會跟他們談談看。」他還是低著頭。「也許可以想出個辦法。」

他把胡桃鉗放回桌上，抬頭看我。「麗貝卡，如果最後我們不得不終止和雅克達斯的合約……我們可能就當不了千萬富翁了。這點我要先告訴妳。」

我心裡一揪。之前一切都是那麼順利，我們就要征服這個世界，坐私人飛機到世界各地，我正打算要去買 Vivienne Westwood 一雙要三千英鎊的細跟長統靴。

反正 Topshop 也有類似的，一雙只要五十英鎊，買便宜的就可以了。

「短期內或許還不會。」我驕傲地抬起頭。「可是等你接到下一個大案子，我們還是有可能成為千萬富翁。到時候……」我看著一旁的名牌廚具說，「反正我們現在還過得去。小島以後再買也沒關係。」我想了一下又說，「算了，不要買小島，現在沒有人在買小島了。」

盧克看著我，默默不語，然後突然放聲大笑。

「麗貝卡·布盧姆伍德，妳一定會是個很特別的媽媽。」

「真的嗎？」我嚇了一跳，雙頰瞬間飛紅。「好的那一種特別嗎？」

他走過來，把手輕輕地放在我肚子上。「這個小傢伙的運氣非常好。」他低聲說。

「可是我不會唱兒歌。」我有點沮喪地說。「這樣就不能哄寶寶睡覺。」

「兒歌沒有用。」盧克很有信心地說，「我可以唸《金融時報》的文章給寶寶聽，絕對會哄他睡著。」

我們兩個低頭看著我的大肚子。我還是沒有辦法面對裡面有個寶寶的事實。尤其是他總有一天要出來的部分。

先不要擔心這個問題好了。也許在寶寶出生之前還會有新的生產方式出現。

過了許久盧克才又抬起頭來，臉上的表情有些怪異。

「麗貝卡，」他的口氣輕鬆自若。「結果是亞瑪加頓還是波瑪葛瑞南特？」

「啊？」我一臉疑惑地看著他。

「我今天早上在家裡找妳的行蹤時，在妳的抽屜裡找到……」他遲疑了一下。「找到一組性別偵測器。妳已經知道寶寶是男生或女生了吧？」

我的心臟突然猛力一跳。可惡！早知道就把那個東西丟掉。我怎麼會那麼笨。

盧克的臉上掛著微笑，可是我從他的眼神中看出他有一點受傷。我突然覺得好難過。我怎麼會刻意把他排除在外呢？我為什麼那麼想要知道寶寶的性別？有那麼重要嗎？

我緊緊握住他的手。「其實我沒有做檢測，我不知道寶寶的性別。」

「麗貝卡，告訴我沒有關係，如果只有我一個人不知道，好像也沒有什麼意義。」

「我沒有做那個檢測！」我說，「真的！那要等好久又要抽血……」

我看得出來，他不相信我。到時候護士在產房說，「是男生！」或什麼的，他還是會以為我早就知道了。

我突然有些哽咽，我不希望事情變成這個樣子。我希望我們兩個可以一起知道結果。

「盧克，我不知道寶寶的性別。」淚水盈滿我的眼眶。「我真的真的不知道。請你相信我，我不會騙你。到時候對我們兩個人都會是個……很棒……很棒的驚喜。」

我抬頭看著他，全身緊繃，雙手抓著我的裙子。他看著我的臉，過了許久才鬆開緊皺的眉頭。「好吧，我相信妳。」

「我也相信你。」這句話突然從我嘴裡迸了出來。

話一出口，我就發現其實我真的相信他。我可以要求盧克證明他沒有跟維妮莎在一起，我可以再委託徵信社跟蹤他，我也可以永遠都懷疑他。我可以選擇相信他，永遠擔心。

最後妳只能選擇到底要不要相信一個人。我選擇相信他。真的。

「來。」他把我拉過去抱緊。「寶貝，一切都會沒事的。」

過了一陣子我才掙脫，深呼吸一口氣，整理我的情緒，順便拿出幾個馬克杯。

「如果你和維妮莎真的沒什麼，為什麼她會這樣說？」

「我不知道。」盧克一臉疑惑。「妳確定她是這個意思嗎？是不是妳聽錯還是誤會了？」

「沒有！」我氣沖沖地說。「我才沒有那麼笨！她說得很清楚。」我扯下一張廚房紙巾擤鼻涕。「還有，我不要給她接生，也不要去參加什麼爛茶會。」

「好。」他點點頭。「我們還是可以回去給布萊恩醫生看。他寫了好幾次信來問妳最近狀況怎麼樣。」

「真的嗎？他好貼心⋯⋯」

門鈴聲把我嚇了一跳。一定是雜誌社的人，我差點忘了他們要來。

「誰啊？」盧克問我。

「是《時尚》雜誌的人！」我慌張地說，「我來這裡就是要給他們採訪和拍照。」

我匆匆忙忙地趕到門口，順便先照一下鏡子。我的妝都斑駁了，眼睛好腫又都是血絲，笑容僵硬。我完全忘記哪個房間在哪裡，原先準備的那些臺詞都忘光了，我連自己穿的內褲是哪個牌子都記不得。不行，我不能接受採訪。

門鈴又響了一次。

「妳不打算開門嗎？」盧克說。

「我要改期！」我難過地看著他。「你看看我，好難看，這樣怎麼上雜誌？」

「妳一定沒問題。」他走過去開門。

「他們以為這裡是我們家！」我急著說，「我說我們已經住在這裡了。」

盧克轉頭瞪了我一眼，表示難道我以為他不知道。

「大家好！」他用他最有自信、最能展現大公司老闆氣勢的口吻說，「歡迎光臨寒舍。」

諾貝爾獎應該要頒給化妝師才對，感謝他們對人類福祉的貢獻。髮型師也要。

盧克也要。

三個小時後，拍攝的過程十分順利，盧克對雜誌社的人充分施展他的魅力，帶著他們到處參觀，他們真的以為我們住在這裡！

我覺得自己好像變了一個人。至少我看起來像變了一個人。化妝師把我斑駁的妝容補

好，還很貼心地安慰我說，至少我沒有因為吸毒而恍神或遲到六個小時，也沒有帶討厭的小狗來（看來她不太喜歡模特兒）。

我的頭髮滑亮又柔順。雜誌社用拖車運來好多好漂亮的衣服。我穿著 Missoni 的洋裝站在氣派的樓梯上對著鏡頭微笑，感覺自己好像超級名模克勞蒂亞‧雪佛。我取消所有的會議在這裡陪我接受採訪。

盧克站在樓梯下面，帶著鼓勵的微笑看著我。他說有了寶寶之後，讓他重新思考人生的順序，他覺得當爸爸對他會是很大的改變。他說現在的我比以前更美（這完全是謊言，不過我還是很高興）。他還說……他說了很多話。他甚至知道客廳壁爐上掛的那幅畫是誰的作品。雜誌社的人問他的時候，他竟然回答得出來。他真的好厲害！

「要去外面拍了嗎？」攝影師問瑪莎。

「好啊。」她點點頭。我小心翼翼地拉著裙擺走下樓梯。

「要不要穿那件 Oscar de la Renta 的禮服？」

造型師帶了一件好漂亮的紫色晚禮服和披肩，聽說是一個懷孕的電影明星訂做的衣服，可是她後來沒有穿出來亮相。我好想穿看看。

「在草地上拍效果應該很不錯。」瑪莎走到走廊的盡頭，看著玻璃門外的景色。「好漂亮的花園！是你們自己設計的嗎？」

「當然！」我瞄了一下盧克。

「我們當然是有委託園藝公司。」他說，「不過設計的概念都是我們自己的。」

「沒錯。」我點點頭。「結合了禪風和……都會結構……」

「樹的位置非常重要。」盧克又補充說。「我們至少改了三次。」

「哇！」瑪莎點點頭，連忙把這些記下來。「你們真的很要求完美。」

「我們很重視設計。」盧克一臉嚴肅地說，然後又對我眨眨眼，害我差點笑出來。

「你們一定很期待看到寶寶在草地上玩……學走路的樣子。」她抬起頭，微笑著說。

「對啊。」盧克握住我的手。「非常期待。」

我正準備開口說話的時候，我的肚子突然抽了一下，好像被人用雙手擠壓一樣。其實之前就已經開始了，只是現在的感覺又更強烈。「啊。」我忍不住驚呼一聲。

「怎麼了？」盧克馬上緊張了起來。

「沒事。」我連忙說。「要披上披肩嗎？」

「先幫妳補個妝。」瑪莎說，「然後大家休息一下吃個午餐。」

我穿過走廊，走到大門口之後停了下來。我的肚子剛才又收縮了一下，這次是真的。

「怎麼了？」盧克看著我說。「麗貝卡，妳怎麼了？」

不要緊張。

「盧克，」我平靜地說，「陣痛開始了。我的肚子已經收縮一陣子了。」

又縮了一次。我開始做淺呼吸，就像產前教室教的一樣。我真聰明，馬上就知道該怎麼

應付。

「一陣子？」他馬上驚慌地走到我身邊。「多久了？」

我想了一下第一次是什麼時候。「應該有五個小時吧？我子宮頸可能已經開了⋯⋯五公分了吧？」

「開五公分是什麼意思？」盧克看著我說。

「意思就是產程已經進展到一半了。」我的聲音突然因興奮而開始顫抖。「我要生了！」

「天啊。」盧克馬上拿出手機。「喂？我要一輛救護車，快點！」

我一邊聽他報地址，雙腿突然發軟。預產期不是十九號嗎，我以為還有三個禮拜才要生。

「怎麼了？」原本正在看筆記的瑪莎抬頭問說，「可以去花園拍了嗎？」

「麗貝卡要生了。」盧克掛上手機。「我們得走了。」

「要生了？」瑪莎手上的筆記本和筆全掉到地上，她連忙把東西撿起來。「天啊！預產期不是還沒到嗎？」

「還有三個星期。」盧克說，「看來寶寶提早了。」

「麗貝卡，妳還好嗎？」瑪莎看看我。「要不要打止痛藥？」

「我有自然的減痛方法。」我握著脖子上的項鍊說。「這是古老的毛利族的生產石。」

「哇！」瑪莎馬上把這點記下來。「毛利是哪個毛？」

我的肚子又收縮了一下。我緊握著脖子上的生產石。雖然很痛，可是我還是忍不住興奮的感覺。大家說得沒錯，生產真的是很特別的經驗。我的身體各部位動作一致，彷彿天生就是為生產在做準備。

「妳有準備要帶去醫院的東西嗎？」瑪莎驚慌地看著我。「不是通常都會有一包東西？」

「有，我有打包一個行李箱。」我氣喘吁吁地說。

「好。」盧克把手機收起來。「我去拿。妳放在哪裡？」

「我⋯⋯」東西都在家裡，在我們真正的家裡。

「呃⋯⋯在房間的梳妝檯旁邊。」我慌張地看著盧克。他馬上就知道我的意思了。

「沒問題。」他說，「等一下順路去拿。」

「我去幫妳拿。」瑪莎熱心地說，「在梳妝檯的哪一邊？」

「不用了！呃⋯⋯沒關係，其實就在那裡！」我突然看到玄關的櫃子裡有個 Mulberry 的旅行袋。「我忘了我就放在那裡。」

「好。」盧克費了點力才把那個旅行袋拖出來，裡面還跳出一顆網球。

「妳帶網球去醫院做什麼？」瑪莎困惑地問我。

「去⋯⋯按摩用的。啊⋯⋯」我用力握住手中的毛利生產石，呼吸也變得更急促。

「麗貝卡，妳還好嗎？」盧克擔心地問我。「好像越來越嚴重了。」然後看了看錶。

「救護車怎麼這麼慢？」

「收縮越來越強烈了。」我忍著痛說。「我可能已經開了六、七公分了。」

「救護車來了！」攝影師從前門探頭進來說。「正在停車。」

「我們走吧。」盧克牽著我的手。「妳還可以走嗎？」

「應該可以吧。」

我們走出大門，在階梯上停了一下。救護車把整條路都堵住了，車上的燈光不停地閃爍。對面已經有一些人好奇地看著我們。

這一刻終於來了。等我出院的時候……我就已經生了！

「加油！」瑪莎大喊，「祝妳一切順利！」

「麗貝卡，我愛妳。」盧克緊緊地握住我的手。「妳好冷靜，好鎮定……我真是以妳為榮。」

「沒什麼，其實很自然。」我謙虛地說。就像《第六感生死戀》電影最後派屈克‧史威茲告訴黛咪‧摩兒天堂的景象時一樣。「很痛……又很美好的感覺。」

有兩位醫療人員從救護車上下來，正在朝我走過來。

「準備好了嗎？」盧克低頭問我。

「嗯。」我做了個深呼吸，開始走下樓梯。「走吧。」

Shopaholic and Baby

367

結果我根本就沒有陣痛也還沒有要生。怎麼可能？我不相信！

這一點也不合理。我還是覺得醫院搞錯了。全部的症狀我都有啊！書上說規律的收縮、背痛（其實只是腰有點酸）我都有，可是他們還是叫我回家，說我根本還沒有開始陣痛也沒有要生，這根本不是陣痛。

後來其實有點尷尬，尤其是我還要求要打無痛分娩，醫護人員全都哈哈大笑。真是的，幹嘛笑我，甚至把這件事情當成笑話到處打電話告訴別人。那個助產士以為自己講得很小聲，其實我都聽到了。

不過，這也讓我重新思考這整件事情。如果真正的陣痛根本就不是這樣……那陣痛到底會有多痛？我們出院回家之後，我和盧克長談，我說經過仔細思考，我決定我沒有辦法承受生產的痛，有沒有其他方法讓寶寶出來？

他很貼心地聽我說。不像那個我打電話去問的笨助產士只會說，「小姐，妳一定沒問題。」他說只要是我想得到的減痛方式都要準備，錢不是問題。所以我就請了一位熱石按摩師、腳底按摩師、芳香治療師、針灸師傅、順勢療師和專職的陪產員。我每天都打電話給醫院，確認麻醉師沒有臨時生病或被關在衣櫥裡之類的。

我把那個沒有用的生產石給丟了。我早就知道那個石頭沒有用。

已經一個星期了，還是沒有任何動靜。我的身材越來越臃腫，行動也越來越遲緩。昨天去給布萊恩醫師檢查，他說沒什麼問題，寶寶目前胎位正常，這是好消息。對寶寶來說是好消息，對我來說可不是。我現在連走路都有困難，睡覺也不好睡。昨天晚上我凌晨三點醒了之後就再也睡不著，躺在床上又很不舒服，只好爬起來看電視正在播的《生產實錄——可怕的真實案例》。

事後想想，我好像不太應該看這個節目。還好盧克也起床陪我，他還泡了杯熱巧克力安撫我的情緒，他說我們應該不太可能會遇到懷雙胞胎又碰到下大雪，方圓兩百英里內都沒有醫生的問題，就算遇到了，我們也會知道要怎麼辦。

他最近也睡得不是很好。都是雅克達斯的關係。他每天都在跟律師、員工開會。他想跟雅克達斯的高層開會把事情一次解決，可是伊恩連續兩次臨時取消會議，然後突然出國，到目前為止問題還是懸在那裡。時間拖得越久，盧克的壓力就越大。感覺我們兩個好像都抱著一顆定時炸彈一樣，只能等待。

我一向不喜歡等待的感覺。不管是等寶寶出生，等電話，還是等特賣會，我就是不喜歡等。

唯一的好處是盧克和我的感情比前幾個月好多了。這一個星期以來，我們談了好多事情，他的公司、未來的計畫……有天晚上我們還把之前度蜜月的照片拿出來看。

我們談了很多事情……就是不談維妮莎。

我有試過。出院那天晚上吃飯的時候，我有試著要告訴他維妮莎對我說的話，可是他根本就不相信。他不相信維妮莎會說他有外遇。他說他們真的只是好朋友。是不是我誤會了還是我聽錯了？

氣得我想把盤子砸到牆壁上說，「我有那麼笨嗎？」後來我還是沒有這麼做。因為這樣只會讓我們大吵一架，我不想破壞氣氛。

從那之後，我就沒有再提這件事。盧克最近煩惱的事情已經夠多了，我不想再增加他的困擾。他說如果我不想再看到維妮莎也沒關係，他已經終止跟她的合約，她已經不是他的客戶。我現在都去給布萊恩醫生檢查。盧克答應我，他不會再跟維妮莎見面。他說她已經成為我們生命中的過去式。

只是……我還是忘不了這件事，我還是很生氣。我沒有誤會她的意思。她確實說過他們在一起。她差一點就毀了我們的婚姻，怎麼可以就這樣放過她。

如果我可以去找她……如果我可以好好地教訓她一頓……

「麗貝卡，妳又在磨牙了。」蘇西說。「不要這樣。」半個小時前她帶著在恩尼斯學校園遊會上買的自製耶誕禮物來我家。她泡了一壺蔓越莓茶，端了一盤聖誕老公公造型的餅乾走過來，放在廚房檯面上。「不要再想維妮莎的事情了，這樣對寶寶不好。」

「妳不知道她有多過分，她又沒有叫妳穿難看的褲襪，還說妳的婚姻已經結束了，妳老

公要離開妳……」

「麗貝卡，」蘇西嘆口氣。「不管維妮莎說了什麼……不管她到底有沒有說這些話……」

「她有！」我生氣地說。「她就是這麼講的，一字不差，難道連妳也不相信？」

「我當然相信妳。」蘇西說。「可是女人懷孕的時候很容易過度反應……」

「我才沒有反應過度！她要搶走我的老公！難不成妳以為這一切都是我的幻想，是我自己編出來的？」

「沒有啦！」蘇西連忙說。「對不起。好吧，她是對盧克有意思，可是她最後並沒有成功對不對？」

「是沒有……」

「那就不要再想這件事了。麗貝卡，妳快要生了，這才是現在最重要的事情。」

她看起來好擔心我，我不敢說其實我很想衝進全人生產中心，告訴裡面所有的人，維妮莎‧卡特是個破壞別人家庭的狐狸精。

「哼，那她還會有多『全人』？」

「好吧，」我勉強說。「我忘了就是。」

「很好。」蘇西拍拍我的手臂。「幾點要走？」

我雖然已經請產假了，不過因為 The Look 百貨今天開放民眾排隊購買丹尼的新系列。

丹尼會在十二點到公司在 T 恤上親筆簽名，已經接到好幾通詢問的電話了！

整件事情突然變成很大的新聞，尤其是前幾天晚上丹尼被拍到跟八點檔連續劇的某個新的男演員緊摟在一起之後，各大媒體都大篇幅報導，幫我們做了免費的宣傳。丹尼今天早上還上廣播節目分析今年的春裝（他說難看死了，那些記者愛死了他的批評），還叫大家一定都要來 The Look。

哈！這都是我的點子。「再過幾分鐘再去就好了。」我看了一下手錶。「不急。遲到一下有什麼關係，總不能因為這樣開除我吧？」

「對啊。」蘇西從我們剛送到，包裝都還沒拆的戰士嬰兒推車旁邊的空隙擠過去，走到水槽邊。嬰兒房已經擺不下，走廊上已經堆了一臺荷蘭的 Bugaboo 嬰兒車（正在特價）和一臺結合汽座的三輪嬰兒車。「麗貝卡，妳到底買了幾臺嬰兒車？」

「好幾臺。」我含糊地回答。

「妳打算把這些推車擺在哪裡？」

「沒關係。」我說，「我們的新房子裡會有一間專門放嬰兒車的房間，叫做嬰兒車房。」

「嬰兒車房？」蘇西瞪著我。「妳已經有鞋房了，還有嬰兒車房？」

「那有什麼關係？有很多房間是好事。我說不定還會設一間包包房，小小間就夠了……」

我喝了一口蔓越莓茶。蘇西說蔓越莓茶有催生的效果。可是真的很難喝，我忍不住皺眉。

「妳要生了嗎？」蘇西馬上緊張了起來。「有沒有一陣刺痛的感覺？」

從她早上來之後到現在，已經是第三次問這個問題了。

「蘇西，我離預產期還有兩個禮拜。」

「那個一點都不準！」蘇西說。「那都是醫生自己講的。」她專注地看著我。「妳會突然想要掃地或清理冰箱嗎？」

「我們家的冰箱很乾淨。」我有點不太高興地說。

「我不是那個意思啦！」蘇西說，「這叫築巢本能。我要生雙胞胎之前，突然有股想要燙衣服的衝動，所以把唐群的襯衫全都燙好。露露在生產之前都會用吸塵器吸地。」

「吸地？」我疑惑地看著她。好難想像我會有想要吸地的衝動。

「真的！有很多孕婦都會突然想要刷地板……」有人在按門鈴。她跑去接對講機。

「喂，」她聽了一下才按開門。「有人送東西來。妳有買什麼東西嗎？」

「有！」我放下茶杯。「是我訂的耶誕節禮品！」

「是禮物嗎？」蘇西好高興。「有沒有我的禮物？」

「不是禮物。是耶誕節的裝飾品。好奇怪，我昨天突然有種衝動，想要在生產前把耶誕節該準備的事情做好。我訂了一個新的天使要掛在耶誕樹上，還有迎接耶穌降臨的蠟燭和耶穌誕生的人偶……」我拿起餅乾開始吃。「我都規劃好了。到時候我們會在新家的走廊上擺一棵大耶誕樹，到處都要放花環，還要用紅色的緞帶把薑餅人掛起來……」

有人按門鈴，我去開門。兩位送貨員手裡捧著一個好大的紙箱和一個大包裹，應該就是瑪麗亞和約瑟夫的真人大小的人偶。

「哇!」蘇西說。「我看妳還需要一個專門放耶誕節裝飾品的房間。」

這個建議不錯。

「嗨!隨便找個地方放。謝謝……」我簽完名之後,又轉回去對蘇西說。「我拿寶寶的耶誕襪給妳看……」

蘇西看看我,又看看走廊上的紙箱。表情好詭異。

「幹嘛?」

「麗貝卡,妳在築巢了!」

我吃驚地看著她。「可是我還沒有開始打掃家裡。」

「每個人都不一樣!說不定妳不是那種會打掃的人,說不定妳是那種會從郵購目錄上訂購東西的人!那種感覺很難抗拒,對不對?」

「對啊!」我突然發現我是這樣沒錯。「沒錯!我在信箱看到目錄之後就忍不住要訂東西。」

「那就對了。」蘇西得意地說,「這全都是大自然的安排。」

「哇!」我是大自然的安排!

「妳一點都沒有想要打掃家裡或整理東西嗎?」蘇西好奇地問我。

我想了一下。「沒有。」

「妳會想洗那些盤子嗎?」蘇西指著堆在水槽裡面,早上吃完還沒洗的碗盤。

「一點也不想。」我很肯定地說。

「這就證明了每個孕婦的症狀都不一樣。」蘇西搖搖頭，表示驚嘆。

我突然想到一件事。「如果我已經在築巢了，那我是不是很快就要生了？會不會今天下午就生？」

「不行！」蘇西驚慌地說，「妳不可以在送禮會-之前-生！」說完她馬上掩住嘴巴。

送禮會？是……要迎接寶寶的送禮會嗎？

「妳要幫我辦送禮會嗎？」我忍不住興奮的心情。

「沒有！」她連忙說。「我……不是……我沒有……」

她雙頰飛紅，抬起一隻腳的腳後跟，勾住另一隻腳的小腿。蘇西最不會說謊了。

「妳有！」

「好啦、好啦。」她急忙說，「可是我們要給妳一個驚喜。我不能告訴妳是什麼時候舉行。」

「是今天嗎？」我馬上說。「一定是今天！」

「我不告訴妳！」她慌亂地說。「不要再問我了。我什麼都沒說。我們該走了。」

❶ 英美習俗，在新生兒誕生之前親朋好友會舉辦送禮會，送禮物給尚未出世的寶寶。

Shopaholic and Baby

375

我們叫了一輛計程車去 The Look 百貨公司。快到公司的時候，我簡直不敢相信自己的眼睛。這比我們原先預期的還要熱鬧太多了。

排隊的人龍蜿蜒到好幾條街後方，我根本就看不到終點。有好幾百個女孩在排隊，大部分都還盛裝會打扮的，不是一群人在聊天就是在講手機。每個人手裡都拿著一顆上面寫著「The Look——丹尼·可維茲」的氣球，外頭播放著音樂，有個公關部門的女孩正在發健怡可樂和上面有丹尼·可維茲幾個大字的棒棒糖。

整個氣氛就像派對一樣。已經有新聞媒體來採訪，還有廣播節目的主持人在訪問排第一個的女生。我看到有個自稱是模特兒公司的人找上一名高挑的年輕女子。

「好棒。」蘇西在我耳邊說。

「對啊。」我忍不住露出得意的笑容。「走吧，我們進去吧！」

我們奮力地穿過人群，走到最前面。我把通行證亮給警衛看。他打開門讓我們進去。後面一群女孩子跟著往前推擠。

「你們看！」有個人正在氣沖沖地大喊。「她插隊！孕婦就可以插隊嗎？」

糟糕。我應該走後門的。

裡面也已經排了一長串正興奮地吱吱喳喳的女孩子，沿著其他部門排向一個一九二○年代裝飾藝術風格的鏡面古董桌。丹尼坐在像國王寶座一樣尊貴的椅子上，兩旁的大螢幕正在播放丹尼的作品。上頭拉起一張好大的布條，上面寫著：丹尼·可維茲親筆簽名會！丹尼正

在替三名穿著一模一樣的軍裝外套、綁著馬尾的少女簽白色T恤。她們三個則用充滿敬畏的眼神看著他。看到我走進來，他抬頭對我眨眨眼。

「謝謝。」我用嘴形示意，順便送了個飛吻。他真是百分之百的大明星。

而且我知道他正樂在其中。

不遠處艾瑞克正在接受另一群電視記者的採訪。

「我一直認為本公司應該要考慮跟設計師合作……」他正在說話。說到一半，他突然發現我就在旁邊，臉色微紅地停下來說，「我為各位介紹一下。這位是私人購物部門主管，麗貝卡‧布蘭登，這個點子是她提出來的……」

「大家好！」我大方地對攝影機揮揮手。「這個案子是艾瑞克和我攜手合作完成的。這對本公司而言將是一個新的開始。那些嘲笑過我們的人，你們等著看吧！」

我又補充了幾句類似的話之後就離開，讓艾瑞克繼續接受採訪。我赫然發現潔西就站在太陽眼鏡區那邊，穿著一件連帽外套和牛仔褲，看起來不知無措。我跟她說過今天發表會的事情，可是我沒想到她真的會來。

「潔西！」我走過去大喊。「妳來了！」

「麗貝卡，恭喜！」潔西看著四周擁擠的人潮。

「謝謝。很棒吧？妳有沒有看到那些電視臺的記者？」

「我在外面看到《泰晤士報》的記者。」潔西點著頭說。「還有《標準報》的記者。這

件事可是大新聞。」她露出微笑。「麗貝卡‧布蘭登再次順利出擊。」

我紅著臉，聳聳肩。「最近怎麼樣？去智利的事情還順利嗎？」

「還好。」她嘆口氣。

（我不是故意要批評她或什麼的，她真的就是這樣。）不過，她現在好像真的心情很糟。

要判斷潔西的心情好不好並不是很容易。就算她心情好的時候，也是有一點點的憂鬱。

「潔西，怎麼了？」我伸出一隻手，放在她手臂上。「是不是有什麼問題？」

「對。」潔西說。她抬頭看我，眼眶噙著淚水。「湯姆不見了。」

「不見了？」我嚇呆了。

「我本來不打算告訴妳，免得妳擔心，可是我們已經三天沒有看到他了。我猜他在賭氣。」

「因為妳要走的事情嗎？」

她點點頭。我好氣湯姆。他怎麼可以這麼自我中心？

「他傳了簡訊給他爸媽，說他沒事，就這樣。沒有人知道他到底去了哪裡。結果他媽媽說都是我的錯。」

「這當然不是妳的錯！他真是個……」我連忙阻止自己繼續說下去。

「麗貝卡，你們兩個認識那麼久，妳知道他可能去哪裡了嗎？」她眉頭皺得好緊。

我聳聳肩，不知道該說什麼。湯姆什麼事情都有可能做得出來。說不定他正在刺青店，

請師傅幫他在生殖器上刺「潔西不要走」幾個大字。

「他最後一定會出現。」我說。「他又不笨，說不定只是在哪裡喝醉了而已。」

「嗨，麗貝卡！」是茉莉。她滿手的帽子和圍巾。臉好紅，看起來很忙的樣子。

「嗨，茉莉？樓上情況怎麼樣？」

「一片混亂。」她翻了翻白眼。「到處都是客人，還好我們有增聘人手。」

「很棒吧？」我高興地說。茉莉卻還是繃著一張臉。

「我還是喜歡以前的樣子。今天晚上大家都要加班。我到現在都還沒有機會休息。」

「這樣公司才不會倒。」我說。可是茉莉還是不怎麼領情。

「隨便。」她突然大驚失色，一時說不出話來。「麗貝卡……妳是不是有去修眉毛？」

我正在想她不知道什麼時候才會發現！

「對啊。」我若無其事地說，還故意伸手摸了一下，「好看吧？」

「妳去哪裡修的？」她馬上接著問。

「恐怕不能告訴妳。」我的口氣充滿了遺憾。「不好意思。這是祕密。」

茉莉氣得大喊。「告訴我，妳去哪裡修的？」

「不要！」

「茉莉！」有個女孩子從手扶梯上喊她。「妳幫客人拿圍巾了嗎？」

「妳找到我去的沙龍對不對？」她氣沖沖地說。「妳是不是跟蹤我？」

「怎麼可能？」我無辜地說，一邊照著旁邊的鏡子。不是我自誇，我的眉毛真的修得很漂亮。這是請一個在北倫敦的印度女人修的，要親自去她家，然後她用一條棉線在妳臉上弄來弄去，要花好久的時間，可是最後的成果真的很值得。

「茉莉！」那個女孩子又叫了。

「我要走了。」茉莉惡狠狠地瞪了我一眼才離開。

潔西一臉困惑地站在旁邊聽我們的對話。茉莉氣沖沖地離開之後，她問我，「妳們的眉毛怎麼了？」

我看了一下潔西的眉毛，又濃又密，沒有眉毛夾或眉筆或眉刷施力過的痕跡。

「有機會再告訴妳。」我說。我的手機剛好響了起來。我拿出手機。「喂？」

「嗨！」是盧克。「我剛才在電視上看到新聞了，活動很成功。恭喜了，寶貝！」

「謝謝！真的好棒……」我往旁邊走了幾步，躲在一排雪紡紗鑲珠披肩後面。「今天還好嗎？」我低聲說。

「剛才開完會。」

「天啊。」我緊握著手機。「結果怎麼樣？」

「非常糟糕。」

「這麼順利啊？」我想開玩笑，可是我的心情卻早已降到谷底。我原本一直希望盧克可以挽救情勢。

「從來沒有人這樣反抗過伊恩。他不是很高興。真是一群惡棍。」我聽得出來他很生氣。

「以為全世界都是他們的。」

「全世界的確都是他們的。」

「我不是他們的。」盧克的口氣很堅決。「我的公司也不是。」

「那你打算怎麼辦？」

「我今天下午會召集所有員工。」他頓了一下。我可以想像他坐在辦公室，正在鬆開領帶的樣子。「看來我們不得不終止合約了。根本沒有辦法跟這些人合作。」

就這樣。利用雅克達斯的案子征服全世界的夢想就這樣破滅了。盧克的夢想和規劃全都化為烏有。我越想越生氣。那個伊恩・惠勒怎麼可以用這麼惡劣的方式對待別人？應該要有人揭穿他的真面目。

「盧克，我要走了。」我心裡已經做出決定。「晚上再談。」

我掛上電話，開始找以前打過的電話號碼回撥。電話鈴聲響了四聲之後有人接了起來。

「大衛・薛普，你好。」

「薛普先生，你好，我是麗貝卡・布蘭登。」

「布蘭登太太！」他馬上提高音量，嗓音還是那麼沙啞。「很高興接到妳的來電！最近還好嗎？」

「呃……還好，謝謝。」旁邊剛好有兩個女孩子走過去，我躲到賣假髮那邊去。

「有事情需要我們幫忙的嗎？」大衛‧薛普說。「本社的探員都已經過重新訓練，有需要的話，我可以幫妳打八折……」

「不用！」我打斷他的話。「你上次給我的那些資料我都送進碎紙機了，我現在需要一份新的。你有沒有備份可以給我？」

他沙啞地大笑。

「布蘭登太太，有很多太太都會因為一時氣憤把重要資料給毀了，等到要律師談離婚的時候就打電話來問我們有沒有備份……」

「我沒有要離婚！」我快失去耐性了。「我有其他原因。你有備份嗎？」

「我通常可以在一個小時內請快遞送給妳，不過最近……」他頓了一下。

「最近怎麼了？」我好擔心。

「最近本社的客戶資料安全儲存裝置出了一點意外。」他呼了一口氣。「辦公室經理溫蒂拿著一壺咖啡……我不要講太多，總之有些檔案……簡單說就是被破壞了，不得不清掉。」

「可是我有需要！我要你查到有關伊恩‧惠勒的資料。就是那個你誤以為是我老公的傢伙。不管是照片還是那些私下和解的案子的資料……什麼都好。」

「布蘭登太太，我會盡量幫妳找找看，如果找得到，我一定會給妳。」

「麻煩你請快遞盡快送過來。」

「好。」

「謝謝。真的很謝謝。」我說。

我掛上電話，心臟不停地跳。我一定要拿到那些證據。如果真的沒有了……我就委託他們再調查一次，一定要讓伊恩·惠勒下臺。

潔西穿過擁擠的人潮來找我，手上還拿著一顆丹尼·可維茲氣球。看到我躲在假髮後方，她似乎有點驚訝。

「麗貝卡，」我走出去找她。「我剛才看到蘇西，她在忙著試穿衣服。妳要不要去喝杯茶？」

「我有點累了。」我說。旁邊有個客人差點撞到我的肚子。「等一下跟大家打聲招呼，我就要回家休息了。」

「好啊。」潔西點點頭。「節省體力，準備明天的……」

「明天？」我疑惑地問她，「明天有什麼事嗎？」

「我是說……準備迎接寶寶。」潔西眼神閃爍，不敢正眼看我。「準備生產。」

她在說什麼……

我突然想到了。她說溜嘴了。

他們明天要幫我辦寶寶送禮會！

嬰兒送禮會 —— 服裝選項

1. 粉紅色亮晶晶T恤、孕婦牛仔褲、銀色鞋子

優點：看起來會很漂亮。

缺點：看起來像是我早就知道會辦這場送禮會了。

2. 睡衣，沒化妝，一頭亂髮

優點：看起來會很驚訝。

缺點：看起來會很醜。

3. Juicy Couture 運動裝

優點：既休閒又時尚，像好萊塢明星的居家休閒服。

缺點：穿不下。

4. 辣妹合唱團的嗆辣妹穿過的英國國旗孕婦裝和搭配的
   假髮，夏季特賣會打一折的時候買的

優點：終於有機會穿。

缺點：可能不會有其他人穿得像要去化妝舞會一樣。

2003.12.5

布蘭登太太，

　　您好，很高興收到您的來信。

　　恕我無法同意您在信中提到的幾點看法。我只能說，投資理財並不是一種「娛樂」。

　　我可以向您保證，就算我看到您蒐集的奧黛麗‧赫本磁鐵，也不會改變我的看法。我不認為這些磁鐵以及您目前投資組合的其他部分能夠「讓妳賺進上百萬」。

敬祝臺安

肯尼斯‧普蘭登加斯特　家庭理財規劃師

好想知道他們到底幾點要來。

早上八點鐘，我已經穿好衣服化好妝，坐在家裡等。我後來選了粉紅色的圍裹式洋裝搭配麂皮靴。昨天晚上特地去修指甲，買了一些花，還把家裡稍微打掃了一下。

最棒的是，我在翻以前的東西的時候，找到一張我在紐約買的卡片，上面有個小搖籃，旁邊擺滿了禮物，還用亮晶晶的字寫著：「謝謝你們幫我辦寶寶送禮會！」我就知道總有一天派得上用場。

我還找到一張頗為嚴肅的灰色卡片，上面寫著：「很遺憾聽到你的公司出問題。」不過我把這張給撕了。爛卡片！

大衛‧薛普那邊都還沒有消息。我等不及要把這件事情告訴盧克，不過還不是時機。我不想在還沒拿到證據之前就讓他有所期待。

盧克正在廚房裡喝黑咖啡，準備去上班。我晃進廚房看他。他咬著下巴，正在咖啡裡頭加糖。他只有很忙很忙需要體力的時候才會加糖。

他發現我走進來，示意我坐在他對面的吧檯椅上。我費力地坐上去之後，把手放在花崗岩檯面上。

「麗貝卡，我有事要跟妳談。」

「你做了正確的決定。」我馬上說。「你自己也很清楚這是正確的決定。」

他點點頭。「我知道。我已經開始覺得自由了。他們一直壓得我喘不過氣來，壓得整個公司都喘不過氣來。」

「沒錯！你不需要他們！不需要在一些以為全世界都屬於他們、驕傲自大的公司的後面跑……」

他舉起一隻手，打斷我的話。「不只是這樣而已，我還有一件事要告訴妳。」他停下來攪拌他的咖啡，面色凝重。「雅克達斯到現在都還沒有付錢。」

「什麼？」我一下子無法意會過來。「完全沒有嗎？」

「剛開始有付一部份，但是之後就一直沒有付款。他們還欠我們……總之欠了不少錢。」

「他們怎麼可以不付錢？該付的錢就要付啊！這樣根本就是……」

我停了下來，臉色微紅。我突然想到我的抽屜裡還有幾張信用卡帳單，好像還沒完全付清。

不過這不一樣，我又不是什麼跨國大公司，對不對？

「他們在這方面向來是惡名昭彰。我們已經在追討款項，也有威脅他們……」他揉著眉頭。「之前一直在合作，所以我們以為可以收到錢，現在可能要走法律途徑了。」

「那就走啊！」我怒氣沖沖地說。「絕對不能放過他們！」

「可是在那之前⋯⋯」盧克舉起手中的咖啡杯，然後又放下。「麗貝卡，我老實告訴妳，公司目前的狀況不是很好。因為公司擴展得太快了，我要付房租、付薪水⋯⋯錢不斷地在往外流。可能有一段時間資金流動會有問題。」

「喔。」錢不斷地在往外流。這是我聽過最恐怖的形容詞。我腦海中突然浮現錢不斷從破洞中流出的景象。

「我們可能要貸更多錢才能買房子。」他皺著眉，喝了一口咖啡。「可能要延後幾個星期。我今天就會打電話給仲介，希望結果能讓大家都滿意。」

他把咖啡喝完。我突然發現他的雙眉間有一條之前沒有的溝。可惡的傢伙，都是他們害的！

「盧克，你的決定很正確。」我緊緊握住他的手。「就算會損失一點錢⋯⋯那又怎樣？」

伊恩・惠勒。走著瞧。

我突然有股衝動，走到盧克旁邊抱住他。寶寶現在已經長得好大，幾乎沒有空間可以滾動，可是他還是偶爾會動來動去。

寶貝，我用心電感應默默地告訴他，等送禮會結束再出來好不好？

聽說很多媽媽在懷孕的時候就已經在跟腹中的胎兒溝通，所以我有時候也會跟寶寶說一些鼓勵的話。

等明天送禮會結束之後再來，中午好不好？

如果你不到六個小時就生出來，我還會送你小禮物哦！

「我早該聽妳的話。」盧克的口氣把我嚇了一跳。「妳一開始就反對我接雅克達斯的案子，而且妳一直不喜歡伊恩。」

「非常討厭他。」我點點頭。

不要，我不能告訴你禮物是什麼，到時候你就知道了。

有人按對講機，盧克走過去聽。「好，請送上來。」他說。「是包裹。」

我馬上一僵。「快遞的包裹嗎？」

「嗯。」他穿上外套。「妳在等什麼東西嗎？」

「對。」我有點緊張。「盧克……裡面有很重要的東西，你可能會有興趣。」

「該不會又是新床單吧？」他意興闌珊地說。

「不是，不是床單！是……」有人在按門鈴，我趕快跑去開門。「等一下你就知道了。」

「妳的包裹，請在這裡簽名。」我在送貨員的電子板上簽名，拿著包裹正準備走回去時，盧克已經走出來了。

「這個東西很重要。」我假意咳了幾聲。「這個東西……可能可以改變一些事情。你不要問我怎麼來的……」

「妳不用先拿給潔西嗎？」盧克看著包裹上的名字說。

「潔西？」我順著他的目光看下去，赫然發現上面寫著「潔西卡‧柏全小姐收」幾個大

字。

真令人失望。原來不是大衛‧薛普寄的，是潔西的包裹。

「潔西的包裹怎麼會送到這裡來？」我忍不住生氣地說。「她又不住這裡。」

「誰知道？」他聳聳肩。「寶貝，我要去上班了。」他看著我的肚子。「我的手機和呼叫器都會開著，如果有任何……」

「我會馬上打給你。」我點點頭，把手上的包裹翻來翻去。「那這個東西怎麼辦？」

「妳可以等……」他突然停下來，然後又改口說。「有機會再拿給她。」

等等。他剛才的口氣不太對勁……

「盧克，你也知道對不對？」我大喊。

「知道什麼？」他低頭拿起公事包，嘴角微微上揚。

「你少來了！就是那個……你一定知道！」

「我不知道妳在說什麼。」他快笑出來了。「對了，麗貝卡……今天早上修瓦斯的人要來，差不多十一點，妳可不可以在家等他？」

「才不是！」我笑著指著他說，「你騙我！」

「好好玩吧。」他親了我一下就出門了，剩我一個人在家。

我在走廊上晃了一下，看著大門。真想陪盧克一起去上班，給他精神上的支持。他看起

來壓力好大，不但要面對所有的員工，還要跟財務部的人溝通。

錢不斷地在流失。不行，不要再想這件事了。

還有兩個小時才十一點。我的胃揪了一下。不行，不要再想這件事了。

節快到了。哈利在鏡中看到已過世的父母時，我忍不住轉頭拿張面紙來擦眼淚，卻不經意從窗戶看到蘇西。她就站在大樓門口，在小花園旁邊的停車場，正抬頭看著我家窗戶。

我馬上低頭免得被她發現。希望她沒有看到我。

過了一會兒我才小心翼翼地抬起頭。她還站在那裡，只是旁邊多了潔西！我興奮地看了

一下時間。十點四十。快到了！

她們兩個好像在煩惱什麼事。蘇西皺著眉不知道在說什麼，潔西則點頭表示同意。一定是有問題。不知道是什麼？但是我又幫不上忙。

蘇西拿出手機在撥電話。我家的電話立刻跟著響了起來。我趕快心虛地離開窗戶旁邊。要鎮定。我深呼吸一口氣，拿起電話。

「嗨，蘇西嗎？」我假裝若無其事地說。「妳在幹嘛？在鄉下騎馬嗎？」

「妳怎麼知道是我？」蘇西狐疑地問。

可惡！

「我有……有來電顯示。」我隨口說。「怎麼樣，妳還好嗎？」

「很好啊！」蘇西的聲音好假。「麗貝卡，我剛才看到一篇文章，說孕婦每天最好都要

運動二十分鐘。我在想，妳現在要不要去散個步……在附近走一走？」

她不要我在家裡妨礙他們！好，那我就奉陪。不過不能做得太明顯。

「散步二十分鐘。」我若有所思地說。「聽起來不錯。好啊。」

「不要超過二十分鐘。」蘇西連忙說。「剛剛好二十分鐘就夠了。」

「好！」我說，「我馬上去。」

「好！」蘇西聽起來如釋重負。「那……就先拜拜！」

「拜拜！」

我趕快穿上外套，搭電梯下樓。我出去的時候，蘇西和潔西已經不見了。她們一定是躲起來了！

我假裝自己是個出門散步二十分鐘的孕婦的樣子，一邊偷偷地觀察四周。

我看到了！蘇西躲在一輛車子的後面，而潔西趴在那道牆後面！

我不能讓她們知道其實我已經發現了。不能笑。要冷靜。奇怪，門口的杜鵑花叢後怎麼有個熟悉的咖啡色捲髮？

不會吧！連媽也來了！

我走到路上，忍不住用手掩住嘴巴，放聲大笑。我走到隔壁街，找了張路邊的椅子坐下。拿出剛才藏在大衣裡的雜誌來看。二十分鐘一到，我立刻就走回家。

等我回到大樓門口時，大家都已經不見了。我搭電梯上樓，心裡好期待。一到家門口，

我就拿出鑰匙準備開門。

門一打開，馬上聽到一群人大喊，「嗨！」很奇怪。雖然我早就知道她們要來，可是看到這麼多熟悉的面孔，我還真的嚇了一跳。蘇西、潔西、媽、詹妮斯、丹尼……凱莉也來了！

「哇！」外套裡面的雜誌不小心掉了出來。「你們怎麼會……」

「我們來參加妳的送禮會！」蘇西興奮得臉都紅了。「有沒有很驚訝？被我們騙了吧！

來喝汽水……」

她拉著我進客廳。到處都是藍色和粉紅色的氣球，有一個好大的蛋糕、好多禮物和冰的香檳……整個客廳看起來都不一樣了。

「我……」我突然好想哭。「我……」

「麗貝卡，不要哭啊！」蘇西說。

「寶貝，這杯給妳喝！」媽拿了一杯飲料給我。

「我就知道我們應該要事先告訴她！」詹妮斯的表情好驚慌。「我就說這樣嚇她不好！」

「很驚訝嗎？」凱莉跑過來，一臉興奮地問我，臉上鋪滿 Stila 的珠光蜜粉。

「凱莉！」我用另外一隻沒有拿飲料的手抱住她。凱莉是我去鄉下找潔西的時候認識的女孩。那時候我才剛懷孕，連我自己都不知道。感覺好像是好久好久以前的事情了。

「麗貝卡，妳真的很驚訝嗎？」蘇西興奮地看著我。

Shopaholic and Baby

393

「當然啊！」

是真的。雖然我知道她們要幫我辦送禮會，可是我不知道他們會付出這麼多心血！我每一次轉頭就會看到一個新的東西，譬如灑在桌上，寫著「寶寶」兩個字的銀色碎紙片，或是掛在客廳的幾個相框上的毛線鞋……

「我們還沒開始呢！」丹尼喝了一口香檳。「大家準備，就定位，解開外套的扣子，我數到三……」

「一……二……三！」

大家突然把外套掀開，每個人身上都穿著丹尼設計的T恤，跟他幫 The Look 設計的那件是同一款式，只是圖案改成一個懷孕的洋娃娃，下面寫著⋯

她是個甜美的準媽咪，我們愛她！

我頓時說不出話來。

「她高興得不知道該怎麼辦了！」媽連忙走過來說，「寶貝，坐一下，吃個點心。」她拿一盤北京烤鴨捲麵皮給我。「Waitrose 超市的自有品牌，很好吃！」

「趕快拆禮物。」蘇西拍著手，興奮地說。「等一下還要玩遊戲。大家快點坐下，麗貝

卡要拆禮物了……」她把所有包裝好的禮物堆到我面前，拿支叉子敲著玻璃杯。「請大家注意！我有一些話想要說。」

大家不約而同用期盼的眼神看著蘇西。

她稍微鞠躬之後說，「謝謝！我在準備這次嬰兒送禮會的時候，先跟潔西討論應該送什麼比較好。潔西說，『麗貝卡已經把整個倫敦都買下來，我們沒有東西可以送了。』」

一陣哄堂大笑，我的臉馬上飛紅。好啦，我是買得有點多，可是現在不買，等寶寶出生之後恐怕就沒有時間買了，說不定一年都沒有空逛街。

「所以呢，」蘇西的眼神發亮。「潔西就提議我們自己做東西送給她好了。」

他們自己做？

糟糕，他們該不會又做了寶寶濕紙巾了吧？

「從我的開始好了。」蘇西把一個長方形的包裹放在我面前。我有點不安地拆開銀色的包裝紙。

「哇！」一看到裡面的東西我忍不住驚呼。

不是寶寶濕紙巾，而是一個漆成米黃色的木質相框，好精緻，有好幾個小鏡子，旁邊綴滿小珍珠。中間有個小房子可以放照片，現在則貼著一個女孩抱著小嬰兒的卡通圖案。

「以後妳就可以放寶寶的照片。」蘇西說，「我先畫了一張圖放在上面。圖裡這個女孩就是妳。」

我仔細地看著那張圖，忍不住大笑。她畫了一個房子，還把房子分成好幾個房間：嬰兒車房、尿布房、口紅房、信用卡帳單房（在地下室），還有未來的古董房。

未來的古董房！好棒的建議。

其他的禮物也一樣充滿了驚喜。凱莉送的是一個小小的編織被，是我在鄉下認識的那些好朋友親手縫的。詹妮斯織了一件紅色的小毛衣，上面寫著「寶寶的第一個耶誕節」。媽做了耶誕老公公的帽子和毛線鞋；丹尼則做了一件最時尚的連身衣。

「這是我做的。」潔西的禮物體積最大，是用舊的包裝紙拼湊包起來，有一張上面還寫著「二〇〇〇新年快樂！」

「拆的時候小心一點！」潔西說，「還可以繼續用。」

「呃……好！」我小心翼翼地把包裝紙拆下來折好，發現下面還有一層棉紙。我把棉紙抽開，只看到一個六十公分高的小木箱。我困惑地把木箱拿起來看，才發現原來不是箱子，是一個小櫃子，門把還是陶瓷做的，上面刻著「寶寶的鞋子」幾個字。

「這是什麼……」我抬頭正要問她。

「打開啊！」潔西一臉興奮地說。

我把櫃子拉開，裡面分成好多格，全都鋪著白色的麂皮，還有一雙好小好小的紅色棒球鞋。

是一個專門放鞋子的小櫃子。

「潔西……」我感動得眼淚都快掉下來了。「這是妳做的嗎？」

「湯姆幫我。」她謙虛地聳聳肩。「我們一起做的。」

「不過這都是潔西設計的。」蘇西插進來話說。「好棒哦！我怎麼都沒想到。」

「真的好漂亮。」我真的好佩服。「你看這個門關得剛剛好……還有鞋櫃的造型……」

「湯姆的手一直都很巧。」詹妮斯拿著手帕擦眼淚。「我們可以用這個來紀念他。不然他連墓碑都沒有。」

我和媽對望了一眼。媽露出熟悉的「詹妮斯又不行了」的表情。

「他又還沒死……」潔西說。

「他又還沒死……」潔西說。

「如果麗貝卡不介意的話，」詹妮斯又說，「可以把湯姆的生日和忌日刻在後面嗎？」

「呃……沒關係。」我有點猶豫。「也可以。」

「他又還沒死！」潔西大喊。「我很確定！」

「那他到底去哪裡了？」詹妮斯放下手帕。她的眼影都暈開了。「都是妳，他才會心碎！」

「等等！」我突然想到了。「潔西，今天早上有個妳的包裹寄到我家來，說不定是湯姆寄的。」

我趕快去走廊把包裹拿回來。潔西把包裹撕開，掉出一片DVD，上面只寫著「湯姆」兩個字。

大家都呆住了。

「是DVD，趕快拿來播。」丹尼說。

「他要交代遺言！」詹妮斯歇斯底里地大喊。「是他從墳墓裡寄來的訊息！」

「才不是！」潔西馬上反駁，不過我看得出來她的臉色很蒼白。

她把DVD送進機器，按下「播放」之後，跪在地上等。大家都默默地等畫面出現。湯姆面對鏡頭，背後是一片藍天。他穿著一件舊的綠色休閒上衣，頭髮蓬亂。

「嗨，潔西。」他一臉嚴肅。「等妳看到這片光碟的時候，我已經到智利了。因為⋯⋯

因為我現在就在智利。」

潔西馬上一僵。「智利？」

「智利？」詹妮斯大叫。「他去智利做什麼？」

「我愛妳。」湯姆說。「為了妳，我願意隨妳到天涯海角。」

「好浪漫哦。」凱莉嘆了口氣。

「他真是個笨蛋。」潔西握拳敲著自己的額頭。「我還有三個月才要出發！」

不過我發現她的眼神閃閃發亮。

「妳看我找到什麼。」湯姆拿起一大塊黑色亮亮的石頭。「妳一定會很喜歡這個國家。」

「那裡有霍亂！」詹妮斯激動地喊。「還有瘧疾！他身體又不好⋯⋯」

「我可以在這裡作木工。」湯姆說，「在這裡寫我的書。我們可以在這裡過得很快樂。

如果我媽找妳麻煩，妳就想想我說過的話。」

「什麼事？」詹妮斯馬上抬頭問潔西。

「沒什麼。」潔西馬上按下暫停，把DVD拿出來。「他跟妳說了什麼？」

「他還活著。」潔西馬上按下暫停，把DVD拿出來。「其他的我有空再看。」

「活著？」媽開心地說，「這是好消息！」

「至少他出去看看這個世界！」潔西突然好激動。「他人在智利，活著有什麼用？」

他一直過得很不開心，現在這才是他要的生活。」

「我知道我兒子需要什麼樣的生活！」詹妮斯氣憤地反駁。有人在按門鈴。我站了起來，趁機離開現場。

「我去開門……」我到走廊上按下對講機。「哪位？」

「快遞。」

我的心跳突然停了一下。快遞。應該就是了。我按下開門的按鍵，大氣不敢喘一口，一直告訴自己千萬不要抱任何希望，有可能是潔西的包裹，也有可能是郵購目錄或盧克訂的電腦零件……

我打開門。一位穿著皮衣的摩托車快遞手裡拿著一個大信封，我一看黑色的粗體字就知道是大衛·薛普的字跡。

我把自己關在衣帽間裡面，急忙撕開信封，裡面有個寫著「布蘭登」幾個字的牛皮紙

袋，上面還貼了一張便利貼：「希望這能幫得上忙。若需進一步協助，歡迎隨時與我聯絡。

大衛‧薛普。」

我要的東西全都在裡面。所有的對話紀錄、照片、往來信件……我一邊翻，心臟不停地怦怦跳。他們蒐集這麼多東西。想不到這家不怎麼樣的徵信社竟然這麼有辦法。

我把東西放回信封，趕快走回空蕩蕩的廚房，正準備打電話給盧克時，電話鈴聲突然響起，把我嚇了一大跳。

「喂？」

「布蘭登太太嗎？妳好。」是個陌生的男子。「我是英國報業協會的記者麥可‧恩瑞特。」

「喔。」我困惑地聽著電話。

「有消息傳出妳先生的公司財務出了問題，請問妳對這件事情有什麼看法？」

我害怕得開始發抖。

「他們的財務沒有問題。」我堅強地說。「我不知道你在說什麼。」

「有消息指出雅克達斯已經片面終止和他們的合作關係，聽說福藍特投資公司也打算終止合約。」

「並不是這樣！」我氣得大喊。「他們是因為某些我無法說明的原因決定結束合作關係。另外，我先生的公司經營得非常好。盧克‧布蘭登向來是高階客戶爭相合作的對象，未

來仍將如此。他非常有才華、聰明、誠懇、英俊、帥氣……又有型。」

我大口喘氣，說不下去了。

「我了解了！」他笑著說。

「你會把我的話全都報導出來嗎？」

「可能不會。」他又笑了。「不過，我很欣賞妳的態度。打擾了，布蘭登太太。」

他掛上電話。我倒了一杯水，心情好慌。我要趕快打給盧克。我拿起電話撥他的專線，響第三聲他就接了。

「麗貝卡！」他聽起來好緊張。「是不是妳要……」

「不是。」我看了一下廚房門口有沒有人，壓低音量說。「盧克，剛才有報業協會的人打電話來，說有傳聞……」我頓了一下。「說你公司出了問題，還說福藍特投資公司要終止跟你們的合作。」

「胡說！」他怒氣沖沖地說。「這些都是雅克達斯那些可惡的傢伙對媒體散播的謠言。」

「這會影響你們嗎？」我有點擔心。

「我絕對不會讓這種事情發生。」他的口氣好堅決。「要鬥就來鬥，誰怕誰，有必要的話就法庭見，我要告他們性騷擾，把那些傢伙的行徑全暴露出來。」

一聽他這麼說，我心裡就覺得好驕傲。這才是我當初認識的盧克·布蘭登，有自信，掌控全局，而不是老是跟在伊恩·惠勒屁股後面跑。

「盧克，我有東西要給你。」我說。「我有一些……伊恩‧惠勒的資料。」

「妳說什麼？」盧克頓了一下才說。

「他以前有一些性騷擾的案子，後來都私下和解了。我手上有一整疊他的資料。」

「什麼？」盧克大吃一驚。「麗貝卡……妳怎麼會有這些東西？」

我還是先不要提徵信社的事情好了。

「不要問我為什麼。」我急忙說。「反正我有就對了。」

「可是妳怎麼會……」

「我說不要問了！我等一下請快遞送到你公司，你可以先通知律師，找他們一起看，有照片、往來信件、各種證據……盧克，如果這些東西全都公諸於世，伊恩就不用再玩了。」

「麗貝卡，」盧克不可置信地說。「妳老是做出讓我驚訝不已的事情。」

「我愛你。」我脫口而出。「打垮他們。」

「我愛你。」我掛上電話，用沾滿汗水的手把頭髮往後撥。我先喝了幾口水，然後打給盧克公司合作的快遞業者，請他們來拿包裹。

半個小時後，這些東西就會送到他手上了。真希望可以親眼看到他拆開時的表情。

「麗貝卡！」蘇西晃進廚房，把我嚇了一跳。一看到我，她的表情馬上一變。「麗貝卡，妳沒事吧？」

「我……我沒事！」我馬上勉強一笑。「只是想休息一下。」

「等一下要來玩遊戲！」蘇西打開冰箱，拿出一盒柳橙汁。「猜猜看這是什麼嬰兒食品

……找尿布別針……猜明星的寶寶叫什麼名字……」

她竟然花了這麼多心思規劃這些活動。

「蘇西……謝謝。」我說。「妳做的相框真的好漂亮！」

「還不錯吧？」蘇西很得意。「我在考慮要不要再開始設計相框。」

「好啊！」我馬上附和。蘇西還沒生小孩之前就開始做手工相框，她做的相框在利百代等各大百貨公司都買得到！

「如果露露可以寫食譜，那我為什麼不能做相框？」蘇西說。「一天工作幾個小時，應該不會對小孩有什麼影響吧？我還是可以當個好媽媽。」

我看得出她眼裡的焦慮。露露真是個可惡的女人。蘇西還沒認識她之前，從來就沒有擔心過自己是不是個好媽媽。

報仇的時間到了。

「蘇西……我有個東西要給妳。」我打開廚房抽屜。「可是妳不能讓露露知道，更不能拿給她看，也不能告訴其他人。」

「好！」蘇西一臉興奮。「是什麼東西？」

我把那張用長鏡頭拍的照片拿給蘇西。我從徵信社送來的資料裡面，抽出這一張照片。

照片中的露露帶著小孩子走在街上，神情疲憊，正在罵小孩。她手裡拿著四條巧克力棒，正在發給小朋友吃，另一隻手上還有一罐可樂和一大包洋芋片。

「不會吧！」蘇西楞到說不出話來。「這些是……」

「巧克力。」我點點頭。「和零食。」

「還有可樂！」蘇西掩著嘴巴大笑。「麗貝卡，這張照片真的讓我心情好多了。可是妳怎麼會……」

「不要問我。」我也忍不住大笑。

「真是個虛偽又討厭的女人！」

「嗯……」我故作成熟地聳聳肩，不露出得意的樣子。我才不會說我早就知道她很討厭呢。

更不會說她的金髮其實是染的，髮根都露出來，因為這樣就太惡毒了。

「她真的讓我覺得很難過。」蘇西還是一副不敢相信的樣子看著照片。「在她面前，我老是覺得自己好像……好像處處不如她。」

「妳還是可以上她的電視節目。」我說，「順便把這張照片帶去。」

「麗貝卡！」蘇西笑著說。「妳好壞！我要把照片放在抽屜裡，心情不好的時候就拿出來看。」

廚房的電話突然響了起來，我面色一僵。該不會又是記者打來的吧？也可能是盧克要來報告最新進展。

「蘇西，」我口氣輕鬆地說，「妳先去看大家在幹嘛，我等一下就出去。」

「好。」她拿起果汁，眼睛還是牢牢地盯著照片。「我先把照片收好……」

我等到她走出廚房，關上門之後才鼓起勇氣接電話。「喂？」

「麗貝卡，我是費比雅。」是費比雅熟悉的慵懶嗓音。

「費比雅！」嚇我一跳。「嗨！最近好嗎？謝謝妳讓我們借用你家。《時尚》雜誌的人覺得妳家好漂亮！妳有收到我送的花嗎？」

「很好。有，我有收到。」費比雅說，「麗貝卡，聽說你們沒有辦法付現？」

盧克應該已經打給仲介了。消息傳得還真快。

「是啊。」我勉強自己保持雀躍的口氣。「我們這邊的狀況有一點變化，應該幾個星期內就會解決。」

「喔。」費比雅似乎沒有在聽我說。「我們已經決定跟另外一個買主簽約了。」

有那麼一瞬間我以為自己沒有聽清楚。「另外一個買主？」

「我沒有提過其他的買主嗎？就是那對開價跟你們一樣高的美國夫婦。嚴格說來，他們還比你們早一步想買……」

「可是……可是妳答應要賣給我們！妳說房子要賣給我們的。」

「對啊，可是他們現在就可以簽約了，所以……」

我們被耍了。這件事的衝擊太大，我頭有點暈。

「妳是不是從頭到尾都在耍我們？」我掩不住心中的怒火。

「這是我先生的意思。不是我。」她的口氣充滿歉意。「他做事喜歡有備案。祝你們找房子順利……」

不行。她不能這樣對我。她不能就這樣把我們踢到一邊。

「費比雅，」我擦去臉上濕冷的汗珠。「拜託妳，我就快要生了，我們的房子已經賣了，我就要無家可歸了……」

「嗯……好。祝妳好運，拜拜。」

「我的 Archie Swann 靴子呢？」我氣得大喊。「妳答應我的！還我靴子來！」沒有用。她已經掛了，她根本就不在乎。

我掛上電話，緩緩地走向冰箱，把暈眩的頭靠在冰冷的外殼上。我們夢想中的房子沒了。我們的家沒了。

我拿起電話，正準備打給盧克，然後又停了下來。他現在有太多事情要煩惱了。

幾個星期後我們就要搬出這裡。到時候要住哪裡？

「麗貝卡？」凱莉邊笑邊走進廚房。「我們已經把蛋糕上的蠟燭點好了。我知道今天不是妳生日，不過妳還是可以來吹蠟燭！」

「好！」我打起精神。「我馬上去。」

我勉強自己振作，跟著凱莉走回客廳。丹尼和詹妮斯正在玩「猜猜這是什麼嬰兒食品」，然後把答案寫在紙上。媽和潔西正在研究明星寶寶的照片。

「這是瑪丹娜的女兒啊！」媽說，「潔西，妳應該要多關心社會大事才對。」

「甜菜泥。」丹尼吃了一口紫色的果泥，很肯定地說。「再加點伏特加會更完美。」

「麗貝卡！」媽抬起頭。「沒事吧？妳怎麼一直在接電話？」

「對啊，麗貝卡，出了什麼事嗎？」蘇西的眉頭也皺了起來。

「這⋯⋯」

我擦去上唇的汗珠，試圖保持鎮定。不知該從何說起。

盧克正在努力拯救他的公司。錢不斷地在往外流。我們的房子沒了。

不，我不能說。大家都玩得這麼開心，我不能破壞派對的氣氛。

我⋯⋯改天再告訴他們好了。明天再說。

「沒事！」我露出我最燦爛、最開心的笑容，把蛋糕上的蠟燭吹熄。

茶和香檳都喝完了，賓客逐漸散去。今天的送禮會員的好棒！大家都處得好好！最後詹妮斯和潔西言歸於好。潔西答應會好好照顧湯姆，不會讓智利的游擊隊或土匪靠近他。蘇西和凱莉在玩「猜猜這是什麼嬰兒食品」時聊得很開心，最後蘇西還問凱莉放假要不要去她家當保姆換免費的食宿。最讓我驚訝的是，潔西和丹尼竟然談得很來！丹尼說想要以石頭為靈感做設計，潔西說要帶他去博物館參觀。

快遞來拿包裹的時候，大家剛好在吃蛋糕。我還沒接到盧克的電話。他很可能還在跟律

師或什麼的談事情。他應該也還不知道房子的事情。

「麗貝卡，妳沒事吧？」我正在前門送他們回去。媽抱了我一下。「要不要我留下來陪妳，等盧克下班我再回去？」

「不用了，沒關係，不用擔心我。」

「那下午好好休息，保留體力。」

「好。」我點點頭。「媽，再見。」

大家都走了，家裡感覺好安靜，好空曠。只剩下我和剛才那堆禮物。我晃進嬰兒房，輕輕地撫摸著手工打造的嬰兒床、白色的小搖籃，和有美麗白色頂篷的睡籃。（我想給寶寶幾種不同的床可以選擇。）

舞臺布景全都架好了，就等主角登場。

我輕輕地戳了肚子幾下。不知道寶寶是不是在睡覺？放音樂給寶寶聽好了。說不定他出生之後就會變成音樂天才！我把從《聰明寶寶》郵購目錄上訂來的旋轉音樂鈴轉了幾下，放在肚子上。

寶寶，你聽！這是莫札特的音樂。

應該是吧。

還是貝多芬或其他什麼音樂家。

我已經搞不清楚了。我把盒子拿出來，正準備要看到底是不是莫札特的時候，走廊上傳

來一聲巨響。

耶誕卡來了！我的心情馬上好轉。我把音樂鈴丟在一邊，走去前門撿起地上的一堆郵件，晃回客廳沙發上，一邊看是誰寄來的。

有一個小包裹上面的字跡好熟悉。

是維妮莎。

包裹上寫的是盧克的名字，可是我才不管。我用顫抖的雙手迅速拆開包裝，裡面有個Duchamp的小盒子裝著一對銀色琺瑯質的鏈扣。她送他鏈扣做什麼？

一張米色的小卡片掉了出來，上面用相同飛舞的字跡寫著：

盧，

好久不見。Nunc est bibendum？

維

我看著上頭的字句，怒火不斷地往腦袋袋衝，一整天累積下來的壓力開始發酵，轉成陣陣的怒氣。我受夠了。我真的受夠了。我馬上就把這個包裹退回去……不要。我要親自把包裹退回去給她。我要親自出馬。我站了起來，穿上外套。我要親自去找維妮莎，徹底解決這件事情。

我這輩子從來沒有這麼想找人吵架過。

要找維妮莎並不難。我先打給全人生產中心，假裝要找維妮莎。總機先說她「不方便」，然後又不小心露口風，說她正在凱文醫院開會。她說要幫我撥打維妮莎的呼叫器，畢竟記錄上我還是維妮莎的病人，不過我連忙說不用麻煩，我突然覺得好多了。她完全相信我的話。

可見經常有過度緊張的孕婦打電話來找醫生，然後又改變主意。

我站在凱文醫院婦產部的門口，手裡拎著一只百貨公司的購物袋，心臟不停地怦怦跳。

袋子裡面除了她送的鏈扣之外，還有她上次產檢的時候叫我戴的腰包和彈性褲襪，還有她寫給盧克的每一封信、全人生產中心發給我的資料和病歷……還有他們送的那些贈品。（想到要把海洋拉娜的乳霜試用品還給他們，我好捨不得。後來我把裡面的乳霜都挖出來，放到一個舊的蘭蔻空瓶裡面，反正維妮莎也不會知道。）

就像男女朋友分手的時候，把對方送的禮物全部還回去一樣。我打算把這些東西還給她之後冷靜地說，「請妳不要再來打擾我們了。盧克和我和寶寶再也不想與妳有任何牽扯。」

這句話一說出來，她應該就很清楚自己輸了吧？

還有，我還打給那個教拉丁文的可愛教授，他教了我一句用拉丁文罵人的話，叫做

⑳

「Utinam barbari provinciam tuan invadant!」意思就是，「願野蠻人入侵你的國土」。

哈，這絕對可以好好教訓她！

「喂？」對講機傳來一個微小的聲音。

「嗨，我是麗貝卡‧布蘭登，我是病人。」先這樣講就好，等我進去再視情況調整策略。

門嘎一聲打開。平常這裡都很安靜，不過今天很熱鬧，到處都是等著看診的孕婦，大家手上還拿著一些介紹醫院設備的手冊。兩名助產士快步穿過走廊，一邊說什麼「開刀」和「卡住」，聽起來好恐怖。遠方傳來有個女人的尖叫聲。一聽到這個聲音，我的胃馬上揪成一團，好想伸手摀住耳朵。

算了，說不定她不是因為痛才尖叫。可能她只是因為看不到電視或其他事情大吼大叫。

我大口喘著氣，走向服務臺。

「妳好，我是麗貝卡‧布蘭登，我有事情要找維妮莎‧卡特醫師。」

「妳有事先預約嗎？」服務臺的小姐說。我沒有看過她。她有一頭灰白的捲髮，戴著眼鏡，眼鏡上還有銀色的鏈子。對一個經常要面對孕婦的人來說，她的態度實在是不太好。

「嗯……沒有，可是我有很重要的事情。」

「維妮莎很忙。」

「我可以等，沒有關係，可以麻煩妳通知她說我來了嗎？」

「妳要先打電話來預約才行。」她繼續打著電腦，把我當空氣。

這女人真的很討厭。維妮莎只不過是在開會，我可是懷孕九個月……

「妳不能呼叫她嗎？」

「除非妳要生了，否則我不能呼叫她。」她冷漠地聳聳肩，一副事不關己的態度。

我氣沖沖地瞪著她。我來這裡的目的就是要找維妮莎談清楚，我絕對不會讓一個穿淡紫色小外套的女人妨礙我的好事。

「我……要生了！」我說。

「妳要生了？」她狐疑地打量著我。

她竟然不相信我。可惡。這種事怎麼可能亂講？

「對。」我雙手插著腰。「沒錯。」

「妳已經有規律的收縮了嗎？」她質問我。

「有，從昨天就開始收縮了，每三分鐘縮一次。」我馬上說，「而且我腰好酸、我還不停地拿吸塵器吸地……還有……我昨天就破水了。」

哼，這下她總該相信了吧。

「喔。」她似乎嚇了一跳。「那……」

「我只要見維妮莎，我不要其他人。」我一步步進逼。「麻煩妳趕快呼叫她。」

她瞪著我。

「妳每三分鐘縮一次？」

「對。」我突然想到，我光是站在這裡就超過三分鐘了。

「我是山達基教徒[1]，即使痛也不能叫。」我嚴正地告訴她。

「妳是山達基教徒？」她放下筆，驚訝地看著我。

「對。」我也望回去，眼睛眨都不眨一下。「我要見維妮莎醫師。可是她竟然不讓一個昨天就破水，正在默默承受極大痛苦的產婦⋯⋯」我稍微提高音量，讓所有在場的孕婦都聽得到。

「好啦！」她顯然意識到自己被打敗了。「妳去那一間等。」她看了一眼坐得滿滿的候診室之後，指示我去三號產房。

「謝謝！」我轉身走進三號產房。房間很大，有一張看起來很恐怖的鐵製病床，有淋浴間，還有DVD機，不過沒有放飲料的小冰箱。

我坐在床上，拿出我的化妝包補妝。面對敵人的第一守則就是要打扮得美美的。如果這不是第一守則，那就應該把這列為第一守則。我補了點腮紅和口紅，對著鏡子練習我最冷酷的表情時，突然有人敲門。

❶ 山達基教（Scientology），由美國作家與哲學家L・羅恩・賀伯特（L.Ron Hubbard）創立的信仰系統。山達基教會鼓勵信徒開拓生命的可能性，在家庭事業、人際關係方面，創造豐盛人生。近年最廣為人知的山達基信徒包括影星湯姆・克魯斯和約翰・屈伏塔。

她來了。我緊張地拿著購物袋，站了起來，冷靜地說，「請進。」接著門砰一聲打開。

「嗨！」一個看起來像中南美來的非裔助產士衝了進來，爽朗地說，「我是艾斯特。妳還好嗎？收縮是不是越來越密集，越來越痛？」

「什麼？」我驚訝地看著她。「呃……沒有……有……」我不知道該怎麼回答。「我要找維妮莎醫師。」

「她快來了。」助產士用安撫的口氣說。「我先來幫妳檢查。」

我開始起疑。他們根本就沒有打維妮莎的呼叫器，根本就是想敷衍我。

「我不需要檢查。」我很客氣地說。「謝謝。」

「小姐，妳要生寶寶了！」助產士大笑說。「至少要先換個衣服。還是妳自己有帶T恤來換？我要我先幫妳檢查一下，看妳現在進度到哪裡了。」

我要趕快把她趕走才行。她把手放在我肚子上，我馬上往後縮。

「已經有別的助產士來檢查過了！」我說，「應該不用……」

「別的助產士？是莎拉嗎？」

「呃……可能是吧，我不太記得。她突然就走了，說要去看表演還是什麼的？」我假裝無辜地眨著眼。

「那我再幫妳檢查一次好了。」艾斯特嘆口氣，搖搖頭說。

「不用了！」我忍不住大聲尖叫。「我不喜歡被檢查。我跟維妮莎醫師說過，我不要做

檢查。我只要見維妮莎，其他人都不要。妳能不能不要來來打擾我？我想要專心思考……思考我內在的女性特質。」

助產士翻了翻白眼，轉頭對著門外大喊，「潘，又來一個維妮莎的怪病人了，麻煩妳呼叫她。」她轉回來對我說，「我們已經呼叫維妮莎了，但是我得先把記錄寫一寫。妳在家裡就破水了？」

「嗯。」

「另外一位助產士有說妳目前進度到哪裡了嗎？」

「嗯……開兩指了。」我隨口說。

「到目前為止妳都還可以忍受？」

「還可以。」我很勇敢地說。

有人敲門。有個護士探頭進來。「艾斯特，有沒有空先過來一下？」

「我們今天很忙。」她把表格掛回床頭。「不好意思，我等一下再回來。」

「沒關係！謝謝！」

她關上門。我則躺在床上。過了幾分鐘，還是沒有任何動靜，我決定打開電視來看。我正在想不知道他們有沒有 DVD 可以租的時候，又有人敲門了。

這次總該是維妮莎了吧。我拿起購物袋，掙扎地站了起來，做了個深呼吸。

「請進！」

一名年約二十，穿著助產士制服的年輕女孩探頭進來。一頭金髮梳到腦後，看起來一臉惶恐。

「妳好，我是寶拉。我是實習助產士。妳介不介意讓我在旁邊觀察妳？謝謝，我會非常感激妳。」

天啊，我正想說，「不要，走開。」可是她看起來好害羞又好緊張，這種話我說不出口，反正等維妮莎來了，再叫她離開就好了。

「好啊。」我揮揮手。「請進，我是麗貝卡。」

「妳好。」她害羞地笑了笑，躡手躡腳地找了張角落的椅子坐下。

我們兩個都沒有說話。我繼續躺在床上瞪著天花板，心情非常煩躁。我準備好要迎戰敵方了，可是敵方卻遲遲不出現。再等五分鐘，如果維妮莎還不來，我就要走了。

「妳好像……好像很平靜。」原本正在筆記本上亂畫的寶拉抬起頭來。「妳有什麼特別的方法可以減輕疼痛嗎？」

對哦，我是正在陣痛中的產婦，最好假裝一下，免得她沒有東西可以寫。

「有啊。」我點點頭。「我發現走來走去蠻有用的。」我站起來，沿著病床走動，還一邊認真的甩手擺臀，做幾個我去上瑜珈時學的伸展操。

「哇！」寶拉用讚嘆的口氣說。「妳真是行動自如。」

「我有學瑜珈。」我謙虛地說。「我先吃個巧克力餅乾補充體力好了。」

「沒錯。」她點點頭。我伸手拿皮包的時候，看到她在筆記上寫下「吃巧克力餅乾」，下面則寫著「做瑜珈減輕疼痛」。她翻了一下檔案，然後又一臉同情地抬頭問我。「子宮收縮的時候，妳覺得哪裡最痛？」

「呃……到處都痛。」我含糊地說，一邊啃著巧克力餅乾。「這裡……那裡……」我指著身體說。「很難解釋。」

「妳真的好冷靜。」寶拉看著正在照鏡子、檢查牙縫有沒有餅乾屑的我說。「我從來沒看過這麼自制又冷靜的產婦。」

「我是山達基教徒。」我忍不住說。「所以生產的時候不可以發出聲音。」

「山達基教？」她瞪大眼睛，語氣充滿讚嘆，然後又皺著眉問我，「那妳還可以講話嗎？」

「可以講話，但是不能大吼大叫。」我向她解釋。

「哇！我們好像沒有遇過信奉山達基教的產婦！」她好像真的很興奮。「我可以跟其他實習生說嗎？」

「好啊。」我心不在焉地點點頭。

她匆匆忙忙地跑出去。我把巧克力餅乾的紙屑丟進垃圾桶。真無聊。我知道維妮莎根本就不會來，他們根本就沒有呼叫她。我現在也沒有心情了，乾脆回家好了。

「她在這裡！」門砰一聲被打開，一群年輕的實習生一湧而入。「這位是麗貝卡‧布蘭

登。」寶拉低聲說，「她已經開兩指了，正在用瑜珈減輕疼痛。她是山達基教徒，所以她不能喊叫，要很平靜，根本就看不出來她肚子什麼時候在收縮！」

她們全部瞪大眼睛看著我，好像我是什麼絕種的動物一樣。

「我可能搞錯了。」我穿上外套，拿起包包。「我要先回家了，謝謝你們大家的幫忙⋯

⋯」

「妳不能回家啦！」寶拉笑著說。她看了一下我床頭的記錄之後點著頭說。「麗貝卡，妳昨天就破水了，這樣很容易感染！」她脫下我的外套，拿走我的皮包。「妳要等到寶寶出來才能離開！」

「喔。」我被困住了。

現在該怎麼辦？要不要坦白告訴她們，我其實還沒破水，之前只是騙她們的？

不行。這樣她們就真的會把我當成神經病。等她們都走了之後，我再偷偷離開。嗯，就這麼辦。

「她可能要從第一產程進展到第二產程了。」有個實習生說，「產婦經常會在這個時候變得很不理性，直說要回家。」

「麗貝卡，妳應該趕快換上醫院的病服。」寶拉緊張地看著我。「妳可能隨時都要生了。現在收縮的情況怎麼樣？有沒有越來越密集？要不要讓我檢查一下？」

「她說不要檢查或監測。」另外一位實習生看著我的紀錄說。「她說要用最自然的方式

生產。寶拉，我們還是找其他資深的助產士進來好了。」

「不要！」我連忙說。「我……我想要一個人靜一靜。」

「妳好堅強哦，麗貝卡。」寶拉把手放在我肩膀上，充滿同情地說，「可是我們不能讓妳一個人獨自承受，妳看，都沒有人陪妳生產！」

「真的沒關係。」我說，「讓我獨處幾分鐘就好。這是……這是我們教派的規定，產婦每個小時都要獨自默禱。」

快走啊。我在心中不停地呼喚。不要來吵我……

「好吧，我們應該要尊重妳的信仰。」寶拉還是有點猶豫。「我們先出去了，如果妳隨時有什麼變化就按對講機。」

「好，謝謝！」

門終於關上了。我鬆了一口氣。等外面沒有人我就要馬上溜走。我拿著外套和包包，偷偷打開門看了一下。有兩個助產士就站在門口。我連忙輕輕地關上門。再等一下好了。等她們離開我再衝出去。

想不到我竟然會落到這個田地。早知道就不說我要生了。早知道就不說我已經破水了。

過了不久，我看了一下錶。已經三分鐘了。再開門看一下好了。我拿起外套，還來不及開門，就有人衝了進來。

我下次再也不敢了。

「天啊，麗貝卡！」蘇西甩著一頭金髮和 Miu Miu 刺繡外套衝進病房。「妳沒事吧？我一聽到消息就馬上趕過來。」

「蘇西？」我目瞪口呆地看著她。

「妳媽在路上了。」她氣喘吁吁地說，一邊脫掉外套，露出丹尼的甜美媽咪 T 恤。「妳怎麼會……」

「我們接到消息的時候，剛好一起在計程車上。詹妮斯去買雜誌和飲料，凱莉說她在樓下等就好了……」

「可是你們怎麼……」

難道蘇西會心電感應嗎？

「我打了妳的手機，結果接電話的人說妳在凱文醫院。」蘇西興奮地說，「她說妳把手機留在服務臺，因為妳要生了！大家都呆住了，趕快請計程車司機掉頭，我還取消今天的晚宴……」「看到我的打扮，她突然停了下來。「麗貝卡，妳怎麼拿著外套？妳沒事吧？」

「麗貝卡好棒！」寶拉剛好走進來，她輕輕地拿走我的外套。「她已經開兩指了，都沒有打止痛！」

「沒有打止痛？」蘇西不解地看著我。「妳不是說要打無痛分娩嗎？」

「嗯……」我不知道該怎麼說。

「可是她都不肯換上病服。」寶拉用指責的口吻說。

「當然不要！」蘇西的口氣也很堅決。「誰要穿那麼難看的衣服？麗貝卡，妳有帶妳的

待產包來嗎？沒有，沒關係，我去幫妳買一件Ｔ恤，再放一點音樂，點幾根蠟燭……」她邊

檢視病房邊說。

「嗯……蘇西……」我不安地說，「其實……」

「嗨！」又有人要進來了。「我是露易莎，我們可以進來嗎？」

露易莎？不會吧！她是我找的芳療師。她怎麼知道……

「妳媽正拿著妳列的那張名單，到處打電話給要通知的人！」蘇西開心地說。「她動作

好快！大家都在路上了。」

事情變化得太快，我不知道該怎麼辦。露易莎已經拿出幾罐精油在我脖子後面抹著。

「怎麼樣？」她問我，「有沒有很舒服？」

「有。」我勉強說。

「麗貝卡！」大老遠就聽到媽的尖叫聲。「寶貝！」她拿著一束花和一包可頌衝了進

來。

「坐下來，放輕鬆！妳怎麼沒有打無痛分娩？」

「她沒有打！」蘇西說，「很厲害吧？」

「沒有打？」媽的表情充滿驚恐。

「麗貝卡用瑜珈和呼吸技巧減輕疼痛的感覺。」寶拉得意地說。「對不對，麗貝卡？她

已經開兩指了！」

「寶貝，不要忍。」媽抓著我的手臂，眼淚都快掉下來了。「趕快打止痛藥！」

我覺得我的舌頭好像被黏住了，完全說不出話來。

「這是茉莉精油。」露易莎輕聲在我耳朵旁邊說，「用來按摩妳的太陽穴。」

「麗貝卡？」媽焦急地問我。「妳聽得到我說話嗎？」

「她可能剛好在收縮！」蘇西馬上抓著我。「麗貝卡，深呼吸⋯⋯」

「寶貝，妳一定可以的！」媽的臉越皺越緊，彷彿是她自己在陣痛一樣。

「把注意力集中在寶寶上。」寶拉專注地看著我。「妳想像寶寶要出來看看這個世界。」

「我⋯⋯」我說，「我⋯⋯我還沒有要生⋯⋯」

「麗貝卡，妳快生了。」寶拉把雙手放在我的肩膀上。

「麗貝卡，保留體力，不要說話！」蘇西把吸管塞進我嘴巴。「喝點運動飲料，補充體力！」我無奈地吸著難喝的飲料。突然間，走廊上傳來急促的腳步聲。我知道這是誰的腳步聲。門砰一聲又打開了。是盧克。他一臉蒼白，不安地環顧四周。

「太好了。還好還來得及⋯⋯」他氣喘吁吁地迎向我。「麗貝卡，我愛妳⋯⋯我以妳為榮⋯⋯」

現在該怎麼辦？

「嗨，盧克。」我語氣微弱地說。

就某方面來說，這樣的生產方式也不錯。

已經過了二十分鐘，房間裡面擠滿了人。我找的腳底按摩師傅正在按摩我的腳趾。順勢治療師正在倒要給我服用的藥丸。芳療師正在燃燒基底油。我的額頭上蓋了一條毛巾，手上握著噴霧器，身上套著蘇西和媽幫我換上的寬大長T恤。房間裡播放著音樂，我全身都很放鬆，也沒有打

媽和蘇西坐在我旁邊，另一邊坐著盧克。

無痛分娩⋯⋯

只有一個小問題。只是我到現在還沒有勇氣告訴大家。

「麗貝卡，妳要不要吸一點氧氣？」寶拉拿著一個裝著管子的面罩走過來。「可以減輕一點疼痛。」

「呃⋯⋯」我遲疑了一下，可是又好像很沒禮貌。「好啊，謝謝。」

「妳覺得快要收縮的時候就吸一下。」寶拉把口罩拿給我。「不要等到收縮才吸哦！」

「好！」我戴上面罩，用力吸了一口。哇！感覺真好！好像喝了一整瓶香檳那種感覺！

「嗨。」我脫下面罩，對盧克露出飄飄然的笑容。「這個東西真不錯，你要試試看嗎？」

「麗貝卡，妳做得很好。」他緊緊地握住我的手，看著我說，「妳還好嗎？一切都照妳的生產計畫進行嗎？」

「呃⋯⋯差不多！」我不敢看他，趕快又戴上氧氣罩吸了幾下。不行，我應該要趕快告訴他才對。

吸了那麼多空氣，讓我頭有點暈。我悄悄在他耳朵旁邊說，「盧克⋯⋯我還沒有要生。」

「寶貝，不要擔心。」盧克撫摸著我的額頭。「不急不急，慢慢來。」

他說得沒錯。寶寶總要出來吧？我乾脆就一直待在這裡不要講話，就一直喝運動飲料，看電視，反正最後寶寶還是要出來，大家只會說，「可憐的麗貝卡，生了兩個禮拜才生出來！」

「我已經聯絡到布萊恩醫師了。」盧克說。「他在路上。」

「啊！」我努力掩飾我的慌亂。「很好！」

我又戴上面罩吸了幾口，想想看有沒有其他方案，說不定廁所所有窗戶可以爬出去，不然就說我想在走廊上散散步，看到有剛出生的寶寶就先借來用一下⋯⋯

「妳不是維妮莎‧卡特醫師的病人嗎？」原本正在寫記錄的寶拉停了下來。「她不是已經快到了嗎？」她看了一下手錶。「如果妳不是她的病人，我要請其他資深的助產士再幫妳檢查一次。麗貝卡，妳壓力會不會很大？」

「嗯⋯⋯有一點！」

她根本就不知道我的壓力有多大。

「來。」芳療師遞了一瓶精油給我聞。「快樂鼠尾草精油，有助於舒緩壓力。」

「寶拉，寶寶會不會有時候生一生又⋯⋯又跑回去？」我假裝若無其事地問她，如果是真的，那我就有希望了。

「不可能。」她笑著說，「不過有時候會有這種感覺沒錯！」

「哈哈！」我配合著笑，然後又躺回床上，一邊吸著快樂鼠尾草的香味，減輕我的壓力。我現在最需要的是一種可以告訴大家「其實我還沒有要生，你們先回家吧」的精油。

有人敲門。蘇西抬頭說，「應該是潔西，她剛才說已經在路上了。」

「請進！」寶拉說。一看到來者我馬上全身僵硬。

是維妮莎。她穿著手術服，頭髮盤起，用綠色的手術帽包起來，整個人豔光四射，一副濟世救人的樣子。

可惡的女人。

她似乎也嚇了一跳，不過她很快就換上職業化的笑容走到床邊。

「麗貝卡！我不知道原來產婦就是妳！讓我看看妳現在狀況怎麼樣……」

她脫下手術帽，一頭秀髮如瀑布般散落在腦後。「盧克，她來多久了？趕快告訴我所有細節。」

她又來了。又把我排擠在外。又想對盧克施展她的魅力。

「不要來煩我！」我生氣地大喊。「我已經不是妳的病人了，我才不要給妳檢查。」我突然不在乎自己到底有沒有要生產，也不在乎我是不是該假裝生產。現在還來得及跟她對決。我在眾人驚訝的目光中拿下氧氣罩，吃力地下床。

「蘇西，麻煩妳把放在床下的那個購物袋拿給我。」我的聲音在顫抖。

「好！」蘇西拿給我的時候順便在我耳邊說，「是她嗎？」

「嗯。」我點點頭。

「討厭的女人。」

「麗貝卡，妳這樣很好！」寶拉的語氣有點猶豫。「保持直立的姿勢有助於生產⋯⋯」

「維妮莎，我有東西要退還給妳。」我的發音有點不太清楚，都是那個氧氣罩害的，害我忍不住一直想笑，好討厭，反正她應該知道我的意思。

「盧克才不要這些東西。」我把手伸進袋子裡，拿出彈性褲襪丟還給她，結果卻掉在地上，大家楞楞地看著。

拿錯了。

「⋯⋯是這個才對。」我把裝著鏈扣的盒子用力丟給她，剛好砸中她額頭。

「可惡！」她抓著頭說。

「麗貝卡！」盧克用指責的口吻說。

「盧克，她對你有意思，還送你耶誕禮物！」我突然想到教授教我的那句罵人的話。

「嗯⋯⋯Uti⋯⋯barberi⋯⋯」糟糕，我的舌頭一直打結。

可惡。

拉丁文真是個爛語言。

「寶貝，妳精神錯亂了嗎？」媽看起來好擔心。

「我不知道妳在說什麼。」維妮莎一副想笑的樣子。

「總之不要來纏我們就對了。」我氣得渾身發抖。「不要再來打擾我和盧克。」

「是妳呼叫我過來的。」她說，一邊從惶恐不安的寶拉手中拿過我的紀錄。「現在寶寶狀況怎麼樣？」

「不要改變話題！」我大喊。「妳說盧克和妳有婚外情，故意擾亂我的情緒。」

「婚外情？」她瞪大眼睛。「麗貝卡，盧克和我只是老朋友！」她發出銀鈴般的笑聲。

「盧克，我知道麗貝卡不喜歡我，可是我不知道她醋勁這麼大……」

她穿著綠色的醫師服，一副很有說服力的樣子。相較之下我像個穿著寬大Ｔ恤，精神錯亂的孕婦。

「維妮莎，沒關係。」盧克不太自在地說。「布萊恩醫師會過來幫我們處理。我看妳還是……先走好了。」

「好啊，那我就先離開了。」她點點頭，一副和盧克很有默契的樣子。我馬上怒火攻心。

「盧克，你不能就這樣放過她！她還說你們正在交往！她還說你要為了她離開我！」

「麗貝卡……」

「是真的。」憤恨的眼淚不斷地滑落我的臉龐。「沒有人相信我，可是我說的都是真的！她說你們兩個再度相見時，就已經知道會在一起，只是時間早晚的問題而已。她說你們兩個愛得很濃烈，就像潘妮洛普和……和奧賽羅一樣。」

「是潘妮洛普和奧德賽吧?」盧克看著我。

「對!沒錯。她還說你們注定要在一起,我的婚姻早就沒了……」我用T恤的袖口擦了擦鼻涕。「然後現在又把我當成神經病……」

聽到這個,盧克的眼神為之一變,語氣也變得尖銳。「潘妮洛普和奧德賽?」他看著維妮莎說。

一陣令人不安的沉默。

「我不知道她在說什麼。」她若無其事地說。

「這兩個人是誰啊?」蘇西在我耳邊問。我無奈地聳聳肩,表示我也不知道。

「維妮莎,」盧克直視著她,「我們從來也不是潘妮洛普和奧德賽。」

我第一次看到維妮莎有一絲動搖的神情。她沒有說話,只是不服地看著盧克,彷彿在說,我們就是。

我忍不住了。「這兩個人到底是誰?」

希望不是兩個搞公關的跟當婦產科醫師的,把老婆休了之後就搞在一起的傢伙。

「奧德賽離開潘妮洛普,踏上漫長的旅程。」盧克說,眼神卻仍然牢牢地盯著維妮莎。

「潘妮洛普苦苦地等了他二十年,守候他的歸來。」

「她可沒有苦苦地等你!」蘇西生氣地指著維妮莎說。「她到處跟別人搞婚外情!」

「維妮莎,妳是不是告訴麗貝卡,說我們有婚外情?」盧克宏亮的聲音把大家都嚇了一

跳。「妳是不是說我要爲了妳離開她？妳是不是曾經試圖離間我們的感情？」

「當然沒有。」她冷冷地說。她的表情很嚴峻，不過我發現她的下巴正在微微顫抖。

「很好。」盧克的語氣還是很尖銳。「那我坦白地告訴妳，我永遠也不會跟妳有婚外情，我永遠也不會有婚外情。」他轉過來握住我的雙手。「麗貝卡，不管她對妳說了什麼，我和她之間眞的沒有什麼。只是當年念大學的時候交往過一年，就這樣而已，好不好？」

「好。」我悄聲說。

「那你們爲什麼會分手？」蘇西好奇地問。一看到大家紛紛轉頭看她，蘇西的臉馬上紅了起來。「這很重要！你應該要對另外一半坦白才對！唐群和我都很清楚對方過去的每一段戀情。如果你有告訴麗貝卡……」她沒有把話說完。

「妳說得沒錯。」盧克點點頭。「麗貝卡，我是應該告訴妳，我們當年爲什麼會分手。」

他的臉似笑非笑地抽了一下。「因爲維妮莎以爲她懷孕了。」

「她懷孕了？」我大驚失色。

「沒有！」盧克用力搖搖頭。「她以爲她懷孕了。總之……這釐清了很多事情，所以後來我們就分手了。」

「你嚇壞了。」維妮莎的聲音在顫抖，彷彿她再也無法壓抑長久以來的怒火。「是你嚇壞了，結束了我這輩子最美好的戀情。當初在劍橋，大家都在嫉妒我們，我們是最完美的一對……」

「我們一點也不完美。」他不可置信地看著她。「我也沒有慌……」

「你有！你不願意定下來！你嚇壞了！」

「我才沒有嚇壞！」盧克生氣地大吼。「這件事讓我意識到，妳不是我想共度一生的對象，也不是我想孕育下一代的對象，所以我才會決定分手。」

維妮莎的表情看起來好像被他打了一巴掌一樣，說不出話來。她用充滿憎恨的眼神瞪著我，嚇得我馬上移開目光。

「那她就是嗎？」她憤怒地指著我。「這個只會買東西……幼稚的女人，就是你想共度一生的對象？她沒有深度，沒有大腦！只會買衣服、逛街、交際……」

我臉色發白，突然有點頭暈。從來沒有人用這樣尖刻的話批評過我。

我看了一下盧克。他氣得鼻孔冒煙，額頭上血脈都浮出來了。

「我不准妳用這樣的話批評她。」他的口氣很嚴厲，連我聽了都有點害怕。

「拜託，」她發出嘲諷的笑聲，「她是很漂亮沒錯……」

「妳根本就不知道自己在說什麼……」

「她只不過是個膚淺的女人！」她大吼。「她什麼都不是！你到底是看上她哪一點？」盧克冷冷地說。

在場眾人全倒抽一口氣。有大約三十秒的時間都沒有人動一下。被問到這麼直接的問題，盧克似乎也呆住了。

不知道他會怎麼回答。說不定他會回答是因為我的聰明才智和一手好菜。

嗯，好像不太可能。

說不定他會說……

坦白說，我也不知道他會說什麼。如果我自己都不知道，他應該也不知道。

「我到底是看上她哪一點？」過了許久，盧克才重複她的問題。他的語氣好奇怪，好像自己也在思考這個問題。他該不會突然發現自己犯了大錯吧？

我突然心裡一寒。

他還是沒說為什麼。

他走到水槽邊，在眾人不安的目光下，倒了一杯水喝。「妳和麗貝卡相處過嗎？」低聲說，「不好意思。」

「我有！」蘇西馬上回答，彷彿在玩搶答遊戲。大家都轉過去看她，她只好面紅耳赤地

「我第一次見到麗貝卡的時候……」他嘴角帶著笑意，頓了一下。「她正在問一家銀行的行銷經理，為什麼他們的支票簿只有一種顏色。」

「你看，我說得沒錯吧？」維妮莎不耐地揮著手。盧克完全不理她。

「結果隔年他們就推出不同顏色的支票簿。麗貝卡的想法和別人不一樣，她的反應和別人不一樣，她想到的東西都和別人不一樣，我很幸運能分享她的想法。」他溫柔地看著我。

「沒錯，她是很愛買東西，她是做了很多很瘋狂的事情，可是她讓我笑，讓我享受生命。我好愛好愛她。」

「我也愛你。」我哽咽地說。

「隨便你。」維妮莎的臉色慘白。「如果你喜歡這種腦袋空空、膚淺的……」

「妳他媽的什麼都不知道，最好閉上妳的嘴。」盧克突然連珠砲似的罵人。媽正準備開口阻止他，可是看到他氣急敗壞的表情，只好不安地閉上嘴。「麗貝卡比妳有原則多了。」

他不屑地看著維妮莎。「她很勇敢。她重視別人勝過自己。過去這幾天如果不是她，我根本就撐不過去。你們大概也知道我的公司最近出了一些問題……」他看著媽和蘇西說。

「問題？」媽驚慌地問，「什麼問題？麗貝卡都沒有告訴我。」

「我就知道有問題。」蘇西倒抽一口氣。「我就知道那麼多電話，一定是有什麼問題，可是她都不肯說……」

「我不想破壞氣氛。」大家都轉過來看著我，我只好面紅耳赤地解釋。「大家都玩得很高興……」我突然想到還有一件事沒告訴盧克。「盧克……還有一件事。房子沒了。」

話一出口，失望的心情如排山倒海地湧向我，幾乎要將我壓垮。我們漂亮的大房子，沒了。

「怎麼會？」盧克的神情滿是驚慌。

「他們要賣給別人了。不過……沒關係。」我勉強擠出一絲笑容。「我們可以先租房子。我上網找過了，租房子並不難……」

「麗貝卡。」我看得出他眼裡的失望。我們的夢想就這麼幻滅了。

「我知道。」我眨眨眼，不讓眼淚掉下來。「沒關係。」

「麗貝卡。」我轉過頭去看蘇西，她也快哭出來了。「妳可以去住我們在蘇格蘭的城堡，反正我們也沒在用。」

「蘇西，」我忍不住笑了起來。「不要鬧了。」

「寶貝，妳回家跟我們住！」媽接著說，「我才不會讓妳去租房子！還有妳……」她氣得紅著臉對維妮莎說，「妳竟敢在我女兒要生產的時候，擾亂她的心情！」

糟糕。我都忘了生產這回事。

「對哦！」蘇西搗著嘴巴，驚訝地說，「麗貝卡，妳叫都沒有叫一聲！妳好厲害哦！」

「寶貝，妳真的好棒！」盧克也用讚佩的眼神看著我。「一邊生產還要應付這些事情！」

「呃……沒什麼啦！」我謙虛地說。「你也知道……」

「這真的很厲害，對不對？」他對著那群實習助產士說。

「她真的很特別。」剛才一直目瞪口呆地站在一旁聽的寶拉說。「所以我們全都進來觀察她。」

「特別？」維妮莎突然走過來打量著我。「麗貝卡，妳上一次收縮是什麼時候？」

「呃……」我假裝咳了幾聲。「應該是……剛剛。」

「她是山達基派的教徒，」寶拉熱心地說，「所以她不能喊叫。能有這樣的機會觀察她真的很棒。」

「山達基派的教徒?」盧克狐疑地說。

「這是我的新嗜好!」我說,「我沒有告訴你嗎?」

「麗貝卡,我從來不知道妳是山達基派的教徒!」蘇西驚訝地說。

「那跟統一教一樣嗎?」媽驚慌地問盧克,「麗貝卡是不是加入統一教了?」

「這樣啊。」維妮莎的眼神發出邪惡的光芒。「我來檢查看看,說不定寶寶就快出生了!」

我馬上移開。一被她檢查我就完了。

「不要害羞!」維妮莎越靠越近,我連忙跑到病床的另一邊。

「你看她行動多自如!」一位實習生讚嘆地說。

「麗貝卡,來啊……」

「走開!不要來煩我!」我拿起剛才的氧氣罩吸了幾下。好多了。家裡應該也要準備這樣的東西才對。

「我們來了!」門突然打開,大家抬起頭,看著丹尼和潔西衝進病房。「已經生了嗎?」

潔西和蘇西一樣,穿著甜美的準媽咪那件T恤。丹尼則穿著一件藍色喀什米爾的套頭毛衣,前面印著卡其色的「她是個紅頭髮的賤女人,我恨她」幾個大字。

「寶寶呢?」丹尼興奮地環顧四周,一邊看著緊張的情勢,最後目光落在維妮莎身上。

「嘿,是誰找來冷酷無情維妮莎啊?」

盧克看到丹尼身上的毛衣，突然意會地笑了出來。

「你們真幼稚。」維妮莎也看到毛衣了。「你們全都一樣。如果麗貝卡真的要生，那我就……」

「啊！」

「啊！」我突然尖叫。「我在漏水！」

那種感覺好奇怪，好像我體內有什麼東西破掉一樣，水不由自主地從我體內流出來。

「天啊！」丹尼遮住眼睛。「我不行了。」他抓著潔西說。「走吧，我們去喝一杯。」

「妳不是昨天就破水了嗎？」寶拉一臉疑惑地說。

「那可能是前羊水。」另一個實習生得意洋洋地說，「這可能是後羊水。」

我嚇呆了。我破水了。

換句話說……我要生了。

我真的要生了。

天啊，寶寶就要出來了！

「盧克。」我緊張地抓著他。「我要生了！」

「我知道。」他摸摸我的眉毛，安慰我。「妳表現得很好……」

「你不懂！」我大喊，然後又突然停下來。剛才那是什麼？

好像有人正在擠我的肚子，越擠越用力，完全不理會我的求饒。收縮就是這種感覺嗎？

「盧克……」我的呼吸突然變得好急促。「我不知道自己行不行……」

越來越痛了。我開始抓著盧克的手大口喘氣。

「妳一定可以的。」他輕輕地拍著我的背。「布萊恩醫師快到了。紅頭髮的賤女人要走了，對不對？」他的眼神從來沒有離開過我。

收縮似乎結束了。那種被擠壓的感覺已經消失。可是我知道等一下還會再來。

「……莫名其妙……」這是維妮莎用力甩上門離去前最後說的話。

「好討厭的女人！」蘇西說，「我要告訴我每一個懷孕的朋友她有多討厭。」

「她走了。」盧克吻了我的額頭。「麗貝卡，對不起，真的很抱歉。」

「沒關係。」我想都沒想就說。

是真的。

她就像一縷輕煙一樣緩緩散去，再也不重要了。重要的只有我和盧克，還有寶寶。

天啊，又開始收縮了，陣痛怎麼會這麼痛！我抓著氧氣罩吸了幾下。那群實習生全圍著我，給我加油打氣。

「麗貝卡，加油……放輕鬆……吸氣……」

來吧，寶寶，我想見你。

「很好……繼續吸氣……」

你一定可以的。加油。我們兩個一定都可以。

是女孩子。

是個有著皺皺的小嘴唇和幾縷柔細黑髮的小女孩，小巧的雙手握拳，放在耳邊。原來這些日子以來，就是她在我肚子裡面。那種感覺好奇怪，可是我一看到她，我只有一個念頭：是妳，原來是妳。

她穿著精緻的白色 Dior 連身服，躺在我身邊的塑膠嬰兒床上。（我原本想替她試穿幾件不同的衣服，看看哪一件比較好看，可是後來助產士生氣了，說我們兩個都應該多休息。）睡眠不足讓我頭昏腦脹，可是我還是靜靜地躺著看她，欣賞她的每一次呼吸起伏，每一隻手指的微微扭動。

至於生產的過程……

聽說我這算是「順產」。這就讓我覺得奇怪，我怎麼覺得很複雜又很辛苦？總而言之，有些事情，譬如生產的經過和信用卡帳單，還是不要說得太清楚比較好。

「妳醒了。」原本躺在椅子上打盹的盧克也醒了，在揉眼睛。他沒有刮鬍子，頭髮亂七八糟，襯衫也皺成一團。

「嗯。」

「她還好嗎?」

「很好。」我笑意盈盈地又看了她一眼。「她好完美。」

「她很完美。」他臉上洋溢著幸福的光彩,一直看著我。我知道他在回想昨晚的事情。

後來只有他留下來,其他人都出去等。然後布萊恩醫師說還有很久才會生,所以大家就先回家了。結果沒有!她凌晨一點半就出來了,而且馬上就睜著靈活的大眼睛,以後一定是個愛熱鬧的女孩子。

我們還沒有幫她取名字,之前列的那張名單被我丟在病床旁邊的地上。昨天晚上助產士問我她叫什麼名字的時候,我把名單找出來看,可是之前想的那些名字全都不對,都不適合她。不管是朵且(名牌精品Dolce & Gabbana)還是塔魯拉菲碧,都不適合。

門口傳來輕輕的敲門聲,接著又緩緩打開,蘇西探頭進來。她手上拿著一大束百合花,還有一顆粉紅色的氣球。

「嗨!」她低聲說,一看到嬰兒床上的寶寶,她忍不住掩嘴大喊,「天啊,麗貝卡,好可愛哦!」

「我知道。」淚水突然間盈滿我的眼眶。「我知道。」

「麗貝卡?」蘇西馬上擔心地跑到我身邊。「妳沒事吧?」

「我很好。只是……」我擦了擦鼻水。「我沒有想到會是這樣。」

「怎麼樣？」蘇西在我病床上坐下，臉上充滿恐懼地。「真的很痛嗎？」

「不是那個。」我搖搖頭，不知道該怎麼說。「我不知道我會……會這麼快樂。」

「喔，對啊。」她的臉馬上亮了起來，彷彿在回憶什麼。「是真的，不過告訴妳，這種感覺不會持續太久……」她想了想，沒把話說完，只是緊緊地抱了我一下。「恭喜了！盧克，恭喜你們！」

「謝謝。」他笑著回答。雖然他一臉疲憊，可是整個人卻散發著光彩。他看著我，我心裡一抽，彷彿我們之間有某種其他人都不會懂的祕密。

「妳看看她的小手！」蘇西低頭看著寶寶。「嗨，寶貝！」然後又抬頭問我。「名字取了嗎？」

「還沒。」我調整了一下位置，忍不住痛得皺眉。還好昨晚打的麻醉藥藥效還沒有完全退，醫生也開了一堆止痛藥給我吃。

門又打開了。是媽。她今天早上八點就已經帶著奶油蛋捲和熱咖啡來看過寶寶了，現在則又拎著一堆禮物進來，後面跟著老爸。

「爸……來看你的孫女！」我說。

「寶貝，恭喜。」爸緊緊地抱著我，然後又低頭看著寶寶。「嗨，小寶貝。」

「我帶了一些衣服來給妳。」媽把一個塞滿衣服的旅行袋放到椅子上。「我不知道妳想穿什麼，所以就隨便拿了幾件……」

「媽，謝謝。」我拉開袋子，拿出一件我大概已經五年沒穿過，厚重的羊毛開襟外套。

然後我又突然瞄到一條熟悉的淺藍色、鑲珠、柔軟光滑的絲巾。

是那條「丹妮與喬治」的絲巾。我還記得第一次看到那條絲巾時那種心動的感覺。

「你看！」我小心翼翼地把絲巾拉出來，免得破壞上頭的珠珠。我已經好幾年沒有戴這條絲巾了。「盧克，你還記得這條絲巾嗎？」

「當然記得！」他的表情瞬間變得好溫柔。接著他似乎又想到什麼，似笑非笑地又補上一句，「妳不是說要送給歐明裘德姑媽嗎？」

「沒錯。」我點點頭。

「真可惜，她還沒有機會戴就過世了。是摔斷手嗎？」

「不是，是摔斷腿。」我糾正他。

媽困惑地聽著我們的對話。

「哪個姑媽？」她問。我忍不住笑了起來。

「一個老朋友。」盧克把絲巾圍在我脖子上，若有所思地看著我，然後又看看寶寶。

「那時候誰會想到⋯⋯」

「我知道。」我把玩著絲巾。「誰會想到？」

爸一直盯著寶寶看，還伸出一隻手指讓寶寶抓著。

「小寶貝，」他正在對寶寶說。「要叫妳什麼名字呢？」

「我們還沒決定。」我說，「好難選！」

「我帶了一本書來給妳參考！」媽開始翻她的大包包。「妳覺得葛莉沙貝拉怎麼樣？」

「葛莉沙貝拉？」爸不可置信地說。

「這個名字很好聽！」媽馬上反駁。她拿出一本《一千個女孩名字》放在床上。「很特別。」

「其他小朋友會叫她蛤蠣！」爸說。

「哪會！可以叫她貝拉……或沙拉……」

「沙拉？妳有神經病嗎？」

「不然你有什麼好建議？」媽不高興地反問。

「我覺得……」爸咳了幾聲。「拉普索迪也不錯。」（音同音樂中的狂想曲）

我看了盧克一眼。他一臉驚慌的神色，我好想笑。

「我想到了。」蘇西也跟著插話說。「用水果取名字太普遍了，可是很少人用香料，龍蒿怎麼樣？」

「龍蒿？」媽大驚失色。「乾脆叫她辣椒粉好了！我帶了一點香檳要幫她擦頭……應該不會太快吧？」她拿出一瓶酒和一張面紙。「還有，我今天早上去妳家的時候，房屋仲介剛

❶ 西方習俗，用酒慶祝新生兒的誕生。

Shopaholic and Baby

441

開電視下方的櫃子。

「這裡可能沒有酒杯。」我說。

「怎麼會這樣？」媽不高興地說。「我去找服務生要。」

「媽，這裡沒有服務生。」

只因為這裡的飲食很高級又有電視，媽就以為這裡是五星級飯店。

「沒關係，我去找。」她很堅決。

「要不要我幫忙？」蘇西跟著站起來。「反正我也要去打電話給唐群。」

「好啊，謝謝！」媽開心地說。「葛雷恩，我忘了拿相機，你去車上拿過來。」

爸把門關上。只剩下我和盧克和我們的女兒。

好怪的念頭。我們竟然有個女兒。

來，這是我女兒，她的名字叫做龍蒿·荷蘭芹·鼠尾草·洋蔥。

不行。

「兩個禮拜後我們就無家可歸了。」盧克把他的一頭亂髮往後撥。

「要流浪街頭了！」我輕鬆地說，「沒關係。」

好打電話來，我把他訓了一頓。我說，『年輕人，有個剛出生的寶寶因為你，將在耶誕節無家可歸！』真是莫名其妙。」然後他就說不下去了。他說要向你們道歉，又開始介紹什麼中南美洲的度假別墅，打開電視，「要不要來點香檳？酒杯要放在哪裡？」她放下酒瓶，打

「妳大概沒想到會嫁給一個連住的地方都不能給妳的人吧？」

他開玩笑地說，可是我聽得出他口氣裡的自責。

我看著寶寶的手握緊又鬆開，握緊又鬆開。「下次看運氣會不會好一點？」

一陣沉默。我抬起頭，發現盧克好像真的很難過。

「盧克，我是開玩笑的啦！」我連忙說。

「妳剛才生完寶寶。妳應該要有地方住才對。不應該是這個樣子。都是我不好……」

「這不是你的錯！」我握住他的手。「沒關係，我們住哪裡都可以。」

「我會找到房子的。」他堅決地說。「麗貝卡，我保證，我會找到一個很棒的房子……」

「好。」我緊緊地握住他的手。「真的沒關係。」

我不是為了表示我對他的支持才這麼說。（雖然我是一個非常支持老公的太太。）我是真的不介意。現在的我彷彿活在虛幻的世界裡，真實的人生離我好遙遠。只有寶寶最重要。

寶寶突然打了個哈欠。「你看！她才出生八個小時就會打哈欠了！好聰明哦！」

我們兩個就這麼靜靜地看著她，期待她再變點別的花樣。

「說不定她有一天會當上英國的首相！」我輕聲說，「那我們想做什麼就可以叫她做什麼！」

「她才不會聽我們的指揮。」他搖搖頭。「我們叫她走東，她就會故意往西。」

「她好叛逆！」我伸出手指摸著她小小的額頭。

Shopaholic and Baby

443

「這叫有主見。」他糾正我。「妳看,她現在不就不理我們?」他躺在床上。「我們到底要幫她取什麼名字?不要拉普索迪。不要葛莉沙貝拉。」

「也不要荷蘭芹。」他拿起媽帶來的那本書,翻了起來。

我靜靜地看著她熟睡的臉龐。每次看到她,我就想到一個名字,彷彿是她在對我說。

「米妮。」我大聲說。

「米妮。」盧克跟著說。「米妮·布蘭登。聽起來不錯。」他笑著抬頭看我。「我喜歡。」

「米妮。」

「跟妳的歐明裘德姑媽的名字很像。」盧克挑了挑眉。

「對哦!我怎麼沒想到。

「對哦!」我笑了起來。「只有我們兩個知道,其他人都不知道。」

「米妮·布蘭登。」我也開心地看著他。「好聽吧?米妮·布蘭登小姐。」

米妮·布蘭登大律師。

米妮·布蘭登穿著 Valentino 的長禮服和王子共舞,臉上洋溢著幸福的神采⋯⋯

米妮·布蘭登的魅力征服全世界⋯⋯

「好,那就叫她米妮。」我低頭看著她,看著她起伏的胸口和呼吸,輕輕地摸著她的黑髮,吻她的小臉蛋。「米妮·布蘭登,歡迎來到這個世界。」

新的屋主搬進我們原本住的公寓。我們的家具都打包好送進倉庫。現在真的是無家可歸了。

還好爸媽收留我們。就像媽說的，家裡有很多空房間，盧克可以通勤去倫敦上班，她可以幫我照顧米妮，我們每天晚上吃完飯還可以打橋牌。她說得都很有道理，除了打橋牌以外。雖然她為了吸引我打橋牌，特地買了Tiffany的撲克牌。她一直說打橋牌「好好玩」，還說現在的年輕人都很愛打橋牌。才怪。

況且我忙著照顧米妮，忙著為人母，哪有空打橋牌。

米妮已經四週大了。她就如我所預期的一樣，是個愛熱鬧的女孩子。她最喜歡凌晨一點起來在那邊自己鬼叫，我只好撐著睏倦的雙眼掙扎著起床。

她也很喜歡凌晨三點起來。凌晨五點也不錯。有時候一點到三點、三點到五點之間，她也會起來個幾次。坦白說，每天早上我都覺得快累垮了。

還好晚上有有線電視可以看。盧克常常會起來陪我。他寫他的電子郵件，我看我的《六人行》影集。我把電視關到最小聲，米妮則像個餓過頭的小寶寶一樣，貪婪地吸著我的乳房。我明明一個小時前才餵過她。

小嬰兒好有趣，他們真的很清楚自己要什麼。我真的很佩服。米妮不喜歡那個手工打造的嬰兒床，一躺上去她就生氣地扭來扭去。這可是花了我五百英鎊買的。她也不喜歡我買的搖籃或嬰兒睡籃，即使我鋪了 Hollis Franklin 的高級四百織床單也一樣。她最喜歡被人家抱在懷裡。其次則是媽從閣樓找出來，我小時候睡的嬰兒提籃。雖然很舊，可是很舒服又很柔軟。我後來把其他的東西都退回去，拿了一些錢回來。

還有，我也把旋轉馬戲團尿布襱退了，還有好幾臺嬰兒車，很多東西都退了。我們根本就不需要這麼多東西，何況現在也沒有地方放。我把退回來的錢都拿給盧克。雖然金額不多，可是這是我的一點心意。

好消息是，最近事情似乎有一點轉機。還有，伊恩‧惠勒被開除了！米妮出生隔天，盧克就帶著律師去找伊恩的主管。套句盧克的話，經過「簡短的討論」之後，伊恩‧惠勒就宣布要離開雅克達斯。已經快一個月了，聽說他還沒有找到新的工作。據說是因為大家都聽到一些不太好的傳聞。活該。

雖然伊恩已經離開了，不過盧克還是不願意繼續跟雅克達斯合作。他說他們的態度還是一樣惡劣。他剛剛關掉三個在歐洲的辦公室，還有很多問題得處理。不過……他還好，他還是很正向思考，不停地在規劃新的策略，思考新的行銷方式。有時候我們會利用半夜討論，我告訴他我的想法，可是不知道為什麼，話題總是會轉到米妮身上，說她有多可愛、多聰明、多美麗。

此時的我正抱著米妮站在門口，看著搬家公司的工人把我們的東西搬進家裡。大部分的東西都送進倉儲暫放，不過還是有一些必要的東西要隨時帶著。

「麗貝卡！」媽抱著一疊舊雜誌走過來。「這些要放在哪裡？資源回收嗎？」

「這不是垃圾！」我說，「這是我要看的雜誌！放在房間可以嗎？」

「房間快要放不下了……」她看著雜誌，突然靈光一閃。「我把另外一間房間挪出來給妳用。」

「好啊。」我點點頭。「媽，謝謝。」

我們也是經過一番爭取，最後才放棄那棟房子。盧克親自打電話拜託費比雅，我和仲介也都有打。可是他們在米妮出生兩天後就已經跟另外一對買主簽約了。還好我把我的 Archie Swann 靴子要了回來。因為我寫了五封電子郵件威脅費比雅，她才肯還我。要是敢不還我，她的麻煩就大了。

「又是鞋子。」搬家工人捧著紙箱走過去。「衣櫃已經放不下了。」

「沒關係！」媽馬上說，「放到另外一個房間。我帶你過去……」

「妳還好嗎？」盧克穿著襯衫，抱著我的彼拉提斯球和兩個帽盒走過來。

「很好。」我點點頭，看著另一名工人提著我的化妝箱走過去。「好奇怪的感覺，對不對？」

「是很奇怪。」他伸出一隻手抱住我，我輕輕地靠在他肩膀上。昨天晚上更怪。家具都

打包好送走了，家裡空蕩蕩的，只有幾個紙箱。凌晨四點鐘，米妮不肯睡覺，我只好把她放到哺乳背巾裡面，放布拉姆斯的音樂鈴給她聽。盧克抱著我們兩個，三個人在月光下繞著家裡漫舞。

我以前都不知道布拉姆斯的這首曲子是圓舞曲。

「盧克！」爸捧著一疊信走過來。「有你的信。」

「動作真快。」盧克驚訝地說。「我只有告訴幾個人這裡的地址。」他看了一下信封上的名字。「是理財顧問寄來的。」

「真的嗎？」我假裝很興奮，一邊則對米妮做了個鬼臉。

盧克撕開信封，快速瞄了一下。過了一秒鐘，他又認真地把信看了一次。「怎麼會這樣？」他緩緩地說，過了許久才一臉困惑地抬頭看我。「是妳的事情。」

「我？」

「這裡還有一封信是肯尼斯給妳的。他說這件事很重要，所以他各發一封信給我們兩個。」

「他一點也不喜歡我！」我說，「那又不是我的錯，我只不過說他是個思想狹隘……」

「不是這件事。」盧克嘴角洋溢著笑意。「麗貝卡……看來妳似乎打敗我了。」

「什麼？」我驚訝地說。

「妳有一項投資的績效非常好。坦白說，肯尼斯似乎非常意外。」

我就知道。我就知道我會贏。

「是哪一項？」我好興奮。「是芭比娃娃還是Dior的外套？」

「是那個賣包包的網站。他們要上市，妳要賺大錢了。」

我把信拿過來快速看了一下。三十倍的獲利……前所未有……驚人……

哈！我打敗盧克了！

「承認我是全家最會理財、最精明的人了吧？」我得意地抬頭問他。

「妳的未來的古董到目前為止還是一堆不值錢的廢物。」他笑著說。

「那又怎樣？我還是打敗你了！寶貝，妳會很有錢哦！」我在米妮的額頭上親了一下。

「那要等到她二十一歲才能用。」盧克說。

「要等到她二十一歲那麼久啊？」

他真的很無趣。誰要等到二十一歲那麼久啊？

「這個再說吧。」我把棉被拉起來，低聲在米妮耳邊說，免得被盧克聽到。

「好！」媽端著一壺茶走了出來。「你們房間差不多都塞滿了，可能要整理一下。」

「沒問題。」盧克說，「謝謝！」媽又走回屋內。他拿起我的彼拉提斯球。「要開始整理了嗎？」

「我最討厭整理東西和打掃了。」要想個辦法開溜。

「我帶米妮去散步好了。」我說，「她今天都還沒出門，我帶她去呼吸一點新鮮空氣……

「……」

「好啊。」他點點頭。「晚點見。」

「晚點見！爸爸拜拜！」我揮舞著米妮的小手，看著盧克走進屋內。

我以前都不知道，原來小寶寶可以拿來當藉口。真方便！

我把米妮包好，放到嬰兒車裡面，把打結的毛巾當作玩具放在她旁邊陪她。潔西也送了一條打結的毛巾給她。

我現在用的是去逛嬰兒用品展那時候買的灰色傳統推車。原因有幾個。第一，我忙著把其他的推車都退回去，退得太高興了，忘了留一臺下來。第二，媽說這一臺「不像那些新款的推車一樣」，最能支撐米妮的背。我打算用噴漆把推車弄成粉紅色。只是現在是耶誕節，要找到可以噴推車的噴漆不是那麼容易。

盧克的父母前陣子耶誕節來看她的時候，送了一條好漂亮的粉紅色和白色相間的小被子。我用這條被子把她包好。他們真的好好，帶了一籃鬆餅來看我，說我們可以去跟他們一起住（只是戴文郡在西南部，真的有點遠）。還說米妮是他們看過最可愛的小寶寶，顯示他們很有眼光，不像盧克的媽媽依蓮娜。她根本就沒有來看米妮，只送了一個很恐怖的古董瓷娃娃，一頭捲髮和詭異的眼睛，好像恐怖片裡面的道具。我要把它拿上網拍賣，把錢存到米妮的帳戶裡面。

我套上盧克耶誕節送我的 Marc Jacobs 外套，圍上那條「丹妮與喬治」絲巾。自從我出院之後，我就經常圍這條絲巾，總覺得對其他絲巾都沒興趣了。

我就知道買這條很值得。

附近有一條小小的商店街。我不經意地往商店街的方向走去。我沒有要買東西或什麼的，只是剛好這段路很適合散步。

我走到書報店門口，裡面感覺好溫暖又好亮，所以我就推著嬰兒車進去了。米妮睡得很熟。我走到雜誌區那邊，打算幫媽買本雜誌。我正伸手準備要拿《居家生活》的時候，我的手突然停在半空中。

新的《時尚》雜誌出來了。上面用亮藍色的斗大字體寫著「倫敦最甜美的準媽咪」。

我的手興奮地微微顫抖。我拿起一本開始翻。

天啊！有一張我的大照片！我穿著 **Missoni** 的洋裝，站在樓梯上，旁邊寫著「麗貝卡·布蘭登，購物專家兼公關鉅子盧克·布蘭登的太太，這是她的第一胎。」

前電視理財專家麗貝卡·布蘭登優雅的個人風格，在她倫敦市區有六間臥房的家裡一覽無遺。她花費鉅資，親手設計兩間嬰兒房，一間男寶寶專用，一間女寶寶專用。「我的寶寶用的都是最好的東西。」她說，「我們的家具都是委託蒙古的工匠手工製作。」

我繼續看下去。還有一張我笑容滿面地站在嬰兒房的照片，雙手放在肚子上。旁邊的折頁寫著，「我有五臺嬰兒車，我覺得這樣才夠用。」

麗貝卡預計將在鋪滿蓮花花瓣的水池中生產，由知名婦產科醫師維妮莎·卡特親自接生。

「維妮莎是我的好友。」麗貝卡熱情地說，「我們的感情很好。我考慮要請她當乾媽。」

感覺好像是好久好久以前的事情，好像另外一個世界。

我看著設計師精心打造的嬰兒房，心裡忍不住一揪。米妮應該會很喜歡這樣的房間。我知道她一定會很喜歡。

沒關係。有一天她也會有間漂亮的嬰兒房，更漂亮的嬰兒房。

我拿了一本《時尚》雜誌去結帳，原本正在看雜誌的櫃檯小姐抬起頭來。

「妳好！」我說，「我要買這本，謝謝。」

旁邊有一區寫著「禮品」的展示區。我在等櫃檯小姐拿鑰匙開收銀機的時候，晃過去看了一下，大多是相框、花瓶還有老式的胸針。

「妳有來過對不對？」櫃檯小姐幫我結帳的時候問。「耶誕節的時候妳是不是一天到晚來這裡？」

「一天到晚。會不會太誇張了？」

「我剛搬回這一帶。」我露出親切的笑容。「我叫麗貝卡。」

「我們有注意到妳。」她把我的雜誌用袋子裝好。「我們都說妳是那個……」我馬上開

始緊張，她要說什麼？

「噓！」另外一個小姐紅著臉，用手肘推了她一下。

「沒關係，我不介意！」我假裝不在意地撥了撥頭髮。「你們都說我是……那個圍著『丹妮與喬治』絲巾的女孩嗎？」

「不是。」她一臉木然地說。「我們都說妳是那個推著爛嬰兒車的女孩。」

喔。這一臺哪有很爛！等我把它漆成粉紅色就會很漂亮。

「三英鎊，謝謝。」她伸出手準備跟我拿錢。我正準備拿出皮包時，突然看到禮品區有一條粉紅色的水晶項鍊。

我最喜歡粉晶了。

「那條有特價。」櫃檯小姐也注意到了。「真的很漂亮。」

「對啊。」我若有所思地點點頭。

問題是我們現在應該要節儉一點。在我出院那天，盧克找我長談，討論現金流動和銀行債務之類的東西。我們兩個約定好，在盧克的公司業務還沒上軌道之前都不可以亂買東西。

可是我一直想要一條粉晶項鍊。這一條只要十五英鎊，真的很便宜。而且我的投資不是賺了很多錢嗎？買一點東西獎勵自己應該沒有關係吧？

還有，我可以用透過網路新申請的印尼銀行的信用卡買，盧克就不會知道了。

「我要一條，謝謝。」我拿起一條色彩繽紛的粉晶。

如果被盧克發現，我就說這是有教育意義的玩具，要戴在脖子上才有用。

我拿出信用卡，把雜誌放在嬰兒車的籃子裡，項鍊則塞在米妮的棉被下面，這樣就不會被人看到了。

「不要告訴爸爸。」我在她耳邊說。

她絕對不會洩漏出去。

她是還不會講話沒錯。不過，就算她會講話，她也絕對不會說出去。米妮和我已經很有默契了。

我推著推車走出書報店，看了一下錶。他們應該還在整理，不用急著回去，反正米妮肚子應該也快餓了。我去那家義大利咖啡館坐一下好了。他們不介意我在那裡餵母奶。

「小米，要不要跟媽媽去喝杯咖啡？」我轉向咖啡館的方向。

經過古董店的時候，我不經意看到自己的身影，嚇了一跳，我是一個推著嬰兒車的媽媽。我，麗貝卡‧布蘭登，真的當媽媽了。

我走進咖啡館，點了杯低咖啡因的卡布奇諾，然後輕輕地把米妮抱起來，用手肘托著她柔軟的頭。我拆開她粉白相間的小被子，驕傲地聽著隔壁兩位老太太在交頭接耳。「好可愛的小寶寶！」和「好漂亮的衣服！」和「那是真的喀什米爾毛衣嗎？」的

米妮開始轉頭搜尋，發出「奶在哪裡？」的聲音。我在她小小的臉蛋上親了一下。我的寶寶是全世界最可愛的寶寶。全世界都會拜倒在我們腳下。我很確定。

2004.1.5

親愛的布蘭登小姐，

　　恭喜您出生了！

　　寶貝城為了祝賀您的誕生，特別提供您一個特別的優惠，邀請您加入寶貝城俱樂部的兒童金卡會員。

　　兒童金卡會員的福利包含：

　　・參加寶貝城專為金卡會員舉辦的玩具試玩大會（陪同的大人可免費參加）；

　　・每次光臨皆可享用一杯免費的果汁；

　　・初次使用金卡購物可享七五折；

　　・參加專為金卡會員舉辦的年度耶誕派對；

　　還有很多優惠措施等您來享用！

　　申請方式很簡單。只要父母親填好隨信附上的申請表，米妮小公主很快就會收到她人生中的第一張金卡！

靜待佳音！

艾莉・愛德華茲　寶貝城行銷經理

國家圖書館出版品預行編目資料

購物狂與寶寶 / 蘇菲・金索拉（Sophie Kinsella）著；羅雅萱譯. --初版 -臺北市：泰電電
業，2007.11 面；公分一（City Chic 系列；27）譯自：Shopaholic and baby
ISBN 978-986-6996-65-8（平裝）

873.57   96017548

City Chic 27
購物狂與寶寶

作者──蘇菲・金索拉（Sophie Kinsella）
譯者──羅雅萱
總編輯──呂靜如
系列主編──鍾佳穎
責任編輯──Grace
企劃──林鈴娜

發行人──宋勝海
出版──泰電電業股份有限公司
地址──台北市中正區博愛路七十六號八樓
電話──(02)2381-1180
傳眞──(02)2314-3621
劃撥帳號──1942-3543 泰電電業股份有限公司
網站──http://book.fullon.com.tw

總經銷──時報文化出版企業股份有限公司
電話──(02)2306-6842
地址──台北縣中和市連城路一三四巷十六號
印刷──普林特斯資訊股份有限公司

ISBN──978-986-6996-65-8
二〇〇七年十一月初版
定價──二九〇元
版權所有・翻印必究(Printed in Taiwan)
本書如有缺頁、破損、裝訂錯誤，請寄回本公司更換

《購物狂與寶寶》讀者抽獎活動

活動辦法：填完資料寄回書中回函就可參加抽獎
活動日期：2007/10/9 ～ 2007/11/30
獎項公布時間：2007/12/15 公布於馥林網站
活動詳情請見馥林網站www.fullon.com.tw

首獎、時尚名媛享樂禮　原價11137元　1名
寶格利紅鑽住宿(5168)+MuGu美人心機彩妝禮盒(1750)+MuGu
魔幻星光組(3420)+真鍋鑑賞家咖啡禮盒(799)

寶格利紅鑽住宿

復古浪漫的壁飾及燈飾設計，結合現代感的
沙發座椅，交織成一幅超越時空與復古唯美
的浪漫畫面。當您正在享受著幻彩水療浴缸
同時可吸收著蒸氣浴中的水氣精華。表演
式櫥窗浴缸、挑高夜景讓您不虛此行。

MuGu 美人心機彩妝盤

珍珠光澤心機彩盤，普普大圈圈間隔，給妳
六色粉嫩腮紅、修容及打亮。甜美愛心間隔
給妳54色經典時尚珠光眼影，無論是氣質優
雅的柔淡Lady Style，或是風格獨特的Smoky
Eyes，都能隨手創造，展現魅力四射的深刻
眼神印象。絲緞般滑順的質感，像是一抹輕柔披覆的眼彩光澤。輕
輕推擦即有柔順服貼觸感，長時間保持明亮色澤。配合任何造型、
彩妝，都能擁有最令人驚豔的完美妝容。

真鍋鑑賞家咖啡禮盒

鑑賞咖啡100克/瓶　咖啡館100克/瓶　御咖啡100克/瓶

MuGu魔幻星光微燻眼影盤

綴以點點星紗的獨特造型微燻眼彩盤，彩虹般的漸層星紗色彩，利用凹凸晶璨光彩折射，透過光與影的微妙調和，彷彿墜入銀河般的魔幻星光。以獨特的烘焙粉末製成，珍珠粉含量較高且粉末質地較一般眼影更加細緻，讓粉色自然柔和，飽和的漂亮顯色度，讓妳的雙眸釋放無限電力！

MuGu 法式指甲甜心彩繪組

用甜美的粉紅色畫出法式指甲，瞬間從小女孩變成優雅女人了！經典優雅氣質款式，象徵者每個小公主嚮往戀愛的心情，粉嫩而浪漫，小巧可愛的豐富組合，在家裡輕鬆彩繪DIY，單擦指甲油或綴上亮片隨心所欲，舉手投足展現魅力光采！

MuGu濃俏光芒大眼睫毛膏

絕對光采四射的超捲翹特效，挑戰大眼妝的驚艷感受！特殊設計彈力螺旋刷頭，能適度施加壓力於睫毛，輕輕以Z字型來回刷上，創造濃翹動人的假睫毛效果！

三獎、MuGu魔幻驚艷立體眼線膠
原價1680元　10名

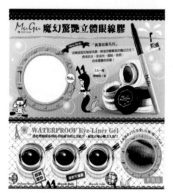

※可畫出完美眼線，也能為煙燻眼妝妝打底，使眼影更服貼顯色，畫出個性十足的NANA中島美嘉妝感。

※一組共3色『咖啡、黑、紫』，帶有微微珠光，輕鬆創造驚艷神采！

※真正做到防水、防油配方，維持一整天完美眼神。

※柔滑質地使上色容易，色彩鮮明，粗細變化，任由擺佈。

※附有專業眼線刷，輕鬆描繪出精緻線條。

四獎、Phytosun arôms菜多賞擴香專用複
方精油　原價1550元　6名

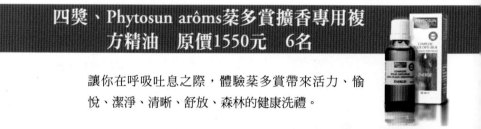

讓你在呼吸吐息之際，體驗菜多賞帶來活力、愉悅、潔淨、清晰、舒放、森林的健康洗禮。

五獎、麗嬰房Nac Nac真珠酵素禮盒
原價1150元　4名

真珠系列是Nac Nac特別為寶寶設計的清潔護膚產品，全系列添加天然真珠萃取精華，配方溫和、不刺激，更多了保濕和護膚功效，給細嫩肌膚最溫柔的照顧。

產自日本的真珠酵素，pH值6微酸性，能強化皮膚微酸性保護膜，適合寶寶嬌弱的肌膚。

內容物：
真珠酵素入浴劑 600g *1
真珠酵素爽身粉 150g *1
真珠酵素爽身粉餅 30g*1
真珠乳液 200ml *1
沐浴水溫計*1

六獎、儂儂雜誌+玫瑰雜誌3期
原價924元　10名

★Citta bella 儂儂雜誌——
　現代女性必讀流行時尚指南
★rose in style最貼近女人的一本雜誌！

七獎、水都溫泉泡湯　原價800元　10名

水都會館位於新北投中心精華區 ， 座落
於地熱谷旁 ， 屬高格調精緻會館 。擁有
全國第一座水療 SPA 溫 / 泉池；結合溫 /
泉、水療、住宿、餐飲、養生五合 SPA
主題會館，亦是唯一同時擁有碳酸鐳泉、
白磺泉特殊 SPA 溫泉會館。

八獎、真鍋晶采咖啡禮盒　原價499元　20名

內容物：炭燒珈琲三合一30g/包*6包
/盒，香草拿鐵三合一30g/包*6包/盒，藍
山珈琲三合一30g/包*6包/盒，曼特寧珈琲
三合一30g/包*6包/盒

● 主辦單位：馥林文化
● 協辦單位：

寶格利 **Burgary** Hotel · 時尚 · 旅館
www.burgaryhotel.com

COUPON 現金折價券

0001

108台北市中華路一段168號(西門捷運站1號出口)
No.168.sec.1 Jhonghua Rd. Taipei City 108. Taiwan(R.O.C)
TEL:886-2-2382-1314 FAX:886-2-2382-1344
www.burgaryhotel.com

寶格利．現金折價券．使用規範

二選一

1. 持本券消費時段住房或住宿.可享下列折扣優惠
   - □ 消費時段住房.每間可折價NT$100元
   - □ 消費寶格利平日住宿.每間可折價NT$300元
2. 每張超值優惠券限選擇上述任一種項目優惠一次
3. 本券不得與其他優惠並用亦不得兌換現金及找零
4. 本券不適用於農曆春節期間
5. 本券不適用於國定假日.情人節與聖誕節及其前夕
6. 本館保留本券使用規範之最終解釋權及決定權
7. 客 服 專 線:(02)23821314

本券優惠期限: 2008/4/30

藤林文化

美麗華百樂園

miramar
美麗華百樂園
ENTERTAINMENT PARK
104 台北市中山區敬業三路20號
886-2-2175-3456 www.miramar.com.tw

看見 幸福浪漫的百種可能

！終於下班了，
度C的傍晚，伴隨著微風，
步在摩天輪下，
著那在黑夜中旋轉的小精靈，
著圓弧的軌道，17分鐘的歷程，
過地平線後的視界豁然開朗！
見了幸福浪漫的百種可能！

流行而多元的
商品服務

美麗華大直影城
影音娛樂的領導者

融合光與綠・
水與景的空間元素

Miramar Ferris Wheel

PHYTOSUN aroms

購物狂尋「芳」由此進
www.phytosunaroms.com.tw

慧豐國際有限公司

貝兒久久美人館

突破刻板印象，隨著時代越來越進步，
保養觀念趨勢已經突破，不只是女生專
有的權利以及享受，男生慢慢的學會開
始愛自己，明顯證明愛美也是男生的權
利了。回饋給真愛的女人男人
即日起~2007/12月底止，一次購買30片
即贈送精美禮物~電腦隨機抽~絕對划算
贈品絕不瑕疵請放心，送日本當季商品

http://sh2.yahoo.edyna.com/belle99/

白天晚上
我一樣美麗

含多種精華成
分，提升肌膚
彈力，預防肌
膚老化，增添
肌膚白嫩，兼
具保濕、緊實
，嫩白作用。
三效合一讓白
天晚上依然美
麗不減。

內含脂型葡萄
糖酸，促進角
質更新收斂毛
孔，達到膚色
、角質、毛孔
全面喚白，肌
膚更健康清爽
，不泛油光含
保濕成份，同
時滋潤肌膚。

珍珠的微粒因
子能滲透肌膚
，加強水合作
用，提升皮膚
活力，讓肌膚
如珍珠般粉嫩
細緻，白皙亮
麗。

溫和保濕肌膚
，改善肌膚因
缺水的乾燥不
適，增添明亮
白皙，讓美麗
的肌膚變回水
噹噹。基於愛
美的天性，千
萬不要錯過的
機會。

Q10微脂膠囊
，能深層肌膚
底層，刺激膠
原蛋白，提升
肌膚保水度，
達到活化緊緻
肌膚抗老化功
效，使肌膚透
明白皙，平滑
細緻。

使用方法 取出布膜敷於臉上，取下珍珠紙輕按摩臉部各處使其完全
服貼，約30~40分鐘取下，以清水洗淨。

容量 35ml /1pcs，5pcs/盒/ 保存期限：3年
商品認證：北市衛粧廣字第96010052 號

注意事項 適用膚質：一般膚質(使用部位如傷口或不適現象，請立即停用)
製造日期：標示於封口處一般化妝品免於備查

客服專線：02-2752-0858 傳真：02-8773-1766 台北市復興北路62號4樓之1

CITTÀ bella 儂儂 10

儂儂為妳打造透亮美膚

購物狂與寶寶讀者訂閱優惠

訂閱儂儂雜誌6期+美肌香氛好禮6重送

原價3,727元 超值優惠價NT$599

耀眼必殺關鍵！
透亮美肌力
秋／色彩系大活膚

專為20-35歲，愛美、愛工作、愛生活的職場新女性，以在地達人觀點提供全方位生活的各種實用Know How，多元的時尚知識及職場求生的技巧。讓妳輕鬆擁有看得到、買得到、做得到的流行。

A 插畫家彩繪娃娃時尚提袋
由ANNA SUI插畫家設計，讓你輕鬆出門購物也漂亮有型。
（市價790元）

B 珊蕾雅
玫瑰敏感性手足護理霜
含天然玫瑰精油能促進深層肌膚代謝更新，迅速滲透護理深層肌膚，有效改善手足肌膚乾燥、粗糙、龜裂、脫皮現象。（75ml/490元）

C THE BODY SHOP
無比濃密睫毛膏
持久、防暈染、快乾配方，特別搭配長短纖維，均勻覆蓋於睫毛，刷出超級立體濃密大眼，潤澤及方便可保護保養睫毛（2.5ml/20元）

D THE BODY SHOP
白麝香淡雅香水
以高科技方式由多種天然花香植物、結合麝香草所提煉出，讓您舉手投足間，散發出浪漫迷人的白麝香香味。
（10ml/280元）

E 小林製藥
深層潔鼻黑頭粉刺膜
日本超級熱賣暢銷品，猶如毛巾熱敷的蒸臉效果，重現滑嫩小鼻並跟毛孔say byebye！（市價279元）

F FORTE
新草本家族旅行組
（內含：保濕青春露8ml+煥膚精華液3ml+柔嫩乳液3ml+水嫩活力凝膠5ml）（市價680元）

2007.11.30
前下單
加贈

樂活美人
輕體美肌誌1本（市價1...

購物狂與寶寶讀者專案訂閱證

本優惠方案有期至96.12.31（NN9611S02）

YES! □我要訂閱儂儂雜誌6期平寄只要599元，獲得美肌香氛好禮6重送（插畫家彩繪娃娃時尚提袋+珊蕾雅玫瑰敏感手足護理霜+THE BODY SHOP無比濃密睫毛膏+THE BODY SHOP 白麝香淡雅香水+小林製藥深層潔鼻黑頭粉刺膜+FORTE新草本家族旅...

我願意從 ＿＿ 年 ＿＿ 月起，共6期

■訂閱資料

姓名： ＿＿＿＿＿＿＿＿＿＿ □小姐 □先生

收件地址：□□□ ＿＿＿＿＿＿＿＿＿＿＿＿

身份證字號： ＿＿＿＿＿ 生日：西元19＿＿ 年 ＿＿ 月 ＿＿ 日

聯絡電話：（日）＿＿＿＿＿ （手機）＿＿＿＿＿

e-mail： ＿＿＿＿＿＿＿＿＿＿＿＿＿

■信用卡資料

訂購總金額： ＿＿＿＿＿＿ 元 掛號每本另加郵...

信用卡卡號： ＿＿＿ - ＿＿＿ - ＿＿＿ - ＿＿＿

有效期限： 20＿＿ 年 ＿＿ 月 持卡人簽名： ＿＿＿＿ 同意...

發票：□二聯 □三聯 統一編號： ＿＿＿＿＿＿＿

發票抬頭： ＿＿＿＿＿＿＿

■郵政劃撥帳號 07408869 **戶名**：儂儂雜誌社股份有限公司

★贈品以實際為準且數量有限，若已送完，本社保留贈送其他贈品的權利。 ★贈品將與雜誌分開處理，另以掛號寄送。

★訂戶於當月15日前若未收到雜誌請與本社客服中心聯絡；隔月恕不受理補書事宜。 ★24小時傳真訂閱專線（02）2500-7298 ★讀者服務專線（02）2505-8989 #7099

ELLE ACCESSORIES

奢華無罪
昂貴有理